O Monte das Tílias

DAS

romance

LÚCIA GONÇALVES

O Monte das Tílias

romance

Edições Colibri

Biblioteca Nacional de Portugal
– Catalogação na Publicação

GONÇALVES, Lúcia, 1969-

O Monte das Tílias. – 1ª ed. – (Extra-colecção)
ISBN 978-989-689-546-4

CDU 821.134.3-31"20"

Título: O Monte das Tílias
Autora: Lúcia Gonçalves
Editor: Fernando Mão de Ferro
Capa: Raquel Ferreira,
      sobre fotografia de Lúcia Gonçalves
Depósito legal n.º 401 734/15

Lisboa, 6 de dezembro de 2015

A jovem Amélia fita de forma perturbada a paisagem que tem por diante, pouco se importando com a enxurrada que lhe encharca a roupa até aos ossos.

Estaticamente em pé, sobre o pequeno muro em que culmina o Arco do Bispo (Portas do Crato), a jovem olha para a paisagem, exclusivamente rural, que se estende até ao pico da Serra da Penha, agora iluminado, fugazmente, pelos relâmpagos que descarregam a sua ira na terra sedenta de água.

Lá no alto, um sobreiro arde como testemunho divino do inferno em que se tornara a vida da quase moribunda jovem. A chuva enfortece os cheiros de giestas e estevas da primavera e da terra. Que segundo a sabedoria popular é presságio de morte violenta.

A seus pés, uns bons metros mais abaixo, Amélia foca o ponto onde o corpo embaterá quando os sentidos a largarem pelo efeito dos comprimidos.

Respira fundo, querendo inalar uma réstia do cheiro a mar com que tantas vezes enchia os pulmões quando morava no Porto. Tudo isso lhe parece agora tão distante. Quase imaginário.

A saia rodada, confecionada em fazenda de lã de cor verde escura, a blusa de algodão branco de corte cintado vestem um corpo demasiado alto em comparação com a estatura das jovens que em meados de 1930 nascem em Portalegre.

O vendaval que faz aproximar a trovoada de abril enche-lhe a saia de ar e os cabelos ondulados cor de fogo, raros por estas bandas, assemelham-se a algerozes por onde a água escorrega até aos pés. Também raro é o seu tom de pele e as sardas que lhe pintalgam o rosto fino, agora desfigurado de raiva e lágrimas.

Voltada para a Capela da Penha, a jovem chora compulsiva e ruidosamente a sua curta mas dolorosa passagem pela vida. Em pensamento pede perdão a Deus pelo ato de desespero que está prestes a cometer.

Na mão direita o frasco de barbitúricos[1] treme por entre os dedos que o prendem como uma garra.

Dos olhos verde-esmeralda um mar de lágrimas lava o rosto sardento e os lábios que pela força dos dentes desapareceram. O queixo trémulo expressa o frangalho humano em que a jovem se tornou. Alguns fios de cabelo são também levados ao sabor do vento e da chuva.

Qualquer transeunte mais atento, que por acaso ali passasse debaixo daquela trovoada, facilmente se aperceberia que a jovem se prepara para, a qualquer momento, ingerir de uma só vez os comprimidos que estão no frasco.

Alheia, indiferente ao que se possa estar a passar por detrás de si e à trovoada que desaba sobre a sua cabeça, Amélia, revê pela última vez os momentos mais marcantes das suas dezanove primaveras, que naquele dia lhe parecem mais dezanove invernos.

Ergue os olhos ao céu como que questionando pela última vez o triste destino que o criador lhe concedera. Uma réstia da sua rebeldia ainda lhe permite, em pensamento, questionar os desígnios divinos.

"Meu Deus, porque levaste o meu pai tão cedo? Porque o levaste de mim tão tragicamente? E a minha mãe? Porque a levaste também para junto de ti? Estou sozinha no mundo meu Deus, porquê? Porque me deixaste à mercê do Barbosa? Lamento meu Deus, sei que é tarefa tua decidir o momento do nascimento e da morte de cada um de nós, mas ... não quero esta vida! Lamento mas vou ter de por termo a esta dor. Se cedo às vontades de Barbosa é o mesmo que morrer... ao menos escolho a forma como o fazer. Desculpe-me mãe e pai. Lamento deixar a pequena Isabel sozinha ... peço desculpa se vos dececionei."

Amélia, já com o frasco dos barbitúricos perto da boca, é desperta desta hipnose fatal pelo barulho dos cascos de um cavalo, que é interrompido mesmo por detrás de si. O equídeo para a sua marcha em obediência a uma voz máscula e firme. A figura masculina, que se preparava para transpor o portão de ferro forjado que dá acesso a um dos quintais mais maravilhosos da cidade, salta da sua montada e de um movimento alcança a mão da jovem arrancando-lhe o frasco da mão.

---

[1] Os barbitúricos podem causar morte por depressão respiratória e cardiovascular se for administrado em excesso.

Pela calçada os pequenos comprimidos rolam. Amélia permanece na posição em que se encontrava antes da sua intenta ter sido abruptamente interrompida. A chuva e o vento continuam a lavar-lhe o rosto. O homem salta para cima do muro, onde está empoleirada, mantendo-se a uma distância respeitável.

Apesar da sua altura ser quase que masculina, para aquelas bandas, o homem ainda consegue ter uns quatro palmos a mais do que ela.

Por momentos apenas se ouve o vendaval a ir de encontro ao casaco comprido de pele preta que o homem traz vestido.

– Senhorita, então, a querer fazer o papel de Deus? – Pergunta sem olhar directamente para ela. – Na sua idade, com certeza algum amor não correspondido! Por favor, desça do muro! Diga-me onde mora para que a possa levar aos seus pais. Não lhes dê um desgosto destes.

Da distância onde se encontra o homem observa o jovem e exótico rosto de Amélia e a blusa de algodão colada ao tronco de onde os seios retesados pela frialdade da chuva se destacam.

Comovido pela apatia e desfiguração da estranha aproxima-se vagarosamente dela. Os seus olhos seguem os ziguezagues que as pontas ruivas descrevem no ar ao sabor da ventania.

Esquecendo-se por breves momentos do que tivera interrompido, deixa escapar pelos lábios o que a sua mente masculina pensa.

– Que cor de cabelo tem! – Galanteia hipnotizado pelo brilho do ruivo. – Desculpe a minha ousadia. É que nunca tinha visto cabelos desta cor. – Acrescenta não conseguindo disfarçar o seu fascínio.

Nesse momento, e porque a cor dos seus cabelos é para Amélia motivo de tristeza e não de orgulho, volta-se para o homem decidida a levantar-lhe a voz, não fosse o entorpecimento que sente em cada músculo da garganta. Apenas consegue censurá-lo com um par de olhos verde-esmeralda escancarados e repletos de raiva.

– Que cor de olhos! – Acrescenta ainda mais surpreendido. – Senhorita, não é aqui destas bandas, pois não? – Tenta encontrar uma explicação para a sua altura, a cor do cabelo, dos olhos, da pele e as sardas que lhe pintalgam as maçãs do rosto e a zona do nariz.

– Por favor, senhor, gostaria de ficar sozinha. – Fala finalmente Amélia, sem nunca tirar os olhos dos comprimidos que se encontram no chão, como que querendo saber se ainda poderão ser utilizados para o fim que os tinha adquirido.

– Por favor desça do muro! – Pede calmamente o homem, já com os pés na calçada, estendo-lhe uma das mãos. – Não vou sair daqui enquanto não o fizer! – Afirma, decidido a ajudar a jovem. – Se não quer ir para casa, venha comigo, moro mesmo ali. – Apontando para a enorme construção apalaçada de cor amarela que cobre uma boa parte daquela zona medieval da cidade.

Nesse instante, Amélia volta-se para a figura masculina. Com o rosto transparecendo ora vergonha, ora desalento, aceita a mão que lhe é estendida. De olhos semi-cerrados desce do muro. Senta-se nele, escondendo o rosto por entre as esguias mãos.

– Obrigada, senhor. Estive prestes a cometer uma loucura. – Decide fingir-se mais calma com o intuito de o homem ir à sua vida e assim concluir o seu plano. – Já passou. Pode seguir o seu caminho, senhor.

Num gesto um pouco despropositado, o homem coloca-se (também ele parecendo não se importar com a enxurrada que lhe escorre pelo casaco de pele) frente a frente à jovem, dobra os joelhos e com a ponta do seu indicador segura-lhe o queixo, obrigando-a a fitá-lo.

– Quaisquer que sejam os motivos que tenha para desejar por termo à sua vida, não o faça. – Diz-lhe muito suavemente em voz rouca. – A vossa vida pertence-lhe, mas também pertence a Deus. Vá para casa. Não cometa uma loucura destas. Não desperdice assim a sua juventude e beleza. – Sem conseguir tirar os olhos da blusa colada aos seios generosos.

Amélia olha, fugazmente, bem fundo nos olhos castanho-terra do homem e percebe, então, que ele não a deixará ficar ali sozinha. Derrotada deixa os braços penderem ao longo do tronco sentado.

A figura masculina ergue-se, faz deslizar os dedos pelos lisos mas compridos cabelos castanhos. Coça a zona da barba rala num gesto evidenciando o nervosismo gerado pela situação, mas também pela figura extremamente atraente da jovem.

– Senhor, o meu problema é mesmo esse: a minha vida não me pertence. Não sou dona nem do meu corpo, nem da minha alma. O corpo vai ser posse de um marido que não se importou em pagar uma boa franquia por ele... pelos vistos a alma pertence a Deus. Obrigada, senhor. – Agradece visivelmente inconformada.

Amélia levanta-se, ajeita a grossa e encharcada saia, escondendo os ruivos cabelos por debaixo de um lenço de fundo branco estampado de arranjos florais. Cambaleante passa por debaixo do Arco do Bispo e dirige-se até à Sé Catedral onde pensa que poderá encontrar alguma serenidade e coragem para regressar a casa e enfrentar o seu destino.

Após alguns minutos de introspecção, sentindo-se sempre vigiada pela figura masculina, caminha para casa onde sabe que outra batalha, essa ainda mais dolorosa, a aguarda.

– Já fez a boa ação do dia. Sinta-se feliz por isso, senhor. – Ironiza quando passa junto do homem que a salvara. – Devia convidá-lo para meu padrinho de casamento, senhor. – Remata com amargura.

Estupefacto com o que a jovem lhe acabara de dizer, o homem fica em pé durante alguns momentos a matutar no que ouvira antes, agora e no problema que também ele tem em mãos para resolver. Relembra, as decisões que tomara nos últimos dias.

AMÉLIA arrastara-se pelas ruas de terra batida, até à casa do padrasto, maldizendo a má sorte que a persegue desde que chegara há seis meses a Portalegre.

Pelo caminho vai rezando a Santo António, padroeiro da cidade, para que Barbosa, o padrasto, não esteja em casa. Nem ele, nem o nojento do filho que teima em não manter as mãos longe do seu corpo.

A decadente habitação fora construída em tempos que já lá vão, junto da antiga muralha do castelo.

De um só piso e sem janelas, a casa de estilo rústico alentejano revela descuido e é exemplo da falta de amor que nela existe. Do branco com que as paredes exteriores foram caiadas já pouco se vê, nem tão pouco da barra azul.

Aqui e ali as paredes já mostram a areia e a pedra que foram utilizadas na construção. Do telhado uma chaminé, desproporcional ao tamanho da habitação, ergue-se. Como não liberta fumo Amélia concluiu que ainda não está ninguém em casa. Apenas se preocupa com a irmã Isabel, que tendo apenas cinco anos, deverá estar a comer a única refeição quente do dia, na casa de alguma vizinha.

A jovem olha para a sua morada atual, sente-se ainda mais desesperada e lamenta o facto de a sua tentativa de suicídio ter sido interrompida pelo estranho.

É com o coração apertado que dá ao ferrolho da porta de madeira envelhecida e descorada, entra na casa que nunca há de sentir como sua.

Assim que transpõe o pequeno degrau leva com uma baforada fétida de cheiro a mofo e urina que lhe atordoa os sentidos.

Passados os seis meses ainda não se habituara à latrina que se situa num dos cantos da cozinha. Dá meia dúzia de passos e alcança um dos dois quartos da pequena casa. O chão frio e preto de xisto encontra-se repleto de pegadas masculinas. Repara que a modesta cozinha se encontra como a deixara logo pela manhã quando decidira que seria naquele dia que o seu sofrimento cessaria. Na lareira o lume não estala. As panelas de barro não fervilham de água pois nada existe para lá cozinhar. A pequena tripeça[1] continua sozinha na enorme chaminé. Amélia vai até junto da pequena mesa, abre a gaveta do conduto[2], e de um pequeno prato de alumínio, retira um pedaço de pão duro e uma rodela de bucho[3] para entreter a fome.

Trespassa a cortina sebenta e meio rasgada, que permite alguma privacidade entre a cozinha e a pequena divisão que serve de quarto de dormir. O espaço é partilhado com a irmã Isabel. Ao meio encontra-se uma cama de ferro com colchão em estopa de milho. Encostada a uma das húmidas paredes, de onde a salitre salta, uma pequena arca de madeira guarda os poucos pertences que sobram dos que trouxera do Porto e que Barbosa ainda não tinha trocado por uns míseros centavos. Enfraquecida pela falta de alimento e pelo desalento que sente quando pensa na sua jovem existência, cai desamparada para cima do colchão.

Do bolso da grossa saia de fazenda retira uma foto com dez anos. Nela, estão retratados três rostos: uma linda mulher de cabelos escuros, uma criança com mais ou menos dez anos e um homem que pelas feições e corpulência se percebe tratar-se de um estrangeiro. Amélia passa os dedos pela imagem dos progenitores e começa a soluçar baixinho.

"Como tudo teria sido tão diferente se não nos tem abandonado tão prematuramente, pai. Um infortúnio tão grande ter sido esmagado pelo túnel de Vinho do Porto. Que saudades, pai. Oh pai o que vai ser de mim! Éramos tão felizes no Porto. Olha a pobreza em que vivo, pai! Nunca deveria ter vindo embora de lá. Oh, mãe desculpa, desculpa. Sei que estavas doente e que precisavas da minha ajuda, mas nunca deveria ter vindo para Portalegre. Oh mãe porque deixou que o Barbosa a maltratasse tanto. Oh Deus, porque me castiga tanto? Fiquei sem pai e sem mãe. Com um padrasto que me vende e uma irmã que não tem quem saiba cuidar dela. Tenho tantas saudades da nossa vida no Porto. Do cheiro a lavado, a limpo e a comida... oh mãe...que saudades. O que vai ser de mim? E da Isabelinha. O Barbosa e aquele filho dele

---

[1] Pequeno banco feito de cortiça.

[2] Nome dado ao acompanhamento do pão.

[3] Morcela (bexiga) de cozer de Portalegre. Enchido feito à base do sangue do porco.

são uns monstros. O que fazer, mãe? Ele vendeu-me, mãe, vendeu-me...como pode isto ser possível num tempo deste?"

Amélia abraça-se, chora compulsivamente enquanto se recorda da conversa que tivera com Barbosa há dois dias, quando já noite adentro lhe invadira o quarto informando-a que dali a quatro dias ir-se-ia casar com um lavrador qualquer.

******

– Desculpe, não estou a perceber! Vossemecê[4] deve ter estado a beber! – Manifesta-se em tom baixo pois não quer acordar a irmã que dorme descansadamente a seu lado.

– Cuidado Amélia! Estás na minha casa. Não admito insultos. – Ronca junto aos pés da cama. – Vem até à cozinha. Não precisas de dormir! – Ordena como se a enteada fosse um animal abandonado.

Barbosa puxa Amélia por um braço, que apesar desta ter mais estatura do que ele a diferença dos sexos faz com que nunca tenha tido o atrevimento de o enfrentar.

Na cozinha, Joaquim, o filho do padrasto, uma figura igualmente atarracada, mas ao contrário do pai enxuto fisicamente, apalpa-lhe uma das nádegas ao mesmo tempo que se lambe de desejo.

– Que pena que tenhamos de vender-te virgem... – Lamenta-se sem pudor.

– Vamos lá ao que interessa! Amélia senta-te, pois temos boas notícias para a menina. – Ordena indicando-lhe uma pequena cadeira de madeira maciça em que fica com os joelhos a tocarem-lhe quase o queixo. – Consegui fazer o negócio da minha vida. – Vangloria-se. – No próximo domingo vais casar com um dos homens mais ricos de Portalegre, se não mesmo o mais rico – As palavras são ditas com tanta alegria que Amélia por momentos fica convencida que apenas se trata de mais um desvario do padrasto causado pelo vinho tinto com que se alimenta.

– Continuo sem perceber! – Amélia sente-se baralhada.

---

[4] Forma de tratamento formal.

– É muito simples, minha bruxinha de cabelos vermelhos. Consegui que um lavrador viúvo me pagasse uma fortuna por ti. – Zomba ainda mais alto.

– Mas vossemecê está a falar a sério? Eu não vou casar com ninguém! – Afirma Amélia. – Vossemecê está doido! – Prepara-se para se levantar quando sente as mãos de Joaquim nos ombros a suster-lhe os movimentos.

– Pequena diaba inglesa! A menina vai casar-se com o ricalhaço porque é o melhor para todos. – Fita-a nos olhos destemidamente. – Tu só fazes despesas. És mais uma boca para alimentar. Por estas bandas ninguém vai dar-te trabalho nem arranjarás quem te queira para mulher: branca como a cal, mais alta do que a maioria dos homens, olhos verdes de pecado, cabelos vermelhos como o fogo e essas sardas todas que te mancham a cara, afugentam qualquer um. – Acrescenta cruelmente. – Por isso, minha rica enteada, dá-te por feliz. Vê isto como um negócio onde ficamos todos a ganhar: cumpro o meu plano, tenho a minha vingança, fico rico e livro-me de ti. O lavrador viúvo, que não passa de um patego, arranja uma mulher para cuidar dos filhos e prazer na cama... e tu... livras-te desta pobreza toda. Se fores espertinha ainda podes ganhar muito dinheiro com este casamento. Quem sabe até ficares com a fortuna toda. – Anuncia como se fosse um negócio irrecusável. – Só tens dezanove anos! Para todos os efeitos estás sob a minha responsabilidade, como tal farás o que te mandar. Agora e mesmo depois de casada! Não julgues que te vou largar. Não é esse o nosso plano. – Ri diabolicamente como quem revela só parte do plano.

– Nunca! – Nega Amélia já completamente fora de si. – Jamais me entregarei a um homem que não conheço. Não sou um pedaço de carne a ser vendido no mercado. – Roga-lhe. – Quero voltar para o meu emprego de ama no Porto. Prefiro morrer! Tem outras intenções com este casamento. Não quero meter-me em sarilhos.

– Nenhuma mulher me levanta a voz! Como voltas para o Porto, hã? Não tens dinheiro. – Apertando-lhe as bochechas afirma categoricamente. – Já está combinado. Vais casar-te domingo de manhã na Igreja de S. Lourenço. O noivo já pagou parte do preço. – Escarnece. – E farás o que te mando, agora e no futuro. Só tens de o agradar na cama, não precisas que se apaixone por ti. – Conclui num tom autoritário que assusta Amélia.

13

– Não tenho dinheiro para voltar porque vossemecê ficou com as minhas economias. – Retorque completamente desorientada. – Prefiro morrer a casar-me com um estranho.

– Pois se te digo que se casas no domingo é porque te casas. Não brinques comigo Amélia. Aqui por estas bandas ainda são os homens que mandam e as mulheres obedecem, ouviste? Só não te dou um estalo para não ires com a cara marcada no dia do teu casamento. – Remata, começando a dar sinal de estar a prestes a perder a cabeça a qualquer momento. – Vais casar e pronto. Parece que até os reis só conhecem as noivas no dia do casamento. Porque havia de ser diferente contigo? – Ironiza mais uma vez com toda a situação.

– Não me caso e pronto! – Afirma categoricamente ao mesmo tempo que de um safanão se levanta deixando Joaquim estatelado no chão.

– Casas, casas, oh se te casas! Joaquim traz a Isabelinha! Acorda homem, traz a tua irmã. – Grita ao filho primogénito que a custo se ergue do chão.

– Oh por favor, Barbosa, deixe a criança dormir. Ela não precisa de presenciar a esta discussão. – Suplica Amélia.

– Para Joaquim! Então ouve com muita atenção: vais casar-te com o lavrador e pronto. Livro-me de ti e ficamos todos bem. A Isabelinha também ficará melhor. – Faz uma pausa para cuspir o último aviso. – Ou te casas ou ponho-te na rua e vou vender a tua irmã ao bordel da Codosera[5]. Ouviste bem o que te estou a dizer? – De uma só vez Barbosa derruba a enteada com as palavras. – Depois do casamento hás-de fazer o que te mandar, aquele filho da mãe vai pagar pelo que fez no passado.

– Oh Barbosa, não seria capaz de fazer isso à sua própria filha! Isso é por demais cruel. – Amélia sente-se vencida e deixa-se sentar no chão frio de xisto da cozinha. – A Isabelinha não! – Chora com o rosto escondido por entre as mãos.

– Está nas tuas mãos: ou te casas com o lavrador e ficamos todos bem na vida, ou vendo a Isabelinha às putas espanholas e tu vais para a rua ou quem sabe, até vires puta também. Não sei é se algum homem

---

[5] Pequena localidade espanhola, perto da fronteira com Portugal.

pagaria para se deitar com alguém como tu! – Exprime-se com desdém cuspindo para o chão negro.

– Mas por que razão o lavrador pagou para se casar comigo? Se é assim tão rico com certeza que não terá dificuldade em encontrar esposa! – Expõe a dúvida que lhe surge, pois começa a achar toda a história muito estranha. – De onde conhece o lavrador?

– Não tens nada a ver com isso. São contas que temos a ajustar com o passado. No domingo, depois da cerimónia serás uma mulher bem casada e eu um homem bem rico. Agora vai-te deitar. – Conclui dirigindo-se para o seu quarto. Joaquim segue-o como um cão que segue o seu dono.

******

As suas lembranças são interrompidas pela chegada da irmã. Olham-se.

– Anda cá meu pequeno amor. Por onde tens andado? – Amélia estende os braços à irmã que os aceita e se junta a ela na cama.

– Boa noite. Tenho estado na casa da vizinha. – Procura o aconchego dos braços da irmã mais velha. – Olhe, ela hoje quase que não me ia dando a tigelinha de sopa. Diz que também são muito pobres e que não tem de estar a alimentar os filhos dos outros. – Desabafa inocentemente. – Vossemecê já jantou?

– Comi um pouco de pão com conduto! Não te preocupes. Queres que te conte uma história para adormeceres? – Faz um esforço para que a pequena Isabel não se aperceba da sua profunda tristeza.

– Tenho tantas saudades da mãe. Vossemecê não? Antes de ela ficar doente havia sempre almoço e jantar. – A pequena criança começa a soluçar.

– Pronto não chores. A mãe estava doente e teve de partir para um lugar onde já não sofresse mais. – Diz carinhosamente enquanto afaga os ásperos e enriçados cabelos da irmã.

– O pai diz que depois do teu casamento, amanhã, vamos ficar ricos e nunca mais vamos passar fome. É verdade Amélia? – Perguntam-lhe um par de olhos castanhos esperançosos num futuro melhor.

– Oh Isabelinha dorme. Isso não são assuntos para a tua cabecinha, meu anjo. Prometo que tudo farei para que nunca mais passes fome! – Jura à irmã ao sentir remorsos por naquela tarde ter tentado pôr fim à sua vida e abandonar a pequena Isabel à sua triste sorte. – Sabes que vou morar para a casa do meu futuro esposo. Mas prometo-te que, assim que puder, venho visitar-te e tratar de ti, meu anjo. – Tenta reconfortá-la com um beijo na testa.

Aninhada à irmã mais velha a criança adormece.

Amélia volta aos seus pensamentos.

"Oh, meu Deus, amanhã por estas horas já estarei casada. Quem será ele? Por que razão terá pago para casar-se comigo? Oh meu Deus o que vai ser de mim? Aqui ando eu de mão em mão. Como vou partilhar o leito com alguém que nunca vi? Oh meu Deus que medo! O que me espera na noite de núpcias? Oh mãe vou casar e nem enxoval tenho! Nem uma roupa nova para vestir. Que tristeza! Mas por que razão apareceu aquele homem no Arco do Bispo? Por estas horas o meu sofrimento e humilhação já tinham acabado. Oh meu Deus, o que seria então da Isabelinha! Quem ficaria a tomar conta dela? Perdão meu Pai, minha mãe por ter sido tão egoísta e só ter pensado na minha dor! Se eu tivesse morrido quem cuidaria da minha irmã? Nada deve ser pior do que estar nesta casa e ir todos os dias para a cama com fome, pois não meu Deus? Dai-me forças para aguentar o meu marido. Pelo menos vou ter um teto e comida à mesa."

Amélia leva a mão à boca contendo o vómito. Depois começa a atentar que o casamento inesperado que lhe fora imposto por Barbosa não seja pior do que a sua situação atual. Tal constatação fá-la sentir nojo de si mesma.

Para se distrair, uma vez que o sono não chega, recorda os seis anos em que trabalhara como ama numa das famílias mais ricas da cidade do Porto. Após a morte do pai, e tendo terminado a escola primária, a família para quem este trabalhava resolvera acolhê-la como ama das crianças da família. Gente generosa.

Durante esse período teve acesso a todo o tipo de conhecimentos e experiências que qualquer jovem abastada da sua idade teria. Como a filha mais velha é da sua idade, Amélia e Josefina rapidamente se tornaram as melhores amigas o que lhe proporcionara uma educação quase burguesa. Já mulherzinha, na qualidade de amiga, acompanhara Josefina a todos os eventos da alta sociedade portuense.

Julgara que seria assim que continuaria a viver não tivesse o padrasto escrito uma carta a mandá-la chamar pois a mãe encontrava-se à beira da morte vitima de uma pneumonia. Amélia rapidamente respondera afirmativamente ao chamamento do padrasto não suspeitando da vida miserável que iria encontrar. Há seis anos que a mãe fora trabalhar como governanta para o Alentejo. Por carta Amélia fora informada que voltara a casar com um manajeiro. Mas a mãe nunca lhe contara que o padrasto não era dedicado ao trabalho, que lhe gastava todo o dinheiro na taberna e em mulheres e que tinha uma meia-irmã de cinco anos, Isabel.

Agora, naquele buraco a que chamavam de quarto, Amélia chegara a ter dúvidas se as suas lembranças seriam fantasias ou se a realidade seria um pesadelo. Pensava como seria possível que, em apenas seis meses, a sua vida tivesse tomado um rumo tão amargamente inesperado.

Volta a pensar na forma como o padrasto se referira à sua aparência física. Desde pequena que sentia os olhares de estranheza das pessoas face às suas feições nórdicas, mas nunca lhe havia passado pela cabeça que tal facto fosse impedi-la de encontrar um emprego digno ou, quem sabe, encontrar o amor correspondido.

No meio de todos estes pensamentos surge o rosto do homem que a salvara do suicídio. Recorda o rosto rectilíneo e moreno, a barba rala, os olhos pequenos castanhos-terra, ternamente tristes, o cabelo liso castanho demasiado comprido, dividido igualmente para ambos os lados, e a boca generosa ao centro terminando fina nos cantos. Agora que pensa no assunto concluiu que dever-se-ia tratar de alguém abastado pela roupa que trajava e pela sua montada.

"Quem sabe se alguma vez terei oportunidade de lhe agradecer o gesto."

Como o sono não chega e um género de efervescência vai-se apoderando do seu jovem corpo à medida que as horas vão soando, Amélia lembra-se que certa vez no quarto da mãe vira uma Côca[6] que esta teria usado em tempos, para ir à missa aos domingos.

---

[6] Trajo de ir à missa mas que teria sido de noiva, depois usado aquando da viuvez. Composto por saia e blusa de tecido preto (lã, merino, algodão) e sapatos pretos.

Como tem a certeza que o padrasto e o filho não se encontram em casa, vai até ao outro quarto, e de uma arca retira as peças do trajo: saia preta e blusa de tecido preto em algodão. Junto estão religiosamente guardados uns sapatos e meias pretas (que com certeza lhe ficarão apertados). Embrulhada num pedaço de lençol velho, uma pequena capa com véu preto pela frente. Experimenta-a e confirma que lhe dá até à cintura.

Olha para as peças que tem seguras por entre os dedos e com tristeza decide que será aquilo o seu vestido de casamento.

"Não será, por ventura, o vestido de casamento dos meus sonhos. Mas de qualquer das formas nada disto que está a acontecer faz parte dos meus sonhos. Tudo isto é um pesadelo, como tal esta antiga roupa preta adequa-se perfeitamente ao espírito do acontecimento. De qualquer das formas, assim, sentir-me-ei escondida por detrás do véu. Será mais fácil aguentar toda a cerimónia. Obrigada mãe. Pelo menos não vou com esta saia de lã. Que pena o Barbosa ter vendido os bonitos vestidos que trouxe do Porto. Será que haverá familiares do noivo a assistir à cerimónia? Haverá festa? Oh meu Deus todos os meus sonhos destruídos! Será muito velho? Como pode alguém comprar uma esposa? Com certeza deve ser má pessoa, para ter negociado com Barbosa. Que passado os unirá? Oh meu Deus o que vai ser de mim! Como será a noite de núpcias! Oh, mãe não estou preparada para nada disto! Por que razão um homem assim tão abastado precisaria de comprar uma noiva!"

SOAVAM já as 22 horas na torre do relógio e Amélia sem conseguir dormir. Barbosa e Joaquim ainda não haviam chegado a casa, quando se lembrara que seria conveniente tomar banho.

Levantara-se com cuidado para não acordar a irmã, ateara o lume e, com uma bilha debaixo de cada um dos braços, decidira ir buscar água ao fundo da rua, à Fonte Nova.

Com uma força extraordinária sobe a rua de terra batida com o carrego da água, entra na cozinha, que entretanto já ganhara algum conforto pela força do lume, coloca a água nos potes de barro que empurra para cima da chama para que aqueça o mais rapidamente possível. Para junto do lume empurra o alguidar de zinco onde se irá lavar.

Como teme que os dois homens da casa possam entrar a qualquer momento decide lavar-se vestida com a camisa e as cuecas.

Quando lhe parece que a água atingira a temperatura ideal, com alguma dificuldade, despeja-a para o alguidar. Primeiro mergulha o pé e posteriormente acaba por se sentar no fundo do alguidar. Com a ajuda de uma caneca vai molhando os cabelos que são cuidadosamente ensaboados com sabão azul e enxaguados por diversas vezes com o auxílio de uma caneca de esmalte. Posteriormente ensaboa as partes do corpo a descoberto mas também as que se encontram tapadas pela roupa interior. Por fim, e para que o corpo fique devidamente limpo, ergue-se, alcança a bilha onde deixara alguns litros, tomba-a por cima do alto da cabeça ruiva deixando que a água retire o excesso do sabão.

Terminada a tarefa de higiene, Amélia alcança da tripeça um pano branco com que enrola o corpo molhado mas vestido. Com alguma perícia retira a camisa deixando ficar as cuecas pois tem a certeza que a qualquer momento Barbosa e Joaquim entrarão pela cozinha.

Embrulhada no pano, senta-se na tripeça e com um pente inicia a difícil tarefa de desenlear os longos e ondulados cabelos ruivos.

Enquanto se tenta distrair com essa tarefa íntima fita a dança que as pontas das chamas desenham. Escuta o crepitar da lenha. Tenta não pensar em nada. Mas a tristeza fala mais forte. Primeiro, apenas algumas lágrimas se soltam dos olhos verde-esmeralda. Rapidamente uma torrente de outras se seguem, ao ponto de que, quando os homens entram perdidos de bêbados pela cozinha, o rosto da jovem é uma mistura de baba e ranho.

– Ora vejam só a noiva esteve a banhar-se! – Troça Barbosa assim que se apercebe do que a enteada estivera a fazer. – Quer ir limpinha para o altar, já viste Quim? – Acrescenta voltando-se para o filho. – Não percebo é porque choras! Enxuga essas lágrimas, que amanhã vais ser uma das mulheres mais ricas do Alentejo. Mas hás de fazer o que te mandar. – Adverte com o dedo indicador.

Barbosa dirige-se para a entrada do seu quarto. Porém, Joaquim guloso de desejo, como sempre, vai até junto de Amélia e lança-lhe as manápulas à zona dos cheios e tesos seios.

– Tira as mãos de cima de mim. – Ordena a jovem tentando evitar o contacto mas com receio de cair para o lume. – Perdeste o juízo de vez!

– Anda cá diaba. Esses olhos são uma tentação do demónio. Aposto que estiveste a tomar banho só para me provocar. – Fala-lhe mesmo por cima. Amélia sente o cheiro forte da aguardente a revirar-lhe as entranhas.

– Joaquim vem deitar-te, rapaz! Deixa-a em paz! – Ordena Barbosa ao filho. – Deixa, se a outra sabe que andas embeiçado por esta diaba!

Horrorizada com o que Joaquim possa fazer-lhe, foge mesmo diante dos olhos, indo-se refugiar no quarto, bem junto da irmã que dorme profundamente na pequena cama de ferro, onde fica imóvel até o dia clarear.

Quando todos se levantam já Amélia se encontra vestida com o seu traje preto. Escondida por detrás do véu sente-se protegida para o dia que a aguarda.

Para desgosto da pequena irmã, Barbosa não autoriza que esta acompanhe Amélia até à Igreja de S. Lourenço.

Assim quando a noiva sai de casa fá-lo sozinha deixando para trás não só a pobreza mas também uma irmã que não tem a certeza se voltará a ver.

Lavada em lágrimas, desce a rua calcetada como um condenado que caminha para a guilhotina. Não olha para trás e para seu espanto não sente tristeza em deixar aquela casa rumo ao desconhecido. Contudo, segue de cabeça baixa pois não sabe para onde nem para quem se dirige.

Já vai alcançando o primeiro degrau da escadaria que dá acesso à porta principal da igreja, quando sente uma mão a agarrar-lhe o braço esquerdo.

– Então, achas que deixava a nubente entrar sozinha na igreja? Que padrasto seria? – Barbosa enlaça o seu braço no de Amélia e, disfarçadamente, sussurra-lhe ao ouvido. – Na igreja limita-te a dizer o sim. Não quero confusões, ouviste? O Joaquim ficou com a Isabel em casa. Não te esqueças do que te disse que lhe faria. Está muito dinheiro em jogo. Não se trata só deste casamento.

Apavorada, Amélia, nada responde, limitando-se a acenar afirmativamente com a cabeça.

– Como o noivo é gente de posses, combinara com o padre fazer a cerimónia a esta hora matutina para não haver ninguém na igreja. – Informa, sempre com um ar trocista.

Escondida por detrás do véu preto da Côca, Amélia permite-se a liberdade de deixar correr as lágrimas sem se preocupar em secá-las.

"Oh meu Deus o que será que me espera? O que vai ser de mim? E se ele for mau! Deve ser uma peste pior do que Barbosa."

Envolta nos seus receosos pensamentos Amélia nem se apercebera que já entrara na igreja e que a passos largos Barbosa arrastara-a até ao altar onde o padre e um homem, também ele todo coberto de preto a esperam.

Por detrás do véu Amélia tem a coragem de olhar para a figura que dali a alguns minutos passará a ser dona do seu corpo. O pânico apodera-se dos movimentos e fica pregada à tijoleira que forra o chão da igreja. Sentindo a sua hesitação o padrasto puxa-a ainda com mais força.

O padre e o noivo assistem em silêncio à medonha cena.

Amélia não consegue tirar os olhos do corpo alto, esguio mas imponente que aguarda por si perto do altar.

Enquanto caminha pode confirmar que pelas roupas que traz vestidas trata-se sem sombra de dúvida de um homem abastado. O perfil parece-lhe familiar. Volta a perscrutá-lo, agora ainda com mais atenção.

21

É então, quando já está quase mesmo a seu lado, que identifica o homem com quem vai casar como sendo o mesmo que a salvara, no dia anterior, do suicídio.

Tomada pela surpresa arregala os olhos e leva a mão à boca. As forças faltam-lhe e contrariada ampara-se no braço que a conduz até a atraente mas estranha figura.

E porque se sente protegida pelo véu insiste em estudar ao pormenor a figura masculina.

O homem, vestido de calça, colete, cinta de merino, camisa e jaqueta preta de lã. A jaqueta com alamares. Camisa de linho de um branco imaculado, com abotoadura de ouro de algibeira. Nos pés umas botas finas pretas. Do bolso do colete uma corrente de ouro, generosamente grossa, segura o relógio de algibeira.

O nubente nem por um momento se digna a olhar na sua direção.

É evidente a diferença social entre os noivos.

Amélia fica com a sensação que também ele estará, por qualquer motivo, a ser forçado a dizer o sim àquela união.

Mais uma vez olha para a figura altiva do noivo e para a insignificância física do corpo do padrasto. Rapidamente abandona a ideia de que aquele homem pudesse alguma vez ser obrigado a fazer o que não quisesse.

Quando o padre se dirige a Amélia, esta continua de olhos pregados na figura masculina que continua sem olhar na sua direção. Sente-se perdida pois não consegue compreender como é que Barbosa conseguira obrigar um homem abastado, tendo pouco mais do que trinta anos, de boa aparência física, a casar-se com ela, uma pobre desconhecida.

Só quando o padre dá a cerimónia por concluída é que Amélia se dá conta que já está casada. Durante todo o tempo manteve-se estática, mais preocupada em tentar perceber por que razão aquele belo homem estaria a casar-se consigo.

Finda a cerimónia, Amélia é trazida à dura realidade por uma voz rude e rouca.

– Senhora, faça o favor de me acompanhar até à sacristia para que os papéis sejam assinados e despachemos esta farsa. – Ordena amargamente, dando os primeiros passos até ao local.

Amélia permanece estaticamente assustada com o tom de voz empregado nas poucas palavras. Olhando-o nos olhos, através do véu preto, tem a sensação de que a qualquer momento os olhos castanho-terra começaram a disparar faíscas de raiva. A boca é uma linha descaída e retorcida. Amélia duvida que seja o mesmo homem que a salvara.

Empurrada pelo padrasto, que não sai de ao pé de si um milímetro que seja, segue em passos lentos e curtos, com os braços pendentes e as mãos cruzadas entre si, a figura do esposo. Sente-se profundamente magoada pela brusquidão das palavras e pelo desprezo do homem, que ainda não se dignou a olhar na sua direção. O coração bate cada vez mais forte e sente as pernas fraquejarem. O corpo é alimentado pelo orgulho quando se mantém em pé.

Quando entra na sacristia já ele assinou o livro e de costas voltadas para a mesa aguarda que ela faça o mesmo. Nesse momento os olhos de Amélia lêem o nome que está escrito na linha por cima de onde começa a desenhar o seu. Só nesse momento é que tem conhecimento do nome do homem com quem está casada.

"Chama-se João Morgado. João Morgado! Fico na mesma. Também não conheço ninguém por estas bandas. Com certeza que ainda não se apercebeu quem sou. Também não deve estar muito interessado em saber. Ainda nem sequer olhou para mim! Como pode este homem ser o mesmo que ontem tão prontamente me salvou de uma morte certa? Se não queria casar-se porque o terá feito? Tenho a impressão de que nem me quer ver! Oh meu Deus o que irá fazer comigo? Porque me terá comprado. O homem, hoje, tem um aspeto tão sinistramente belo!"

Mais uma vez é transportada para a realidade com o trovejar da voz do marido. Treme ao aperceber-se de que se dirige a ela.

— Senhora, ali fora, encontrará uma charrete à vossa espera, subi, que o empregado aguarda-vos. — Comanda sem nunca lhe dirigir o olhar.

— Barbosa penso que temos negócios a concluir. Siga-me! — Anuncia igualmente ao padrasto, que como um animal esfomeado segue os seus passos. — Acertamos as contas lá fora pois não são assuntos a serem tratados dentro da igreja. — Tenha um bom dia. — Despede-se do padre.

Amélia tremendo como varas verdes, dirige-se mudamente para a saída lateral que lhe fora apontada pelo esposo.

"Negócios? Oh que horror! Deve ir pagar-lhe o preço que combinou. Meu Deus, estão a falar de mim como se fosse uma mercadoria. Que espécie de homens serão estes dois? Nenhum deles revela o mínimo de pudor ou decência. São os dois uns monstros: o que me vende e o que me compra."

Nesse momento chega perto da charrete. O empregado prepara-se para a ajudar a subir. Recusa o auxílio pois sente-se por demais humilhada e ultrajada. Com a habilidade que o seu jovem corpo permite senta-se agilmente no banco dianteiro. Pelo espanto do cocheiro, apercebe-se que possivelmente estaria à espera que ela se sentasse no banco dos passageiros. Encolhe os ombros ignorando a sua falta de etiqueta. Desce da charrete e solitariamente aconchega-se no amplo banco traseiro. Ali fica pelo menos uma boa meia hora observando pelo canto do olho o desfecho do negócio da sua venda. Curvada sobre si mesma, com as mãos cruzadas no colo, chora escondida por detrás do negro véu.

Repara que João, o marido, se dirige ao cocheiro dando as suas ordens.

– Leve a senhora até ao Monte das Tílias. É para lá que vamos. – Ordena num tom de voz mais civilizado. – Eu sigo a cavalo.

O empregado acena afirmativamente com a cabeça. Dando com o chicote no ar põe os equídeos em marcha.

Amélia olha para o marido com esperança de que agora merecerá alguma atenção da sua parte, pelo menos que seja para a informar para onde a leva. Desolada observa-o a colocar o chapéu preto na cabeça, a dar meia dúzia de passos no sentido oposto, em direção à sua montada que se encontra presa ao novíssimo muro do Club Desportivo Portalegrense. Desata as arreatas da argola de metal fixa na parede e em passo de andamento comanda o cavalo calçada a baixo.

Amélia fica a vê-lo descer a rua. Sente-se a mais ignorada e abandonada das esposas ao cimo da Terra. Do padrasto nem sinal. Julga que por esta altura já terá entrado na taberna mais perto para festejar o negócio encharcando-se em aguardente.

"E para onde me leva? Onde será o Monte das Tílias? Acabo por ser trocada pe-
la prisão de Barbosa, por uma prisão algures no meio deste campo imenso. Nem
sei para onde me leva? Oh pai e mãe mais do que nunca preciso da vossa proteção.
Que tola fui em acreditar nas palavras de Barbosa. Como é que vou conseguir li-
bertar-me deste tirano com quem me casaram? Nem perguntou se queria ir buscar
os meus poucos pertences! Vou, não sei para onde só com a roupa do corpo. Oh
querida Isabelinha o que vai ser de ti! O que vai ser de nós!"

À medida que a charrete vai deixando para trás o aglomerado urbano e en>vereda por um caminho de terra batida Amélia começa a tentar
memorizar alguns pontos de referência por onde vão passando.

Depressa se apercebe de que sua tentativa de aprender o percurso
que a conduzirá até ao Monte das Tílias se revela infrutífera uma vez que
durante uns bons quilómetros apenas vê sobreiros e azinheiras na linha
do horizonte. Mas não desanima pois sabe que saiu rumo à estação dos
caminhos de ferro e apenas virou à direita e seguiu sempre em frente.

Talvez pelo efeito do balanço da marcha da charrete ou por não ter
dormido nada nas duas últimas noites, ou até por que a paisagem se
revela inesperadamente bela e agreste, a jovem começa a prestar mais
atenção à fauna e flora que lhe vai sendo oferecida aos olhos pouco
habituados a contemplar a beleza que os campos alentejanos oferecem
nessa época do ano.

Uma pequena charca surge antes do primeiro cruzamento. Rapidamente Amélia concluiu que os caminhos deverão ir dar às habitações
que se vislumbram muito ao fundo.

De um lado e do outro os montados de sobro e azinho encontram-
-se semeados de cereais que já destapam as suas pequenas espigas em
crescimento. Ladeando a estrada de terra, tufos de papoilas, margaridas, rosmaninho, alfazema, urze e estevas surgem alternadamente. Aqui
e ali, no meio dos campos, avista-se uma oliveira e tufos das mesmas
plantas que ornamentam as bermas do caminho.

A lembrar que o inverno fora chuvoso, e que a primavera começara
há pouco menos de um mês, pequenos regatos saltitam de pedra em
pedra. Um pouco mais à frente um lençol de água serve de bebedouro
a uma família de perdizes. Aqui e ali pequenas charcas rodeadas de
mantos de margaridas brancas e amarelas brilham ao sol refletindo o
imenso azul do céu e os bovinos que por ali pastam.

Passam um segundo cruzamento e a jovem vai fazendo um esforço para memorizar, pelo menos, o número de cruzamentos, já que a estrada que seguem é sempre a direito.

Lá muito ao fundo, do lado direito, uma construção rectilínea e de proporções anormais chama a atenção de Amélia que se questiona se será ali a sua futura morada. O coração mirra-se por dentro pois a torre escura assemelha-se a uma prisão. Vê-a aproximar-se e a perder-se por entre a paisagem, o que a deixa mais tranquila, pois, por momentos já se imaginava presa numa torre de pedra longe de tudo e de todos.

A charrete segue balançando pelo caminho de terra batida quando um curso de água de maiores proporções quase que galga livremente para cima da estrada. Como precaução o cocheiro abranda a marcha. Amélia pode observar e sentir o cheiro da hortelã da ribeira, dos poejos e dos agriões quando são pisados pelas rodas.

O caminho que, desde alguns metros atrás ficara rodeado de algumas rochas, torna-se agora amplo e aberto. Amélia é tomada de surpresa por uma paisagem em que o verde da terra se mistura com o azul do céu. A vereda que ladeava o caminho, inesperadamente, desaparece e este torna-se um pouco mais alto do que os terrenos por onde passa, dando a sensação de se estar a caminhar em linha reta rumo ao paraíso, tal a paisagem que a chegada ao Monte das Tílias oferece. O coração salta-lhe da boca tal a força da beleza natural.

Ao sentir que os cavalos abrandam a sua marcha a mando do cocheiro Amélia confirma que chegou ao seu destino.

De ambos os lados, no ervado do terreno, lebres saltitam alegre e livremente. Emociona-se invejando a sorte que aqueles animais têm por poderem movimentar-se à sua vontade.

Não se contendo de curiosidade procura no banco uma posição em que possa observar as construções que vão surgindo à sua frente num plano ligeiramente mais elevado do que os terrenos que as envolvem.

A primeira casa que surge é ampla, de dois pisos, pintada a cal e ocre, com um pequeno espaço murado de um dos lados onde os cavalos podem descansar, saciar a sede e a fome. Do telhado seis chaminés estão erguidas destemidamente em direção ao céu como prova da riqueza do proprietário.

Lá mais ao fundo, o telhado de uma pequena construção ostenta, num dos vértices, uma cruz em madeira o que a leva a concluir que se trata de uma pequena capela.

Do lado esquerdo de quem entra no Monte das Tílias, um pouco afastado da casa principal, um conjunto de pequenas e humildes habitações dispostas em fila indicam o lugar onde vivem os criados da casa e os empregados do Monte. Por detrás, os barracões que poderão ser cavalariças e arrumos das alfaias agrícolas.

À medida que a charrete se vai aproximando, Amélia verifica que entre a casa, que julga ser a principal e a pequena capela, uma outra construção começa a ganhar contornos. Trata-se de uma construção feita em blocos de pedra de cor cinzenta que, aos poucos, vai adquirindo a forma de um pequeno castelo de dois pisos com uma torre ao centro. As janelas que exibem vidros multicolores, parecem estar todas fechadas. Amélia franze o sobrolho pois aquela construção parece-lhe um pouco desenquadrada de todo o espaço rural envolvente. Vem-lhe à ideia a torre que vira lá atrás. O coração volta a mirrar-se com a ideia de poder ficar presa na torre daquele castelo em miniatura.

A charrete toma o caminho da direita, contorna a casa principal, passa por uma pequena construção que se assemelha à casa da cisterna, transpõe os portões de ferro forjado, pintados a preto onde se podem ver trabalhadas as letras manuscritas "JM" de João Morgado. Junto aos pilares, ostentosos potes de barro servem de vaso a lindíssimas sardinheiras matizadas. Passa em frente da capela, volta a contornar o castelo (do lado oposto) e para diante da porta principal da casa grande.

"Chegaste à tua nova vida. Força e prepara-te para o que vier. Tens de ser forte, Amélia. Daqui não conseguirás sair sozinha. Também não podes contar que alguém te possa ajudar. Para já!"

Atentamente estuda o espaço que a rodeia não se dando conta que o cocheiro já lhe abrira a portinhola indiciando-lhe que terá de sair.

À sua espera junto da majestosa porta de carvalho dupla, onde uma arcada de roseira, carregada de botões amarelos, cresce colada à parede, uma senhora de meia idade, de cabelo grisalho apanhado num poupo preso com rede e ganchos pretos, esboça na face redonda e rosada o primeiro sorriso que Amélia vê desde há várias semanas.

Serviçalmente dirige-se a Amélia para a cumprimentar com um esmerado curvar de cabeça. Porém, não consegue disfarçar a admiração pelos roupas que a jovem traz vestidas pois não para de fitar a Côca que cobre toda a parte superior do corpo da jovem.

– Minha senhora seja bem-vinda a esta casa. – Vai dizendo à medida que Amélia se vai aproximando dela. – Entre, deve estar cheia de calor. Essas roupas deverão ser por demais quentes. – Indicando-lhe o amplo e fresco espaço que antecede a entrada nas divisões principais da casa.

Timidamente a jovem acena a cabeça e segue os passos da mulher. Já debaixo de teto a mulher apresenta-se, sempre com um sorriso generoso desenhado nos lábios.

– O meu nome é Maria das Dores. Sou a governanta da casa. – Diz-lhe de forma simpática mas sempre olhando para Amélia com estranheza. – O senhor espera por si na biblioteca. Venha! – Com eficiência, roda o roliço e pequeno corpo sobre os calcanhares e inicia a marcha até à biblioteca. De repente para. – Senhora, não quer retirar a Côca? Deve ter muito calor. – Estende-lhe a mão para que Amélia lhe entregue a peça de vestuário.

Contudo a jovem sente-se tão protegida por detrás do véu preto e ao mesmo tempo tão constrangida com a peculiaridade da situação que nada consegue responder. Fica muda e parada aguardando que a governanta retome a sua marcha.

De olhos semi-cerrados, segue a governanta, pois sabe que é chegada a hora de conversar com o seu esposo sobre o futuro que lhe aguarda. Caminha desinteressadamente pelos corredores que a conduzem ao seu dono. O coração ameaça cansar-se de tanto bater.

Maria das Dores faz-se anunciar junto da porta. Do outro lado uma voz autoritária manda-a entrar. A governanta faz sinal a Amélia que entre e afasta-se ligeiramente.

Amélia sente-se como que acabada de sair de um pesadelo e a entrar noutro, pisca os olhos querendo aperceber-se do espaço onde está e para onde se dirigir.

O ronco de uma voz masculina fá-la rodar a cabeça em direção a uma das grandes vidraças que iluminam o amplo espaço da biblioteca. Apenas vê uma silhueta negra contra a luz, *incandescentemente* branca, que atravessa a vidraça.

– Sente-se na cadeira que está junto da secretária. – Ordena a voz masculina.

Submissamente, e porque a figura masculina impõe respeito (pois é uns bons centímetros mais alta do que ela e bem mais musculada), Amélia procura a cadeira sentando-se na ponta, ficando exageradamente direita, com as mãos dobradas sobre o colo e os olhos pregados ao chão.

Talvez devido aos seus dezanove anos, ou talvez devido à postura austera do marido, não se atreve a olhar para ele. O corpo estático não revela a tempestade de emoções que se desenrola no seu interior.

É então que, após um incomodativo silêncio, Amélia ouve as palavras mais duras que lhe foram proferidas até então.

– Não sei o que estava à espera com este casamento. De amor não será com certeza, muito menos de respeito. Para se sujeitar a uma situação destas não deverá ter melhor carácter do que o vosso cúmplice, Barbosa. Não me interessa se é velha ou nova, bonita ou feia, gorda ou magra. Não faço a menor intenção de olhar para vós. – João Morgado enche o peito de ar, enfia as pontas dos dedos nos bolsos do colete apoiando-se no bico dos pés. Voltado para a paisagem que se encontra para lá da vidraça fala secamente. – Não faço intenções de consumar o casamento, nem tão pouco ter qualquer tipo de convívio com vossemecê. Gente da sua laia só quero distância. Já fui obrigado a conviver com gente sem escrúpulos tempo demais. Não vos quero junto dos gémeos, os meus filhos, por isso vou dar-vos uma das casinhas onde os empregados vivem. Não vos faltará nada porque para todos os efeitos está casada comigo, até ver! Apesar do dinheiro que já paguei por vossemecê vou dar-vos uma mesada para os vossos gastos pessoais. Já tratei com o advogado, nunca, mas nunca receberá um tostão meu a não ser o montante que eu estipular. – Nervosamente passa as mãos pelos longos cabelos castanhos sucessivamente. – Sabe que o combinado é não revelar o que sabe por isso se o trato for quebrado imediatamente a expulsarei do Monte e da minha vida. Ah, outra coisa! Quando tiver convidados não a quero por perto. Não tenho nada a ver com quem possa levar para a sua cama nem vossemecê com quem na minha possa dormir. Não a quero sequer perto de nenhum dos meus quartos. Exijo que compreenda que este casamento só existe no papel.

Sinto nojo da sua pessoa. – Respira ainda mais fundo dando sinal de que já acabara.

Apanhada de surpresa e em estado de choque Amélia desfaz-se em soluços que tenta abafar com as duas mãos.

– Não vale a pena começar a chorar porque as suas lágrimas não me comoverão. Outro aspeto, que já me esquecia... Vossemecê ficará a viver aqui no Monte das Tílias. Quem continua a mandar na casa é a governanta. Eu regresso ainda hoje a Portalegre. Só cá virei de tempos a tempos. Avisarei Maria das Dores quando isso acontecer, pois não quero cruzar-me convosco quando cá estiver. – Pausa. – Entendido? – Questiona num tom de voz austero e demasiado alto.

Amélia assustada com a força das palavras dá um salto na cadeira. Apesar da sua estatura, naquele preciso momento sente-se a mais minúscula das criaturas. Treme descontroladamente.

– Responda-me quando vos faço uma pergunta! – Adverte furiosamente, já voltado na sua direção. – Entendestes?

– Simmmm senhor. – Responde hesitantemente Amélia sentindo uma necessidade urgente de abandonar aquele espaço que a sufoca.

– Só mais uma pergunta. – Volta a encher e a despejar o peito de ar. – Por que razão se sujeita a uma humilhação destas? Viver a sua vida presa a um homem que vos despreza! – Inquere à medida que se vai aproximando de Amélia de rosto e punhos fechados. – Por dinheiro, com certeza!

– Por uma questão de sobrevivência, senhor. – Diz a custo entre soluços. Pois teme que o marido lhe vá bater. – Apenas por uma questão de sobrevivência. – Enche o peito de ar a ganhar coragem para satisfazer a sua curiosidade. – E o senhor, por que razão aceitou casar-se comigo? – Não se atrevendo a utilizar a palavra que lhe surgira na cabeça "comprar".

– Não compreendo, senhora. Queira explicar-se melhor? – Ordena mais uma vez. – Quanto ao motivo que me levou a casar-me consigo, não se faça de desentendida. Sabe muito bem porquê.

Temendo que a qualquer momento o temível marido a esmurre com um dos punhos cerrados que se dirigem a ela, Amélia levanta-se da cadeira, às cegas abandona o escritório.

Ainda consegue ouvir a governanta, que se encontrava por perto, a perguntar ao patrão para onde se dirigia a senhora, ao que ele respondera friamente "Não irá longe. Não faz a menor ideia onde esteja."

Atravessa o longo corredor do rés do chão da casa. Quando alcança a porta principal para e respira todo o ar que consegue. As lágrimas inundam o fino rosto sardento. Desesperada livra-se da Côca, que também a asfixia, e inicia uma corrida desenfreada que não faz a minha ideia para onde a levará. Atravessa um caminho ladeado de tílias cobertas de tenros rebentos de folhas. Como a grossa saia lhe impede os movimentos arregaça-a com as mãos e sem se importar com a sua compostura, corre para uma pequena construção que se assemelha a uma casa do lago. Nela entra cega de raiva com os olhos rasos de água. Só para quando, já numa pequena varanda, vê que à sua frente apenas um espelho de água existe. Vencida pela dor, pela fraqueza e pelo cansaço deixa o jovem corpo cair redondo no chão e permite-se chorar até que as lágrimas sequem. Curvada sobre a roupa negra soluça compulsivamente durante muito tempo.

Amélia sente uma tentação enorme de se atirar à água e nela se deixar afundar, não fosse a imagem da irmã mais nova surgir tão nítida na sua memória.

"Afinal, por que razão me salvou se a sua intenção era manter-me presa a um casamento que despreza! Oh meu Deus o que terei feito para estar a ser tão castigada! Como pode pensar que tenho alguma combinação com Barbosa. Levar homens para a minha cama? Quem julgará que sou?"

O corpo já começa a dar sinal de estar dorido quando Amélia ouve uns passos a aproximarem-se. Pelo canto do olho vê que é Maria das Dores que lá vem. A governanta aproxima-se, ajoelha-se, pega-lhe nas mãos.

– Minha senhora, não esteja assim! Dizia a minha avozinha "Não há bem que sempre dure, nem mal que nunca acabe." Vai ver que amanhã a situação não parecerá tão difícil. – Diz-lhe carinhosamente. – Olhe para si tão jovem… tão bonita. – Fita-a nos olhos ao mesmo tempo que passa as mãos belos cabelos ruivos. – Senhora, não precisava de esconder-se por detrás da Côca. É deveras lindíssima. – Sorri-lhe amistosamente. – Que idade tem? – Leva a mão à boca para tapar o seu atrevimento. – Desculpe-me, mas são atrevimentos de uma velha governanta.

– Dezanove. – Responde ingenuamente ainda com os olhos perdidos no espelho de água.

– É uma moça. Não teve ainda tempo para aprender muito da vida. – Sorri. – Levante-se por favor, senhora, já passa muito da hora de almoçar. Vinde comigo! Vamos conversando pelo caminho. – Oferece mais do que doces palavras.

Maria das Dores estende, não só uma mão, mas também um sorriso que Amélia, fragilizada como está, não consegue recusar. Ergue-se e pacificamente segue-lhe os passos.

Enquanto regressam a casa a governanta informa-a da conversa que tivera com o patrão e do que ficara decidido depois de ela ter fugido da casa grande.

Segundo o que a governanta lhe ia contando João havia concordado com algumas alterações sugeridas.

– Convenci o senhor que não seria correto ter a esposa a dormir junto dos empregados. Assim, passará a dormir num dos quartos dos hóspedes. Pedi-lhe autorização para que experimente alguns dos vestidos que a irmã do senhor deixou no Monte da última vez que cá esteve. É que a esposa de um lavrador não pode andar assim vestida como se fosse uma mulher do povo! Também o informei que será difícil manter os gémeos longe da esposa do pai. Desse modo está autorizada a conviver com as crianças desde que sejam elas a procurarem-na. – Respira fundo. – O que não vai demorar muito. São duas crianças amorosas. – Para e, voltando-se para Amélia, confessa. – Senhora desculpe-me. Sei que vou parecer muito atrevida, mas é que já trabalho há muito tempo nesta casa. Acredite, que o Sr. João não é má pessoa. – Volta a respirar fundo e fitando Amélia nos olhos, conclui. – Tem andado sem rumo desde que enviuvou. A senhora é tão novinha mas tendes um olhar tão triste. Desconheço o motivo pelo qual o senhor se casou consigo. Se tiver paciência vai ver que daqui por uns dias já estará mais calmo e menos severo consigo. É uma pobre alma atormentada com a morte de D. Antonieta. A senhora não tem cara de ser má pessoa. Deve haver aqui um mal-entendido qualquer. – Diz confiante no que o seu sexto sentido lhe pressagia.

Em silêncio as duas mulheres caminham até à casa grande. Só então é que Amélia se apercebe que à medida que vão passando os empregados que por ali se encontram a realizar as suas tarefas vão observando com curiosidade a esposa do proprietário daquelas terras.

– Venha! Tem cara de quem não tem comido nem dormido em condições nos últimos dias. – Acrescenta Maria da Dores. – O senhor já partiu para Portalegre, por isso ficaremos mais à vontade. – Segreda.

Ao ouvir as últimas palavras Amélia respira de alívio mas, ao mesmo tempo, bem lá no fundo do seu coração, lamenta o facto de João Morgado não ter percebido que ela era a rapariga que salvara do suicídio.

Novas curiosidades saltam-lhe da cabeça quando com olhar desconfiado contempla a peculiar construção de pedra cinzenta que se assemelha a um castelo.

"Quem viverá ali? Por que razão estará tudo fechado? Por que terá sido construído aquele castelo? Por que razão a governanta disse que ele é uma alma atormentada com a morte da mulher? Do que terá morrido a primeira esposa. Diz que é boa pessoa!"

O dia havia nascido há pouco mais de uma hora quando Amélia desperta do melhor sono que tivera nos últimos seis meses. Desde que chegara a Portalegre, a bem da verdade.

Talvez a noite tranquila se devesse à grande quantidade de chá de camomila que Maria das Dores quase que a obrigara a beber com a promessa de que ficaria mais calma.

Fazia pouco tempo que o sol se havia posto quando a governanta sugerira, ao contemplar o rosto cansado e as fundas olheiras, que o melhor seria deitar-se cedo.

A jovem esposa seguira Maria das Dores pela escadaria de madeira de carvalho que fazia aceder ao primeiro andar da casa. De candeeiro de petróleo suspenso na ponta dos dedos, a governanta deslizara pelos corredores do piso superior sem dizer uma única palavra. Amélia em silêncio, também a seguira, ávida de ter alguma privacidade.

Com os olhos estremunhados de tantas horas de sono seguidas, olha à sua volta como que querendo reconhecer o espaço onde se encontra.

Por momentos fica na dúvida se ainda estaria a dormir ou se já estaria acordada, uma vez que não reconhece o espaço que a rodeia. Paralisada, sentada na cama, tenta recuar mentalmente ao dia anterior e é ai que o cérebro acorda e lhe traz as memórias do casamento, da chegada ao monte e a dolorosa conversa com João Morgado, seu esposo.

Situada no espaço e no tempo, começa por apreciar o quarto onde dormira a sua primeira noite de casada. Primeiro que tudo, sente um enorme alívio por ter dormido sozinha uma vez que o seu corpo não havia sido reivindicado pelo marido. Suspira.

Toca nos lençóis de puro algodão. A sensação agradável fá-la roçar todo o corpo pelo toque do tecido.

Posteriormente os olhos perdem-se pela mobília e decoração do agradável quarto de hóspedes, que pelos vistos havia de passar a ser o seu.

Mais uma vez murmura de refolgo por, para já, não se ver obrigada a partilhá-lo com mais ninguém.

O amplo quarto é iluminado por uma janela de dimensões modestas para que no pico do verão o calor não o aqueça em demasia e no pico do inverno não enregele quem por lá dormir.

Todas as peças de mobiliário existente na divisão são do estilo D. Maria: a cama de casal (vestida com uma colcha de tecido brocado branco), as duas mesinhas de cabeceira, a cómoda com espelho, o banco aos pés da cama e o guarda-vestidos. Todas elas fabricadas em madeira maciça e apresentam arranjos florais embutidos em tons mais claros.

Em cima das delicadas mesinhas de cabeceira, com pés afunilados e puxadores em prata, um candeeiro a petróleo. À sua frente o amplo guarda-vestidos apresenta os mesmo embutidos que as demais peças de mobiliário e numa das quatro portas um espelho lapidado nos cantos reflete-se a sua imagem acabada de acordar. Do lado da porta uma cómoda com quatro gavetas, com puxadores igualmente em prata sustenta um espelho à sua largura, uma jarra de estanho onde um arranjo com dálias de cor rosa lembra a primavera que desliza nos campos para lá das janelas. No canto da parede que dá para o exterior da casa, uma simpática lareira em tijolo de burro, onde borralho ainda lampeja.

Amélia olha para a porta a confirmar que se encontra sozinha no quarto. Levanta a roupa da cama, faz resvalar o corpo para fora e sente-se feliz pelo contacto dos pés no macio tapete branco que rodeia toda a zona da cama.

Vai até à janela. Fica a observar o espelho de água da barragem e os trabalhos agrícolas no pomar e na horta, de onde um cheiro a terra acabada de regar lhe chega. Lá do fundo vem o som cheio dos chocalhos e das alfaias agrícolas que iniciam os trabalhos de preparação das terras para as sementeiras de primavera.

Sente fome, mas fica à espera que alguém apareça a convidá-la a tomar a primeira refeição do dia. Antes de voltar para a cama, abre a janela de par em par para que o sol nascente lhe ilumine o quarto e lhe aqueça a alma.

"Pelo menos aqui tenho uma boa cama, comida e não passo frio, com certeza. Para já não poderei desejar muito mais. Livrei-me das mãos atrevidas do Joaquim, da crueldade do Barbosa, o que também não é mau! Com a promessa de que não serei obrigada a deitar-me com ele, este lugar poderá ser o meu refúgio. Pena a pequena Isabel não estar aqui comigo! Como poderei manter a minha

promessa de a proteger aqui encarcerada neste monte? Será que ele vai estar muitos dias em Portalegre?"

Quando uma das criadas de servir bate à porta Amélia assusta-se por instantes, depois lembra-se que aguardará a sua autorização para entrar.

De pé, junto da cama, Amélia verbaliza essa ordem e, logo de seguida, uma jovem pouco mais nova do que ela entra impecavelmente trajada de vestido preto que lhe vai até por debaixo dos joelhos. Por cima um alvo avental branco com alças em bordado inglês forma uma cruz nas costas. Os cabelos apanhados num poupo ornamentado com um folho igualmente branco. O rosto moreno é iluminado por um par de pequenos olhos negros ternos, muito comuns por estas paragens.

Deseja-lhe um afável bom dia e apresenta uma mesa de comer no leito, de madeira, adornada com pegas de prata. O fundo está revestido com um pano de linho bordado a branco. Nela traz o pequeno-almoço mais variado e apetecível que já alguma vez lhe fora oferecido. Num pequeno cesto de prata algumas fatias de pão ainda fumegam ao pé de um pedaço de bolo de laranja. Um pequeno queijo fresco, um frasco com mel e uma fatia de marmelada são os acompanhamentos para o pão acabado de cozer. Uma taça de atabefe[1], ainda morno agita as borras com o andar da criada. Dois pequenos bules (leite e café fervido) e duas delicadas chávenas em porcelana Vista Alegre são o toque final para Amélia se render ao conforto que, talvez, aquela prisão lhe venha a proporcionar.

A jovem criada dirige-se a ela perguntando onde quer que poise a mesa, ao que Amélia indica a cama. Enquanto cumpre a ordem que lhe fora dada informa-a de que a governanta manda dizer que dentro do guarda-vestidos e na cómoda encontrará o que precisa para cuidar da sua higiene pessoal e vestir-se. Amélia agradece, a criada retira-se com cerimónia.

Sôfrega de fome, jovialmente, salta para cima da cama e de pernas esticadas por debaixo dos pés da mesinha prepara-se para tomar o pequeno-almoço, que nem nos seus melhores sonhos teria o atrevimento de ambicionar para o seu primeiro dia de casada. Um triste sorriso de-

---

[1] Soro do leite sobrante do processo de fabricação de queijo.

senha-se no sardento rosto ao lembrar-se de que a meia-irmã não esteja a ter a mesma sorte que ela. Une as mãos e de olhos postos numa cruz que tem sobre a ampla cabeceira da cama reza baixinho para que a providência divina seja tão generosa com a pequena Isabel como está a ser com ela, nessa manhã.

Ao mesmo tempo que vai degustando as iguarias da sua refeição matutina vai apreciando a entrada da primavera pela janela: a luz cobreada, os cheiros e os sons do campo alentejano. Inevitavelmente vêm-lhe à lembrança as palavras que João Morgado lhe havia cuspido na cara no dia anterior. Sente-se triste e ofendida por ele julgar que seja cúmplice no plano que Barbosa engendrou para o obrigar a casar. À memória vem também o fugaz encontro que tiveram no Arco do Bispo quando ele a impedira, mesmo no último segundo, de por termo à sua dolorosa existência. Para si admite que não a tenha reconhecido e que, independentemente do que João tenha dito na véspera, ser-lhe-á sempre grata.

"Oh meu Deus, em que linhas escreveste o meu destino! Com tanto homem por aí como é possível que tenha sido salva por aquele que em parte era a causa da minha aflição? Como é que Barbosa o terá obrigado a casar comigo? Ainda se poderia dar o facto de o lavrador querer ficar comigo por já me ter visto alguma vez ou mesmo para ter uma mulher à sua disposição. Mas ele não quer nada comigo. Oh, que horror, ainda ameaça que poderá trazer alguém com quem partilhar a sua cama! E que ponha na minha quem eu quiser. Será que tem uma amante? Ou mais? Um homem tão rico, jovem e bem-parecido não terá falta de mulheres!"

Amélia não consegue evitar o pensamento de como o seu esposo é bem afeiçoado, apesar de toda a sua altivez e masculinidade a intimidarem. Vai recordando o rosto moreno, o queixo recto, a barba rala, os olhos castanhos-terra, a boca alargada quase linear e os cabelos castanhos lisos que lhe tocam a curva do pescoço. Como as imagens se misturam com as palavras duras que ele lhe havia dirigido, considera mais sensato levantar-se e ir explorar o recheio do guarda-vestidos e da cómoda.

Assim que abre as amplas portas depara-se com uma quantidade e variedade de vestidos muito para além do que julgara que lhe seria co-

37

locado ao dispor. Vestidos de uma elegância refinada, de todas as cores, de corte reto costurados em tecidos leves como a seda, o cetim ou mesmo a malha de boa qualidade, encontram-se perfeitamente pendurados nas cruzetas que ocupavam mais de metade daquela peça de mobiliário. Quando Amélia abre outra das portas dá com uma série de prateleiras, todas elas preenchidas com chapéus tipo *cloche*[2].

Todas aquelas peças de vestuário trazem-lhe à memória os vestidos que trouxera do Porto e que o padrasto havia vendido por meia dúzia de tostões.

Deixando as portas abertas, recua uns tantos passos até ao banco que está aos pés da cama de casal, perde-se nas lembranças e nas saudades que tem da vida anterior à sua chegada a Portalegre.

E é assim que a governanta a vem encontrar, perdida nas lembranças e na sua triste condição atual.

— Oh minha senhora mas o que vem a ser isto? Está um dia maravilhoso lá fora e a senhora pra aqui a chorar? Nem pensar! Vamos lá escolher um vestido bonito e arranjar-lhe esse cabelo maravilhoso. — Diz-lhe num tom maternal tentando não dar muita importância ao facto de a ter encontrado a chorar.

— Oh desculpe! São apenas recordações. — Disfarça Amélia, revirando os olhos melancolicamente.

De dentro do guarda-vestidos Maria das Dores retira um vestido de seda verde, todo ele plissado, com uma larga cintura descaída. Apresenta-o à sua "patroa" esperando pelo seu consentimento ou reprovação.

— De quem são estes vestidos? — Quer saber Amélia antes de se decidir se os veste ou não. — Eram da primeira esposa do Sr. João Morgado?

— Oh não, minha senhora. Que ideia! Acha que vos daria a vestir roupa de uma defunta? Paz à sua alma. — Retorque Maria das Dores quase que ofendida com a pergunta. — São da menina Carlota, irmã mais nova do senhor João Morgado. Vive em Coimbra com o resto da família. Da casa é aquela que tem um corpo mais parecido com o seu, embora seja um pouco mais baixa. — Tranquiliza, tirando as medidas ao corpo alto e torneado de Amélia.

---

[2] Chapéu de uma mulher próximo-encaixe com um formato de sino.

– Não será muito atrevimento da minha parte estar a usar as suas roupas? – Quer saber pois considera um abuso estar a mexer em peças e objetos pessoais de uma pessoa que desconhece.

– Não se preocupe, minha senhora. Está tudo tratado com o senhor. – Tenta acalmar Amélia ao se aperceber do seu constrangimento. – O senhor disse que é só até fazer o seu próprio guarda-roupa.

– Se assim é. Na verdade não tenho nada de vestir. – Admiti-lo fá-la sentir-se ainda mais humilhada.

"Se me repudiou daquela maneira na biblioteca não percebo como é que acabou por concordar com a governanta ao ponto de aceitar comprar-me roupas novas!"

Maria da Dores revela-se extraordinariamente paciente com a timidez de Amélia. Ajudando-a a vestir-se e a cuidar do exótico cabelo ruivo que graciosamente fica enrolado para fora junto à zona da nuca, dando a sensação de ter sido cortado bem ao estilo da moda que as mulheres da cidade usam. Alguns caracóis pendem na linha do rosto.

Finda a tarefa, a governanta leva Amélia até ao amplo espelho do guarda-vestidos e congratula-se pela imagem que nele é refletida.

– Ora diga-me lá, a senhora não está bonita? – Pergunta quase dando a entender qual a resposta que quer ouvir. – Tem, deveras, uma beleza muito invulgar.

Amélia olha para a imagem simétrica à sua e surpreende-se com o que vê. Os seis meses em Portalegre, as palavras grosseiras e depreciativas do padrasto face à sua aparência haviam-na feito esquecer da sua beleza fora do vulgar. Emocionada, por tê-la redescoberto naquela manhã, abraça a governanta de ombros curvados. Leva a mão à boca para abafar o gemido de espanto. Duas lágrimas soltam-se dos olhos verde-esmeralda e recua alguns passos até ficar sentada na ponta do banco que está aos pés da cama olhando incrédula para o que vê no espelho.

Comovida com o espanto da esposa do patrão, Maria das Dores, pega-lhe nas mão e, quase de joelhos, quer saber por que razão as lágrimas brotam facilmente do seu jovem rosto.

– Minha senhora peço desculpa pela minha curiosidade mas... porque chora tão facilmente? Está linda! Isso é motivo de alegria. – Faz as mãos de Amélia dançarem nas suas. – Pelas suas delicadas mãos não foi habituada a fazer trabalhos difíceis, pois não? Tem uns modos tão finos que diria que está habituada a frequentar os mais requintados dos círculos sociais.

Amélia é surpreendida pelo tom maternal da governanta e quase que conta o que lhe acontecera desde que viera para Portalegre e de como fora ali parar. Mas rapidamente lhe vêm à recordação as palavras de advertência do esposo de que não poderia partilhar com ninguém a forma como fora comprada ao padrasto.

– Há seis meses vim do Porto para cuidar da minha mãe que estava doente com pneumonia. Entretanto ela já faleceu. Fiquei a viver com o meu padrasto, o filho dele e a minha meia-irmã Isabel, que tem apenas cinco anos. – Desabafa, fazendo um esforço para não contar todo o mal que Barbosa lhe fizera e que ameaçara fazer caso não tivesse casado com João Morgado. – O meu padrasto é uma pessoa muito cruel. Nestes últimos meses vive na extrema pobreza.

– Oh minha senhora que história conta! – Comenta de olhos arregalados. – O Sr. Morgado saberá disso tudo, não?

Amélia nega com um movimento de cabeça lento e repetido. Silenciosas lágrimas correm pelo destroçado rosto.

– O Senhor limitou-se a informar que se iria casar por que se via obrigado a isso. Desculpe-me, senhora, a minha intromissão, mas só há uma maneira de uma mulher obrigar um homem a casar-se contra a sua vontade. – Maria faz uma pausa para confirmar que a "patroa" não dá indícios de ter ficado aborrecida com a sua ousadia. – Senhora está de esperanças? Queira desculpar a pergunta. – Baixa os olhos enquanto aguarda pela resposta que toma como certa.

– Oh não. Claro que não. Por quem me toma! Sou uma moça em todos os sentidos da palavra. – As faces sardentas ganham uma tonalidade rosa. Os olhos esbugalhados confirmam o seu espanto. – Nunca me deitei com homem nenhum. Nunca...

– Pronto, pronto...acalme-se senhora minha... pronto... – Tenta confortá-la pois a sua experiência de vida diz-lhe que a jovem esposa está a dizer a verdade. – Então por que razão terá o Sr. Morgado casado consigo? – Atreve-se ainda mais nas perguntas. – Onde se conheceram?

Lavada em lágrimas com os soluços compulsivos a soltarem-se da garganta Amélia não consegue responder, limitando-se a abanar a cabeça negativamente dando a entender que nunca tinha visto o esposo a não ser no dia do casamento.

– Não percebo, senhora! O Sr. Morgado é das pessoas mais generosas que conheço. Até com os empregados. Com licença. Não percebo... parece que não se conhecem... a vida do menino está uma confusão. – Conclui.

Face ao que acabara de descobrir Maria das Dores fica chocada e intrigada. Já de pé, aguarda que Amélia se acalme. Dali a uns bons minutos sugere-lhe que vá conhecer o jardim e a zona da barragem uma vez que ela tem de ir confirmar se os gémeos já estão prontos para irem tomar o pequeno-almoço

Mais acalma, Amélia decide acatar a sugestão da governanta. Sai do quarto e decide ir à descoberta do espaço circundante da casa grande.

No exterior é surpreendida pelo verde prado que envolve todo o espaço das diversas habitações, incluindo a construção "castelada" que tanto a intriga.

Com o cuidado que as roupas e os sapatos pretos de tacão alto lhe exigem (que por sinal lhe estão um pouco apertados) caminha por entre o tapete fofo e verde até alcançar um caminho de terra batida que vai dar a um mais estreito esculpido rente às raízes das tílias que o ladeiam.

As frondosas árvores, cobertas de pequenas e tenras folhas verde clarinho em forma de coração, tombam serviçalmente na direção do caminho calcetado. Amélia decide segui-lo para ver onde irá dar. Tem uma vaga ideia de no dia anterior ter passado a correr por ali, mas no estado emocional em que ia não tomara atenção à beleza da paisagem que o envolve.

Mais atenta e descontraída, sente a brisa a refrescar-lhe as faces sardentas. A luz intensa do sol alentejano dá uma tonalidade felina aos olhos verdes. Uns tantos metros à sua frente uma passagem feita de inúmeros arcos de granito cinzento transmitem a sensação de estar prestes a entrar num mundo romanticamente privado. Em todos os arcos, na zona da chave[3] ou aduela as letras manuscritas "MJ" foram

---

[3] Parte superior do arco. Perto da Curvatura.

41

meticulosamente gravadas. Buganvílias brancas e lilases passam de um lado ao outro, trepando por um arame, reforçando a ideia de que aquele espaço fora concebido para ser o refúgio de amantes. Bancos de granito estrategicamente implantados à sombra das buganvílias convidam a carícias recatadas e talvez roubadas em segredo. Amélia passa pela casa do lago, onde na véspera se refugiara, e decide seguir em frente à descoberta de onde irá conduzir a fila de arcos e a cobertura das singelas flores que parecem feitas de papel crepe.

Vozes femininas, alegres e cantadeiras, fazem-se soar. Acelera os passos e dá então com a continuação do tapete verdejante que começara perto da zona habitacional.

À volta de um tanque de granito um grupo de três mulheres, dobradas sobre o ventre esfrega, bate e enxagua, ao sabor da água corrente, a roupa da casa. A presença de Amélia fá-las silenciar. Pelo ervado peças de roupa coram ao sol. O aroma da primavera mistura-se com o cheiro a lavado emanado do sabão azul.

Sentindo-se demasiado observada, contraria a tentação de se aproximar da beira da água. Como caminha lentamente escuta a conversa das lavadeiras *"É a esposa do patrão. Tem ar de estrangeira, não tem?"* Ao que outra acrescenta *"É muito bonita e jovem. Mas tem um ar tão triste!"* A terceira voz faz um comentário que deixa Amélia ainda mais intrigada quanto à natureza da construção do castelo *"Parece que esta não está a viver no castelo. As criadas de servir comentam que de tempos a tempos o Sr. ainda se tranca no castelo. Já lá vão 3 anos que o acidente fatal se deu."*

Rapidamente a paisagem que lhe surge diante dos olhos a faz distrair da sua curiosidade despoletada pelo último comentário que ouvira. Um imenso espelho de água rodeado aqui e acolá por zonas de juncos, jarros e rabos de raposa reflete o azul do céu criando a ilusão de que um pedaço deste se encontra ao nível dos pés. Um pouco lá, mais ao fundo uma família de patos bravos nada descontraidamente, para cá e para lá completamente à vontade com a presença humana. Saltos estridentes fazem-se ouvir na água. Amélia tenta identificar a sua origem seguindo a direção do som: barbos e carpas de tamanhos consideráveis, por momentos fugazes, fazem brilhar vaidosamente ao sol as suas escamas.

"Este local seria sem dúvida o meu paraíso na terra não fosse estar aqui presa. E todo este mistério à volta do pequeno castelo. E dos motivos do meu casamento."

Pondera a jovem com os olhos rasos de água pela sua triste condição, mas também embevecida pela beleza que se estende à sua frente. Procura à sua volta um local onde se possa sentar a disfrutar da paisagem que tem diante dos olhos. Os olhos recaem para um ramo frondoso tombado artisticamente sobre a erva verde. É então que se dá conta que se encontra à sombra de um magnífico pinheiro manso. De boca aberta pela magnitude da árvore, ergue os olhos para observar a sua copa, enquanto em pequenos passos contorna o seu encascado tronco castanho-escuro. Decide sentar-se num dos ramos tombados, talvez durante uma das trovoadas que ocorreram durante o inverno. De pernas bambas e a baloiçar, como se estivesse a andar de baloiço, Amélia sente-se feliz naquele breve momento.

Assim, com o corpo sentado num dos ramos do pinheiro, são vozes de crianças, vindo na sua direção que a fazem voltar à realidade.

Fugidas de Maria das Dores e da jovem ama o casal de gémeos corre para si.

Amélia, salta para o chão, sacode o vestido, passa a mãos pelos ruivos cabelos, tentando recompor a sua apresentação.

As duas crianças lançam-se de tal forma efusivas às suas pernas que Amélia desequilibra-se e cai redonda no chão. As crianças riem em gargalhadas soltas e inocentes. Amélia é obrigada a rir-se também pois lembram-na as crianças de quem tomava conta no Porto.

— Então meninos, isso são maneiras de receber a vossa madrasta? — Ralha em voz alta a ama. Franzindo o sobrolho para Amélia.

— Dinis! Beatriz! Venham cá. — Pede, lá atrás, a governanta mais docemente. — Olhem só o que fizeram! — Diz tentando fazer-se zangada sem conseguir disfarçar o sorriso que se esboça no rosto redondo.

— Não faz mal. — Admite Amélia tentando erguer-se do chão. Nota que as crianças ficam tristes com o ralhete que levaram. — Olá, sou Amélia. — Apresenta-se, tentando esboçar o seu mais atrevido sorriso para impedir que os gémeos comecem a choramingar. Pergunta ainda sentada no chão com as crianças enleadas nas suas longas pernas. — E vocês quem são?

Por essa altura já a ama havia chegado junto deles. Uns metros, mais atrás a governanta faz um esforço para os alcançar.

– Desculpe, senhora, as péssimas maneiras destes dois diabretes. – Justifica-se a ama, fuzilando as crianças com os olhos. – Levantem-se e peçam já desculpa à vossa madrasta. – Ordena, dando especial enfâse à última palavra.

O tom das palavras deixa Amélia incomodada pois também ela já estivera muitos anos no papel de ama e nunca falara com tanta falta de amor às suas crianças.

– Não tem importância. Foi até divertido. – Reconhece, de joelhos na relva para ficar mais ao nível das crianças. – Eu até estava triste e vocês fizeram-me rir. Obrigada! – Acrescenta, quase em segredo, olhando pelo canto do olho a postura hirta da ama. – Então deixem cá ver... tu és a Beatriz...e tu o Dinis... – Tocando na ponta do nariz de cada uma das crianças à medida que diz cada um dos seus nomes.

– Bom dia, senhora. – Diz a ama num tom demasiado altivo para a sua condição de assalariada. – Sou Joana, a ama destas duas pestes. Mais uma vez queira desculpar o que fizeram. – Informa, ao mesmo tempo que pega nas pequenas mãos gorduchas e se prepara para os levar dali.

– Por favor, não foi nada de importante. São crianças. – Diz, afagando com carinho os cabelos loiros e castanhos-terra. – Deixe-os ficar mais um pouco. Pareciam ter tanta vontade de me conhecer.

– Mas o senhor Morgado deu-me ordens para que não os deixasse... – Responde entre dentes parecendo ter um prazer escondido naquilo que transmitia. – Sei bem do que se passa. – Informa dando a entender que fora João que lhe contara.

– Joana! Deixe ficar os gémeos! – Interrompe Maria das Dores. – Eu também estou informada das ordens do Sr. Não são conversas para se ter diante das crianças. – Avisa com firmeza. – Vá até ali, para o jardim. As crianças ficam comigo e com a senhora.

A ama, contrariada, volta as costas e dirige-se para o local indicado pelo dedo da governanta.

Amélia, já levantada, volta-se de frente para o espelho de água para que ninguém lhe veja as lágrimas que se soltaram dos olhos ao escutar as palavras ditas pela ama.

– Meninos venham cá! – Chama Maria das Dores preparando-se para pegar as crianças ao colo e assim aproximar-se de Amélia que já se distanciara para junto da beirinha da água.

Fitando as pequenas ondas de água doce que a brisa faz levantar no espelho de água tenta rapidamente secar o rosto quando ouve os passos que se aproximam.

– Ora vamos lá fazer as apresentações como deve de ser. – Anuncia a governanta ao pousá-los no chão. – Senhora, o menino é o Dinis e a menina é a Beatriz. Vá, deem lá agora um beijo como deve de ser à esposa do vosso pai. – Solicita em tom meigo.

A jovem pega numa criança de cada vez pelas covas dos braços, depositando-lhe um sonoro beijo em cada uma das coradas e cheias bochechas.

– A Maria diz que casou com o papá, é verdade? – Pergunta timidamente Beatriz enquanto balança o corpo para a frente e para trás.

– Vai, ser a nossa nova mãe? – Quer saber também Dinis, como se isso fosse um assunto muito sério e urgente.

Apanhada de surpresa pelas perguntas Amélia abre os olhos e ensaia-se para articular algumas palavras.

– Vá meninos não sejam tão curiosos. – Maria tenta distraí-los com outro assunto. – Que tal irmos todos até à horta apanhar uns morangos. Hã?... O que dizem?

– Oh... Que pena!... não quer ser nossa mãe... todos têm mãe... menos nós... – Beatriz enlaça os braços às pernas de Amélia. – A culpa é da ama!

Os irmãos olham-se e, sem nada dizer, começam a chorar compulsivamente.

– Oh meu Deus...não chorem por favor...se vocês quiserem, posso ser... vossa...mãe. – Assim que as palavras lhe saíram da boca, Amélia rapidamente se dá conta que não as deveria ter dito. – Pronto!

– Oh, Maria ouviu o que disse!... Não se importa de ser nossa mãe. – Dizem as duas crianças em coro ao puxarem a ponta do vestido azul-escuro da governanta. – Quando o papá chegar vamos contar-lhe!

Maria das Dores, suavemente, pega as crianças ao colo, aproxima-as perto do seu rosto e diz-lhe que para já isso terá de ser um segredo. Elas de tão entusiasmadas que estão concordam com a cabeça.

Amélia segue-os até à horta preocupada com as repercussões que poderão vir do que acabara de autorizar. Recorda a figura austera de João quando lhe ordenara manter-se afastada dos filhos.

Um vulto na zona do jardim faz com que olhe naquela direção e vê a figura da ama a segui-la com o olhar.

De estatura baixa e esbelta, Joana a ama, é uma jovem morena, de olhos grandes castanhos e de cabelo liso preto. Amélia acha que tem tanto de bonita como de antipática e inconveniente. Sente que a ama também não terá simpatizado consigo.

De volta a casa, as crianças, já acompanhadas pela ama pedem-lhe que vá brincar com elas para o quarto dos brinquedos. Ao fitar o olhar de desagrado de Joana, Amélia contrariada, diz-lhes que está muito cansada e que precisa de ir descansar para o quarto, antes do almoço. Os gémeos ficam tristonhos mas obedecem ao chamamento autoritário.

No seu quarto Amélia tenta recordar o primeiro encontro com os gémeos.

O pequeno Dinis é uma cópia física do pai. Moreno, de olhos ternos e cabelos castanhos lisos. Os olhos do rapazito fazem-na recordar os de João que apesar de só o ter visto duas vezes, há tantos dias atrás, ainda se lembra muito bem das suas feições. Principalmente dos olhos ternos que a salvaram e dos punhos cerrados com que na biblioteca se dirigira a ela.

Beatriz parece a menina anjo do quadro de *Bouguereau* "O primeiro beijo". De pele branca, o cabelo cai-lhe em cachos doirados e fofos, olhos azuis e a boca rechonchuda em tons rosa. Amélia conclui que deverá ter herdado os traços da mãe. Recorda a forma afetuosa como se atiraram a si, sedentas de colo materno e fica emocionada. Decide nesse momento que a menos que o pai as leve do Monte das Tílias preferirá vê-lo zangado a magoar as adoráveis crianças que na inocência dos seus cinco anos não entenderão por que razão a esposa do pai não possa assumir o papel de mãe. Mesmo que seja por um incerto período de tempo.

Lembra-se de Isabel e pensa que tem de ganhar coragem para começar a traçar um plano que a permita ir de vez em quando a Portalegre visitá-la em segredo.

*****

Durante os quinze dias que se seguiram Amélia quase se esquecera de que era uma mulher casada e dos motivos que a mantinham ali presa no Monte das Tílias.

Maria das Dores revelara-se uma verdadeira mãe para ela. Sempre muito atenciosa e empenhada em partilhar a gestão da casa. Apesar dos protestos de Amélia, esta permanece firme na ideia que fossem qual fossem as circunstâncias em que se havia casado, ela era a dona da casa e tinha de começar a agir como tal. Nessas conversas Amélia lembrava-se das ordens dadas por João e o coração era inundado de receio.

Nas visitas guiadas pelos diversos espaços que são da responsabilidade da governanta Amélia já fora apresentada a todas as criadas. Também já fora apresentada ao manajeiro José. Homem com pouco mais de quarenta anos, de estatura média, bastante corpulento que apesar dos seus modos rudes ficara deslumbrado com a beleza da esposa do patrão. Nos dias que se seguiram aparecera inesperadamente e com frequência para a cumprimentar, o que já estava a desagradar à governanta. Amélia acha que ele a vigiava a mando de João.

Durante esse tempo Amélia aproveita para conhecer os espaços envolventes da zona das habitações, as suas rotinas e também para se aventurar até à ribeira e até mesmo a fazer longas caminhadas. Numa dessas suas intentas, de se ir familiarizando com a estrada que a conduzirá a Portalegre, consegue chegar perto do monte onde vira pela primeira vez a torre de pedra que tanto a impressionara. Ficara contente com a descoberta de que aquela estrada de terra batida a levará, num futuro próximo, até junto da irmã.

Como sabe montar, aventurara-se ir até às cavalariças, ganhando mesmo coragem para pedir à governanta que a deixasse montar, dando-lhe garantias que o sabia fazer muito bem.

Desse modo, um dia bem cedo, vestira um dos pares de calças de alfaiataria, que havia encontrado no guarda-vestidos do quarto de hóspedes, sozinha preparara o cavalo que considerara mais manso e partira na sua primeira descoberta do caminho que a levaria até Portalegre.

Alguns dos empregados que àquelas horas matutinas por ali se encontravam, fitaram-na com estranheza, não tanto pelo fato de a senhora da casa se encontrar a preparar sozinha o cavalo mas, essencialmente, devido às suas roupas pouco vistas por aquelas bandas: o par de calças.

Recorda-se então que, nessa manhã, ao ver refletida a sua imagem no espelho da cómoda do quarto, se apercebera de que a pele do rosto ganhara um tom mel, as sardas são mais visíveis e os olhos estão mais verdes do que nunca. Mudanças fruto das horas que levara ao ar livre: umas vezes nas suas demandas secretas para descobrir o caminho para Portalegre, dos passeios e das brincadeiras que faz questão de todos os dias, pela manhã e pelo final da tarde, partilhar com os gémeos, apesar da má vontade da ama, dos passeios de barcos a remos que se aventurara a fazer pelo espelho de água e pelas horas que dedicara a cuidar do magnifico jardim que se encontra paralelo ao espelho de água.

O espaço do jardim é o local exterior onde Amélia mais gosta de estar.

Uma zona plana, ervada e murada por rentes ameias em granito cinzento. A entrada faz-se a poucos metros do caminho das tílias, que sabe agora ter dado o nome ao monte. Do lado esquerdo de quem acede ao jardim pelo lado da casa, a acompanhar as ameias, bancos de granito foram incrustados. Do lado que está voltado para o pomar (uns metros baixo rebaixado) a linha das ameias faz-se acompanhar por uma fila de hortênsias azuis. No centro um frondoso sobreiro dá sombra à quase totalidade do espaço central do ervado. Encostadas às ameias pequenas oliveiras lembram a longevidade da propriedade. Na extremidade, uma escada em granito dá acesso ao pomar, à ribeira e à cascata que livremente salta de pedra em pedra do muro que sustem a água da barragem. A água corre freneticamente em direção ao leito da ribeira que, devido às chuvas abundantes que caíram durante o inverno, apresenta alguma corrente. Um pequeno e colorido rosal fora estrategicamente plantado em torno dos muros que fazem de entrada ao jardim. Junto das pedras, aqui e ali, alguma flora silvestre também contribui para embelezar o espaço: papoilas, pequenas alcachofras e uma variedade multicolor de campainhas e malmequeres.

Nessa sexta feira, logo pela manhã, Amélia fora acordada com uma agitação fora do normal na casa. As empregadas rodopiavam de um lado para o outro.

Ainda deitada na sua cama alinhavando o plano que a permitiria ir visitar secreta e periodicamente a irmã a Portalegre, é sobressaltada com a entrada dos gémeos que, euforicamente, a informaram do motivo da azáfama. Quando chegam perto da cama esticam os curtos e gorduchos braços para que Amélia os alcance para cima da cama e se deitem perto de si. Há mais de uma semana que esta visita matinal se transformara numa rotina. Aos pulos na cama, porque Amélia lhe permitira essa liberdade, apesar da antipática ama lhes ralhar sempre, as crianças gritam em uníssono que o pai chega hoje de Portalegre.

Amélia tenta disfarçar o seu nervosismo fazendo cócegas no ventre das duas crianças, que a presenteiam com sorrisos francos, ao mesmo tempo que também elas se atiram ao ventre da jovem "mãe". A brincadeira é interrompida, como acontece todas as manhãs, pela sisuda ama que teima em levar à força as duas crianças com a desculpa de os ter de ir arranjar para tomarem o pequeno-almoço.

A notícia da chegada de João deixa Amélia deveras inquieta. Salta da cama e vai até ao guarda-vestidos, escolhe um conjunto de malha em fundo bege com riscas largas em tons de verde-garrafa. O conjunto é composto por três peças: blusa justa de manga curta com decote em "V", saia com machos e casaco comprido. Com os ruivos cabelos ondulados decide fazer uma longa e grossa trança que faz tombar para o lado esquerdo. A franja ruiva cai direita sobre as sobrancelhas. Calça os sapatos pretos de tacão, com presilha no peito do pé, pois são os que lhe ficam menos apertados.

Tal como faz todos os dias, vai ter com Maria das Dores à cozinha. Apesar dos ralhetes desta, insiste mais uma vez em tomar o pequeno-almoço na sua companhia, na pequena sala de refeições destinada à criadagem da casa.

Talvez por ter ficado inquieta com a notícia que lhe fora dada pelos gémeos, deixa-se ficar sentada mais tempo do que o costume. A governanta combina com a cozinheira a ementa do dia. Amélia entretém-se melancolicamente a observar a agitação que paira na ampla cozinha.

Liberta dos seus afazeres Maria da Dores dirige-se para a comprida mesa das refeições, pede licença e vem sentar-se junto da "patroa".

– O senhor chega hoje. – Informa olhando na direção de Amélia. – É por isso que está tão tristonha, senhora? – Inquere.

49

– Os gémeos deram-me essa novidade assim que entraram no meu quarto. – Responde tentando parecer pouco afetada com a notícia. – Não estou tristonha. Apenas apreensiva pois não sei qual vai ser a sua reação quando souber da proximidade que existe com os gémeos.

Sem que as duas mulheres dessem por isso um vulto masculino, que se preparava para entrar pela porta que dá acesso ao interior da casa, detém-se ao aperceber-se da conversa. O homem tirando proveito que nenhuma delas dera conta da sua presença decide ficar à escuta do que vai sendo dito.

– Já lhe disse que o seu esposo é um homem muito generoso. – Relembra a governanta. – Por que razão havia de chamar-vos à atenção se vai encontrar os filhos mais felizes do que nunca! A senhora tem um coração de oiro. Tem mimado aquelas duas crianças mais do que uma verdadeira mãe o faria. – Argumenta sabiamente.

– Sempre gostei muito de crianças. – Admite melancolicamente. – Beatriz e Dinis são uns amores. Eu é que estou grata pelas vezes que já me fizeram rir. Graças aos gémeos os meus dias têm sido mais alegres. – Reconhece com uma lágrima a ameaçar saltar para fora do canto do olho.

– A senhora é tão novinha, onde aprendeu a lidar tão bem com crianças? – Tenta Maria das Dores ficar a saber um pouco mais sobre Amélia. – Queira desculpar a minha curiosidade.

Curioso está também o homem que se esconde atrás da porta e que inadvertidamente vai escutando a conversa.

– Trabalhei muitos anos como ama, numa das famílias mais importantes do Porto. – Explica, embora sabendo que a revelação vai apanhar a governanta de surpresa.

– A senhora trabalhava como ama? No Porto... hããã! – É só o que Maria das Dores consegue proferir.

– Sim. Depois tive de vir para Portalegre pelos motivos que lhe contei o outro dia. – Recorda com desalento.

– Não se preocupe com o Senhor, vai ver que, quando ele chegar, se entendem. – Tenta acalmá-la com palmadinhas nas costas das mãos.

– Sabe, Maria, eu tenho medo do meu esposo. Ele tem um ar tão ameaçador e julga-me capaz de fazer coisas horrendas. – Dá finalmente voz ao receio que lhe inunda o jovem coração. – Tenho medo que me queira tomar como sua esposa, à força. Eu nunca estive com nenhum homem... nenhum... – Confessa já com os olhos rasos de água ao mesmo tempo que esfrega as mãos uma na outra. – No dia que conversámos na biblioteca julguei que me ia bater. – Admite com o coração apertado.

Maria das Dores prepara-se para confortar a "patroa" quando, nesse instante, João Morgado entra na sala de refeições convencido que irá surpreender as duas mulheres. Primeiro dirige-se a Maria das Dores para a cumprimentar e só depois é que se dirige para Amélia que, de susto, já se levantara.

Ao dar de caras com uma jovem lindíssima de cabelos ruivos e olhos verde-esmeralda fica paralisado tentando recordar de onde a conhece. Ainda parado entre a governanta e a jovem faz um esforço para tentar compreender por que razão ainda não tinha visto o rosto da esposa. É então que se lembra de que no dia do casamento ela nunca tirara a Côca. Rapidamente a memória salta para o episódio do Arco do Bispo.

– Senhor, bom dia. – Cumprimenta Amélia ciente que naquele instante ele acabara de a identificar como sendo a jovem que se preparava para o suicídio na véspera do casamento.

– A senhora é aquela jovem que encontrei no Arco do Bispo? – São as primeiras palavras que consegue proferir, quando o impacto da descoberta começa a desvanecer-se. – Esse seu cabelo e esses olhos são inconfundíveis, senhora.

Ao aperceber-se de que o assunto é privado Maria das Dores pede licença ao patrão, retirando-se para os seus afazeres.

Não estando totalmente recomposto da surpresa João começa a franzir o sobrolho e com voz autoritária dirige-se para Amélia.

– Vou ver os meus filhos! Quero-a na biblioteca à minha espera. Imediatamente. – Ordena cerrando os dentes, dando a entender com a postura corporal que não gostara da descoberta que fizera. – Não me deixe à espera. Não venho com paciência para estas artimanhas femininas. – Anuncia gesticulando os braços no ar.

D E coração apertado e o pequeno-almoço às voltas no estômago, Amélia dirige-se para a biblioteca, esfregando as mãos uma na outra.

De ombros descaídos e sem tirar os olhos do chão, entra no espaço onde, um pouco à socapa, se refugia todas as noites para ler o que por ali encontra. Também este se tornara um dos seus lugares de refúgio.

A biblioteca é um espaço amplo pavimentado de tijoleira. As paredes e o teto encontram-se revestidos de madeira maciça em tons mel. Assim que se entra uma imponente secretária de estilo D. Maria destaca-se em relação às demais peças de mobiliário. Por detrás uma portada ilumina o trabalho de quem nela se sentar. A lareira, também ela forrada exteriormente a madeira, ocupa o espaço esquerdo de quem entra na divisão. Varias estantes com livros e registos da contabilidade do Monte estão espalhadas pelas paredes.

Amélia olha para o seu recanto favorito: uma janela onde bancos em granito foram encastrados lateralmente no chão e nas paredes. No assento fofas almofadas convidam a que se sente e se aprecie a paisagem que dá para o prado e o montado que envolve a zona da pequena capela que Amélia ainda não tivera oportunidade de explorar.

Senta-se num desses bancos e, de cabeça virada para o exterior, costas direitas e de mãos cruzadas no colo, enche o peito de ar como que se preparando para a batalha que já havia sido anunciada na sala de refeições dos criados da casa.

Sente o trinco da porta rodar e mesmo que quisesse controlar, o coração dispara, a testa humedece de suor, a boca seca-se e as mãos tremem ao sentir os passos pesados que se aproximam.

Sem que ela se volte, João começa a falar asperamente.

– Não tinha dito que não a queria perto dos gémeos? – Repreende de forma carrancuda. – Também não quero que tenha intimidades com as empregadas. Que história mais ridícula contava à governanta! Por favor, senhora, poderia ter inventado qualquer coisa menos melodramática, não? – Enche o peito de ar e com as mãos enfiadas nos pequenos bolsos do colete, começa a andar para cá e para lá perto do corpo encolhido de Amélia que continua a fitar a paisagem sem nada dizer. – Vai ficar ai calada sem nada dizer! – Grita já perto do seu rosto. Amélia sente a baforada de ar quente quando as palavras lhe tocam a face. – Não quero que faça parte das nossas vidas. Já basta estar casado consigo! Não gosto de ser contrariado nas ordens que dou, senhora. – Grita ainda mais alto quando esmurra uma das estantes que se encontra mais perto de si. – Se julga que por conquistar os meus filhos e a governanta a meterei na minha cama, está muito enganada!

Amélia salta de medo e sem conseguir controlar começa a chorar. Esconde os olhos com as mãos e tenta estrangular os soluços.

João finge não se comover com o estado de pânico da sua esposa e da recordação de vê-la de pé no muro do Arco do Bispo pronta a colocar um ponto final na sua vida com um punhado de barbitúricos. À memória vem-lhe as palavras que ela dissera para justificar o seu ato suicida. Momentaneamente sente que terá exagerado na forma como se dirigira à jovem esposa. Fica dividido entre sentimentos antagónicos.

Nesse mesmo instante os gémeos, sem se fazerem anunciar, irrompem pela biblioteca à procura de Amélia. Ao depararem com o rosto lavado em lágrimas começam a questionar o pai sobre a causa da tristeza desta.

A ama, que vem no encalce dos gémeos, entra no escritório sem pedir licença, olha atrevidamente para o patrão dando a entender que entre eles existe mais do que uma relação laboral. Não tenta disfarçar o sorriso maldoso que se lhe desenha nos lábios ao ver o estado fragilizado de Amélia.

– Papá, a mamã Amélia está a chorar! Porquê? – Pergunta Beatriz mais inocente e atrevida.

As palavras da filha colhem-no de surpresa.

Enquanto a filha lhe puxa a ponta das calças como que a pedir colo e explicações, João roda o másculo rosto, ora na direção de Beatriz, ora na direção da figura acossada contra o espaço da vidraça. Toma consciência, definitivamente, da força das palavras que havia proferido. Repara na pequenina figura de Dinis que dirigindo-se a Amélia pede-lhe colo.

João, a contra gosto, comove-se.

O toque da criança traz Amélia de volta à dura e injusta realidade do que se está a passar na biblioteca. Ela pega-lhe ao colo. Sem nada dizer o pequeno rapazinho, vestido de um branco imaculado, enxuga-lhe as lágrimas ao mesmo tempo que lhe vai beijando o rosto aqui e acolá.

João, já com a filha nos braços, emocionado e ao mesmo tempo ainda sob o efeito das últimas revelações não tem coragem para dizer seja o que for.

— Por que chora a mãe Amélia, pai? Nunca a tínhamos visto chorar! — Pergunta Beatriz fitando os olhos castanhos do pai. — Ela está sempre a rir-se quando está connosco!

Sentindo-se a mais naquele quase quadro familiar, Joana, atrevidamente, ordena às crianças que venham com ela.

João, que já se esquecera da sua presença, volta-se com os olhos faiscando raiva dando a entender que não só a ordem fora inapropriada como também o tom de voz utilizado para se dirigir aos seus filhos.

— Menina Joana, as crianças ficam aqui connosco! Queira esperar lá fora. Quando precisar mandá-la-ei chamar. Obrigada. — Esclarece fitando-a com olhos autoritários.

Obedientemente, mas contrariada, a ama abandona o espaço da biblioteca.

— Meus filhos, agora venham cá! — Pede João, já mais calmo e retomando o tom meigo dos olhos castanhos. — Quem é que vos pediu para tratarem a senhora Amélia dessa maneira? — Inquere, querendo ver esclarecida a intimidade com que os gémeos se dirigem à estranha.

— Ninguém! Nós é que perguntámos se o poderíamos fazer. — Dinis olha para Amélia de coração partido. — Papá, ela está triste por que não quer que a chamemos de mãe? É isso? — A criança começa a fungar e Beatriz dá sinal de começar a fazer o mesmo.

Atrapalhado por se ver pressionado pelos filhos, João acaba por consentir que não há problema nenhum no tratamento, se é isso que desejam.

Enquanto as crianças saltam para o colo de Amélia, que já mais refeita da crise de pânico que tivera, afaga-lhes os cabelos e vai depositando beijos no alto da cabeça.

João não tem como evitar ficar ainda mais emocionado com a ternura com que os filhos tratam a esposa e são correspondidos por ela.

Vai até junto da porta e chama a ama para que leve as crianças pois precisa de continuar a conversa antes iniciada.

Um pouco contrariados os gémeos saem da biblioteca pelas mãos de Joana.

Sozinhos, no espaço da biblioteca, João enche o peito de ar como que querendo acalmar-se mais um pouco, leva as mãos à cara esfregando repetidamente o rosto. Num último gesto para se acalmar penteia os lisos e compridos cabelos para trás. Acende um cigarro. Espalha o fumo pelo espaço da biblioteca. Olha para a figura feminina que nem por um segundo desviara o olhar na sua direção. Continua na mesma posição acagaçada de medo. Sentindo-se vencido, mas não totalmente convencido da dor da esposa decide sentar-se diante dela, no banco de granito.

A jovem treme com a proximidade encolhendo-se ainda mais.

– Parece que os meus filhos já sabem mais sobre si do que eu! – Admite sem saber muito bem por onde retomar a conversa. Volta a encher o peito de ar – Sou João Morgado, senhora.

Estende-lhe a mão na esperança de que ela olhe para si. O que não acontece de imediato. Mas ele insiste e, Amélia vê-se na obrigação de a aceitar não vá ele ter outro ataque de cólera.

– Amélia Cardoso, senhor. – Apresenta-se com o seu nome de solteira, fitando agora as mãos cruzadas no regaço.

– Prazer senhora Amélia Morgado. – Acena com a cabeça tentando desanuviar. Reforça inconscientemente o apelido que ganhara com o casamento. – Era a senhora, o outro dia no Arco do Bispo. Por que razão tentava por fim à sua vida? – Pergunta, pois de todas as questões que lhe assaltam a cabeça essa é a que mais o preocupa.

Amélia, nada responde. Em silêncio as lágrimas deslizam pelo rosto sardento sem que ela as tente disfarçar ou secar.

Como não obtém resposta verbal, apenas aquela profunda tristeza que faz chorar a jovem esposa em silêncio. João decide continuar.

– É preciso estar muito desesperada para ter perdido a vontade de viver. – Comenta numa tentativa de quebrar a letargia em que a esposa caíra desde que o ouvira gritar. – Por favor diga alguma coisa, senhora! – Pede já completamente exasperado com o silêncio de Amélia.

Nunca pensando no efeito que o seu toque poderia ter na jovem esposa, João toca-lhe nas mãos cruzadas como quem toca em alguém que é preciso acordar do mais profundo dos sonos.

Instintivamente Amélia recolhe-as, fuzila-o com um par de olhos verde-esmeralda perto de lançarem chamas.

– Não me toque, senhor! Pode ter casado comigo mas não é dono do meu corpo. – Exclama de dentes cerrados quase perdendo o controlo. – Ao contrário do que possa pensar não tenho a menor intenção de partilhar a cama consigo. – Contrapõe ainda com mais veemência, respondendo ao que lhe fora dito há quinze dias atrás. – Tenho medo de si. Tenho nojo de si. Não sei como pôde casar com alguém sem sequer perguntar pelo seu nome! – Atira-lhe à cara com expressão de repugnância.

João levanta-se do banco e começa a percorrer a tijoleira freneticamente. Sente que a roupa o sufoca. Despe a jaqueta preta e tira a cinta de merino. Arregaça as mangas da camisa branca. Fuma como um condenado. Nervosamente, junta o comprido cabelo à nuca dando-lhe a forma de um atraente rabo de cavalo. Vai até perto dela e, com uma calma forçada, pede-lhe mais uma vez.

– Importa-se de, uma vez por todas, explicar o que vos levou a casar-se comigo? – Tenta falar pausada e calmamente. – Temos de esclarecer estes assuntos, senhora.

– Já vos disse, na primeira conversa que tivemos nesta biblioteca, há mais ou menos quinze dias. – Amélia faz também um esforço para reunir coragem e calma para manter uma conversação. – Por uma questão de sobrevivência. Ainda não percebeu que fui obrigada a casar-me? Que o meu padrasto obrigou-me a casar consigo? – Volta a encher o peito de ar, levanta-se. Decidida vai até junto do marido chocando-o intencionalmente. – Naquele dia, quando me encontrou no Arco do Bispo, o motivo do meu desespero era este casamento. Preferia morrer a ter de partilhar a minha vida e o meu corpo com um homem que não conhecia. – Tomba os braços, de costas voltadas para João admite muito baixinho. – Mais valia que não tivesse aparecido. – Começa a caminhar em direção à porta de saída com o corpo dando sinais da sua derrota.

Ao vê-la assim, derrotada, João segue-lhe os passos, pois ocorre-lhe que a ideia do suicídio ainda lhe mine as ideias. Barra-lhe o caminho e encara o exótico rosto da esposa completamente desfigurado. Parece que envelhecera dez anos.

– Por favor, senhora, peço-vos!... – Diz quando se prepara para a segurar pelos ombros. Ela dá um passo atrás e ele recua os braços. – Peço-vos que nos sentemos a tentar esclarecer toda esta situação. Tente compreender a minha posição. Também eu fui forçado a casar. – Justifica-se com tristeza.

– Deixe-me, por favor! – Suplica dando sinal de estar a enfraquecer pela força das emoções. – Sinto a cabeça andar à ronda. Não vê que estou de rastos. Vou...

Sem conseguir terminar a frase, as pernas de Amélia começam a fraquejar fazendo com que o esbelto corpo ameace tombar desamparado no chão. João acode-lhe, ergue-a ao colo de forma viril. Gentilmente deita-a no sofá de couro castanho que está diante da lareira.

Durante alguns minutos fica a estudar a figura da esposa e surpreende-se com o facto de ainda não se ter apercebido da sua beleza e juventude.

Sentado no sofá mais pequeno, de pernas cruzadas, de queixo apoiado numa das mãos observa atentamente cada traço de Amélia, enquanto aguarda que ela recupere totalmente os sentidos.

Quando Amélia começa a dar sinal de estar a despertar do desmaio que tivera, João aproxima-se com um copo de água adoçada com açúcar. Ergue-lhe a cabeça segurando a nuca, gentilmente leva-lhe o copo aos lábios.

Pela primeira vez os olhos verde-esmeralda e castanho-terra encontram-se profundamente sem raiva. Amélia agradece o gesto aceitando o que lhe é oferecido.

Com a secura da boca e da garganta saciadas tenta lentamente sentar-se no sofá, mas uma nova tontura impede-a de o fazer. João pede-lhe baixinho que se deixe estar deitada por mais um pouco.

Um silêncio envolve a biblioteca. Não se sentindo nenhum dos presentes incomodados com a falta de diálogo, trocam olhares esporádicos.

– Amélia, já se sente melhor? – Pergunta para dar início à conversação.

– Sim, senhor, obrigada. – Responde com a voz ainda sumida.

– Diga-me, Amélia, que idade tem? – Inquere contemplando mais uma vez o fino rosto sardento da esposa.

– Dezanove, senhor. – Responde sem revelar o menor interesse pela conversa que o marido tenta estabelecer.

– Novinha, ainda. – Comenta não conseguindo disfarçar o agrado masculino pela resposta. – Sou mais velho do que a senhora. Tenho trinta e dois anos. Depois de almoçarmos gostaria que de ficar a saber mais sobre a sua vida. – Pede num tom calmo, fitando-a tão intensamente que Amélia se sente incomodada. – Se já se sente melhor, poderemos ir almoçar. Maria das Dores já anunciou que o almoço está pronto a ser servido.

– Obrigada, senhor. – Anui tentando manter a frieza das palavras.

João oferece-lhe a mãos para que se apoie ao levantar, mas Amélia recusa-a.

Recomposta do desmaio segue em passo acelerado para a ala da sala das refeições dos empregados, pois tem bem presente a vontade que o esposo manifestara de não querer que se relacionem.

– Amélia para onde vai? A sala de jantar é deste lado. – Informa percebendo muito bem qual a intenção dela em dirigir-se para o outro lado do amplo corredor. – Já dei ordens à governanta para colocar mais um prato na mesa. Hoje almoçará comigo! – Informa com algum autoritarismo.

– Obrigada, senhor. Mas não quero impor-lhe a minha presença. Pelos vistos nesta casa o meu lugar é junto dos criados. Senhor. – Responde orgulhosamente, virando-lhe as costas.

– Então faça como entender! – Responde danado por ver que Amélia não receia que se zangue. – Por agora passa, mas queira saber que a partir de hoje vou reclamar a presença da minha esposa às refeições. – Retorque zangado sem perceber muito bem porque havia dito aquilo.

Amélia entra na sala de refeições da criadagem. Sabendo-se completamente sozinha, senta-se na mesa já preparada para que os criados possam almoçar assim que o patrão termine. De cotovelos apoiados no tampo esconde o rosto e permite-se chorar até ter vontade.

"Tão depressa me humilha como me convida para a sua mesa. Era mais o que me faltava. Sei que sou sua esposa e que lhe devo obediência, mas não vou permitir que me trate como se trata um animal... ou pior..."

NA sala de refeições, também ela decorada com mobília do estilo D. Maria, onde a peça de destaque é uma enorme tapeçaria com motivos de caça, pendurada sobre o aparador que se encontra por detrás da cabeceira da mesa, João almoça sozinho esmurrando de vez em quando a mesa com os punhos. Ainda não acredita que Amélia tenha tido a ousadia de recusar o seu convite para almoçarem juntos. Sendo um abastado lavrador, jovem e muito bem afeiçoado, não está habituado que o contrariem nas suas ordens, muito menos uma mulher. Uma jovem e bonita mulher, que ainda por cima é sua esposa.

A meio da refeição, Joana aparece com as crianças perguntando-lhe se as pode levar para dormir a sesta. Estranhando a pergunta, pois esses assuntos são sempre tratados com a governanta, aceita e retribui os beijos dos filhos. Joana não tira os olhos de cima do patrão na esperança de ganhar um sorriso ou, quem sabe, uma carícia mais atrevida.

Amélia resolve não esperar que o almoço seja servido. Despercebidamente refugia-se no seu quarto, esgotada que está do confronto com o marido e da crise de choro. Deita-se na cama já feita de lavado. Adormece. O sono é atormentado por diversos pesadelos que a fazem falar alto e mesmo gritar.

É num desses momentos que João passa no corredor e se apercebe da voz alterada que vem do quarto de hóspedes, onde sabe que a esposa tem dormido. Empurra a porta muito devagarinho e dá com o corpo da esposa enrolado sobre si próprio, deitado sobre colcha alva.

Não resistindo à tentação masculina, entra, e de frente para a cama fica hipnotizado pela imagem.

Os cabelos ruivos, longos e ondulados encontram-se principescamente espalhados pela cabeceira da cama. O rosto está mais moreno do que se lembrava. Não consegue tirar os olhos dos lábios rosa que, de quando em quando, se entreabrem para arfarem ou proferirem palavras que lhe parecem sem nexo. Excitado, fica imóvel.

De seguida a análise recai na zona dos seios. Como Amélia havia despido o casaco, a malha da blusa justa deixa evidenciar uns seios generosos e firmes na curvatura do decote em "V". Por último João é surpreendido por um par de pernas longas e muitíssimo bem torneadas. Sentindo a excitação que dele se apoderara cada vez mais, sem conseguir abandonar aquela imagem que tanto o atrai, vai até junto da janela e, por longos minutos, fita pensativamente a paisagem do seu território.

Quando a respiração de Amélia fica mais acelerada ou em murmúrios parece discutir com alguém, volta-se preocupado pois tem consciência de que a esposa não ficará feliz por vê-lo ali, quando acordar.

Assim voltado para a paisagem, envolto nos seus pensamentos e no desconforto que sente pela forma como a tem tratado, não se apercebe que Maria das Dores entrara no quarto.

Considerando que a senhora exibe o corpo de forma inconveniente, embora seja só na presença do marido, a governanta alcança do banco que se encontra aos pés da cama de casal uma singela manta de algodão e cobre-o com carinho.

João que entretanto já se apercebera da presença de Maria, observa atento a forma carinhosa como esta cobre o corpo da esposa e lhe afaga os cabelos espalhados sobre a cabeceira da cama.

– Pelos vistos, até tu já te rendeste aos encantos da desconhecida! – Constata, ironizando ao mesmo tempo que faz deslizar os dedos pela barba rala. – Assim a dormir parece uma dócil criatura. – Repara, não conseguindo disfarçar da governanta o brilho de desejo que lhe invadiu inesperadamente o olhar.

– Sr. João! Menino João! Sei muito bem o que está a pensar! – Transmite olhando-o de frente. – Não deveria tirar conclusões precipitadas sobre a personalidade da senhora sua esposa. Durante estes quinze dias convivemos intensamente nesta casa. É deveras um doce de criatura. Os gémeos adoram-na. Tem uma paciência com as crianças que em tantos anos de vida nunca tinha visto. Vale mais do que a ama que os meninos têm desde que nasceram. Em todos os aspetos, se é que me percebe! – Olhando-o nos olhos adverte-o em relação ao futuro. – Fui eu que criei o menino. Conheço-o melhor que a sua mãezinha, por isso, peço-lhe que não magoe mais esta pobre criatura, como lhe chamou. – Ganha coragem e diz-lhe o que lhe vai no fundo da alma. – Tente falar com ela. Saber como tem sido a sua vida. Se for preciso escreva para a família para quem diz que trabalhou. Informe-se. Mas por favor menino... – Pega-lhe nas mãos. – Por favor não a julgue já. Quem sabe se não poderão ser felizes neste estranho casamento... quem sabe...bem vi a forma como ainda agora olhava para a senhora! E... outra coisa... não é igual a essas desavergonhadas que, na calada da noite se enfiam na sua cama. Não se esqueça que agora é um homem casado!

– Maria...Maria...que diz? – Olha para a governanta ainda incrédulo com o que acabara de escutar. – Não gosto de intromissões na minha vida privada. – Braceja. Resmungando, sai do quarto decidido a ir montar para ver se consegue esquecer a excitação que lhe causara a imagem do corpo de Amélia deitado na cama.

***** *

A tarde está quase a terminar, quando João vem encontrar as crianças divertidamente brincando com Amélia debaixo do enorme pinheiro manso que se encontra à beira da água da barragem.

Foram as risadas estridentes dos três que o haviam chamado à atenção quando, chegado do seu longo passeio a cavalo que se revelara infrutífero pois não conseguira tirar da cabeça a imagem que vira no quarto, se preparava para ir até junto do manajeiro acertar alguns pormenores.

À medida que vai pisando firmemente a calçada os vultos vão ganhando forma e as risadas tornam-se mais sonoras.

Já quase a chegar ao fim do conjunto de arcos de granito e da cobertura das buganvílias detem-se, para, em segredo, deliciar-se com a cena.

Inocentemente a esposa rebola com as crianças sobre uma manta de trapos assente na erva fofa. Admite para si que nunca ouvira nem vira Dinis e Beatriz rir com tanta satisfação. Aquele jogo de fazer cócegas uns nos outros começa a parecer-lhe muito convidativo e, num impulso, corre naquela direção convencido de que também poderá participar na brincadeira.

Todavia Amélia ao dar conta de que se aproxima para repentinamente com a brincadeira, levanta-se, sacode a saia de malha, dando um aconchego aos cabelos que se encontram deliciosamente desalinhados.

Os gémeos, ao se aperceberem que se trata do pai, correm ao seu encontro, que de uma vez os enlaça em cada um dos seus fortes braços.

Amélia fica deliciada com a cena mas tenta disfarçar desviando o olhar para o espelho de água. O coração parece saltar-lhe da boca quando, com os filhos nos braços, João perscruta o seu rosto. Chega mesmo junto dela desculpando-se por ter interrompido a brincadeira que estavam a ter.

Olhares são trocados. De faces rosadas e a escaldar Amélia retira-se desculpando-se que tem de ir ajudar Maria das Dores. Pai e filhos ficam, desoladamente, a verem-na abandonar o local de ombros e cabeça caídos.

Perto da hora de jantar Amélia informa Maria das Dores que está indisposta e, como tal, não descerá para fazer a refeição. Tranca-se no quarto esperando que toda a casa adormeça para que possa refugiar-se no aconchego da lareira da biblioteca a ler.

Deitada na cama de barriga para cima e de mãos cruzadas por detrás da cabeça pensa em Isabel e nos encontros com João Morgado.

"O que estará Isabelinha a fazer a esta hora? Será que Barbosa está a cuidar dela como deve ser? Se for bom pai, com o dinheiro que ganhou com a minha venda poderá perfeitamente arranjar uma mulher para tratar da filha e daquela miséria de casa. Desculpa-me irmãzinha por não poder cumprir, para já, a promessa de cuidar de ti. Vai ser difícil conseguir ir até Portalegre sem que ninguém dê pela minha falta aqui no monte. Espero que o fim de semana passe depressa pois com João aqui por perto a minha vida é um inferno. Por que razão está sempre zangado comigo? A casa é tão grande... não há necessidade de nos cruzarmos a toda a hora. E não venha com ideias de que sou sua! Jamais me tocará com um dedo que seja. Brutamontes! Autoritário! O melhor é ter coragem e enfrentá-lo. Não vou mais ter medo dele. Tenho de descobrir como é que Barbosa o obrigou a casar-se comigo. Deve haver um segredo... A fazer-se de santinho ao pé dos filhos!"

Inexplicavelmente na mente de Amélia surge a imagem do castelo misterioso erguido junto da casa grande. Em quinze dias não dera conta de alguém entrar ou sair de lá. Parece que toda a gente finge que a bizarra construção não existe.

"E se Barbosa sabe algum segredo sobre o castelo? Se calhar é mesmo isso. O castelo esconde um segredo que Barbosa, de alguma maneira, descobriu. Deve ser isso! Aquele castelo esconde um segredo e eu vou descobri-lo. Pode ser que seja a minha salvação para sair daqui."

Consulta o relógio que se encontra pendurado na parede da chaminé da lareira. São 22 horas. Julgando que a estas horas todos já se terão retirado para os seus quartos, veste por cima da camisa de dormir de seda em tom *champanhe* o robe que completa o conjunto. Abre a porta com muito cuidado para que não chie. Deita a cabeça para fora do quarto e olha numa e noutra direção. Uns passos apressados vindos das escadas fazem-na esconder-se por detrás da porta do quarto. Mas a curiosidade é mais forte e fica a espreitar para descobrir quem poderá ser.

Mesmo diante da sua porta, Joana passa em trajes de dormir, dá um toque na porta do quarto de João e entra numa das portas mais adiante, que sabe tratar-se de um dos quartos de João Morgado. Vê agora esclarecida a sua curiosidade face ao facto de o marido ter dois quartos.

Recolhe-se nauseada com a descoberta. Leva a mão à boca pois na inocência dos seus dezanove anos nunca lhe passara pela cabeça que a ama das crianças pudesse de livre vontade esgueirar-se à noite para a cama do patrão, que por acaso é seu esposo.

"Mas que pouca vergonha vem a ser esta! Por isso é que Joana tem sido tão antipática. Que fique com ele! É da maneira que não me procura. Mas que é uma vergonha lá isso é. Onde é que já se viu um homem receber amantes na mesma casa onde mora a esposa! Mas que tenho eu a ver com isso? Ele nunca será meu marido de verdade. Cada vez sinto mais nojo dele. Um quarto só para a amante... Filho da mãe!"

Confirma que não se encontra ninguém no corredor e foge para a biblioteca com a pequena manta de algodão debaixo do braço.

Já na biblioteca, Amélia acende o candeeiro a petróleo que coloca numa mesa redonda de pé de galo que se encontra ao lado do sofá grande onde faz intenção de se deitar a ler. Vai até à prateleira onde sabe que arrumara o livro na noite anterior e procura a marca que fizera. Regressa ao sofá onde se aninha cobrindo os pés com a manta de algodão. A divisão encontra-se envolta numa temperatura agradável porque desde que Maria das Dores havia descoberto esse seu prazer secreto ordenara que a lareira seja acesa todos os dias ao final da tarde.

Deitada de frente para a lareira, com a luz do cadeeiro a iluminar-lhe não só o livro mas também os cabelos ruivos Amélia retoma a sua leitura de "Orgulho e preconceito". A história de um amor quase impossível tem cativado o coração romântico da jovem.

À medida que as horas vão passando as pestanas vão-se fechando, o corpo vai deslizando relaxado pelo sofá. Feliz por ter chegado ao fim do livro deixa-se adormecer com um sorriso nos lábios, abraçada à sua última história de amor.

No piso de cima, João, que não gostara que Joana o tivesse ido chamar ao quarto sem que lhe tivesse pedido ou mandado recado, desce as escadas, depois de ter tido um pequeno arrufo com a ama dos gémeos que terminara com esta a fugir para a ala dos empregados.

Aborrecido consigo próprio por ter dispensado uma noite de sexo escaldante com a jovem e fogosa ama, frustrado porque a imagem de Amélia a dormir na cama não lhe sai da cabeça, resolvera ir até à biblioteca afagar a sua irritação num generoso copo de brandy.

Descalço, levando vestido unicamente as calças de pijama de cetim grená e um robe que arrasta pelo chão, entra na biblioteca e depara-se com a imagem de Amélia a dormir seminua no sofá junto da lareira. Julgando tratar-se de uma partida do seu cérebro esfrega intensamente os olhos, fecha-os e volta a abri-los confiante que encontrará o sofá vazio.

Mas não. Amélia dorme profundamente no sofá. A um ritmo suave o peito arfa descontraidamente.

De boca aberta e de olhos arregalados fica sem saber o que fazer face àquela visão. De tão perturbado que está, vai até junto da carrinho das bebidas e enche generosamente de brandy o copo em forma de balão. Bebe o líquido todo de seguida. Volta a enchê-lo novamente.

Vai até junto da porta pois considera que o mais sensato será virar costas à tentação de ficar mais uma vez a apreciar, às escondidas, o corpo da sua esposa. Já prestes a abandonar a biblioteca, volta a cabeça na direção do sofá e, não resistindo à tentação, encosta a porta e vai até junto de Amélia. Silenciosamente respira profundamente para que o cheiro feminino lhe impregne as narinas. Ousadamente afaga-lhe os fofos cabelos ruivos e as pontas onduladas. Não resistindo a uma tentação maior toca-lhe nos lábios rosados. Amélia arqueja com suspiros, as pontas dos dedos abrem-se e deixam cair o livro para o chão. João apanha-o e constata o tipo de leitura que levara a esposa até à biblioteca.

Vencido com a excitação que se avoluma no meio das pernas, e por que nessas ocasiões a razão fica muda, deixa cair o corpo no sofá mais pequeno que se encontra voltado para o sofá onde o corpo feminino que o hipnotiza dorme alheio ao que se passa à sua volta.

Sentado de pernas afastadas, com o copo a dançar por entre os dedos, os olhos vidrados de desejo tenta estudar cada pormenor que a curta camisa de dormir não consegue ocultar. Ali fica com a respiração ofegante e tentando controlar o ímpeto que lhe escalda as veias, de mesmo ali no chão da biblioteca junto à lareira, arrebatar a esposa de uma vez por todas. Afinal eles são marido e mulher. Com dificuldade tenta convencer-se de que não poderá ser assim. Por isso deixa-se levar pelo calor da lareira e pelo crepitar do lume, fecha os olhos para que aquela imagem não o atormente mais.

A madrugada já vai avançada quando Amélia acorda dando-se conta que se deixara dormir no sofá.

Olha à sua volta e quase que grita quando dá conta que um vulto está sentado no sofá que se encontra perto do seu. Embrulha-se no robe e abraça os joelhos como que querendo defender-se do mal que possa daí vir.

Mais calma e com a visão mais habituada à fraca luz que é emanada quer pelo candeeiro a petróleo, quer pelo borralho da lareira, começa a estudar a figura que se encontra a poucos metros de si.

Verifica que se trata do marido. Leva a mão à boca para abafar o seu espanto. Ao contrário do que seria de prever Amélia faz deslizar o seu corpo pelo sofá ficando assim ainda mais próxima do corpo de João.

De todo o conjunto extremamente sensual que aprecia os seus olhos perdem-se no peito desnudado que o robe não consegue esconder. Amélia nunca vira de perto o corpo seminu de um homem, mas naquele momento tem a certeza de que o corpo do seu marido é uma visão divina.

Também ela se perde a estudar a figura masculina que dorme profundamente. Chega à conclusão de que a dormir ninguém diria que daquela boca rasgada pudessem ter saído as palavras que mais a magoaram até então. Devido à pouca espessura da seda do robe Amélia pode apreciar o volume dos músculos peitorais e abdominais do marido. Pouco conhece do que é sentir a tonicidade dos músculos masculinos. Sente crescer dentro de si um desejo carnal de lhes tocar.

Sem saber muito bem o que fazer com o fogo que lhe incendeia as veias e lhe baralha a razão levanta-se de uma só vez preparando-se para regressar ao quarto, antes que João acorde.

Quando dá o primeiro passo não avista o copo de vidro que está pousado no chão e pisa-o descalça, com toda a força. A sensação de sentir a carne a ser rasgada pelo vidro partido fá-la gritar de dor e cair desamparada no chão agarrada à sola do pé que sangra.

– Que se passa! – Pergunta atrapalhado ainda sem perceber a razão pela qual a jovem está sentada no chão. – O que vos aconteceu? Por que razão gritou? – Indaga de seguida franzindo o sobrolho numa tentativa de se habituar à escassa luz que envolve o espaço da biblioteca.

– Não tenho a certeza, mas acho que pisei qualquer objecto que estava caído no chão! – Protesta baixinho. – Devo ter-me cortado... sinto a humidade do sangue...mas não consigo ver bem... – Lamenta-se começando a sentir-se zonza com a ideia de o líquido vermelho e pegajoso estar a sujar-lhe as mãos.

– Fique aí onde está! Vou buscar o candeeiro a petróleo aqui para ao pé de nós para poder ver melhor a ferida. – Prontifica-se cavalheirescamente completamente esquecido das desavenças anteriores.

Apressadamente alcança o candeeiro, vai junto do carrinho de chá apanha uns tantos guardanapos de pano e a garrafa de brandy.

Quando chega perto de Amélia senta-se no frio chão de tijoleira bem junto ao choroso corpo da esposa. Coloca o candeeiro entre ambos.

Inesperadamente os olhos encontram-se e não conseguem disfarçar a atração que a proximidade dos corpos seminus causa. Frente a frente pela primeira vez, com as pontas dos narizes quase que se tocando, cada um ouve a respiração acelerada do outro. Sem conseguirem desviar os olhos que já se renderam ao desejo, as bocas começam a entreabrir-se anunciando que a qualquer momento se unirão no tão desejado beijo. Esquecida está a dor do corte, como esquecido está o tratamento que João tinha em mente.

Subitamente Amélia é invadida por um pudor que a faz virar a cara para o outro lado.

O gesto traz João à realidade que, contrariado, desvia o olhar para o pé que Amélia agarra com demasiada força. Engole em seco para disfarçar a tensão que se apoderara de cada um dos seus músculos.

– Deixe-me ver o que se passou! – Pede com voz rouca sem conseguir libertar-se dos olhos verde-esmeralda que acompanham todos os movimentos que os músculos a descoberto realizam. – Vou tocar-vos, não se desvie, por favor. – Pede de mansinho evidenciando que está deveras preocupado com a gravidade da ferida que vai encontrar. – Deve ter pisado o copo que coloquei aqui no chão. Peço desculpas, senhora. – Exprime-se com sinceridade ao ver a profundidade do corte que está banhado em sangue.

– Oh que horror! E agora? O que vamos fazer a estas horas da noite? – Lamenta-se cada vez mais zonza com a ideia de a qualquer momento ver a poça do seu sangue a manchar a tijoleira da biblioteca. – Tenho pavor de ver sangue. Que ideia a sua de deixar um copo assim largado no chão. – Ralha entre lamentos.

– Acalme-se, senhora. Também não será boa ideia andar assim descalça e às escuras pela casa. – Riposta ao mesmo tempo que vai inspecionando se algum pedaço de vidro ficou cravado no delicado músculo do pé que tão firmemente segura.

– Não toque aí que me dói! – Choraminga ao mesmo tempo que a dor a leva, inconscientemente, a cravar as unhas nos bíceps e nos deltóides de João. Os olhos voltam a encontrar-se profundamente durante alguns segundos. – Também está descalço. – Observa oportunamente.

Face à constatação, Amélia olha para os pés de João e ele olha para os delicados pés femininos. Os olhares voltam-se a cruzar e em ambas as bocas um sorriso ténue aflora-se. Sorriem um para o outro sem nada dizerem.

As faces de Amélia ruborizam de vergonha. João tenta a todo o custo disfarçar a tensão que lhe faz avolumar a zona pélvica por debaixo das calças do pijama.

– Vou desinfetar a ferida com brandy. – Explica com calma. – Vai arder um pouco. Tem de ser corajosa.

Com precisão encharca um dos guardanapos com brandy e estende outro para que Amélia o morda caso a dor seja insuportável. Sem dar muito tempo para que ela se prepare para a dor que vai ter, lava-lhe o corte com a bebida e com o guardanapo comprime para que algum pedaço de vidro se liberte do músculo e o sangue estanque.

Amélia morde o pedaço de tecido com vontade impedindo que o grito que soaria por toda a casa saia da sua garganta.

Quando sente que a dor está a suavizar fuzila João com os olhos e atira-se a ele de unhas e dentes.

– Você é um brutamontes. Odeio-vos. Odeio-vos. – Grita ao mesmo tempo que lhe esmurra a parte do peito que o robe não cobre. – Isto é maneira de se desinfetar um corte. Brutamontes! – Grita em pânico.

João apercebe-se do pânico, tenta não ripostar, pois se o fizesse acabaria por também ele a aleijar.

– Acalme-se! Vá, o pior já passou! – Pede quase que lhe sussurrando aos ouvidos. – Teve sorte, não havia nenhum pedaço vidro dentro da ferida. Pronto, já passou. – Consola puxando-a de encontro ao seu peito nu.

Amélia não sentido forças, e porque o contacto com a pele dele também lhe agrada, deixa-se assim ficar aninhada naquele abraço que a envolve por completo. Inexplicavelmente sente-se protegida.

Passados alguns momentos João não resiste à tentação de lhe afagar os cabelos ruivos e deslizar as mãos másculas ao longo das costas em movimentos ascendentes e descendentes.

Amélia, que começara por gostar da intimidade, é assaltada pela lembrança de ver Joana a entrar no quarto do esposo. Essa imagem fá--la ficar tensa e de um safanão afastar as mãos que a acariciam. Tenta levantar-se sozinha apenas apoiando-se no pé que não está ferido.

Ele, ao dar conta da dificuldade que a jovem tem para se erguer e ainda surpreso pela brusquidão com que ela recusara o seu contacto, levanta-se agilmente para que se apoie nos seus ombros.

– Segure-se em mim. – Sugere.

– Obrigada, mas cá me arranjo sozinha! – Agradece ao mesmo tempo que gatinha até ao sofá mais próximo para nele se firmar e erguer o corpo.

João, furioso pela recusa, sem avisar, ergue-a no ar pela cintura e pousando uma das palmas nas firmes nádegas pega-lhe ao colo, sai da biblioteca e começa a subir as escadas como se levasse nos braços a mais leve das penas. Antes, porém, dá-lhe um candeeiro para as mãos para que o percurso vá sendo iluminado.

– Ponha-me no chão. Mas que atrevimento é este! – Começa por gritar, mas depressa se lembra que assim irá acordar toda a casa.

– Shiuuuu... cale-se por um instante. – Ordena quase com a boca colada à sua. – Vai acordar todos.

Com a ponta do pé empurra a porta do quarto de Amélia e delicadamente senta-a no banco que está aos pés da cama de casal. Com perícia abre a cama. Volta para junto da esposa, volta a pegar-lhe ao colo e com mais cuidado ainda deita-a na cama. Puxa o lençol de cima. Atrevidamente cruza os braços e fica a fitá-la.

Incomodada com a ousadia do marido Amélia senta-se puxando o lençol até ao pescoço.

– Vai ficar aí a olhar para mim? – Pergunta sentindo-se incomodada com o olhar persistente de João. – Já me ajudou. Obrigada. Agora, se não se importar, gostaria de ficar sozinha.

– A minha esposa está um pouco nervosa, não? – Contrapõe, continuando a fita-la cada vez de mais perto. – Parece que fica atrapalhada com a minha proximidade. – Acrescenta, já quase deitado a seu lado.

– Que faz senhor? Vá-se embora, por favor! – Pede já um pouco assustada com o atrevimento do marido. Faz deslizar o corpo para a outra ponta da cama.

– Veja lá, não caia da cama! – Troça, revelando estar a tirar imenso prazer com a atrapalhação que está a causar na jovem esposa.

– Como tem coragem de estar aqui deitado na minha cama quando há pouco tempo teve a ama dos seus filhos deitada na sua? – Explode não conseguindo guardar segredo do que vira há poucas horas.

– Como se atreve a vigiar-me! – Grita quase saltando-lhe para cima. – Anda a espiar-me? – Indaga, sem conseguir disfarçar a sua atrapalhação por Amélia ter descoberto o seu caso amoroso com a ama dos gémeos.

– Não! Quando ia a descer para a biblioteca vi Joana a bater à sua porta e a entrar para o seu outro quarto. – Explica já sentada de costas voltadas para ele, na outra ponta da cama. – O senhor meu marido leva para a sua cama quem quiser, não foi o que disse? Mas eu também tenho na minha quem eu quiser. E eu não vos quero aqui! – Desdenha. Ignorando ingenuamente os sinais evidentes da excitação do esposo.

– Não me desafie, senhora minha esposa. Não me desafie! – Avisa já em pé diante dela.

Tomado pelo desejo de sentir o corpo feminino debaixo do seu, pega Amélia pelos ombros força-a a deitar-se de costas na cama. Debruça-se sobre ela e fita-a profunda e demoradamente.

Amélia debate-se contra a proximidade e o peso de João. Este pega-lhe o rosto entre as suas mãos. Duas lágrimas soltam-se dos verdes olhos esmeralda.

– Por favor largai-me! – Suplica sem conseguir impedir que repetidos soluços se libertem dos seus lábios. – Por favor, não me magoeis! Senhor por favor! Sou moça ainda. Não me force a nada. – Peticiona apavorada por sentir a dura excitação de João a roçar-lhe na perna.

As lágrimas e o tom de voz tremulamente suplicante de Amélia alertam João para o comportamento reprovável que está a ter. Confuso com o que estava prestes a fazer ergue-se e de rosto desfigurado fica a observar os sinais de pânico que a sua conduta provocara na jovem.

– Queira desculpar-me senhora! Não sei o que me deu. – Limpa com a ponta do lençol os assustados olhos verdes. – Perdi o controlo. Desculpe. Jamais conseguiria forçar-vos a nada.

Amélia não muito convencida da veracidade das suas palavras refugia-se debaixo do lençol abraçando os joelhos. Fica muda pois o nó que sente na garganta não deixa vocalizar som algum.

– Desculpai-me Amélia. Pelos vistos julguei-vos mal. Vejo que não está habituada a ser tocada, ainda! – Esforça-se para justificar o seu comportamento. – Também não tem ideia do efeito que a sua belíssima figura pode causar num homem, pois não? Perdi a cabeça, desculpai-me.

Sai do quarto de cabeça tombada alisando nervosamente os cabelos para trás.

TANTO Amélia como João, durante as poucas horas que estiveram deitados em suas camas, não conseguiram dormir tranquilamente.

Amélia não conseguira apagar da memória nem as palavras de João sobre a sua pessoa nem o efeito que a proximidade do corpo masculino provocara no seu.

João, no seu amplo quarto, levara as poucas horas de sono às voltas com os lençóis. Da cabeça não lhe saíram as imagens do sensual corpo de Amélia deitada na cama e mais tarde no sofá. Também não conseguira esquecer o pânico que vira estampado nos olhos verde-esmeralda no momento em que, louco de excitação, quase a possuíra à força.

O amplo quarto de João é dominado pela imponência da cama de dossel estilo *Queen Anne* fabricada em madeira maciça de mogno.

Dos cantos emergem-se quatro colunas torneadas que se prolongam três metros de altura, ou mais, acima do colchão. O tecido brocado riscado em tons de azul-marinho e bege da colcha e do toldo da cama combinam com uma *chaise*[1] estrategicamente colocada aos pés da majestosa cama de casal. As cortinas de *organza* em cor bege, que pendem da armação que rodeia a cama, criam a ilusão de maior altura do quarto.

Deitado de barriga para cima, com os braços cruzados por debaixo da nuca, na romântica cama de dossel, João não consegue deixar de pensar na hipótese de se ter enganado em relação ao carácter da sua esposa. Essa constatação faz aumentar a dúvida sobre os motivos que a levaram a casar-se consigo.

"Se o motivo que a levou a aceitar este casamento não foi a ambição de ascender a uma vida melhor ou mesmo à minha riqueza, qual será então? Qual será a sua ligação com Barbosa? Como terá conseguido obriga-la a casar-se? Não pos-

---

[1] Cadeira de descanso ou espreguiçadeira.

so permitir que esta excitação me baralhe as ideias. Porra, a minha esposa é muito sensual... e ainda por cima, virgem..."

Pensa João. Recorda, então, os motivos que o obrigaram a aceitar a chantagem do seu antigo manajeiro, Barbosa.

A recordação do carácter e da causa da morte da primeira esposa revolta-lhe a entranhas. Pontapeando e esmurrando o ar que o rodeia salta da cama, e ainda de madrugada, decide ir cavalgar sem destino.

******

Amélia, que também se levantara assim que os primeiros raios de sol começaram a iluminar os campos de pastos, sobro, cearas e olival que se estendem para lá da linha do horizonte, encontrava-se sentada sobre um dos enormes travesseiros, em frente da lareira, onde o borralho ainda libertava algum calor, a averiguar a gravidade do corte que fizera ao pisar o copo no chão da biblioteca, quando a criada dos quartos bate a porta.

Num tom suave autoriza que entre. O rosto moreno da jovem vem escondido por detrás de um vistoso ramo de jarros, também conhecido pelo erótico nome "copo de leite".

Amélia, surpreendida, aguarda de boca aberta que a criada explique a origem de tão original arranjo de flores.

— Senhora bom dia. O senhor, seu esposo, mandou-me que lhe entregasse este ramo e o bilhete que escreveu. — Transmite, tentando disfarçar o sorriso que se esboça nos lábios.

— Tem a certeza que o ramo é para mim? — Indaga colocando mentalmente a hipótese de o ramo se destinar à amante.

— A quem mais o senhor mandaria um ramo de jarros! Só poderia ser para vós, sua esposa. — Considerando que a dúvida da "patroa" não tem razão de ser. — Desculpe, senhora! Falei sem querer. Posso colocá-lo na jarra de estanho que está por cima da cómoda?

— Oh sim, por favor. — Responde morrendo de curiosidade por saber o que contém o envelope que a criada passeia por entre as mãos.

Antes de se dirigir para a jarra de estanho, a empregada volta-se para Amélia e entrega-lhe o pequeno envelope onde as letras manuscritas "JM" se encontram impressas com relevo de cor negra.

Amélia aguarda que a criada trate do arranjo e a deixe sozinha no quarto. Quando isso acontece, senta-se no banco que está aos pés da cama.

De mãos trémulas segura o personalizado envelope por entre os dedos. Apesar da curiosidade algumas dúvidas sobre o seu conteúdo preenchem-lhe o pensamento.

"O que pretenderá com a oferta do ramo de jarros? Será para se desculpar da forma como me agarrou? Ou será para tentar seduzir-me?"

Não conseguindo conter mais a curiosidade, com as pontas dos dedos abre o envelope, de lá retira um papel, também timbrado com a marca do seu redator.

"Minha senhora,
Peço-vos, encarecidamente, que seja capaz de desculpar o comportamento condenável que tive no nosso último encontro.
Não sei explicar muito bem o que se passou, sem ofender os vossos princípios com vocábulos pouco apropriados a uma jovem esposa.
Não é de minha natureza forçar uma mulher a fazer seja o que for.
Apesar de, neste caso, tratar-se de minha esposa.
Ofereço-vos este ramo de jarros, pois como saberá, trata-se de uma flor graciosa cujo simbolismo está associado à pureza, à inocência do ato sagrado e à paz (que desejo consigamos partilhar).
Faço votos que o corte não seja grave.
Depois de ter tomado o pequeno-almoço, peço-vos que venha ter comigo à porta de casa.
Por favor, precisamos conversar… antes que os gémeos lhe tomem toda a atenção.
João Morgado."

Amélia fica a observar durante algum tempo a letra preta impecavelmente desenhada no papel. Na sua ingenuidade apenas lhe ocorre que o esposo lhe queira pedir desculpas pessoalmente. Não conseguindo entender que nas entrelinhas João acabara por assumir a atração que sente pela sua pessoa e que mais cedo ou mais irá reivindicar os direitos de marido.

Coxeando um pouco, pois ainda sente alguma dor quando o calcanhar assenta no chão, vai até junto do guarda-vestidos, olha para o seu interior e decide-se por um vestido simples (sem estampado, rendas, folhos ou pregas) de meia manga e de cintura descaída, em tons de azul-turquesa. Olha a imagem refletida no amplo espelho e repara que o vestido da irmã de João lhe fica, inconvenientemente, um pouco acima do joelho.

Nota, também, que a cor do vestido faz com que os olhos verde--esmeralda ganhem uma nova tonalidade de azul esverdeado. Sorri, escova os ondulados cabelos ruivos que são enlaçados numa larga trança que faz passar à volta da cabeça como se fosse uma *bandolete*. Do risco ao meio algumas pontas caiem, ao lado da franja, soltas para a frente do rosto sardento.

Com o cuidado que o corte no pé lhe exige, desce até à cozinha onde encontra Maria das Dores atarefada com a gestão matutina da casa. A governanta informa-a de que o senhor havia deixado ordens para que comece a tomar as refeições na sala de jantar. Amélia inicia por contestar a ordem do marido, mas acaba por aceitar quando Maria da Dores lhe diz que o melhor é ceder para que o patrão não julgue que ela não soube transmitir a ordem.

Assim que termina o pequeno-almoço, Amélia vai ansiosa até à porta de casa para ver o que João pretende.

Mesmo em frente da porta principal está estacionada a charrete que a havia trazido há quinze dias de Portalegre.

Sentado no banco dianteiro, João segura as rédeas que sustêm o belo cavalo negro. O criado que por ali já se encontra à sua espera, abre a portinhola da charrete e ajuda-a a subir para o seu interior. Estranhando a surpresa Amélia obedientemente entra, sentando-se a aguardar que lhe sejam dadas explicações.

– Bom dia, senhora. – Cumprimenta João com um surpreendente sorriso que lhe vai de orelha a orelha. – Espero que o corte não vos impeça de passear um pouco? – Sugere não conseguindo despregar os olhos dos de Amélia estranhando o tom azul esverdeado que os olhos refletem.

– Bom dia, senhor. Só sinto uma pequenina dor. Obrigada. – Agradece com pouco entusiasmo pois sempre que o vê vêm-lhe à memória as palavras rudes e as acusações injustas que lhe dirigira nas poucas vezes que se haviam encontrado.

– Pensei em irmos andar de barco para a barragem. – Inspira deslindando o rosto da esposa. – Lá poderemos falar à vontade e não precisará de andar sobre o pé magoado. – Sorri-lhe.

– Não percebo o que de tão urgente teremos para conversar. – Discorda, olhando para as mãos que tem cruzadas no regaço numa tentativa de disfarçar o rubor que lhe aflora as faces. – Já haveis deixado bem claro o que pensais da minha pessoa.

– Por favor Amélia! Esqueça o que vos disse antes. – Pede exasperado com a culpa que o comentário lhe faz nascer no coração. – Aceite as minhas desculpas pela forma precipitada com que vos julguei. – Volta-lhe as costas enquanto passa nervosamente a mão pelos cabelos. – Podemos ir?

– Como queira, senhor. – Consente encolhendo os ombros.

João sacode as arreatas para que o cavalo inicie a sua marcha.

Amélia, sozinha no banco de trás, pode examinar a figura do esposo que, cada vez mais, perturba a sua tranquilidade.

João vestido de calças justas de fazenda de cor preta que entram para dentro do cano das altas botas de montar, blusa branca folgada, com abertura em "V" onde um cordão da mesma cor passa por entre os pequenos buracos em forma de cruz, deixando os pelos do peito à mostra, com as pontas da mangas culminando num folho estreito.

Assim, de costas voltadas, Amélia pode apreciar a sua esguia mas musculada envergadura que afunila até à cintura. Para si pensa, que vestido daquela forma, barba rala, moreno e de cabelos compridos ao vento, lhe faz lembrar as imagens de piratas que via nos livros de histórias que contava às crianças de quem tomava conta no Porto. Incomodada com o efeito que aquela imagem lhe está a causar no palpitar do coração cruza os dedos entre si e fá-los deslizar para cima e para baixo nervosamente.

A charrete desce a ligeira inclinação do prado verde, passa ao lado do caminho das tílias, galgando em pequenos solavancos até à linha de água.

Próximo da casinha que se encontra mais lá à frente, passam por uma oliveira centenária que com a força da natureza se desenvolvera frondosamente entre a fisga de duas rochas graníticas, dando a ideia de tratar-se de um esconderijo. Árvore e rocha estão fundidas de tal forma que parecem tratar-se de um só ser. Amélia fica deliciada com a insólita união. Sem perceber porquê associa-a ao seu casamento.

Perto da porta da pequena construção, idêntica à que se encontra junto dos arcos das buganvílias, João puxa os arreios para que o belo animal preto pare. Agilmente salta do banco dianteiro e dirige-se para a portinhola, de peito cheio e andar confiante. Amélia sente-se cada vez mais desarmada com o sedutor perfil do esposo.

– Queira sair, minha senhora. – Pede em voz melosa.

– Obrigada. – Agradece atrapalhada com tanta cortesia. – Ai... – Queixa-se ao colocar o pé magoado na terra.

– Vai desculpar-me, mas há uma maneira de ir até ao barco sem se magoar. – E sem esperar que Amélia o consinta, ergue-a ao colo de forma respeitosa dirigindo-se para a pequena construção a passos largos mas firmes.

– Não era necessário. – Justifica-se, fuzilando-o com os olhos enquanto com uma mão segura o pequeno vestido na zona das nádegas.

– Pronto já cá estamos. – Informa com um sorriso matreiro delineado nos finos lábios.

João senta a jovem esposa num banco de granito que se encontra no interior do que parece ser a casa dos barcos.

Amélia fica a observá-lo a puxar a corda grossa que prende o barco a remos. Com a pequena embarcação já atracada no singelo cais, João vai até ao armário de onde retira uma sombrinha feminina, confecionada em bordado inglês branco, e um chapéu, bem masculino, preto, de abas largas.

– Ainda é cedo mas o sol já está muito forte. – Informa dando-lhe a delicada sombrinha para as mãos depois de ter colocado na cabeça o chapéu com a ponta dos dedos da mãos direita fazendo-os deslizar pela aba. – Venha! – Oferece-lhe a mão para que se apoie enquanto entra na embarcação.

O lavrador desata a corda ao mesmo que destramente entra no barco a remos. Amélia já está sentada no pequeno banco de madeira ao qual se firma quando o sente balançar à força do peso do corpo masculino que acaba de entrar. Pelo canto do olho repara que João sorri com o seu comportamento. Para se distrair abre a sombrinha de tecido, fazendo girar, por entre os dedos, o cabo de marfim branco onde foram esculpidas graciosas flores.

Já sentado no barco, de frente para ela, João alcança os dois remos e fá-los mergulhar na água. Rema para o lado direito para que a proa fique direccionada para o centro da pequena barragem.

Amélia sente-se atraída pelos movimentos que todos os músculos do corpo masculino vão realizando na tarefa de colocar o barco a navegar.

Suavemente o barco desliza pela água. Já mais descontraído João só vai remando de quando em vez. Aproveitando para mais uma vez estudar a fisionomia da esposa, que para se distrair da sua perturbadora presença mergulha as pontas dos dedos nas água provocando pequenas ondas que fazem emergir peixes de vários tamanhos e cores. Uma família de patos que por ali vive é atraída pela presença humana já habitual. João apanha do fundo do barco um pacote de papelão que estende à esposa. Sorridente por ele ter tido a lembrança de trazer pedaços de pão duro, Amélia, alcança o pacote que prontamente amachuca para que as aves identifiquem o som. Instantaneamente os patos esvoaçam até junto do barco, pousam na água e começam a depenicar os pedaços de pão que Amélia vai largando na água.

Alheia ao facto de João não conseguir tirar os olhos das suas pernas quase a descoberto, devido ao tamanho reduzido do vestido, Amélia solta risadas causadas pelo alvoroço que patos e peixes originam na disputa dos pedaços de pão.

— Preciso de levar-vos à costureira. — Comenta. — Senhora, não precisa de andar vestida com as roupas da minha irmã. — Adianta continuando a apreciar as pernas da esposa. — Não que eu me importe de ver... — Desafia em tom de elogio.

— Oh...desculpe, senhor. — Puxa a ponta do vestido tentando cobrir rapidamente as pernas.

— A minha esposa é deliciosamente ingénua. — Galanteia não conseguindo evitar o sorriso que se lhe aflora na linha dos lábios causado pela atrapalhação feminina. — Como é que ainda não havia percebido isso antes?

— Não tivemos muito tempo para nos conhecermos. — Atreve-se a dizer ainda brincando com as mãos dentro de água.

– Amélia, ainda tem medo de mim? – Pergunta com ousadia. – Seja sincera, por favor! – Pede com veemência.

– O senhor, meu marido, disse palavras muito duras a meu respeito. – Exprime-se olhando agora para os seus sapatos pretos. – Nunca tive intenção de vos fazer mal. Apenas me casei consigo porque fui obrigada. Lamento que também o mesmo se tenha passado consigo! – Acrescenta rapidamente olhando-o pela parte superior do olho. – Por vezes as vossas palavras e os vossos gestos assustam-me muito. – Admite sem o conseguir olhar de frente.

– Agora tenho a certeza de que fomos, os dois, vítimas de Barbosa. Para mim já não é novidade. – Afirma de punhos cerrados na madeira dos remos. – Mas há uma pergunta que tenho de fazer-lhe, que me preocupa muitíssimo. – Inspira. Num tom mais íntimo, aproximando-se do belo rosto da esposa, quase que a obrigando a olhar, olhos nos olhos, fala. – Naquele dia em que vos encontrei no Arco do Bispo, estava mesmo decidida a por fim à sua vida?

– Sim. – Responde seca e prontamente.

– E agora? Ainda pensa muito nesse assunto? – Quer saber, embora sinta um aperto no coração por desconhecer efetivamente a resposta que vai ouvir.

– Mais ou menos. – Arroga friamente revelando indícios de que a conversa está a deixá-la ainda mais nervosa do que a proximidade do esposo.

– Amélia é jovem e tão atraente! A Maria das Dores e os meus filhos dizem que é um doce de pessoa. Aqui no Monte não permitirei que vos falte nada, por favor não pense mais nessa ideia. – Suplica-lhe com as palavras e com o olhar. – Fico deveras preocupado consigo… – Prepara-se para tocar-lhe nas mãos quando Amélia recusa o toque e desvia o olhar para a água. – Não suportaria sentir-me, também, responsável pela sua m… – Não tem coragem para concluir.

– Senhor, qualquer jovem tem as suas ilusões em relação ao casamento. As minhas não eram, como há de compreender, ser vendida a um estranho e casar-me com ele. – Defende-se amargamente. – Não estava habituada a viver na pobreza que havia na casa da minha mãe. – Assoa com a ponta dos dedos a humidade que começa a afluir ao nariz. – Temo que a qualquer momento faça valer os seus direitos de esposo e…

está a entender-me. – Conclui enojada só com a ideia de ser forçada a consumar a relação matrimonial. – É quase como que morrer.

– Dou-vos a minha palavra de honra que nunca a forçarei a nada. – Promete peremtoriamente com todos os músculos do moreno rosto. – Jamais acontecerá nada entre nós que não seja de vosso consentimento. – Aproxima os olhos castanho-terra dos verde-esmeralda, quase azul. – Juro, pela saúde dos meus filhos, senhora.

– Agradeço a vossa compreensão. – Exprime-se de olhos fechados. – Mas o senhor meu esposo é um homem novo...deverá ter as suas necessidades...pelo que oiço falar às mulheres mais velhas e pelo que vi ontem à noite. – Contesta com alguma tristeza.

– Sem dúvida. – Anuiu com alguma atrapalhação. – Tentarei ser o mais discreto possível. Mas gostaria que pudéssemos ter, para já, uma relação pacífica. Gostaria que se mantivesse perto dos gémeos. A sua presença deixa os meus filhos felizes. Eles nunca conheceram o carinho da mãe. Quem sabe o que o futuro reserva para este nosso casamento?

– Se prometer que não vai tentar aproximar-se de mim. – Desafia cautelosamente.

– Bem, não é bem isso que pretendo prometer. – Vai falando e estudando astutamente o rosto e o arfar do coração da esposa. Não vá a boca dizer uma coisa, coração e os olhos expressarem outra. – Só posso prometer que não a forçarei a nada. – Desliza a costa da mão direita pelos finos lábios antes de continuar. – Sabe, a Amélia, é uma jovem muito atraente, de finos modos, doce, pura, inocente, saudável e de poucas palavras... é muito mais do que um homem na minha condição poderia ambicionar para esposa...é muito fácil qualquer homem apaixonar-se por si...mas a Amélia não tem consciência disso, pois não?

– Não preciso que se apaixone por mim! – Argumenta tentando deturpar as palavras que ouvira de João e que estão a deixá-la dividida entre o receio de uma proximidade e a esperança de ser feliz no futuro junto daquele homem que até há poucos dias era um brutamontes desconhecido.

– Acho que a minha esposa está a tentar desviar-se do assunto...ou quem sabe já tivesse um namorado! É isso, Amélia, namorava alguém quando se casou comigo? – A voz torna-se crispada.

– Que disparate, senhor. Não. Não tinha ninguém. – Levanta a voz sentindo-se ofendida pelas suposições que aquele homem de vez em quando faz. – Mesmo que tivesse de que adiantaria... agora já estou casada consigo, não estou? – Tenta acalmar-se fazendo um esforço para não se agitar não vá o barco virar-se. – Mas não tinha. Senhor.

– Menos mal. – Conclui juntando as sobrancelhas na direção da cana do nariz.

Esgotado que estava o assunto, cada um fica a pensar nas palavras que foram ditas e nas que ficaram entaladas na garganta.

João volta a remar com mais afinco levando o barco até junto da beira da água onde uma linha de juncos serve de esconderijo aos patos. Ao vê-la mais calma decide fazer-lhe mais um pedido embora tema que o assunto volte a deixá-la nervosa.

– Amélia conte-me um pouco da sua vida. – Pede em voz rouca como se estivesse quase a rogar.

– Por favor senhor, que interesse pode ter na minha vida! Não me apetece falar mais. Não podemos simplesmente andar de barco? Não disse que queria uma relação pacífica! – Relembra.

– Apenas curiosidade. – Pede-lhe simulando uma beicinha deveras sensual. – Conte apenas o que considerar que pode partilhar comigo.

– Se assim deseja. – Cede não resistindo aos olhos castanhos que fitam os seus. Inspira e expira para ganhar coragem uma vez que tem de reviver os momentos mais difíceis de sua vida. – Nasci e fui criada no Porto. A minha mãe era portuguesa e o meu pai britânico. Do que me lembro tínhamos uma vida boa até à morte do meu pai. O que aconteceu quando eu tinha dez anos. Foi esmagado por um túnel de vinho do porto. Andei à escola. Aos doze anos a família britânica para quem o meu pai trabalhava contratou-me para fazer companhia às crianças. – Vai narrando entre suspiros. – Principalmente à filha mais velha, de quem fiquei amiga. A minha mãe vem para Portalegre servir para casa de uma família ilustre. Vai para sete meses, ainda estava no Porto, quando recebo uma carta a informar que a minha mãe está gravemente doente e que precisa de mim. – Continua a sua dolorosa narrativa. – Venho para Portalegre, encontro a minha mãe a viver na extrema pobreza e à beira da morte. O que acabou por acontecer há dois meses atrás. – Assoa-se às costas das mãos. João retira do bolso das calças um lenço onde o seu monograma está bordado a preto e limpa-lhe as lágrimas que lhe deslizam pelo rosto sardento. Amélia não se desvia.

– Nestes últimos meses passei fome… Há quinze dias atrás sou vendida e obrigada a casar-me com o homem que… – Oculta-lhe intencionalmente a existência da meia-irmã e a natureza da sua ligação com Barbosa.

– Pronto Amélia não precisa de contar mais nada…por favor já ouvi que chegue! – Ordena, tentando ainda secar-lhe as lágrimas que continuam a lavar-lhe o rosto.

– Não queria saber a história da minha vida? Agora vou contá-la quase toda! – Responde desafiando a autoridade do marido. – … que me comprou. Primeiro nego a casar-me com o ricalhaço. Sem alternativa decido que a solução menos dolorosa será pôr termo à minha vida. Era assim ou ficar à mercê de um marido que desconhecia. Pronto já está contente? – Pergunta ao mesmo tempo que um ataque de soluços lhe rebenta na garganta. Amélia vencida pelo choro curva-se sobre si.

– Desculpe-me Amélia… mil desculpas por tudo o que lhe disse. – Começa por dizer muito baixinho de forma atabalhoada ao ver aquele corpo alto e esbelto reduzido a uma bola completamente coberta com o manto dos cabelos ruivos. – Desculpe-me por ter sido tão cruel.

Sem pensar no local onde está, completamente chocado pela forma como a esposa chora compulsivamente, João ergue-se no barco e vai sentar-se junto a ela. Pega-a pelos ombros e encosta o rosto molhado das lágrimas ao seu peito ao mesmo tempo que lhe afaga a rebeldia ruiva que lhe cobre a cabeça.

Amélia não o rejeita e deixa-se ficar assim aninhada àquele abraço forte e protetor, soltando esporadicamente pequenos soluços.

O pequeno barco é que não aguentando o peso dos dois corpos na ré, começa a balançar desengonçadamente à tona da água.

João ainda se consegue segurar. Numa tentativa de equilibrar o peso gatinha em direção ao banco que se encontra do lado da proa. Amélia, mais agitada, levanta-se e com os solavancos acaba atirada à água, começando uma dança agitada de braços e pernas para não se afundar. O esposo prontamente descalça as botas e, de mergulho, vai em seu alcance.

– Tenha calma. Vou ajudá-la a subir para o barco. – Diz-lhe suavemente ao ouvido ao mesmo tempo que tenta segurá-la pela cova dos braços. – Se não se mexer será mais fácil. Segure-se na borda do barco que a ajudo a entrar. – Vai ordenando, pois tem consciência de que, se Amélia entrar em pânico, o agradável passeio poderá terminar de forma trágica.

– O barco está a meter água! – Informa assim que consegue erguer um pouco a cabeça. – E se fossemos a nado até à casinha? Sei nadar e o senhor? – Pergunta em tom de desafio fazendo o corpo girar para o lado de João.

Este surpreendido com o à vontade com que Amélia realiza os movimentos sincronizados para se manter à tona da água não consegue dar resposta à pergunta que lhe fora dirigida.

– Então o que me diz? Não nado há já alguns anos…mas é coisa que não se esquece! Vai uma corridinha até á beira da água! – Incita com os olhos verdes latejando de excitação.

Como João não se pronuncia começa a dar largas e habilidosas braçadas rumo à casa. João, ainda incrédulo com a cena que está a presenciar, não tem outra alternativa senão a de seguir nadando atrás dela.

– Não me diga que aqui pelo Alentejo as crianças não brincam nas barragens? A nadar assim vou chegar primeiro que o João. – Ameaça divertidamente.

Talvez devido ao ímpeto de tê-la ouvido dizer pela primeira vez o seu nome, ou porque a sua virilidade não permite que uma mulher lhe ganhe uma corrida, João começa um movimento sincronizado de braços e pés que rapidamente o coloca na dianteira do desafio.

Sem que ambos se apercebam, escondido na outra casinha do lago, um vulto feminino assiste a tudo o que se está a passar do outro lado da barragem. Um rosto fino e moreno mordisca de raiva o lábio superior por ver que João e a esposa terminam o seu passeio num mergulho nas águas límpidas da barragem. Mais revoltada se sente por se estarem a dar bem.

Alheios ao facto de estarem a ser observados, João, chega em primeiro lugar ao ancoradouro, colocando as mãos sobre o piso e de um impulso erguendo o corpo molhado. Vai ao interior da casa e do armário de onde tirara a sombrinha e o chapéu (que agora foram fazer companhia ao peixes) alcança uma manta de lã. Foge para junto da beirinha da água para ajudar Amélia a sair de lá. Cá fora embrulha o corpo feminino no cobertor.

Antes porém, não consegue deixar de reparar que Amélia tem o vestido molhado, sensualmente colado ao belíssimo corpo. Todas as curvas estão provocadoramente visíveis. João engole em seco por diversas vezes quando olha na direção dos generosos seios e vê que, pela baixa da temperatura da água, os mamilos arrebitam o tecido.

Já refeito da miragem que tivera, despe a camisa ensopada de água exibindo toda a sua masculinidade à esposa.

Coloca-se de frente para ela, quase tocando-lhe os lábios, esfrega os ombros envoltos na manta, para que aqueça. Assim ficam durante alguns minutos. Ele perdido nos grandes e pestanudos olhos verde-esmeralda. Ela na excitação que o corpo masculino lhe está a causar no estômago e no coração.

– A Amélia é sem dúvida uma esposa muito invulgar. – Constata com um sorriso enviesado. – Onde é que aprendeu a nadar? Não é comum uma moça de boas famílias saber nadar! – Ironiza completamente rendido aos encantos da jovem.

– Cresci junto ao rio Douro. Uma das minhas brincadeiras preferidas era ir chapinhar na água. O meu pai não se importava. A minha mãe é que não apreciava muito. – Explica em tom brincalhão.

– Oh Amélia, seria tão fácil apaixonar-me por vós. – Admite com os lábios quase que colados aos dela. – Muito fácil mesmo. Não fossem os fantasmas do passado.

João puxa-a pela manta para mais próximo de si. Esfrega o seu nariz no nariz deliciosamente sardento de Amélia. Sorri como que esperando um consentimento. Calma e docemente beija os lábios rosa. Como Amélia não se mexe volta a beijá-los, outra e mais outra vez. Sempre muito suavemente.

Por alguns momentos ficam assim os dois rendidos à doçura do primeiro beijo partilhado. Amélia não se desvia do contacto mas também não retribui nem se manifesta. Apenas deixa-se guiar. João envolve o rosto delicado da esposa com as mãos e encosta-o ao seu desnudado peito. Ambos suspiram.

– Seria muito fácil apaixonar-me por vós…não fosse… – Sussurra melancolicamente beijando-lhe castamente os cabelos molhados.

– Senhor, não sei muito bem o que pretende de mim! – Pensa em voz alta. – Tão depressa diz uma coisa, como faz outra… estou baralhada. – Sente o toque dos seus lábios no rijo músculo peitoral e o pulsar acelerado do coração do esposo. – Não percebo parte do que quer dizer!

– Não sei o que vos responda… não sei mesmo…também eu estou muito confuso… – Admite, pois não consegue disfarçar a palpitação do coração e a ereção. – Vamos! Vou levar-vos para casa antes que se constipe.

Caminham juntos até à charrete, com João conduzindo a esposa pelos ombros. Antes que ele abrisse a portinhola que dá acesso aos bancos de trás, Amélia valendo-se das suas pernas esguias sobe para o banco da frente. João sorri-lhe e assim lado a lado conduzem a charrete até casa. Amélia retribui-lhe o sorriso.

– Que ameaça fez Barbosa para vos obrigar a comprar-me e a casar--se comigo? – Consegue finalmente dar voz à dúvida que lhe martela o sentido, assim que a charrete para junto da porta principal.

O rosto de João torna-se intangível, a boca torcida, sem nada dizer olha em direção ao pequeno castelo, desaparece da vista de Amélia.

Roída de inveja, sentindo-se desprezada, a figura feminina que tudo observou, firma as mãos no muro da pequena varanda da casa do lago até os nós dos dedos ficarem brancos de dor.

– Podes estar casada com ele…mas vais pagá-las…oh, se vais!… e é já hoje à noite…ruiva de um raio. – Ameaça, entre dentes. – Só eu é que posso dar-lhe o que precisa. Um homem como João não se satisfaz só com uns beijinhos… Isto não estava nos planos!

NA enorme e elegante sala de jantar, mobilada em madeira de mogno maciça, o casal almoça em silêncio. Cada um revivendo para si os momentos partilhados no passeio pela barragem.

Amélia depenica aqui e acolá o arroz de pato e os pedaços rasgados de alface. João observa-a atentamente com o grafo a rodopiar por entre as mãos fortes e morenas, enchendo repetidamente o copo com vinho. Até que decide quebrar a frieza do ambiente dando início a uma conversa de circunstância.

– Como está o vosso pé, Amélia? – Pergunta fitando-a bem no fundo dos olhos verde-esmeralda.

– Melhor, senhor. – Responde sem ter coragem de o encarar demoradamente.

– Continua com medo de mim, não é? – Questiona tocando-lhe ao de leve na mão que está mais próximo de si com firmeza para que ela não a retire.

– Não é bem medo, senhor. Apenas não sei muito bem lidar com o que diz e com que faz. – Ergue os olhos timidamente na direção dos olhos castanhos-terra. Estremece com o arrepio que nasce ao fundo da coluna e termina na base do pescoço. – A maior parte das vezes, não percebo se me quer por perto ou se quer que desapareça da sua vista. – Conclui com desalento.

– E a Amélia, o que gostaria que fizesse? – Mais ousadamente quer saber a opinião da esposa. Engole com sofreguidão o líquido vermelho que lhe queima o estômago vazio, como que querendo ganhar coragem para dizer algo mais intenso.

– Senhor, não estou a entender onde quer chegar com esta conversa. – Responde na defensiva. Fazendo o elegante corpo roçar-se na cadeira de mogno de forma desconfortável. – Somos casados. Para onde iria mesmo que me quisesse ir embora?

– Amélia, mesmo sendo inexperiente nestas questões amorosas, já percebeu que existe uma atração muito forte entre nós, não? – Exprime-se abertamente ficando a observar o ruborescer delicioso nas faces da esposa. Sempre segurando-lhe com firmeza a mão direita.

– Por favor, senhor, não me sinto confortável a ter esta conversa consigo. – Reconhece, decidida a ver devolvida a sua mão.

– Amélia, quer queira, quer não queira, somos marido e mulher! – Afirma perentoriamente. Segurando a mão cada vez com mais força. Levando com a outra mais uma vez o copo de vinho à boca. – Por favor, dê-me só uma esperança de saber que um dia destes me aceitará na sua cama. – Suplica melosamente antes de lhe elevar a mão até aos seus finos lábios para a beijar de vontade e sonoramente.

– Senhor, por favor, penso que é já o vinho que fala por vós! – Exclama com o coração aos pulos por se sentir assim desejada.

– O vinho apenas ajuda a que as palavras que tenho atravessadas na garganta saiam livremente. – Defende-se continuando a fitá-la profunda e atrevidamente. – Sou um homem experiente, no que toca a mulheres. Sinto que não é indiferente ao meu toque. – Solta-lhe a mão. Por debaixo da mesa agarra-lhe, com firmeza, a coxa que começa a acariciar de forma ousada cada vez mais na direção da junção das pernas. Aproxima o rosto ainda mais para confirmar o impacto do que acabara de ser dito e da carícia que lhe faz.

– Que faz, senhor? – Pergunta de olhos esbugalhados pelo toque surpresa que faz acordar todas as partes do seu inexplorado corpo feminino. Junta as pernas. – Já disse que não me sinto à vontade para ter esta conversa… nem com essas intimidades. – Tenta afastar-se sem êxito, com as faces a escaldar e o coração aos pulos.

– É mesmo destas reacções de que falo. – Regozijando-se por confirmar não só o efeito que o seu toque provoca na esposa, mas também que de tão ingénua não entende a armadilha que lhe montara. Solta uma risada sincera enquanto faz deslizar a mãos pela barba rala. – Amélia, a minha doce esposa, é verdadeiramente inexperiente nestas coisas … – Conclui.

– Até há bem poucos dias não era isso que pensava de mim. – Relembra baixinho voltando a sua atenção para os grãos de arroz que tem no prato. – Como pode afirmar que tendes vontade de… – Salta a palavra pois não tem coragem de a pronunciar na presença de um homem. – … se mal nos conhecemos? E o amor? Onde fica o amor nesta sua conversa de desejo? – Consegue finalmente dar voz à questão que para ela é fundamental, mas que só vem reforçar ainda mais a sua ingenuidade.

– Doce Amélia, o amor não tem nada a ver com o desejo. – Esclarece num tom quase maternal. – O amor só atrapalha. E o que há de errado em desejar a minha esposa? – Inquere em género de desabafo acariciando-lhe os ruivos cabelos ondulados.

– Já se esqueceu das condições do nosso casamento? Pois eu não. – Recorda com amargura. – Senhor, está a sugerir-me que me entregue sem que tenhamos sentimentos mais profundos um pelo outro? Assim sem sabermos nada um do outro? Que a oferta da minha pureza seja apenas um ato carnal? É isso senhor? – Pergunta-lhe em voz alterada olhando-o, agora, bem no fundo dos olhos castanhos-terra que pulsam de desejo. – Por quem me toma? Sinto-me insultada com a vossa proposta. Não seria diferente das mulheres que vendem o seu corpo a troco de dinheiro! – Cobre o rosto com as mãos para que João não veja as lágrimas que ameaçam brotar a qualquer momento.

– Desculpe, desculpe…não queria ofendê-la. – Levanta-se. Aproxima o seu corpo do de Amélia a puxa-a para perto de si. – Esqueço-me que é deveras pura. Que não está preparada para este tipo de conversa. Desculpe. Não queria assustá-la, nem tão pouco ofender. – Explica-se mantendo-a cada vez mais próxima da sua cintura. – Devo mesmo já ter bebido demasiado.– Reconhece.

– Nunca me entregarei só pelo prazer da carne. Nunca! Escutai! Nunca! – Afirma com sinceridade, tentando-se libertar do abraço pois sente a ereção do marido bem colada ao seu rosto. – Largue-me por favor. Esta posição é deveras constrangedora.

– Amélia, tem de aprender a lidar com a excitação que me causa. Não tenho culpa. – Reclama já um pouco exasperado. – Sou um homem saudável e fogoso. É por demasiado atraente e apetecível. Que quer que faça? Não consigo controlar nem disfarçar o efeito que causa em todas as partes do meu corpo! – Ergue-a pelos ombros, colocando-a mesmo na sua frente. – Sou seu marido! Desejo-a mais do que deveria. Diga-me o quer para que seja minha, de verdade? – Oferece, deixando bem claro o que deseja da esposa. – Pedi-me o que quiser. – Segura-a pelos ombros com tanta força que Amélia perde o contacto com o chão.

87

– Por favor, senhor, está a magoar-me. Solte-me, por favor. – Roga, já com o esbelto corpo dando sinal que a qualquer momento uma enxurrada de lágrimas soltar-se-á. – Não estou à venda... pois já fui comprada! Está lembrado? Prometeu que não me tomaria à força. – Olha suplicante na sua direção.

– Pare de me tratar de "senhor"! – Ordena já frustrado por não estar a conseguir que Amélia compreenda o que lhe acaba de oferecer. – O que tenho para lhe oferecer é a minha cama e o que o meu dinheiro poder pagar. E não é pouco. Já lhe disse que o amor só atrapalha tudo, acredite. – Enche o peito de ar, libertando-a. De costas voltadas, deixa cair os ombros numa atitude de derrota. – É uma romântica, Amélia. Lamento. Mas já passei essa fase... e não me dei muito bem...lamento. O que tenho para oferecer é a satisfação carnal. Lamento que seja eu a destruir os seus românticos sonhos. – Confessa. Com o rosto desfigurado senta-se, volta a encher o copo de vinho que emborca de seguida.

– Senhor... desculpe... João, desculpe a minha ignorância... mas o desejo carnal não vem depois do amor? – Confusa pergunta, fitando a figura descaída que se encontra sentada à mesa. – Mesmo de manhã, na barragem, falou de paixão! Que seria fácil apaixonar-se por mim... Deixa-me tão confusa.

– Amélia, não vos quero magoar, juro que não. – Assegura com o rosto escondido por entre as mãos. – Mas nada mais vos posso oferecer do que os prazeres do corpo. Acredite, será melhor assim. Quando nos cansarmos um do outro sofreremos menos. Poderá ter uma vida muito confortável a todos os níveis. Nada vos faltará. – Argumenta friamente como se estivesse novamente a negociar o corpo de Amélia. O rosto é frio.

– Está a ofender-me novamente, senhor. Prefiro voltar a passar fome a vender-me em troca de comida, roupa e de homem na minha cama. Lamento que pense assim. Pode tomar-me à força mas sem amor jamais... jamais... será com o meu consentimento. Satisfaça-se com a sua amante! – Grita entre dentes com os punhos cerrados. Roda o esbelto corpo sobre os calcanhares saindo da sala a passos largos fazendo esforço para que João não a veja chorar.

– Pede demasiado, minha esposa. Demasiado. – Levanta-se da mesa. Esfrega os longos cabelos com os dedos e num impulso primitivo pega no copo e atira-o contra o chão.

Amélia ouve o impacto dos vidros e assustada começa a correr corredor fora só parando no primeiro banco baú que encontra. Senta-se e chora compulsivamente inconformada com o rumo desastroso que a conversa tivera.

"Mas quem pensa que é? Tão depressa diz uma coisa, como faz outra! Oh meu Deus o que vou fazer? Uma noite destas aparece no quarto e força-me... tenho a certeza... Porque será que diz que o amor só atrapalha? Deve ter alguma coisa a ver com a primeira mulher! Quase de certeza. O que faço? É tão bonito e ao mesmo tempo tão cruel! Se ao menos tivesse alguém mais velho com quem pudesse conversar! Oh mãe faz-me tanta falta! Oh meu Deus... esqueci-me completamente de Isabelinha. Que egoísta! Não faz mal... já sei como vou visitá-la."

Os pensamentos são interrompidos pela chegada alvoraçada de Beatriz e Dinis que de um salto se sentam no seu colo. As crianças vêm fugidas à ama que ao dar com Amélia torce o nariz arrancando-as asperamente do colo.

Os gémeos começam a bracejar esticando os braços na direção de Amélia gritando o seu nome.

– Calem-se. Diabretes. Está na hora da sesta. – Ordena, apressando-se a ir embora com uma criança pendurada em cada uma das ancas. – Já vos disse que quem manda sou eu!

– Desculpe, Joana, mas será mesmo necessário tratar as crianças dessa maneira? – Ganha coragem de ir em defesa dos gémeos. Talvez também movida pelos ciúmes que sente dela questiona a sua atitude. – Não me parece que seja muito correto da sua parte tratar as crianças dessa maneira. Elas só estavam a cumprimentar-me. – Afirma com veemência olhando-a bem no fundo dos pequenos olhos escuros. – Sou a esposa do pai delas.

– Estou a fazer apenas o meu trabalho. Não tenho de lhe dar explicações. – Volta-lhe as costas ainda com as crianças encaixadas à força nas ancas. – Quem me paga o ordenado é o Sr. Morgado.

– Desculpe mas tem! – Responde com altivez surpreendendo-se a ela própria e à ama. – Sou a senhora desta casa! Estou casada com o seu patrão por isso deve-me não só respeito mas também obediência.

– Cerrando os dentes ordena asperamente. – Ponha as crianças no chão.

– Vou falar com o senhor. Isto não fica assim! Não pode desautorizar-me à frente destes diabretes. – Resmunga ensaiando-se para lhe virar as costas.

– Vá falar com quem quiser. As crianças ficam comigo. – Devido a tensão do confronto começa a sentir as pernas a desfalecer mas corajosamente continua. – E não os chame de diabretes! São crianças, apenas isso.

Joana vê-se obrigada a soltar Dinis e Beatriz. Os gémeos correm na direção de Amélia que os enlaça pelas estreitas cinturas aproximando-os do seu rosto. Vitoriosos os gémeos cobrem-na de beijos e carinhos.

– Está a estragá-los com mimos. – Adverte amargamente esquecendo-se do seu lugar de empregada da casa. – Vou falar com o senhor!

Do fundo do corredor uma voz masculina soa como um trovão. Todos se assustam. As crianças por nunca terem ouvido a voz alterada do pai, escondem-se por detrás da cortina de cabelos ruivos. Amélia aperta os pequenos corpos contra o seu.

– Mas que barulheira vem a ser esta? – Vai perguntando ao mesmo tempo que em passos largos e ligeiramente cambaleantes se dirige até junto das duas mulheres.

– A madrasta das crianças está a desautorizar-me. – Adianta-se a ama confiante que os seus favores sexuais falarão mais alto e que João Morgado tomará o seu partido. – Desde que cá chegou os gémeos nunca mais foram os mesmos. – Acrescenta ensaiando um falso mas astuto amuo.

– Senhora, o que tem a dizer sobre o que se está a passar? – Pergunta com voz arrastada voltando-se ameaçador para Amélia.

– Nada, senhor meu esposo. – Retorque entre dentes vincando intencionalmente a três últimas palavras. – Estou apenas a fazer o meu papel de esposa dedicada. – Acrescenta friamente mas com o coração aos pulos e as pernas a darem sinal de que irão fraquejar a qualquer momento.

– Papá, nós só queríamos que fosse a mãe Amélia a deitar-nos para a sesta. – Fala Beatriz mais afoita que o irmão gémeo. – Pode ser, papá? Prometemos não fazer mais nenhuma birra. – Esticando os braços na direção do pai.

– Vão lá andando até às escadas que já vamos ter com os meninos. – Ordena num tom meigo mas ainda desconcertado.

As crianças dão as mãos e sentindo-se triunfantes caminham pelo corredor do rés do chão parando junto do primeiro degrau da escadaria que dá acesso ao primeiro andar.

Amélia vencida pelo confronto e porque tem a certeza de que o marido tomará o partido da amante, volta a sentar-se no banco baú de cabeça murcha e as mãos cruzadas entre si. Preparando-se para mais uma humilhação.

– Joana, o que julga que estava a fazer? – Dirige-se para a ama com agressividade tombando o tronco na direção da sua pequenez. – Fique a saber que assisti à conversa. Não volta a falar assim com a senhora, ouviu? Também não achei correta a forma como se dirigiu aos gémeos. – Repreende completamente fora de si, essencialmente devido ao álcool que ingerira desde a hora do almoço e por a esposa o ter rejeitado.

– Mas senhor... – Silencia-se ao sentir que João está prestes a perder a paciência de vez.

– Agora deixe-nos a sós! – Apontando-lhe a direção onde os gémeos estão sentados. – Ah! Outra coisa, não trate a senhora Amélia por madrasta.

Amélia ainda estupefacta com a reação do esposo permanece imovelmente sentada.

– Obrigada Amélia por se preocupar com os meus filhos. – Vai dizendo enquanto de senta a seu lado. – Ainda bem que as nossas desavenças não afetam o carinho que sente por eles. – Deposita-lhe um beijo na costa da mão que elevara até junto dos seus lábios.

– Não sou uma pessoa rancorosa, João. – Olha para ele comovida com o gesto que acabara de fazer. – Os seus filhos são um doce de crianças. – Enche o peito de ar e calmamente, para que ele não se zangue, dá a sua opinião. – Não me quero meter nos seus assuntos íntimos. Mas acho que vai ter alguns problemas em explicar muito bem à sua amante o que acaba de fazer.

– Vá lá deitar as crianças! – Autoriza ignorando o comentário da esposa. – Aqui entre nós, acho que a minha esposa está com ciúmes da ama. – Acrescenta enquanto a fita provocadoramente com um sorriso esperançoso desenhado na linha dos lábios.

– Aqui entre nós, acho que o meu esposo como bebeu demais está a deixar o vinho falar demasiado alto. – Sorri vitoriosa. Por breves momentos sente que João acabará apaixonado por si.

******

Amélia sobe com as crianças até ao quarto pois na sua cama de casal caberão mais à vontade para dormir. Dali a pouco minutos João vem fazer-lhes companhia.

Ao entrar no quarto dá com a esposa enlaçada pelo pescoço no meio das duas crianças. Não conseguindo evitar lança-lhe um sorriso por demais sedutor. Amélia com o dedo indicador colado aos lábios rosa pede-lhe que não faça barulho. Retribui-lhe o sorriso.

– Amélia, é tão bonita! – Arfa. – Vê-la assim rodeada com meus filhos, chego a ter ciúmes da vossa intimidade… – Confessa contrariado.

– João, meu esposo, como pode sentir ciúmes… não me ama! – Exclama astutamente. Olhando-o provocadoramente pois sabe que na presença dos filhos não se descontrolará.

– Um dia destes ainda vos pego ao colo e levo-vos até ao meu quarto. Dar-vos-ei tanto prazer que sereis vós, minha esposa, a suplicar-me para não vos deixar. – Afirma certo da sua masculinidade e do efeito que ela tem junto de Amélia.

– Se conseguir conquistar o meu coração… serei toda vossa, senhor. – Escandalizada com as palavras que se haviam soltado da sua boca, apressa-se a desfazer o desafio que colocara ao esposo. – Bem… não era bem isto que vos queria dizer…

– Shiuuuu… que vai acordar as crianças. – Com um sorriso torcido desenhado na linha dos lábios e os olhos lampejando de desejo com o desafio que Amélia lhe lançara chega-se junta a ela e sorrateiramente rouba-lhe um beijo dos rosados lábios. De seguida segura-lhe o queixo com as pontas dos dedos, cantando vitória antes do tempo. Beija-a novamente.

– Amélia, minha doce esposa Amélia, vai ser um prazer conquistar o vosso coração. Se é essa a condição para a ter na minha cama aceito-a de bom agrado. – Levanta-se enchendo o peito de ar dando a entender que a vitória estará para breve. – É tão puro. Tão inocente. Vai ser um prazer.

– João... e se eu também quiser conquistar o seu coração? – Decide entrar no jogo da sedução embora sabendo que está em desvantagem em relação ao seu parceiro.

– Amélia! Amélia! Está a brincar com o fogo! – Braceja ao sair do quarto também ele surpreendido com a repentina mudança de estratégia da esposa.

Na cama Amélia permanece imóvel tentando-se refazer do desafio que tivera a coragem de propor ao esposo.

"Mas o que foste fazer, Amélia? Agora é que ele não te vai deixar em paz. Não tens experiência nenhuma com os homens, como conseguirás conquistar o seu coração? Também para que queres o coração deste brutamontes? Onde te foste meter! Ele é tão bonito. Tem um belíssimo corpo... estou perdida. Cada vez que o vejo ou chega perto de mim o meu coração dispara. Oh!"

João, que saíra do quarto numa atitude vangloriosa, quando alcança a porta da rua vai direto às cavalariças onde anteriormente combinara encontrar-se com o manajeiro do monte.

Ao mesmo tempo sobem para a garupas de suas montadas e iniciam a habitual vistoria dos trabalhos que estão nessa época do ano a serem realizados no monte.

João vai inquirindo o José sobre a forma como estão a decorrer os trabalhos nos campos e com os empregados. Não sendo homem ligado à política faz questão de que no seu monte ninguém seja explorado pelo trabalho realizado, que todos vivam condignamente com a natureza humana e até autorizara que a cada família fosse cedida uma parcela generosa de terreno para que nela plantasse o que entendesse. Sabia que essa sua forma de gerir o monte não era nem da simpatia do pai nem dos outros lavradores que o acusavam com frequência de estar a abrir precedentes dentro da classe rural.

Como a tarde já ia avançada concordaram que apenas passariam vistoria às searas e às vacarias que se encontram para lá da ribeira que atravessa o monte. Os terrenos semeados apresentavam miúdas e verdes espigas num manto ondulante que se estende até os olhos se cansarem de olhar. Essa imensidão de seara era interrompida aqui e acolá por um majestoso sobreiro que, no pino do calor, servia se refúgio às aves e ao rancho de mulheres e homens que haviam de os vir ceifar.

Mais adiante começam os terrenos de pastorícia. Os bovinos, em grande quantidade, refastelam-se com a erva verde. Os bezerros saltitam atrevidamente por entre as vacas. Ouvem-se os chocalhos e os berros das crias. Isolados do resto da manada os machos de grandíssimo porte pisam a terra como se tivessem consciência que deles virá a semente das gerações futuras. Tudo é harmonioso.

Patrão e empregado, também eles cientes da sua importância e masculinidade, cavalgam lado a lado como zeladores de um património incalculável. O de possuir e tirar rendimento da terra.

Apesar de estar a fazer um esforço para tomar atenção ao que ia vendo e às explicações que José lhe ia prestando, João não consegue libertar-se do desafio que Amélia lhe havia lançado. Sente-se por demais excitado só com a hipótese de vir a tê-la nos seus braços de livre e espontânea vontade. Convence-se a si próprio que tal excitação se deve unicamente ao facto de a esposa ser bela. Não voltaria a permitir-se a luxúria de amar alguém. Ainda sentia bem vivo na carne a dor que sentira quando descobrira que Antonieta, a sua primeira esposa, o traíra durante anos.

Quando regressa ao Monte das Tílias, perturbado com essas lembranças e com o alvoroço que Amélia lhe causa no coração e no sexo, decide ir até ao castelo para que as memórias dos últimos tempos em que ali vivera o façam recordar o motivo pelo qual não voltará a confiar no amor. Para que se lembre que o amor pode causar danos irreversíveis decide martirizar-se com as lembranças e a culpa.

Antes de se dirigir para a insólita construção, mais um dos caprichos da falecida esposa, decide ir buscar uma garrafa de brandy. Convencido que está que só o álcool lhe afogará a culpa.

Assim que transpõe o portal entra num amplo salão, todo ele decorado com peças de armaria (estandartes, escudos, pistolas, bestas, espadas, armaduras…). Suspenso do teto, um gigantesco candeeiro de madeira maciça serve de suporte a cinquenta pequenas lamparinas de azeite. A gigantesca lareira e um palanque onde dois tronos de estilo real, também de madeira maciça, fundo em veludo vermelho e o monograma "JM" bordado nas costas, ocupam lugar de destaque naquele mundo medieval recriado para agradar a mulher que amara mais do que a própria vida.

Desnorteado pela mágoa que sente cada vez que ali entra com o intuito de se martirizar pela forma como se deixara enganar por Antonieta, vai até ao trono real, deixa o corpo cair pesadamente, pende uma das pernas ao encosto lateral e chorando como um menino perdido despeja pela goela abaixo a garrafa da bebida de seguida.

À sua frente, do lado de lá do imenso salão de granito, um quadro prende, como habitualmente, a sua atenção. Na pintura, em tamanho real, João e Antonieta estão retratados com vestes também elas reais.

– Porque me traíste daquela maneira Antonieta? Dei-te tudo o que tinha. Dei-te o melhor de mim. Mas nada te chegava. Maldita sejas por teres tornado o meu coração estéril. Maldita sejas Antonieta. Jamais de irei perdoar. Jamais irei esquecer o dia em que morreste. Maldita sejas.

João grita atabalhoadamente para a figura da falecida mulher. Que a julgar-se pela pintura seria detentora de uma beleza sem igual. De pele muito branca, loira como o oiro, olhos grandes de um azul cristalino, delicada e volumosa nos locais certos. Em vida deverá ter sido a perdição de um batalhão de homens, entre eles o abastado lavrador alentejano João Morgado.

Na rua, Amélia, que se lembrara que seria um bom dia para ir conhecer a capela do Monte das Tílias, passa perto do castelo, apercebendo-se que a porta está entreaberta, interrompe a sua marcha a pensar se segue em frente ou se vai espreitar o interior da construção que tanto a intriga.

Não resistindo à tentação, sobe a meia dúzia de degraus, faz deslizar o esguio corpo pela porta entreaberta, e deslumbrada com o interior do salão, esbugalha os olhos verde-esmeralda deixando soltar um suspiro de admiração.

O seu olhar salta imediatamente para a pintura que está pendurada na parede. Rapidamente, apesar das vestes reais, identifica o rosto de João. O rosto angelical que se encontra a seu lado deduz que seja o da primeira esposa. Uma ponta de ciúmes nasce no coração. Pasmada vai andando para trás para que possa ter um melhor ângulo de visão da magnitude de todo o salão. A sensação de viagem ao passado é quebrada por uma voz rouca e atabalhoada que vem bem detrás de si. Volta o corpo na direção do som e dá com João completamente desfigurado largado no trono.

– Que faz aqui? – Pergunta com voz arrastada pela força do álcool que vem ingerindo desde a hora do almoço. – Este lugar não vos pertence... ou melhor é demasiado doce e pura para estar aqui... vá-se embora Amélia. – Ordena com voz sumida fazendo um ensaio para se levantar. Porém as pernas não obedecem e volta a descair o corpo no trono. – Deixe-me sozinho!

Não fosse o facto de Amélia ficar de coração partido ao ver aquele homem de porte atlético completamente destroçado e vir-lhe à memória que se ainda estava viva a ele o devia, apesar da sua atribulada existência, vai até junto do trono ajoelha-se, bem de frente para ele começa a estudar-lhe docemente o rosto desfigurado pela raiva, pela revolta e pelo choro.

– João, o que tem? Esteve a beber outra vez? – Pergunta ao reparar que uma das mãos ainda segura uma garrafa de brandy. – Por favor olhe para mim, senhor! Não esteja assim. – Toca-lhe na mão para o despertar do estado hipnótico com que fita a rosto feminino da pintura. – Sente saudades da sua esposa?

– SAUDADE??? Não me faça rir, doce Amélia. – Quase que vomita ao ironizar com as palavras da atual esposa. – Eu quero que ela arda no inferno mais esta culpa que me consome. Vá-se embora Amélia! Tenho o mau agoiro de magoar as pessoas quando estou bêbado. Deixe-me aqui entregue às minhas memórias e à minha culpa por ver crescer os meus filhos órfãos de mãe. – Lança a garrafa de brandy, com toda a força que tem, através do amplo salão medieval.

Vê-lo assim falar Amélia considera mais prudente para a sua segurança acatar a ordem que lhe fora dada. Porém à memória volta a imagem do homem de casaco preto comprido e cabelos ao vento que não saíra de ao pé de si naquele fatídico dia.

Sem nada dizer, deixa-se estar sentada aos pés de João. Ouve-o praguejar contra a sua sorte, contra o amor, contra as luxúrias excêntricas de Antonieta, contra a sua cegueira que não o deixara ver o mau carácter da mulher e contra ele próprio que por algum motivo carrega no coração a responsabilidade da morte da esposa.

Emocionada Amélia deixa-se ficar. Sente-se incapaz de abandonar aquele homem que no momento parece mais um menino perdido no meio da floresta assombrada.

Passado mais de uma hora, pois através dos vitrais nem um raio de sol penetra, João começa a dar sinal de estar a regressar ao mundo real.

Atónito, sente um corpo aninhado aos seus joelhos. Baixa o olhar e vê um manto de cabelos ruivos ondulados descaírem pelas suas longas e musculadas pernas. Tenta não se mexer. Não resistindo ao desejo de lhe tocar pega numas das tantas mechas de cabelos e divertidamente fá-las enlaçar por entre os seus dedos. Sente o corpo mexer-se e aguarda com alguma excitação que o par de olhos verde-esmeralda se volte para si. O que acontece imediatamente. O coração acelera-se no peito quando a acompanhar os olhos vem o sorriso mais doce que jamais alguma vez vira.

– Minha doce Amélia o que faz ainda aqui? – Pergunta oferecendo--lhe as mãos para que erga o sensual corpo. Ao vê-la vestida de blusa branca justa e de calças justas pretas João não consegue abafar o seu espanto. – Fica belíssima com qualquer peça de roupa... mas de calças senhora! Não pode andar assim pelo monte. Os homens do campo não estão habituados a apreciarem os contornos de uma silhueta tão perfeita.

– Como se sente? – Pergunta de rosto apoiado nos joelhos do esposo, olhando na sua direção, tentando ignorar as mãos estendidas e o comentá-rio sobre as suas vestes. – Não podia deixá-lo aqui sozinho no estado em que estava... Já fez o mesmo por mim. – Recorda com voz melosa.

– Doce Amélia, no estado em que estava poderia tê-la ofendido ou mesmo magoado... ou mesmo forçado a... – Com a ponta do dedo indicador percorre-lhe o nariz até ao contorno dos lábios rosa. Onde por alguns instantes faz deslizar o dedo para lá e para cá. – Venha até mim! Não vos vou magoar, prometo! – Sussurra com voz rouca.

Presa àqueles olhos castanhos que a devoram e à excitação que se lhe aflora em todas as partes do corpo, Amélia ergue-se e deixa que as mãos do esposo a conduzam habilmente para o seu colo.

– Prometo que não vou forçá-la a nada. Apenas preciso de sentir o calor e o cheiro a alfazema do seu corpo. – Roga-lhe já com o nariz enfiado na curvatura do pescoço. – Só quero estreitar-vos nos meus braços, só isso...

Já mais tranquila por ver que o estado revoltado de João já vai dan-do sinal de estar a passar, embora o efeito do álcool ainda se faça sentir nos seus movimentos, no hálito e na fala, Amélia aninha-se de vontade no abraço que também ela deseja.

Com o tronco completamente envolvido pelo abraço de João, Amélia deixa-se estar imóvel apreciando cada beijo que ele vai depositando na sua cabeça.

– Não faz nenhuma pergunta sobre o que ouviu e viu aqui? – Quer saber por que razão a esposa ainda não mostrara interesse pela cena a que assistira. – As mulheres têm sempre muita curiosidade por estas coisas. – Acrescenta secamente.

– Quando quiser falar do assunto sabe que serei uma boa ouvinte. Apenas quando quiser. – Explica-se tentando disfarçar a sua efetiva curiosidade.

– Não existe, doce Amélia. É uma miragem. Conquistou o coração dos meus filhos, sabe nadar, veste calças, é grata e ainda por cima sabe escutar! Qualidade rara numa mulher! – Elogia com o rosto sardento preso nas suas mãos. – Como gostaria de podê-la amar. – Desabafa finalmente.

– Não pode ou não quer? – Interroga de mansinho para que não se zangue.

– Oh Amélia, é muito mais complicado do que possa pensar. – Olha para o rosto feminino pintado no quadro. – Já amei demais para uma vida só. Lamento, mas não posso oferecer um coração destroçado. Perdi a fé no amor sincero e desinteressado. Perdoai-me.

– Agora pergunto eu: haverá alguma hipótese de o senhor meu esposo voltar a amar? Ou o nosso casamento estará destinado a ser um campo de batalha. De um lado, vós a tentar-me seduzir para a vossa cama, do outro eu, a exigir-lhe que sem amor nada feito. – Resume de forma corajosa o ponto em que o casamento se encontra. – Essa atração que diz sentir por mim não poderá ser a semente do amor?

– Amélia, de tão ingénua e sincera que é está sempre a tentar-me. O que quer que diga? – Desloca-se no trono pois começa a sentir a sua ereção nas nádegas da esposa, que de espanto, o fuzila com os olhos. – Se a desejo? Sim, muitíssimo. Se alguma vez a vou amar? Só se não o conseguir evitar. Se a atração que sinto por si irá desvanecer-se no tempo? Não tenho resposta para dar. – Enche o peito de ar e conclui o seu raciocínio. – Um dia destes um de nós, ou mesmo os dois, ir-se-á cansar desta relação e aí Amélia...aí o casamento permanecerá e teremos de fazer um esforço para que a amizade e o respeito se mantenham sem mentiras. Teremos de fazer um esforço para quando isso acontecer sermos sinceros. Embora possamos seguir caminhos diferentes.

– Então o que quer dizer, é que poderemos ser felizes mesmo sem amor? Apenas satisfazendo essa atração que sentimos um pelo outro? É isso? – Faz um esforço para entender o raciocínio do esposo sem se mostrar chocada. – Se um de nós se fartar do outro poderá arranjar uma amante para se satisfazer? Bastando ser sincero com o outro? É só isso que tem para me oferecer? – Questiona com desalento. – Que durante uns tempos poderemos ser felizes e depois logo se vê!

– Amélia, ofereço mais que a maioria dos maridos. Quem sabe... talvez nunca nos fartemos um do outro. Estou a ser sincero no que digo.

– Desculpe, a minha insistência neste ponto, mas se a atração for muito grande não será então amor? – Pergunta

– Amélia, o melhor é irmos jantar. Toda esta conversa está a deixar-me muito excitado. Como sentiu. – Fá-la levantar, pois precisa ajustar discretamente a sua ereção. – Se ficamos mais um pouco não respondo por mim. Ainda sinto o efeito do álcool. – Levanta-se, depositando-lhe um beijo casto nos lábios. – Apenas lhe posso dar o meu afeto. Amor jamais. Venha!

– Que pena, João! – Lastima de coração partido por ver que nunca poderá ser verdadeiramente feliz naquele casamento.

"Sou mesmo muito ingénua. Como pude pensar que poderia ser feliz com o homem que me comprou? Está a iludir-te Amélia. Ele apenas quer levar-te para a cama. Depois o seu interesse por ti desvanecerá. E depois o que será de ti? Ficarás para aqui largada... Estás a deixar levar-te pelas suas boas maneiras e belo seu aspeto sedutor."

De mãos dadas saem do castelo. Cada um sentindo-se pouco triunfante pela forma como a conversa se desenrolara.

O jantar foi tranquilo. Quase a terminar João informara a esposa que terá de ir para Portalegre, pela manhã do dia seguinte, e que só regressará no final da semana. Nessa altura virá buscá-la mais aos gémeos, para que juntos possam ir ao mercado.

Amélia tenta disfarçar a sua alegria pois uma vez em Portalegre poderá ir visitar a irmã. Para si pensa que, de qualquer maneira, irá fazê-lo às escondidas de todos nessa madrugada.

Depois do jantar, cada um foi para o seu quarto. Antes, porém, foram desejar as boas noites aos gémeos. Ao passarem pela porta do quarto de Amélia, João desejara-lhe as boas noites com um beijo rápido nos lábios, que ela esteve tentada a retribuir.

Deitada na sua cama recorda o dia agitado que tivera. Recorda o passeio na barragem, a discussão com a ama e o reencontro no castelo. Vem-lhe à memória todas as imagens e todas as palavras ditas. Os beijos e as carícias fugazes de João. Agitada na cama chega à conclusão que tão depressa não conseguirá adormecer.

"Que segredos se escondem naquele misterioso castelo? Por que razão João odeia tanto a falecida esposa? Será só pelo facto de ter sido traído? Por que se sentirá culpado pela sua morte? Não será possível que João seja capaz de matar alguém! Ou será? Será que ainda ama a falecida. Que outro motivo haverá para que se recuse a apaixonar-se novamente?"

Atormentada, decide então ir para a biblioteca procurar um livro para ler. De candeeiro na mão, cabelos soltos e camisa de dormir branca a tocar-lhe na zona do joelho sai do quarto e olha instintivamente para a porta de um dos quartos de João. Pela fresta rente ao chão apercebe-se que também ele tem o candeeiro aceso. Inocentemente decide ir bater-lhe à porta para o convidar a ir até à biblioteca na esperança que queira partilhar mais alguma informação sobre a morte da primeira esposa.

– O que deseja? – Pergunta provocadoramente Joana do outro lado da porta quase sem roupa.

Chocada por ter sido a ama a abrir-lhe a porta dá um salto para trás não conseguindo abafar com a mão o grito que se liberta autonomamente da garganta. Fica estática no meio do corredor a olhar para Joana e para o corpo masculino, que nu de barriga para baixo, descansa na cama.

– O senhor está muito cansado. Como vê dorme como um anjinho. – Exprime-se num tom provocador abrindo ainda mais a porta para que Amélia possa ver o esposo deitado em toda a largura da cama. – Pelos vistos a senhora não sabe como satisfazer o seu esposo. – Ironiza com voz estridente que faz João voltar-se na cama.

– Como pôde fazer uma coisa destas? Diga-me! – Amélia ao vê-lo contorcer-se na cama invade o quarto. Coberta de cólera atira-se ao marido esmurrando-lhe incessantemente o peito que, tentando recom-

100

por-se do sexo extenuante que a empregada lhe fora oferecer ao quarto, não percebera ainda o que se passa. – Como pôde deitar-se com ela depois da conversa que tivemos no castelo. Como pôde?

Amélia solta-o e, lavada em lágrimas, foge arrasada do quarto.

Sem se incomodar com a sua nudez, João salta da cama, veste as calças do pijama e foge no encalço da esposa.

Quando passa por Joana que, de braços cruzados e sorriso diabólico assiste à cena, grita-lhe que está despedida e que se pela manhã se ainda estiver no monte será expulsa à paulada.

Trôpega pela dor que o corte no pé lhe inflige, Amélia deixa-se cair sobre a carpete que forra o chão de sobrado do corredor. Vencida pela dor física do corte e pela dor da descoberta que fizera, chora convulsivamente enrolada sobre si mesma. João destroçado por vê-la num sofrimento tal tenta pegar-lhe ao colo mas ela agride às cegas.

– Sois um nojento. Depois do que vi como é que permitirei que alguma vez me toque? – Fala ao mesmo tempo que a baba e o ranho lhe desfiguram o rosto. – Por que o fez João? Porquê?

– Deixe-me levá-la para o seu quarto. – Olha para o calcanhar e confirma que, pelo sangue que o penso deixa ver, o corte voltara a abrir. – Tem a compressa cheia de sangue. Acalme-se. Ainda acordamos os gémeos.

– Não preciso da vossa ajuda. Largai-me. Como tendes coragem de me tocar depois de terdes tocado na vossa amante. – Amélia continua a gritar descontroladamente dando a entender que está prestes a ter um ataque de cólera. – Quero hoje mesmo sair daqui. Levai-me mesmo agora para Portalegre ou à primeira hipótese fujo. – Ameaça com os olhos vidrados de raiva. – Está a tirar partido da minha ingenuidade e a brincar com os meus sentimentos. Não se importa com ninguém? Quer vingar-se do que a sua esposa lhe fez? – Escandalizada com as suas últimas afirmações tapa a boca e cerra os olhos para que não seja obrigada a ver a expressão.

– Não fale do que não sabe! – Explode. – Não me faça perder a cabeça.

Desesperado com a gritaria e por ver que a esposa está prestes a explodir, a única ideia que tem é tapar-lhe a boca com a sua, na esperança que o inesperado ato a faça calar um pouco que seja. Ousadamente abafa a gritaria com a sua boca. Eleva-a ao colo dando rápidas passadas em direção ao quarto de Amélia.

Esta apanhada de surpresa, pelo beijo que nunca mais acaba, vai bracejando e esperneando até sentir o corpo a ser deitado cuidadosamente na sua cama.

João, prontamente, fecha a porta do quarto e antes que ela recomece a gritar pede-lhe, com um gesto, silêncio. Vai até junto do pequeno jarro de água que está na cabeceira, deitando um pouco do líquido num copo que oferece à esposa. Esta recusa. Ele volta a insistir até que a convence a humedecer os lábios e a garganta.

Com os olhos pregados nele, como que ainda não acreditando no que vira, Amélia repete incessantemente a mesma frase entre profundos soluços.

– Como foi capaz, João? Como foi capaz, João?

Sentindo-se completamente esgotada e vazia por dentro, Amélia faz deslizar o corpo para dentro da cama determinada a ignorar a figura masculina que está plantada na janela do seu quarto.

Sentindo a esposa já menos agitada volta-se caminhando cabisbaixo.

– Pare aí onde está, senhor! Não o quero nem perto de mim. – Ordena com a mão estendida.

– Amélia, lamento o que se passou. Não queria de forma alguma magoá-la. – Inicia uma longa tentativa de explicar o sucedido.

– Não estou interessada nas suas explicações. – Vira o rosto para o outro lado tapando os ouvidos numa atitude infantil. Cruza os braços.

– Como sabe bebi muito o dia todo. A nossa conversa deixou-me muito excitado e confuso. Juro-vos que não fui eu que a procurei… – Reconhece.

– Não quero ouvir mais nada! Já basta o que vi. – Diz-lhe ao mesmo tempo que com um gesto lhe ordena que saia do quarto.

– … ela entrou no meu quarto e pronto uma coisa leva à outra… e um homem não é de ferro… também tenho as minhas necessidades… já vos disse que sou muito fogoso… – Sente-se atrapalhado por ter de dar todas estas explicações à esposa. – O que quer que faça até se decidir em aceitar-me na sua cama?

Amélia esconde-se por debaixo dos lençóis envergonhada com a conversa e por que, bem no fundo, sabe que João tem alguma razão. Mas essa consciência não lhe apaga a imagem nem a mágoa.

– Só para que saiba, já despedi Joana. Não a quero voltar a ver. – Diz-lhe muito baixinho já perto da cama. – Por favor tente dormir.

– Mas quantas Joanas vão aparecer na sua cama até que eu me decida, senhor? – Pergunta tristemente. – E depois, irá contentar-se só comigo? Dá-me nojo só de o imaginar a saltar de cama em cama.

– Espero que mais nenhuma. – Responde não conseguindo evitar um sorriso matreiro. – Convém é não demorar muito tempo a decidir-se. – Remata.

– Está a brincar com os meus sentimentos e com o meu sentido de obrigação para consigo. – Impulsivamente pergunta. – João seria capaz de possuir-me sabendo que o faria só por obrigação?

– Amélia, isso é lá pergunta que se faça a um homem! – Espanta-se com a ousadia da jovem. – Para evitar que isso aconteça, ou que um dia destes reivindique os meus direitos de marido é que ... –

– Acha mesmo que alguma vez o irei amar se me tomar à força? – Pergunta escandalizada com as palavras do esposo.

– Já chega desta conversa. Já vos disse que não preciso do seu amor. Apenas quero possuir esse seu corpo maravilhoso. – Assume finalmente.

– Vá-se embora! Saía daqui seu depravado! – Berra cuspindo saliva e raiva.

Longe de perceber a dor que as suas palavras causaram em Amélia, João olha-a fixamente. Ganha coragem para lhe pedir quase o impossível.

– Posso ficar aqui no seu quarto? Apenas para a abraçar como o fizemos lá no castelo. É a minha forma de pedir-lhe desculpa.

Incrédula pelo que acaba de escutar. Baralhada por João não se ter dado conta da dureza das suas palavras encolhe os ombros e responde-lhe esmorecida.

– Desculpe senhor, mas pede demasiado. – Responde com as mesmas palavras que ele utilizara no castelo. – Demasiado!

Sem nada dizerem, Amélia vira-se e João sai do quarto.

– Cada hora que passa estou mais atraído por si, minha doce Amélia. O que vai ser de nós? O que vai ser de mim? – Atira com o desabafo ao ar.

– Não diz coisa com coisa. – Conclui Amélia

O sol ainda não nascera já João Morgado se encontrava à porta de casa pronto para ir até Portalegre.

Levantara-se de madrugada agitado com os acontecimentos do dia anterior.

Sentado, de pernas afastadas, no poial da porta principal da casa, fuma sofregamente um cigarro ao mesmo tempo que vai pontapeando as pequenas pedras soltas que por ali se encontravam semi-enterradas na terra.

Impaciente, sobe até aos joelhos as calças de fazenda cinzenta. Debate-se com o facto de ter sido obrigado, por si mesmo, a assumir que pensa em Amélia mais do que gostaria. A sua beleza, a sua rebeldia na quantidade certa, e o sabê-la virgem excitam-no por demais.

No pouco tempo que vivera com Antonieta, no castelo, nunca a paixão forte e cega que sentira por ela lhe tirara a vontade de ir até Portalegre tratar dos seus negócios.

Porém, naquela manhã de Domingo, sentia-se particularmente irritado por ter de sair do Monte e saber que só estaria de volta no final da semana. Levara toda a noite para admitir para si próprio essa realidade. O desejo quase que incontrolável que se manifestava em todas as partes do seu corpo faziam-no pensar, que sendo casados, que mal haveria em tomar Amélia à força.

Sorrateiramente vêm à memória os doces olhos verde-esmeralda e a forma como ela tremia de medo quando a abraçava. Então essa vontade primitiva de tomar a fêmea à força desvanece-se.

Conhecedor do seu másculo ímpeto sabe que lhe restavam apenas duas alternativas: ou rapidamente a esposa consente a sua presença no leito conjugal, ou terá de procurar quem o alivie, uma vez que Joana tinha sido expulsa do monte, enquanto não conseguir conquistar o coração puro de Amélia.

Ferido no seu orgulho por saber-se casado e não poder deitar-se com a esposa (que tanto deseja), e de não sentir grande entusiasmo em procurar outra companhia feminina, insulta baixinho Barbosa, o antigo manajeiro do Monte das Tílias, por ter colocado a sensual Amélia no seu caminho no tempo em que retomara o equilíbrio na sua vida, após a insólita morte da primeira esposa. Insulta-o também pelas traições do passado.

Atormentado com estes pensamentos prepara-se para se levantar do poial quando os relinchos de um cavalo, vindo da estrada que dá acesso ao Monte, o fazem acordar da batalha que trava interiormente.

Ergue-se, franze o sobrolho, diminuindo o tamanho dos olhos numa tentativa de melhor focar o vulto que se aproxima de forma desenfreada.

Vai até ao hall de entrada, retira do armário uma espingarda, pois não são esperadas visitas muito menos àquela hora do lusco-fusco. Pensa que quem quer que lá venha quer passar despercebido.

Quando o animal está perto o suficiente apercebe-se que se trata de uma figura esbelta, que se não fossem os cabelos soltos ruivos refletirem os últimos brilhos do luar, João não acreditaria tratar-se de Amélia.

Habilmente, mais firme do que a maioria dos homens que conhece, a esposa galopa no seu melhor cavalo, dominando em todos os aspetos a elegante arte de cavalgar.

Apanhado de surpresa pela erótica cena, João esconde-se na penumbra da sombra da casa, vendo Amélia a encaminhar com experiência o animal até às cavalariças.

Estático, fica preso ao corpo que salta na garupa: os volumosos seios, as cochas, as nádegas até o movimento dos braços que prendem os arreios deixam João ainda mais excitado do que já se encontrava.

Contrariado, engole em seco por diversas vezes e só quando a cavaleira e sua montada desaparecem no interior da cavalariça é que lhe vem à ideia perguntar-se de onde é que Amélia virá àquela hora da madrugada.

Sem pensar muito no assunto, sem delinear uma estratégia para a abordar, cego com a ideia de que pudesse vir de algum encontro amoroso, João corre até lá decidido a interrogá-la sobre a sua estranha saída.

Vai encontrá-la a descer do cavalo. Fica ainda mais excitado ao vê-la preparar-se para desmontar de um só salto. A técnica, nada convencional numa senhora, fá-lo ficar de queixo caído e quando se dirige a ela quase que não tem voz.

– De onde vem a esta hora, Amélia? – Pergunta, quando ainda no ar a alcança pela estreita cintura.

– Largai-me ou dou-vos com a chibata! – Ameaça por ter sido surpreendida por uma voz sumida que não reconhece.

– Largue isso! Não vê que sou o seu esposo! – Esclarece rodando no ar o elegante corpo, colocando-o de frente e fazendo-o deslizar pelo seu até o sentir com os pés no chão.

– Largue-me na mesma! – Diz ainda com a chibata na mão. – Não tenho que lhe dar explicações. – Diz desafiando-o com o olhar.

Em vão tenta soltar-se das mãos que ainda a prendem pela cintura, só conseguindo o efeito contrário. Encara com os olhos lampejantes de João, que possuído pelo desejo, que o incomoda há horas, a puxa ainda mais para si, comprimindo a nuca na sua direção, a beija ardentemente.

Amélia inicia uma luta de braços e pernas que rapidamente desvanece ao sentir o calor húmido dos lábios do esposo. Involuntariamente entreabre os seus e corresponde ao ardente e demorado beijo.

João solta-lhe a cintura para que consiga alcançar as mãos femininas, que prende atrás das costas empurrando o corpo de Amélia contra a parede de madeira que faz de divisão ao estábulo onde o animal mansamente se encontra.

Assim com o corpo preso no seu ensaia-se para a acariciar. Leva a mão até às rosetas sardentas e sente-a retrair-se de dor. Surpreso, repete o movimento e ela volta a retrair-se.

Curioso, em silêncio tenta levá-la até à rua para que possa ver a causa da dor que Amélia sente no rosto. Ela desconfiada, crava os pés no chão para que João não a possa levar dali.

Em silêncio, apenas comunicando com o olhar, João arrasta-a pelos braços até fora da cavalariça. Olha em redor à procura de um local onde os primeiros raios dourados de sol já tenham despertado a natureza. Vê que a parede empedrada do poço, onde uma roseira ostenta vaidosa os seus pequenos botões cor de vinho, já se encontra iluminada. Arrasta-a até lá.

Quando lá chega, vira com firmeza para o lado nascente, o corpo feminino que se debate contra o seu.

De frente, emoldura com as mãos o sardento rosto, começando a estudá-lo atentamente até encontrar a causa do queixume mudo da esposa.

Incrédulo, vê que uma mancha negra lhe desfigura o lado esquerdo da maçã do rosto. Suavemente toca com os dedos e apalpa o seu inchaço. Volta a sentir o corpo de Amélia a retrair-se de dor. Comovido e revoltado obriga-a a fitá-lo.

– Quem vos fez isto, Amélia? Diga-me quem, que vou à sua procura e mato-o de seguida! – Afirma entre dentes para surpresa de ambos.

Cansada pela viagem que fizera a cavalo, destroçada pela agressão física de que havia sido vítima, confusa pela forma como João a havia beijado e ela correspondido deixa-se escorregar pela parede do poço. Perdida, contempla o nascer do sol que aos pouco lhe vai iluminando o rosto e todo o corpo.

De punhos cerrados, atónito, João permanece em pé a estudar a figura amassada e suja da esposa indagando onde teria estado para vir naquele estado. Quando se prepara para voltar a perguntar quem a tinha agredido de forma tão brutal, repara que Amélia está prestes a ter um ataque de choro. Ajoelha-se à sua frente, pega-lhe no queixo delicadamente, para que não a magoe e muito baixinho pede-lhe que abra os olhos. Ao vê-los nota que estão vermelhos e inchados pela força de um longo choro. Pega-lhe nas mãos e mima-as com repetidos beijos. Senta-se ao lado dela, de joelhos fletidos e braços pendentes sobre estes.

– Por favor, diga quem vos agrediu dessa forma? – Pergunta entre os beijos que lhe vai dando nas costas das mãos. – Por onde andou, Amélia? Por favor não me deixe ainda mais enraivecido! – Suplica de sobrolho murcho. – Diga qualquer coisa!

– Tenho os meus segredos, senhor. Também tenho os meus segredos. – Assume desgostosamente. – O João tem os seus. Eu tenho os meus. – Informa sumidamente olhando o ocaso. – Pelos vistos somos os dois perseguidos pelos fantasmas do passado.

– Fazemos, sem sombra de dúvida, um casal muito *sui generis*, doce Amélia. – Concorda apesar de as entranhas lhe dizerem que se deveria zangar com ela por ter saído às escondidas do monte. – Tem algum amante, Amélia? – Pergunta sem pensar, deixando que o ciúme fale por si.

– Claro que não! Quantas vezes já lhe disse que nunca me deitei com homem nenhum! Tenho apenas dezanove anos! – Grita descontroladamente, levantando-se de rompante. – Mas mesmo que tivesse, não faria nada que o João não tivesse já feito depois de ter casado comigo. Pois não? – Volta-se para ele. – O João é complicado! Não consigo compreendê-lo. Para quê tanta preocupação comigo? Não está apenas interessado na minha virgindade? Não se preocupe, ser-vos-á entregue. Pagou para isso. – Escarnece revoltada.

– Acalme-se Amélia! – É só o que consegue dizer, erguendo-se a tempo de amparar, com os musculados bíceps, o corpo que, inerte, ameaça estatelar-se no chão.

Sem esforço ergue Amélia ao colo. Por segundos volta a fitar a nódoa negra que lhe mancha uma boa parte do rosto e suspirando fundo dirige-se para a cozinha da casa onde sabe que, àquela hora, Maria das Dores já estará orientando as criadas nas tarefas de preparação do pequeno-almoço, limpeza e arrumação da casa.

Entra na cozinha com Amélia nos braços deixando todas as mulheres que ali se encontram estupefactas. Apanhadas de surpresa param o que estão fazendo e ficam a aguardar que o patrão diga alguma coisa. Maria das Dores, que se encontrava a combinar com a cozinheira a ementa do dia, interrompe o que está a fazer. Preocupada corre até junto de João, antes, porém, ordenando que cada uma volte para o seu trabalho.

– Bom dia senhor. – Saúda com um aceno de cabeça.

– Bom dia Maria. A senhora não se sentiu muito bem depois de ter ido andar a cavalo. Manda preparar um banho bem quente no quarto de hóspedes. – Ordena não conseguindo soltar os olhos preocupados do rosto dorido de Amélia.

– Claro que sim. Vou já mandar duas das criadas colocar as panelas ao lume para aquecer a água. Subo consigo. – Informa muito baixinho.
– Está desmaiada, senhor? – Desvia o emaranhado de cabelos ruivos que lhe esconde o bonito rosto. – Oh meu Deus, quem lhe bateu, senhor? – Fala mais alto sem conseguir disfarçar o olhar reprovador que dirige na direção de João.

– Oh! Que disparate Maria! Achas que seria capaz de bater numa mulher? – Pergunta ao mesmo tempo que se lembra que, no passado, já lhe ter sido feita a mesma pergunta. – Não Maria, desta vez não fui eu... como não fui nas outras. Penso que apenas foi vencida pelo cansaço. – Comenta baixinho com desalento. – Ah! Outra coisa: estamos sem ama. Despedi Joana. É preciso providenciar outra. – Informa secamente dirigindo-se para a escadaria pois Amélia começa a revira-se no colo.

No quarto de Amélia, João deita-a sobre a colcha branca. Beija-a na testa e afasta-se até à janela para que Maria das Dores dela cuide.

Um conjunto de criadas traz o enorme alguidar de zinco com fundo em madeira. Uma delas, a mando da governanta, prontamente começa a atear novamente a lareira para que o quarto fique mais confortável.

Maria das Dores, que tudo comanda, ainda não saíra de perto da patroa que, já desperta se sentara na cama observando desinteressadamente a agitação das empregadas.

– Maria, quando o banho estiver pronto, podes sair com as criadas. Eu fico a cuidar da minha esposa. – Informa ainda fitando a linha do horizonte, com as mãos nos bolsos e mordiscando os ralos pelos da barba que nascem por debaixo do lábio inferior.

– Mas senhor... – Contrapõe a governanta ao aperceber-se que Amélia arregalara os olhos ao ouvir as ordens do marido. – ... acho que a senhora não se sentirá muito à vontade...

– Maria... – Adverte olhando na sua direção. – É melhor ires tratar dos gémeos para que não entrem aqui e vejam Amélia neste estado. Percebes? – Após uma pequena pausa penteia com os dedos os cabelos para trás. – Informe o José que já não vou hoje para Portalegre.

– Desculpe senhor. Tem razão.

O lume crepita, a água já esfumaça no alguidar de zinco, a governanta faz sinal às criadas para que saiam. Vai junto de Amélia sorri-lhe e, ao ouvido, diz-lhe qualquer coisa que faz com que a patroa feche os olhos e sorria um pouco de contra vontade.

"Não tenha medo dele. Se o souber levar terá tudo o que quiser. Anda meio perdido mas tem bom coração. Seja paciente. O Sr. também está a ser paciente consigo. Tenho a certeza que ainda poderão ser felizes. Pense nos gémeos."

As palavras de Maria martelam vezes sem conta na sua cabeça.

João aproxima-se da cama, senta-se, ligeiramente afastado da esposa, olha-a rodando a cabeça em ambos os sentidos.

Amélia, ainda muda, sente as faces a escaldar ao sentir-se assim observada e por João ter manifestado interesse em ficar no quarto a vê-la tomar banho. Envergonhada, roça-se pela colcha pois não se sente à vontade para se despir à frente dele.

– Amélia, olhe para mim! – Pede suavemente. – Continua com medo de mim, não é? Não vou fazer-lhe mal. Pode ter a certeza. Ou também acha que seria capaz de lhe bater ou violentar? – Questiona mais para si do que para a esposa. – Pela última vez, quem a deixou nesse estado e por onde andou para vir assim toda suja? – Questiona dando sinal de estar a perder a paciência com a falta de respostas.

– Não lhe posso dizer. Lamento. – Retorque esfregando as mãos uma da outra. – Não é só a minha vida que depende disso. – Assume finalmente. – Desculpe-me, mas não posso dizer.

– Está a ser forçada pelo Barbosa? É isso? Diga! Pois trato-lhe da saúde. – Grita exasperado andando às voltas pelo quarto. – Tenho andado a adiar esse assunto.

– Senhor… João, peço-lhe que se acalme…por favor… estes últimos sete meses têm sido um inferno… por favor dê-me alguma serenidade… por favor João… sinto que estou a um passo de não aguentar isto tudo… a doença da minha mãe, a sua morte, a pobreza, o casamento, a forma como me tratou quando cá cheguei, a pressão para que me deite consigo… é demais para mim… não vou aguentar… eu só queria ter de volta a vida que tinha no Porto… – Soluça compulsivamente até que uma corrente de lágrimas lhe inunda o rosto sardento retorcido de dor.

– Chore Amélia, chore. Não faço mais perguntas. – Sobe para a cama, estica as pernas e com carinho pega no corpo corcovado da esposa e senta-o ao seu colo. – Deixe que cuide de si. Não a vou obrigar a nada. Vou dar-lhe apenas banho, só isso. A água está a arrefecer.

Lentamente começa por desabotoar-lhe a camisa estampada, deixando-a ficar vestida com o corpete de cor branca. Amélia encolhe-se com a proximidade. Um calor desconhecido faz-lhe ferver o sangue que corre nas veias e nas faces. Com os olhos segue todos os movimentos que as mãos de João descrevem.

– Olhe bem no fundo dos meus olhos, Amélia. Irá ver que poderá ser muito relaxante ter quem cuide de si. – Pede-lhe com uma voz sensualmente rouca.

Amélia, que nunca experimentara tais intimidades, obedece ao marido. Entrega-se aos olhos castanho-terra que, de desejo, contraem e dilatam a negra pupila.

– Não vai possuir-me agora, pois não? Não estou preparada, João. – Timidamente pergunta sem conseguir soltar-se dos olhos que a prendem

– Não, doce Amélia, agora não. Está por demais cansada e magoada e... eu revoltado com o que lhe fizeram... agora não. – Garante-lhe, meigamente, ao mesmo tempo que lhe despe as calças de montar.

Romanticamente ergue-a nos braços e dirige-se para a banheira, onde mergulha o corpo seminu da esposa.

– Quer que a lave ou prefere fazê-lo sozinha? – Pergunta sem conseguir tirar os olhos dos mamilos retesados de Amélia. – Desculpe, Amélia, é mais forte do que eu. Estou ali junto da janela se precisar de alguma coisa.

Sem conseguir disfarçar a sua excitação considera mais prudente ir até à janela onde se poderá distrair com os trabalhos que decorrem nos campos, tentando convencer-se de que o que sente pela esposa trata-se apenas de uma atração física que, depois de a possuir um punhado de vezes se dissipará.

– Obrigada, João. – Agradece já molhando o cabelo com uma caneca.

Quando o barulho do corpo de Amélia a erguer-se no alguidar de zinco lhe indica que já terminara o banho vai até junto da lareira e alcança um lençol de banho que aí fora colocado para que estivesse quente.

Estende-o à largura e aguarda que Amélia saia da água. Com a roupa interior completamente colada ao corpo, os cabelos ruivos escorrendo água, as faces mais rosadas do que nunca, João é obrigado a engolir em seco para que, mesmo naquele instante, não a erga no ar, a leve até à cama e a possua de uma vez por todas. Contrariado, limita-se a embrulhar o corpo no lençol de banho. Puxa-a contra o seu peito e beija-lhe meigamente os lábios rosa a saberem a alfazema.

– A Amélia é divinamente bela e selvagem... – Murmura-lhe ao ouvido.

Amélia é surpreendida por uma sensação desconhecida até então. Parece-lhe que um conjunto de pequenas borboletas dança em volta do

111

seu ventre. Também sente uma humidade estranha que a obriga a juntar as pernas.

João, mais experiente, sorri de regozijo por ver que também ela se sente excitada com a intimidade.

– Arranje-se! Vou pedir a Maria que trate do pequeno-almoço. – Transmite com um sorriso enviesado nos finos lábios. – Depois deite-se um pouco. Perto da hora do almoço venho com os gémeos chamá-la.

Transbordando vergonha e desejo Amélia não perde o contacto com os olhos castanhos até ao momento em que saem do quarto.

A tarde já vai a meio quando Amélia é acordada pelo canto do rancho de homens e mulheres que vêm regressando do campo.

Sai da cama, vai até à janela e fica embevecida com os saltos de alegria que as crianças dão em volta dos familiares adultos.

Encostando o tronco ao parapeito da janela lamenta-se da má sorte que a pequena Isabel tivera com o pai que a providência divina lhe atribuíra. Pensa como se sentiria feliz se Barbosa autorizasse que a trouxesse para o Monte. Tinha quase a certeza que João Morgado não lhe recusaria esse pedido.

Sem se dar conta disso vem-lhe à memória a sua ida a Portalegre, durante a madrugada.

Recorda-se que a viagem de ida tinha sido tranquila e rápida, mais rápida do que estava à espera.

Quando chegara, fora até ao Quartel dos Caçadores (uma comprida construção de dois pisos), perto da Fábrica Robinson, onde prendera o cavalo. Pegara na grande trouxa de alimentos que conseguira reunir, em passos largos atravessara o Jardim Operário e descera a calçada que conduz até à rua da casa de Barbosa.

Quando entrara, rapidamente se apercebera que a sua venda não havia trazido nem mais asseio nem mais conforto à velha habitação. Muito pelo contrário, estava mais nauseabunda que nunca. Com o coração apertado, fora até ao quarto onde vira o corpo encardido de uma criança a dormir. Sem se conter acordara Isabelinha abraçara-a até não poder mais. Perguntara-lhe se tinha fome. Voltara à cozinha, desatara o nó da trouxa de onde retirara tudo o que conseguira apanhar na cozinha: pão, pedaços de bolo, carnes fumadas e alguma fruta da época.

Enquanto a irmã engolia com sofreguidão tudo o que lhe era posto na mão, Amélia ateara o lume e fora até à Fonte Nova buscar água que colocara a aquecer ao lume para dar banho à criança que tresandava a urina. Entre beijos e abraços Isabel perguntara-lhe por onde tinha andado, ao que respondera que estava a morar num Monte fora de Portalegre, mas que viria visitá-la com frequência. Ficara destroçada quando esta lhe pedira para a levar dali pois não tinha notícias do pai e do irmão já há vários dias. Limpa e saciada, a franzina criança rapidamente se deixara dormir ao seu colo. Aproveitando que ainda tardaria um par de horas para o sol nascer, Amélia decidira dar uma limpeza à imunda cozinha por onde bocados bolorentos e azedos de comida foram largados. Enojada, e porque nunca tivera de fazer tais tarefas, esforçara-se para tornar o exíguo espaço mais limpo e arrumado.

Quando já se preparava para sair, Barbosa e Joaquim irromperam pela cozinha. Amélia considerara mais prudente, nada dizer. Pegara no pedaço de tecido que fizera de trouxa e dirigira-se para a porta da rua. Nesse instante fora agarrada pelo braço seboso de Joaquim que, perdido de bêbedo, alegara que uma vez que já não era virgem, pois já estava casada há quinze dias, iria mesmo ali possuí-la. Tomada pelo pânico, fizera uso das botas de montar e pontapeara-o com toda a força na zona dos testículos. Contorcido de dores gritara ao pai que fizesse alguma coisa. Este, que já se havia arrastado para o quarto completamente indiferente à presença da enteada, não viera em socorro do filho.

Mal refeito da pancada, Joaquim, alcançara Amélia por uma das pernas, derrubara-a e rapidamente lhe saltara para cima abafando a zona da boca com a mão papuda e gordurosa. Temera pela sua segurança, debatera-se contra o corpo que a prendera e contra uma mão que lhe percorrera toda a sua intimidade. Fora nessa altura que Joaquim possesso de raiva a esmurrara na face. A todo o custo tentara tactear algum objecto com que pudesse agredir o filho do padrasto.

No momento em que Joaquim lhe conseguira despir as calças e preparava-se para violentamente a penetrar consegue alcançar a asa de uma frigideira, dando-lhe com ela na cabeça. Sentindo-se solta, fugira rua acima, montara o cavalo e só parara quando em segurança se vira nas cavalariças do Monte das Tílias. Antes de sair de casa ainda ouvira Joaquim insultá-la e ameaçando-a e a Isabelinha de morte caso contasse ao marido o que ali se tinha passado.

Os ruídos que vêm do Monte trazem Amélia de volta ao presente. Desta feita consegue identificar as risadas de Beatriz e de Dinis. Com os olhos tenta identificar o local de proveniência do agradável som. Já perto do espelho de água, que a barragem acumula, apercebe-se de uns movimentos que julga serem das crianças. Uma risada cheia, que parece ser masculina, ecoa pelo prado. Amélia confirma então que se trata de João e dos gémeos. Fica contente por, afinal, ele não ter partido para Portalegre.

As risadas atraem Amélia que apanhando a primeira peça de roupa (um vestido direito de cor branca) que vira, se veste apressadamente, penteia os cabelos deixando-os soltos.

Quando passa pelo espelho do amplo guarda-vestidos é surpreendida pela mancha negra que lhe desfigura o rosto.

Lembra-se então de já ter visto, numa das gavetas da cómoda, um estojo de maquilhagem. Vai até lá e com alguma habilidade, pois essa era tarefa que já aprendera a fazer, disfarça a nódoa negra com uma boa camada de pó de arroz. Saltitando, vai calçando e apertando a tira dos sapatos pretos. Estes ainda lhe ficam mais apertados do que os que foram parar ao fundo da barragem, quando o barco se virara. Sorri para si própria com a lembrança da corrida de natação que fizera com João.

Sentindo-se inexplicavelmente feliz e livre, atravessa a correr o prado que separa a casa do local onde João brinca com os gémeos.

Ainda não tem chegado perto deles quando os gémeos sentem a sua presença e iniciam uma corrida desenfreada na sua direção. Quando mutuamente se alcançam as crianças saltam-lhe para o pescoço fazendo-a, mais uma vez, cair na erva fofa. Os três riem-se às gargalhadas e rebolam pelo prado com satisfação.

João e Maria das Dores ficam estáticos comovidos pela cena. João sorri para a governanta encolhendo os ombros.

– Senhor, estes três foi amor à primeira vista. – Afirma. – Não sei se foram só os três! – Atreve-se ainda mais no comentário ao apreciar o ar baboso do patrão.

– Maria, não comece, por favor! – Adverte fingindo-se zangado.

Fugindo atrás das crianças Amélia chega junto de João e de Maria que sorriem para ela com ternura. Com um gesto, este convida-a a sentar-se na manta que está estendida por debaixo do majestoso pinheiro manso cuja sombra albergaria um batalhão. Cansada da correria aceita o convite pois os sapatos apertam-lhe demasiado os pés.

As crianças saltitam em volta de ambos. Amélia tem alguma dificuldade em sentar-se correctamente pois a curta dimensão do vestido não deixa. Deliciado com a cena, João sorri discretamente sem conseguir deixar de acompanhar todos os graciosos movimentos da esposa. Senta-se ao pé dela mordiscando o caule de uma erva que colhera mesmo por ali. Esta descalça-se e começa a brincar com os dedos dos pés para que João não se aperceba o quanto corada está. Fascinado que está com os sensuais pés da esposa não se dá conta que Dinis lhe salta para o pescoço e que Beatriz faz o mesmo a Amélia. Apanhados de surpresa as suas testas colidem numa cabeçada estridente que assusta momentaneamente as crianças e a governanta.

Agarrados à testa os olhos do casal encontram-se. Cada qual sorri com o caricato da situação. A risada generaliza-se quando, pelo prado, os quatro corpos se enlaçam em movimentos rotativos que os levam quase até junto da beirinha da água.

Inesperadamente, ou talvez porque João intencionalmente o tivesse proporcionado, Amélia sente o peso do corpo masculino por cima do seu. João, mais bonito do que nunca, oferece-lhe um jovial sorriso que lhe vai de um lado ao outro da face. Com os lábios colados à sua orelha murmura-lhe.

– É demasiado bela, Amélia. Até na sua inocência é bela. Lamento informar-vos, mas um dia destes tenho de levar-vos até ao meu quarto. – Confessa atrevido mordiscando-lhe o lóbulo da orelha discretamente.

– Quem sabe se um dia destes … não aceite o convite. – Atreve-se, pois sabe que à frente dos filhos e da governanta João não se excederá. – Mas jamais me deitarei na mesma cama onde já estiveram as suas amantes.

Apanhado de surpresa, sorri-lhe, beija-a castamente na testa, levanta-se para que ninguém dê conta da excitação que lhe avoluma a parte da frente das calças.

Lado a lado, de pé, ambos fitam pensativamente as suas imagens refletidas no espelho de água. É uma voz masculina que faz com que se virem na direção da governanta que acena com dois envelopes.

João dá-lhe a mão, assim parecendo um verdadeiro casal, caminham em direção a Maria, que sentada numa cadeira de ferro pintada de branco constada que nunca vira o seu patrão tão descontraidamente feliz. Sorri a Amélia por ser ela a causa da sua felicidade negada até então.

– Senhor, um dos empregados trouxe este correio de Portalegre. – Informa estendo-lhe a pequena salva de prata onde os dois envelopes estão pousados.

João desvia cavalheirescamente a cadeira para que a esposa se sente. Sentando-se, posteriormente, mesmo a seu lado. Consulta o remetente dos dois envelopes: trata-se de uma carta de seu pai e o outro tem o nome da família para quem Amélia trabalhava no Porto.

Sem querer os olhos da jovem recaem sobre o envelope onde rapidamente identifica o nome da família para quem trabalhara. Por educação nada diz mas, impacientemente, vê João a abri-lo e a deslizar os olhos pelo texto que vem redigido. Volta a dobrar o telegrama e a colocá-lo dentro do envelope. Repete a operação na segunda carta. Amélia já não cabe em si de curiosidade.

– Maria, trate de arranjar tudo. Esta semana ainda iremos a Portalegre. Precisamos fazer umas compras para a senhora. Não quero que a Sra. Amélia ande descalça e com vestidos acima dos joelhos. Não fica bem!

Sorri para todos. Levanta-se, dobra-se sobre a esposa, beija-a demoradamente na testa, como que lhe pedindo desculpas e, olhando-a nos olhos, convida-a.

– Vamos até à biblioteca, precisamos de conversar. – Pede num tom sério.

– Mas senhor, passa-se alguma coisa? – Quer saber. – Espere um pouco, ainda tenho de enfiar os pés nos sapatos…

– Resolve-se esse problema de outra maneira. – Para surpresa de todos e risadas das crianças pega Amélia ao colo iniciando o caminho de volta para casa.

– Senhor, ponha-me no chão. Os empregados estão todos a olhar para nós. – Olhando em redor, esconde o rosto contra a camisa branca que esconde o peito musculado do esposo.

– Todos compreenderão. Afinal, celebramos hoje quinze dias de casados. – Argumenta brincalhão.

– Ainda não tinha percebido que a data do nosso casamento era motivo para celebrações, senhor. – Admira-se meio sem jeito.

– Não vamos começar, pois não? Que tal umas horas de tréguas? – Propõe meio a sério meio a brincar. – Estou cansado das nossas discussões, Amélia. Tenho outros problemas para resolver. Por favor, vamos tentar aprender a viver com esta situação em que o Barbosa nos meteu? – Já na biblioteca senta Amélia numa das poltronas.

– Se é isso que quer, senhor. O que mandar eu cumpro. – Vai dizendo à medida que se dirige para o seu local preferido naquela divisão da casa. – Se não for pedir muito, gostaria que falássemos aqui, sentados nestes bancos de pedra. – Sugere apontando para a janela. – Não tenho boas recordações das conversas que tivemos ali, sentados, junto da secretária. Faz precisamente hoje quinze dias, senhor. – Reclama.

Amélia senta-se e surpreende-se por João a seguir sem protestar. Sentando-se frente a si, pega-lhe nas mãos, que leva aos lábios e beija-as sedutoramente.

– Fui muito cruel consigo. Desejo que algum dia consiga desculpar-me. Não tinha porquê acreditar que também estava a ser vitima do extorque do Barbosa. – Admite humildemente.

Desviando com a ponta dos dedos um cacho de cabelo ruivo que pende do rosto de Amélia, João mergulha bem fundo nos olhos verde-esmeralda, tão fundo que ela sente um enjoo a nascer-lhe na boca do estômago.

– Primeiro quero pedir-lhe um favor. Não me trate por senhor. Peço-lhe encarecidamente. Sei porque o faz. A culpa foi minha, bem sei, pois até queria pô-la a dormir com os empregados. Pode conceder-me esse desejo? Trate-me apenas por João. Hoje em dia já é comum o tratamento informal entre o casal. Mas não peço tanto. – Continua a fitá-la intensamente. – Não diz nada? Ficou assim muda?

– Com que intenção solicita isso? – Retrai-se na defensiva soltando-se das amarras dos olhos castanhos-terra.

– Apenas para aliviar esta tensão que existe entre nós. É apenas um pequeno passo, por favor Amélia.

– Se prefere assim. Tudo bem. – Responde desconfiada com o rumo que a conversa vai tomar pois as cartas ainda dançam nos dedos do esposo.

– Tenho outras novidades para vos dar. No mês de maio iremos receber visitas. – Respira ao ver que Amélia se inquietara com a novidade. – Os meus pais, alguns familiares e um grupo de amigos íntimos querem conhecer-vos. – Diz de rompante ao mesmo tempo que lhe segura com firmeza as mãos. – Aproveitam os festejos do Sr. dos Aflitos para nos visitarem.

– Conhecer-me? Porquê? Eu não quero conhecer ninguém. Muito menos estar numa casa cheia de gente a observar-me a toda a hora. Rogo-vos, João, o nosso casamento é muito estranho. Ainda não estou preparada para conhecer ninguém. Por que razão os informou do nosso casamento. Não... não... não... – Esforça-se para se soltar das mãos de João que, preocupado com a sua reação, estica-se para a abraçar.

– Vá acalme-se. Está a comportar-se como uma criança. Compreenda que não tenho como impedir que os meus pais venham conhecer a minha esposa. Olhe para mim! – Pede pacientemente. – Também não contava que nos viessem visitar tão brevemente. Mas não há maneira de recusar a visita da família próxima e de um grupo de amigos mais chegados. Acredite. – Admite.

– O que direi quando começarem a fazer perguntas sobre a minha família? De onde venho? Onde nos conhecemos? – Atira-lhe à cara já zangada. – Por acaso não quer que diga a verdade, pois não? Que diga que me comprou ao Barbosa para que ele não conte sabe-se lá que segredo... – Responde mesmo com intenção de o magoar.

– Não volte a repetir isso, peço-vos. – Grita de braços no ar já no meio da biblioteca. – Fala do que não sabe. Não volte a repetir isso a ninguém, por favor, Amélia, as consequências são muito mais graves do que poderá pensar. Atingirão também os gémeos, é isso que quer? – Vencido atira-se de qualquer maneira para acima da poltrona que está diante da lareira. – Caramba, mulher, não conseguimos chegar a um acordo sem que nos ofendamos um ao outro! – Desesperado, fecha os olhos para se acalmar.

Amélia continua sentada à janela. Quieta reflete sobre o que João acabara de dizer e no pedido que lhe fizera. Sente as lágrimas a aflorarem no canto dos olhos, com coragem pensa que não é tempo de chorar. Levanta-se, vai até junto dele e faz exactamente o que o seu coração lhe aconselha. Deixando de lado o rancor e o orgulho.

Sentada perto de João começa a falar num tom de voz calmo e suave.

– Tem razão, estou a portar-me como uma criança. Agora peço que me ouça com atenção, sem me interromper. Tenho a certeza que Barbosa esconde um grave segredo e que o utilizou para lhe extorquir dinheiro. Não consigo é perceber porque me vendeu! Poderia ter tido o dinheiro sem me envolver nesta trapalhada. – Funga duas a três vezes para impedir que as lágrimas se soltem. – Ambos lamentamos a situação em que nos encontramos. Aqui no Monte passei os momentos mais duros da minha vida, mas também alguns felizes. Sei que está a fazer de tudo para me agradar com o intuito de me seduzir até à cama. Magoa-me saber que apenas me veja como uma mulher que o possa satisfazer sexualmente. Gostaria, de algum dia, poder vir a ser mais do que isso. Mas já afirmou que não poderá dar-me amor. Pelo visto não ambicionamos o mesmo futuro para este casamento. Fique descansado que estarei à altura de receber as suas visitas. – Levanta-se da poltrona, dirige-se para a porta sempre na esperança que João a chame para a informar do conteúdo da carta que recebera do Porto.

João ainda deitado, tenta digerir o que Amélia tão firmemente dissera. Apercebendo-se que se prepara para, descalça, sair da biblioteca, levanta-se e vai até junto dela.

– Espere. Ainda não dei as notícias todas. – Informa acenando divertidamente o envelope entre os dedos. – Sente-se, ainda há uns pormenores a combinar. – Indicando-lhe que se volte a sentar a seu lado. – Peço-lhe que não se zangue com a carta que vos vou mostrar. Mas quando pedi informações suas foi por sugestão de Maria das Dores. Hoje já acredito no que contou sobre o seu passado.

– Conte depressa, vi lá fora que se tratava de informação vinda do Porto.

– Não é bem uma carta, é um telegrama, pois tinha urgência na informação. Aqui tenho a prova de que diz a verdade desde o início. – Acena-lhe com o pedaço de papel.

– Ah, apenas isso? Está bem João. Isso é uma boa notícia para si, apenas. – Encolhe os ombros pois estava à espera de algo mais.

– Então, Amélia, vai ficar assim indiferente? Não vai ralhar-me por ter pedido que confirmassem a vossa história? – Quer saber, incrédulo, com o desinteresse de Amélia.

– Julguei que eram notícias do Porto, só isso. – Fala tentando disfarçar a sua tristeza fazendo pequenas pregas no tecido do vestido. – Foram a minha família durante alguns anos.

– Quando toda esta confusão estiver resolvida prometo-lhe que a levo até ao Porto.

– Está mais uma vez a tentar a seduzir-me. Não faz outra coisa desde que disse que era virgem. Irá fartar-se de mim, por isso não faça promessas.

– Um dia ainda haverá de perceber que o desejo sexual é a base de um casamento feliz, mesmo quando há amor. Há quem comece pelo amor, nós podemos começar pela satisfação do desejo. – Brinca com as palavras.

– Fala com tanta naturalidade destas questões que me deixa confusa. Que outro assunto ainda falta tratar? – Tenta mudar o tema da conversa.

– Amélia, quando tivermos visitas, teremos de partilhar o mesmo quarto, já pensou nisso? – Quer saber mostrando-se divertido com o facto de o rumo da conversa não ter mudado.

– Maldito seja, João Morgado! As conversas consigo vão dar sempre ao mesmo assunto… cama… cama… cama. Acha mesmo que me deitarei na mesma cama onde já dormiram, sei lá, quantas das suas amantes? – Volta a levantar a voz.

– Fica deliciosamente atraente quando se zanga, minha esposa. – Elogia para a enervar ainda mais. – Mas quem lhe disse que quero vê-la nessa cama? – Provoca-a cada vez mais divertido com a expressão de Amélia. – É minha mulher, não minha amante. O quarto onde me viu no outro dia é só para receber as amantes. Estou a convidá-la para o meu quarto. – Esclarece sem rodeios.

– Ahhhhh que raiva. Está a brincar e a gozar comigo. Chega mesmo a insultar-me. Acha que quero mesmo saber dessas relações? Às vezes penso que o melhor será deitar-me de uma vez por todas consigo, para ver se para de falar do mesmo assunto.

– Doce Amélia, nada me faria mais feliz neste momento do que possuí-la. Mas não sou um animal. A primeira vez de uma mulher tem de ser algo especial… e a sua sê-lo-á… – Promete encaminhando-se na sua direção. Suga-lhe os lábios rosa com apetite. Quando termina, pisca-lhe o olho, passa os dedos pelos lábios e sorri triunfante. – Vamos jantar, minha esposa?

– Estava capaz de vos bater, João, meu esposo. Não sei por que não o faço? – Barafusta atrás dele pela casa fora. – Está muito convencido da minha entrega.

– Por que será? – Dá uma gargalhada.

NESSA noite Amélia e João, apesar de não terem combinado, encontram-se na biblioteca. Quando João lá chega encontra Amélia confortavelmente aninhada num dos cantos do *maple* grande, fixando pensativamente as chamas que se escapam até à chaminé da ampla lareira.

Ambos vestidos com as suas roupas de dormir, partilhando alguma tranquila cumplicidade, trocam sorrisos.

João vai até ao carrinho de chá e serve-se de dois pequenos cálices de licor de anis. Sorridente, dirige-se para Amélia, a quem oferece um dos pequenos copos contendo o líquido transparente e perfumado. Ao vê-la surpresa insiste e ela acaba aceitando. Senta-se bem junto a ela. Desta vez Amélia não se desvia.

Por alguns momentos o silêncio paira na divisão.

Como Amélia tem os pés descalços poisados no assento do sofá, João não resiste à tentação de os acarinhar. Um pouco surpresa pelo gesto, ela sorri-lhe e deixa-se ficar a disfrutar do toque aveludado das mãos firmes.

– Tudo em si é tentadoramente belo. – Elogia. – Não consigo estar perto da minha esposa sem que sinta uma vontade enorme de a cobrir de beijos. – Dobra o tronco beijando-lhe calidamente o peito do pé.

Amélia sente chegar a todas as partes do corpo o calor húmido do beijo demorado. Adivinhando o rumo que aquela aproximação terá, mais uma discussão sobre amor e sexo. Astutamente decide mostrar-se interessada pela vida de João.

Percebendo a intenção da esposa e, porque também ele está mais disposto em disfrutar do momento incrivelmente romântico que se instalou na biblioteca, presta-se a partilhar algumas informações sobre a família e a vida no monte.

Durante a apaziguadora conversa Amélia fica a saber que a família Morgado vive em Coimbra e que ele viera para o Alentejo, para junto dos avós paternos, contrariando os projetos que os pais tinham traçado para a sua vida. Para lhes fazer a vontade tirara o curso de direito na Universidade de Coimbra, mas nunca fazendo intenção de exercer.

No desenrolar da conversa afirmara-se como um apaixonado pela liberdade, pelo campo, pela lavoura e seus negócios e essencialmente pela vastidão de paisagem deslumbrante que o Alentejo oferece todos os dias do ano.

Em curtas palavras conta também que se casara porque estava apaixonadamente obcecado pela esposa embora soubesse, já na altura que não era correspondido com a mesma intensidade. O casamento apressado nunca fora do agrado dos pais. Antonieta destestava a vida em família, o Alentejo e em especial a vida no Monte. João caracteriza-a como tendo sido uma mulher sedutora, detentora de uma beleza incomparável, muito caprichosa, vaidosa, ambiciosa, nada dedicada aos gémeos nem à gestão da casa e infiel. Um desses caprichos tinha sido a construção do castelo, onde viria a falecer.

Amélia apercebe-se que o assunto o deixa transtornado e apesar da sua enorme curiosidade em saber mais pormenores acerca da falecida, pergunta-lhe sobre as actividades do Monte. João agradece a mudança de assunto fazendo-lhe uma carícia nas faces e ficando por alguns momentos entretido a fitá-la e a brincar com a ponta de um caracol ruivo por entre os dedos. O lume vai dando estalinhos.

Sugando o filtro do cigarro que tem prendido pela ponta dos dedos, lançando argolas de fumo rumo ao teto, é de peito inchado de orgulho que o lavrador assume que fizera uma grande riqueza com a gestão do Monte das Tílias e de mais três herdades que possui nos arredores. Tudo deixado em herança pelos avós. Com satisfação por ver que Amélia revela interesse e atenção pela forma como ganha a vida, coloca-a a par de todas as suas atividades económicas. Fala-lhe da exploração agrícola, da pecuária, da cortiça e da queijaria... Termina a sua narrativa afirmando que num futuro próximo a levará, num passeio a cavalo, a conhecer as suas terras.

A noite já vai adiantada quando João repara que Amélia se deixara dormir. Mira-a com carinho, com um leve sorriso desenhado nos lábios rasgados. Ergue-a com firmeza ao colo. Ela arqueja, encosta a cabeça ao peito másculo e inesperadamente, enlaça o pescoço de João. Tomado pelo gesto e pela proximidade beija-a demoradamente na boca. Amélia entreabre os olhos verde-esmeralda, sorri-lhe e volta a fechá-los.

– Obrigada por me ter salvado a vida! – Expressa-se emocionada, deixando que duas lágrimas lhe resvalem pelos cantos dos olho cerrados. – Obrigada por tudo!

Demoradamente, João estreita-a contra o seu peito como que querendo prolongar aquele momento até à eternidade.

No quarto dos hóspedes, deita-a na cama, já previamente aberta por uma das criadas, deita-se a seu lado.

Durante um bom pedaço de tempo fica a estudar aquele jovem e belo corpo que descansa tranquilamente a seu lado, agora confiante de que nada de mal lhe possa acontecer. Sente o coração acelerado e a ereção do membro. Transtornado com a intensidade do sentimento que sente nascer, levanta-se e cabisbaixo, mordiscando o lábio inferior vai deitar-se no seu quarto.

"O que estás a fazer, João? A "cachopa" ainda se apaixona por ti. Não devias estar a brincar com os sentimentos dela. Não sarastes as feridas que Antonieta te infligiu... Vais acabar por te magoar e magoares esta inocente que não sabe nada da vida. O melhor é afastares-te. Isto não vai acabar nada bem! Não podes voltar a apaixonar-te... O melhor é contentares-te com as amantes... deixa a "virgem" em paz. Mas como vou ser capaz de lhe resistir?... bem sabes que as mulheres só estão interessadas na tua fortuna... mas Amélia é tão inocente, tão bela, tão doce... também achavas que Antonieta fosse... bem sabes o desfecho trágico de toda a história... ainda hoje estás a pagar por isso... maldito sejas Barbosa, não bastava o mal que já fizeste à minha família, ainda colocas esta tentação chamada Amélia no meu caminho...maldito sejas... devia ter-te morto na altura. Tu é que deverias estar morto. João, para bem dos dois afasta-te dela. E os gémeos? Amélia parece a mãe perfeita. Aliás, parece perfeita em tudo. Preciso de arranjar uma mulher o quanto antes senão dou em doido..."

Durante toda a noite João não prega olho atormentado pelas sombras do passado e as tentações do presente.

Às primeiras horas do dia parte para Portalegre dando indicações a Maria das Dores que no dia seguinte ela, os gémeos e a Amélia irão de carro até lá.

*****

Pouco passa das dez horas quando Amélia sente o Mercedes Nurburg abrandar a marcha e começar a subir a calçada que leva até ao Arco do Bispo (Porta do Crato). Recorda que a última vez que ali estivera, há mais ou menos três semanas, estivera prestes a terminar com a sua vida. Recorda também o beijo da noite passada e o agradecimento terno que fizera ao esposo. Sente-se feliz, pois, na sua candura, acredita que a relação com João evoluíra no bom sentido. Sorri para si mesma, confiante de que João estará à sua espera e dos gémeos, claro.

Olha para eles que, durante toda a viagem do Monte das Tílias até Portalegre, cantaram de excitação por se verem a andar de carro. Também Amélia ficara excitadíssima pois o veículo preto, impecavelmente polido trouxera-lhe à memória a confortável vida que tivera no Porto.

Espreitando pensativamente pela janela, é trazida à realidade por Maria das Dores.

– Chegamos senhora. – Informa apontando para uma construção apalaçada de estilo barroco, pintada de branco e amarelo, que surge imponente assim que se sai do Arco do Bispo e se vira à esquerda. – Na companhia dos gémeos foi uma viagem bem animada. Sem dúvida! Não sei como tem tanta paciência... – Admite a governanta, pois durante a hora de caminho Amélia não se recusara a nenhuma das brincadeiras e cantorias de Dinis e Beatriz.

"Ele vive num palácio. Vou morar num palácio. Oh isto é demais... É enorme". Confessa para si ao contemplar a construção em forma de L. No ângulo dos dois edifícios ergue-se um torreão quadrado esquinado arejado por amplas janelas nos quatro lados. Amélia sustem a respiração perante a beleza e magnitude da sua nova morada.

Debaixo do seu *cloche* de cor bege, os lábios, generosamente pintados de vermelho, sorriem. Olha para si e confirma que Maria havia tido razão quando a aconselhara na roupa que vestira. *"A senhora tem de vestir-se de acordo com o seu novo estatuto. O senhor seu esposo é um homem muito atraente, rico e jovem... as desavergonhadas não o largam. Arranje-se se o quer conquistar."* Aconselhara Maria sem ser consultada, pois como mulher

126

mais experiente já havia percebido que o casamento ainda não havia sido consumado.

O vestido de seda verde água, de cavas e sem cintura, coberto por um casaco feito no mesmo tecido singelo, apertado à frente com um generoso laço (também em tecido), bordado junto da bainha que acompanha o recorte do bordado dava a Amélia um estilo de estrela de *Hollywood*, acentuado com o par de luvas rendadas de cor bege e uns sapatos castanhos de tacão (que por sinal também lhe apertavam).

Com perícia o *chofer* guina o volante do Mercedes contornando o plátano que se encontra no centro do largo estacionando-o mesmo defronte da porta verde que se ergue uns três metros acima da calçada. Amélia ergue os olhos para o varandim que a encima. Por detrás das cortinas vê uma silhueta masculina que tem a certeza pertencer a João. O coração quase que lhe salta da boca. Sente uma vontade desconhecida de subir as escadas, lançar-se ao pescoço masculino e retribuir-lhe o beijo da noite passada. A figura sai da vidraça. Amélia sente uma secura na garganta, pois não é essa a reação que o seu coração reclama.

Enquanto as crianças lhe pulam para o colo e o chofer se dirige para o compartimento onde as malas foram guardadas, Amélia continua com os olhos pregados na sacada com gradeamento em ferro forjado na esperança de que João volte a aparecer.

Já rodeada por duas empregadas que serviçalmente já haviam cumprimentado Amélia, Maria orienta a distribuição das malas pelos diversos quartos da casa.

A jovem esposa continua de olhos postos na janela emoldurada com folhagem esculpida em granito. Os olhos percorrem em todas as direcções a fila de janelas na esperança de voltar a encontrar a silhueta de João. Lembra-se de que já venha ao seu encontro e olha. Já esmorecida, para na ampla porta verde na esperança de o ver aparecer com o seu tímido sorriso. Para seu desalento João não aparece naquele instante, nem nas próximas horas.

Sentindo-se profundamente rejeitada não presta atenção à grandeza do interior do palácio onde ficará a viver nos próximos dias.

De forma desinteressada, alheia à beleza e riqueza de todos os objetos que a rodeiam, segue a empregada pela escadaria dupla barroca, de mármore negro e branco.

Já no patamar do 1° andar, Amélia aguarda que a empregada lhe indique em qual das três portas deverá entrar. Para sua surpresa ouve parte da explicação, porque no final o zumbido provocado pela raiva atordoa-lhe os sentidos.

– As ordens do senhor João são de que a senhora e as crianças fiquem na ala esquerda do palácio. Ele mostrou vontade de não ser incomodado, por isso... – A empregada interrompe a explicação que lhe fora encomendada pelo patrão ao dar conta da indisposição momentânea de Amélia – Sente-se bem, senhora?

– Deve ter sido do calor que apanhei na viagem. – Justifica-se tentando disfarçar o impacto que as ordens de João lhe causam. – Por favor, leve-me até ao meu quarto. Preciso descansar. – Solicita com os olhos rasos de água. – Diga a Maria das Dores que não quero ser incomodada até amanhã de manhã. Obrigada. – Ordena com voz sumida.

Sentindo-se ferida no seu orgulho e tola por ter tido a ousadia de pensar que poderia ser feliz naquela bizarra união, vai até junto de um dos muitos espelhos, que a luxuosa divisão tem, tira com raiva o *cloche* da cabeça, solta e alvoraça os cabelos que vinham aí escondidos. Com a ajuda de uma toalha de pano esfrega, até sentir dor, o batom vermelho dos lábios e o risco negro que lhe avivava ainda mais o verde--esmeralda dos olhos. Chorando cada vez mais, por inexplicavelmente se sentir traída, despe-se sem jeito nem elegância, rasgando as mangas do singelo casaco que lhe cobria os ombros alvos e sardentos.

"Sabes quando vou ser tua, João Morgado? NUNCA. Como podes brincar assim com os meus sentimentos? Julgas que posso ser TUA só porque és meu dono? Jamais. Prefiro ir para um convento. Seu brutamontes. Seu depravado. Seu... contenta-te com as tuas amantes."

Vencida pela dor ajoelha-se no sobrado. Enrolada sobre si mesma chora.

Dorida de ter estado horas naquela posição fetal e com o dourado do por do sol a banhar-lhe os cabelos, assoa-se ao pedaço de tecido rascado e vai até junto da ampla janela do quarto, cuja paisagem é a Serra da Penha e toda a natureza que a envolve.

Vozes vindas do jardim que rodeia todo o espaço térreo do palácio fazem-na olhar para baixo. Repara num grupo de homens que, de forma descontraída, disfruta da sombra da ramosa figueira. Entreabre cuidadosamente a janela com a esperança de o ver. Ouve-lhe voz e vê-lhe a silhueta a sair debaixo da ramagem. Assustada desvia-se da janela e foge para cima da cama, onde infantilmente esconde a cabeça por debaixo de um dos dois travesseiros de cetim branco e amarelo que compõe a peça branca de mobiliário ricamente trabalha e pintada a dourado.

É nessa posição que, já perto da hora de jantar, Maria das Dores lhe pede encarecidamente que a deixe entrar com o jantar. Respeitando a amizade que já as une e porque também se sente carente, Amélia abre-lhe a porta voltando de seguida para a sua posição de bicho acossado.

– Senhora, senhora, então... olhe para o estado em que está! – Observa enquanto lhe estuda o rosto esborratado e as vestes largadas no meio do quarto.

Amélia limita-se a encolher os ombros pois os olhos já estão novamente rasos de água.

– Por que razão me mandou para este lado da casa, Maria? Não poderíamos ter ficado todos do mesmo lado? – Questiona com a cabeça escondida no travesseiro. – Oh Maria, sinto-me tão perdida! Não sei como hei de lidar com o meu esposo. – Protesta entre soluços. – Quem me dera que a minha mãe aqui estivesse para me dar colo... – Nova torrente incontrolável de choro se abate sobre a jovem.

– Oh, minha senhora... ainda é uma jovem....sem dúvida! Venha cá! – Sentando-se na beira da cama aconchega a cabeça da patroa no seu regaço afagando-lhe consecutivamente a juba de cabelos ruivos. – Pronto, acalme-se!... Todos os casamentos são complicados de início. O Sr. anda muito confuso... tem muita responsabilidade às suas costas. Tenha um pouco de paciência, peço-lhe. Tem de dar- lhe tempo para compreender e aceitar o que sente por si. Acredite, sei do que falo. – Explica com ternura.

– Tempo! Só se for para me magoar ainda mais. – Acrescenta com convicção.

– Eu conheço muito bem o Sr. João. Tenta negar o que sente por si. Esta separação é mesmo para isso. Não é para a magoar. É para castigar-se. – Pegando-lhe no rosto confidencia com prudência. – Sofreu muito com o casamento que teve e ainda mais com a morte da esposa.

Acredite. A última coisa que quer, é admitir que está novamente apaixonado. Confie em mim. — Murmura-lhe ao ouvido

— Oh Maria, se está apaixonado como pode rejeitar-me desta maneira? Como pode querer que me entregue alguma vez, se está sempre a magoar-me? Confesso que não percebo nada destes jogos de sedução...

— Peço-lhe que tenha paciência. Não o provoque. Estive a falar com a encarregada pelo pessoal da casa e foi-me dito que desde que cá chegou ainda não parou de beber... já não o fazia há algum tempo... houve festa durante toda a noite... sabe como são os homens quando bebem...

— Ah...quer dizer que estiveram cá mulheres? Oh que horror...mas por que me mandou vir do Monte? Estávamos lá tão bem!... — Esfrega o rosto com impaciência.

— Peço desculpa pela franqueza, senhora. — Enche o peito de ar como que ganhando coragem para contar algo ainda mais gravoso. — Posso fazer-lhe uma pergunta indiscreta? — Como Amélia consente, a governanta prossegue. — A senhora Amélia está apaixonada pelo seu esposo, não está? — Olha bem no fundo dos olhos verde-esmeralda.

— Como poderia não estar, Maria. Como poderia não estar? — Dá finalmente voz à sua resignação. — É tão bonito, carinhoso e romântico quando quer, paciente, cobre-me de mimos, leva o tempo a dizer que me deseja, dá-me vida de rainha ... salvou-me a vida, Maria, ele salvou--me da pobreza...como poderia não apaixonar-me por ele? — Porém os olhos murcham perante a confirmação do sentimento que nos últimos dias lhe escalda o coração. — ... mas, diga-me, o que fazer com este amor que me cresce bem aqui no fundo? — Quer saber apontando para o lugar onde o palpitar da paixão lhe eleva o peito.

— Esperemos que seja grande o suficiente para perdoar todos os disparates que o Sr. João irá fazer até aceitar a paixão que também sente pela senhora. — Acrescenta sabiamente a governanta. — Tempos difíceis se avizinham. Tem de ser forte. Olhe que o meu sexto sentido não falha. Seja firme e sincera no seu sentimento. É o melhor conselho que lhe posso dar. Vai ter de aprender a AMAR, senhora, e a PERDOAR.

Após a governanta ter saído, Amélia fica a matutar nas palavras ditas. Vai até junto da pequena mesa de chá que se encontra a pouco metros de distância dos pés da cama e senta-se numa das duas cadeiras que estrategicamente estão colocadas voltadas para essa direção. Olha em redor, o luxo, a austeridade e a exagerada dimensão da mobília do quarto deixam-na ainda mais abalada.

As paredes são alvas com filetes de amarelo a toda a altura. Por detrás da cabeceira da cama (forrada de cetim amarelo onde um sem número de botões foram meticulosamente cozidos) duas barras amarelas combinam com o nome dado ao palácio. Toda a mobília, de madeira maciça, é branca com rebordos dourados e pequenos arranjos florais, primorosamente esculpidos e pintados de várias cores. As duas mesinhas de cabeceira e o tocador completam o conjunto da decoração barroca da ostentosa divisão. Do lado direito da cama, um pouco mais afastada, criando um espaço mais resguardado, o guarda-vestidos encontra-se intencionalmente colocado perto da janela que dá para o jardim do palácio. As cortinas, de um branco transparente combinam com as bandas (sustidas por cordões) e a galeria amarelo-torrado.

Amélia fica com a sensação de que até o facto de ter sido colocada naquela divisão representa, de alguma forma, um castigo. Como que sendo João a atirar-lhe à cara a sua riqueza e severidade.

Movida pela revolta que sente na mudança de comportamento do marido, vai até junto do guarda-vestidos e, de lá retira o primeiro casaco que vê, pensando que, para o lugar para onde faz intenção de ir não fará diferença nenhuma a sua aparência. Senta-se no pequeno banco, também ele branco e com assento forrado em cetim amarelo, e com ajuda de um lenço de linho branco limpa as réstias da maquilhagem com que se tinha embelezado a pensar que ele haveria de gostar.

Decidida e sem se importar que alguém a veja a sair do palácio caminha para a casa do padrasto para matar saudades da pequena Isabel. Antes, porém, embrulhara, no pano que forra o fundo do tabuleiro de estanho, os pedaços de pão, enchidos e peças de fruta que Maria havia trazido para comer.

******

A noite já vai adiantada e Amélia continua plantada à janela do seu quarto, contemplando o negrume da paisagem que se estende até ao pico da serra da Penha. Recorda a visita que fizera a Isabelinha e o encontro fugaz que tivera com ele quando regressava ao palácio.

Ficara a saber pela irmã que o padrasto e o seu filho não param em casa. Confirmara que a comida que trouxera há dois dias ainda estava em boas condições e sentara-se com Isabelinha, na cama, a partilharem a refeição que Maria das Dores lhe havia preparado no palácio.

Entre brincadeiras e cantilenas combinara encontrar-se com a irmã no dia seguinte no mercado. Agarrada a si, Isabelinha adormecera mais tranquila e feliz. Logo de seguida fora-se embora, sempre receosa de que Barbosa ou Joaquim pudessem surgir-lhe de alguma esquina, a esbarrar-lhe o caminho.

Quando chegara próximo do palácio reparara que na janela, onde de manhã vira a silhueta de João, uma trémula luz amarela ainda lampejava. Ocorrera-lhe que ele estivesse a ter algum encontro amoroso que o impedira de se deitar a horas decentes. Cegara de ciúmes com tal pensamento, não reparara que a mesma figura se encontrava lá, como que aguardando o seu regresso, fumando nervosamente um cigarro.

Empurrara a enorme porta verde, que astutamente deixara entreaberta com uma pequena pedra, subira silenciosamente a escadaria barroca de mármore branco e negro.

Recorda com o coração aos pulos, o momento em que quando se preparava para destravar o trinco da porta que dá acesso à ala esquerda do palácio, para onde João a afastara, se sente enlaçada, pela cintura, pelos braços fortes do marido. Que de um puxão a arrastara para a ala direita. Recorda os modos visivelmente alcoolizados de João e o fogo que lhe saltava dos olhos castanhos.

João empurrara-a com força contra a porta fechada e mesmo ali, de forma violenta esborrachara a boca alcoolizada contra a sua, lhe agarrara sofregamente os generosos seios e enfiara as mãos pelas pernas acima como que querendo possuí-la ali naquele instante.

Verdadeiramente assustada e temendo pela sua segurança, porque lhe viera à memória o facto de que talvez aquele homem, que a beija e agarra de forma abrupta tivesse no passado assassinado a primeira mulher, com o joelho lhe ponteará o membro hirto de desejo.

Amélia recorda a figura do lavrador que, devido ao impacto do golpe infligido, agarrara-se às partes íntimas e, de olhos esbugalhados, perguntara por que razão havia feito aquilo.

Ali, fitando a escuridão da noite, analisa as palavras ditas por João nessa altura e as que umas horas antes Maria lhe havia confidenciado.

– Por que fez isto, Amélia? É minha mulher! Posso beijá-la e agarrá-la quando me apetecer. – Havia gritado João cego pelas dores e pelo desejo que lhe corria nas veias.

– Não o percebo! Tão depressa me repudia como me arrebata na calada da noite! – Gritara também ela. – Está bêbedo novamente!

– De onde vem a estas horas? Faz-se de virgem mas tenho a certeza que terá um amante. As mulheres são todas umas dissimuladas. – Insultara-a já mais refeito da joelhada. – É muito rebelde para o meu gosto.

– Quem é para me julgar? Um marido que recebe amantes quando a própria esposa está em casa! Que se dá ao luxo de ter um quarto só para elas. Também tem um aqui? Para as amantes de cidade! – Atira-lhe à cara louca de ciúmes. – Não lhe admito que suspeite da minha conduta... seu depravado! – Gritara-lhe em bicos dos pés, quase que colada ao rosto masculino.

– A culpa é sua. Se não tem um amante, de onde vem agora? – Inquere dando sinal que se prepara para a enlaçar novamente com os másculos braços.

Tendo consciência da sua fragilidade face à musculatura do marido e ao desejo que também lhe humedecera as partes mais íntimas, Amélia recuara até junto da porta que dá acesso à escadaria. Ciente de que João se preparava para a beijar novamente travara a sua investida esticando o braço direito

– PARE! Não o percebo, João! Não tem ideia do quanto me magoou mandando-me para aquele lado da casa dizendo que não queria ser incomodado, pois não? – Questionara lavada em lágrimas. O queixo tremera de desgosto. – Como pôde estar a rir e a beber, com os seus amigos, mesmo debaixo da janela do meu quarto? – Confrontara-o sem piedade. – Sabia perfeitamente, depois do que conversámos ontem à noite na biblioteca, que eu ficaria de coração partido. Porque me beijou ontem, daquela maneira? Como foi capaz de me fazer uma coisa destas? Como? Porquê? Não vos fiz mal nenhum. Tão depressa me trata como uma rainha, como logo a seguir como uma mulher da rua. Não vou pagar pelas traições da sua falecida esposa. – Concluíra quase sem voz.

– Amélia... o que foi que fiz? – Recuara João como que levando uma bofetada com as palavras de Amélia. São sentidas como se o tivessem confrontado com a crueldade das suas acções. – Amélia... – Escondera o rosto rectilíneo por detrás das lágrimas que ameaçavam brotar dos olhos castanhos inundados de vergonha. – Amélia...

– Vá procurar consolo numa das suas putas. – Proferira secamente com os lábios rosas transformados numa linha retorcida. – Jamais o partilharei com alguém que seja. Se me quer como esposa e mulher tem de abandonar essa vida que leva.

Amélia relembra que de forma gloriosa girara o seu corpo sobre os calcanhares e, de queixo erguido, abandonara o espaço. Antes de atravessar a porta de saída da ala onde João se instalara, Amélia ainda o ouvira assumir entre dentes.

– Por sua causa já nem com as putas consigo estar! – Confessa, contrariado, atirando à parede uma jarra de porcelana que se encontrava na pequena camilha no *hall* de entrada.

LOGO bem pela manhã Maria das Dores viera bater à porta do quarto de Amélia trazendo a novidade que a modista, chapeleiro e o vendedor de sapatos estavam à sua espera para experimentar os diversos artigos que cada um trazia e, se fosse caso disso, encomendar o que fizesse falta.

Sem a menor paciência para prestar atenção fosse ao que fosse, Amélia havia recusado a generosidade do marido argumentando que estava com uma terrível dor de cabeça. A governanta havia contraposto que sem roupa em condições não poderia ir ao mercado com os gémeos, conforme havia prometido no decorrer da viagem do Monte das Tílias até Portalegre.

Rapidamente lembrara-se também que havia combinado com Isabelinha encontrar-se lá com ela. Saltara da cama e, sentindo-se renascida, arranjara-se prontamente. Ali mesmo no quarto uma criada havia servido o pequeno-almoço, enquanto outras duas faziam a cama e arejavam o quarto de forma a ficar eficientemente capaz de receber, alternadamente, as visitas dos vendedores.

******

– Agora sim, agora já se pode apresentar à sociedade portalegrense como a esposa do ilustre lavrador João Morgado! – Congratula-se Maria das Dores ao observar a imagem feminina impecavelmente vestida que o amplo espelho do guarda fato reflete. – Sr.ª Amélia parece uma artista de cinema. – Acrescenta ao mesmo tempo que faz deslizar as mãos pelo tecido de *tirylene* de cor grená escuro em que fora confecionado o novo *taileur* que havia escolhido para vestir naquele dia. – O Sr. mandou que o chamasse quando estivesse pronta. – Informa sem dar tempo a que Amélia contrarie a ordem dada por João.

Amélia vai para junto da janela disfarçar o nervosismo em que ficara ao saber que João entrará no quarto em pouco minutos. Respira fundo, entretém-se a amiudar o trabalho da renda de que foram feitas as luvas que tem calçadas nas mãos.

– Bom dia, Amélia. – Diz João em voz sumida bem junto à sua nuca.

– Bom dia, João. – Responde sem se virar. Sentindo o pulsar do coração na artéria carótida.

– Espero que tenha gostado das compras e das encomendas que fez. – Diz-lhe cada vez mais perto do seu corpo. As mãos quase que tocam nos ombros de Amélia. João hesita e recua-as.

– Obrigado mais um vez, por tudo. – Agradece sempre fitando a paisagem que se estende até à linha do horizonte, onde o azul imenso se mistura com o verde da vegetação.

– Amélia, volte-se para que possa vê-la melhor. – Pede melosamente.

Como sente que a esposa vai acatar o seu pedido recua uns tantos passos para o centro do quarto.

Quando Amélia se volta João não consegue impedir que os olhos castanhos, baços até àquele momento, comecem a cintilar de desejo e que da boca se liberte um galanteio.

– Doce Amélia, está divinal! – É só o que consegue dizer durante os minutos em que observa cada traço do rosto fino e sardento, cada curva do corpo esculpido e cada pormenor das elegantes peças de roupa e acessórios.

Amélia, vestida com um *tailleur* de cor grená escuro, esboça um sorriso envergonhado de agradecimento. O casaco cintado é apertado à cintura por um largo cinto negro que combina com o chapéu (tipo masculino) que lhe cobre parte dos cabelos ruivos ao estilo enviesado. A saia de linhas direitas, que lhe chega um pouco abaixo dos joelhos, deixa a descoberto as pernas firmes e bem torneadas ainda mais elegantes por estarem cobertas com meias a terminarem num par de sapatos pretos de tacão médio (que já não lhe apertam os pés). João perde-se na boca generosamente pintada e recortada a vermelho escuro e nos olhos verde-esmeralda bem destacados por um contorno negro que os faz parecer ainda mais sedutores.

– Para minha desgraça, a Amélia está deslumbrante. – Admite coçando a barba que crescera imenso nos últimos dois dias. – Vai ser o centro das atenções no mercado de hoje.

É então que ela repara no desalinho em que está o cabelo comprido, sempre impecavelmente penteado para trás, as olheiras fundas e roxas que contornam os olhos castanhos e a barba que já não é feita há vários dias. Nessa manhã João apresenta-se vestido mesmo ao estilo lavrador que faz lembrar a Amélia a roupa com que se vestira no dia do casamento.

– O João vai connosco ao mercado? – Pergunta receosa por ver comprometidos os seus planos.

– Claro que sim. Acompanharei a minha esposa e filhos até ao mercado. Além do mais é a nossa primeira aparição como casal. Prepare-se. As mulheres vão roer-se de inveja e os homens cobri-la de elogios. – Adverte pouco satisfeito.

– Não estou muito interessada em conversas. A bem da verdade preferia estar no Monte. Lá sinto-me mais feliz. – Confessa com os olhos pregados no chão. Recorda o que acontecera durante a madrugada.

Vendo-a assim triste, João aproxima-se, o que faz com que Amélia recue receosa até à vidraça da janela. Ao senti-la estremecer interrompe a marcha.

– Está novamente com medo de mim? – Indaga estudando-lhe o rosto que se esconde por debaixo da aba do chapéu. – Lamento o que se passou durante a noite. – Expressa-se com sinceridade.

– E eu lamento tudo o que está a acontecer desde que aqui cheguei, ontem de manhã. – Acrescenta com amargura.

– Tem razão. – Anui cabisbaixo.– Agora vamos? Os gémeos aguardam-nos impacientes lá em baixo. – Informa ao estender-lhe a mão. – Ah, é verdade... – Mete a mão ao bolso das calças de onde tira algumas notas que estende a Amélia. – Tem aqui algum dinheiro para comprar o que lhe fizer falta, para si ou aos gémeos. Se não se importar... não estou com muita paciência ...

– Se assim o entender... – Comenta aceitando um maço generoso de notas.

– O que sobrar é a sua mesada. Faça o que entender com ela. – Termina secamente ao constatar que Amélia continua fria.

Juntos descem a escadaria de mármore. Perto da porta de saída, Beatriz e Dinis moem o juízo à governanta que, já impaciente, reclama assim que vê o casal descer as escadas.

– Senhores peço-lhes que tratem de arranjar uma ama o quanto antes para estas crianças. Já não tenho idade para tanto trabalho! – Desabafa ao mesmo tempo que os gémeos lhe largam as mãos e correm ao encontro de Amélia.

– Olha, Dinis, a mãe Amélia está mesmo linda! – Observa Beatriz esticando-lhe os braços para que Amélia lhe pegue ao colo.

– Oh eu também quero colinho. – Pede Dinis também já de braços esticados.

– Venham cá, seus malandrecos. Vocês vão amarrotar a roupa nova da mãe Amélia. – Adverte Maria das Dores já impaciente.

– Deixe estar. – Tranquiliza Amélia já no último degrau. Agachando-se para que os gémeos lhe saltem para os braços e lhe cobram o rosto de beijos. Que também ela retribui com carinho.

João deixa-se ficar para trás para, à vontade, poder observar a relação maternal que se estabelecera em três semanas, o que o faz sentir ainda mais culpado das suas últimas ações.

– Agora já nem querem saber do vosso pai. É só mãe Amélia *praqui*, mãe Amélia *prali*... – Diz, não conseguindo disfarçar uma pontinha de ciúmes.

Os gémeos saltam do colo de Amélia para o do pai, sem largarem o pescoço desta, o que faz com que os rostos do casal fiquem colados. João aproxima-se ainda mais, beijando a esposa castamente nos lábios. Corada de vergonha, sentindo um borbulhar à volta do umbigo, Amélia sorri-lhe. Todos sorriem e assim saem para a rua.

– Quando chegarmos ao Monte começamos a tratar do assunto da ama. – Informa João voltando-se para a governanta. – Gostaria de poder contar com a sua ajuda, Amélia. Tem experiência e saberá escolher a pessoa mais adequada. – Admite voltando-se para a esposa. Que concorda com um aceno afirmativo.

*****

A governanta segue à frente com as crianças, uma vez que elas próprias haviam recusado a companhia de uma das empregadas que trabalha no palácio. Maria acabou concordando pois os gémeos estavam pouco habituados a elas por passarem a maior parte do seu tempo no Monte das Tílias.

Atrás, o casal caminha de braço dado. Os transeuntes que passam cumprimentam com respeito a figura ilustre de João Morgado e a de sua esposa, que, não estando habituada a merecer tanta atenção, agradece o braço que João lhe havia oferecido que, orgulhoso exibe a bela, jovem e desconhecida esposa.

Descontraidamente caminham em direcção à Praça da República onde se realiza o mercado. Passando pela Sé Catedral, pelo edifício da Escola Industrial e pelos Paços do Concelho.

Um pouco mais à frente, assim que transpõem as Portas de Alegrete o pulsar do mercado chega-lhes a todos os sentidos.

Logo ali do lado direito um grupo de outros ilustres lavradores, chama por João. Este faz deslizar um toque elétrico ao longo da coluna vertebral de Amélia que, de sobressalto, olha na direção do grupo de homens que se dirige para junto do casal.

— Bons olhos o vejam, João. Por onde tem andado, homem? – Pergunta o lavrador que aparenta ser o mais velho. – Desculpe, não vi que vinha acompanhado. – Acrescenta com ar gozão enquanto tira o chapéu da cabeça para cumprimentar a distinta figura feminina.

— Senhores, apresento-vos a minha esposa, Amélia Morgado. – Anuncia em voz alta e de peito inchado, voltando-se para ela. Que corada de vergonha e embaraço sorri timidamente.

— Parabéns! – Deseja o grupo em coro. Dando másculas palmadas nos ombros de João que, para surpresa de Amélia, sorri de orelha a orelha sem conseguir disfarçar o orgulho com a apresentação da esposa aos amigos.

— Senhora, prazer! – Cumprimenta um lavrador que parece ter a idade de João e que ainda não o soltara dos abraços de felicitações. – Manuel da Silva, um criado ao seu dispor. – Diz beijando de forma atrevida a mão calçada de Amélia.

— Agora percebo por que razão tens tido a esposa trancada a sete chaves... tens medo que a roube... oh, desculpe, senhora... – Desculpa-se entre gargalhadas e olhares atrevidos lançados a Amélia.

— Desculpe Amélia, o Manuel da Silva é o verdadeiro *Dom Juan* aqui da cidade. – Murmura com a boca colada à orelha de Amélia enquanto a puxa pela cintura para bem perto de si. – Não lhe dê muita confiança. – Sorri-lhe jovialmente.

Amélia em silêncio aprecia essa faceta que desconhecia do marido. O encontro com os amigos deixara-o mais solto, parecendo até mais jovem e brincalhão.

Como estes reclamam a atenção de João e os gémeos a de Amélia, o casal decide-se separar-se.

Amélia passeia por entre as bancadas de madeira que se erguem do chão onde todo o tipo de produtos hortícolas da época são vendidos. Também há quem venda animais para criação para posterior consumo próprio (pintos, galinhas, coelhos e patos). Um pouco afastado da zona das bancadas e das barracas os oleiros tentam também vender as suas peças.

Mulheres, umas vestidas com trajes mais tradicionais (saia de fazenda de lã, blusa de algodão de corte cintado), outras mais distintas, vendem e compram o que a terra oferece.

Junto à parede, toldos claros fazem sombra às montras das lojas que aí se encontram.

Numa dessas sombras um grupo de jovens mulheres vestidas bem à época, tal como Amélia, observa os movimentos desta e comenta em tom alto, entre si, sem se importarem que Amélia as possa ouvir.

Falam dela, da sua aparência, da sua juventude e da sua sorte por se ter casado com o lavrador mais rico e bonito de todo o Alentejo. Falam também das borgas de João, dos seus casos amorosos que para regozijos femininos não terminarão apesar de estar casado. Cruelmente afirmam que João faz intenção de manter a jovem e bela esposa no Monte para manter o estilo de vida que adquirira desde a morte da primeira mulher.

Magoada pelos comentários, Amélia afasta-se de Maria das Dores e dos gémeos. Recosta-se à estrutura de madeira de uma das barraquinhas para que a brisa da manhã lhe refresque o rosto e o coração. Nesse instante sente a mão de uma criança a tocar-lhe e a chamá-la pelo nome.

– Amélia está tão bonita! Não a reconhecia. – Sussurra Isabel colada à sua saia.

Sem se importar que possa ser vista com uma criança maltrapida ao colo, Amélia ergue-a pelos braços, abraça-a com força e cobre-lhe as bochechas de beijos.

– Meu anjo, estás a precisar novamente de um banhinho. Mais logo a mana passa lá por casa para te lavar. – Diz com ternura. – Tens fome? Vá, anda daí, vamos comprar alguma coisa para comeres e levares para casa. – Informa para felicidade de Isabel que, de contente, dá saltos nas ancas da irmã mais velha. – Escolhe também um brinquedo.

Na sua pureza Amélia não se sabe observada por João, Barbosa, Joana, Joaquim e outra distinta figura masculina que, no seu porte atlético e vistoso, vai chamando à atenção das jovens mulheres que com ele se cruzam. Cada um, plantado estrategicamente num dos pontos altos da Praça, segue os movimentos da jovem aguardando a melhor altura para a abordar e confrontá-la com o seu comportamento.

Mais impaciente, Joaquim esbarra-lhe o caminho apanhando a jovem e a meia-irmã de surpresa.

– Bom dia, Amélia! Então o teu marido trouxe-te à cidade? – Ironiza tocando-lhe nos cabelos como nunca tinha feito até então. – Tens sido bem tratada, pelo que vejo. Direi até que estás bonita... – Acrescenta apertando-lhe as nádegas.

– Larga-me, seu porco. Não vês que estou acompanhada? – Diz desviando-se da figura asquerosa de Joaquim. – O meu marido anda por perto. Vai-te embora.

– O teu marido deve estar para ai enrolado com alguma puta... é o que sabe fazer melhor nos últimos tempos... a começar pela primeira mulher com quem se casou... – Dá uma risada estridente que faz com que as pessoas ali por perto se virem de curiosidade. – Deixa aí a miúda e vem comigo até casa... minha diaba! – Ordena enquanto a puxa por um dos braços.

– Larga-me, já te disse! – Ordena Amélia roxa de raiva por sentir que todos olham para si. Ainda com Isabelinha encaixada nas suas ancas. – Que sabes tu do primeiro casamento?

Sem que se tivesse apercebido, João salta para cima de Joaquim e de um só golpe esmurra-lhe a cara com tanta violência que este cai redondo no chão.

– Mas que pouca vergonha vem a ser esta, Amélia? De onde conhece esta escumalha? Quem é essa criança que tem ao colo? – Grita enraivecido. Cego de ciúmes agride por onde calha. O corpo de Joaquim tomba no chão, que, de medo, cobre o rosto com os braços. – Ah, já sei! É sua filha!... este filho da mãe é o seu amante! É com ele que se tem encontrado quando sai na calada da noite... que parvo que sou! – Grita para que todos o possam ouvir confiante que está na certeza da sua descoberta.

– Que diz? Cale-se! Estão todos a olhar para nós. – Suplica-lhe baixinho tocando-lhe num dos braços. – Peço-lhe, vamos embora, estou a morrer de vergonha... pense nos gémeos... João! Está só a dizer disparates!

– Não tem vergonha de andar assim bem vestida e a sua filha parecer uma criança abandonada? – Grita-lhe cada vez mais descontrolado.

– Sim senhor, o ilustre lavrador João Morgado agora também dá espectáculo no mercado! – Zomba uma voz por entre os portalegrenses que já se juntaram para assistir à cena deplorável...

– Barbosa! – Gritam em uníssono Amélia e João.

– Paiiii! – Grita chorosa Isabelinha assustada que está com toda a cena.

– Pai? Então o pai da criança é este vadio! Oh, Amélia, como pôde? – Exclama já desesperado por ver que a cena do passado se repete. Ainda de forma mais infame.

– Está muito confuso Sr. João Morgado, não é? – Barbosa pavoneia-se por entre os mirones. – Esta criança é minha filha, sim senhor... – Nova risada por ver que João está prestes a cometer a loucura de o agredir em público pois é mesmo isso que pretende para que o seu plano funcione na perfeição.

– Pareeee! – Ordena Amélia quando se apercebe que João, a passos largos, se dirige para Barbosa com ar de quem o vai esganar. – Para João! PARE! A criança é minha meia-irmã.– Grita com quantas forças tem, colando-se à sua cintura para que interrompa a sua mortífera intenta. – Isabelinha é minha meia-irmã, a filha que a minha falecida mãe teve deste bandido. – Conclui ao abraçar-se a ele.– Para, vamos para casa antes que alguém se magoe a valer. – Pede-lhe com o corpo enroscado ao seu. – Ele está a provocar-te com alguma intenção.

– Tua irmã! A criança é tua irmã? Mas que raio... – João já não consegue concluir a frase pois Joaquim, restabelecido do murro que levara, pegara numa caçarola de barro que alcançara de uma das tendas e, parte-a mesmo no cimo da cabeça do lavrador. João cai desfalecido na calçada da praça.

Gera-se o pânico por entre os portalegrenses, que devido aos apitos de meia dúzia de guardas começam a dispersar e cada um acaba por ir à sua vida. De Barbosa, Joaquim e Joana nem sinal. Nem da figura mistério que por ali andava a bisbilhotar. Isabelinha é largada no meio da praça, a chorar.

Sem saber a quem acudir primeiro, Amélia chama por Maria das Dores, que quando se apercebera da confusão se refugiara perto do Palácio Achioli com os gémeos.

– Anda cá à mana, Isabelinha! Anda cá meu anjo. – Faz-lhe sinal enquanto se senta no chão para acudir ao esposo que já sentado na calçada estanca com a mão o sangue que lhe escorre pela testa. – Anda cá, o senhor não te faz mal. É o esposo da mana. Anda cá meu amor. Não tenhas medo.

– O senhor bateu no mano Joaquim e queria bater no pai, Amélia. – Diz a criança enquanto observa, desconfiada, o sangue que escorre da cabeça de João.

Amélia abre a carteira tirando de lá um lenço com que tapa a ferida que a caçarola de barro causara.

Nesse instante surge, de uma das lojas, um homem com um balde de água e uma toalha que estende a Amélia para que limpe o ferimento do marido. Outro, prontamente, traz uma cadeira de madeira para que o ilustre lavador se sente e se recomponha da agressão.

Lá mais ao fundo, a governanta confirma com olhos atentos se já pode levar os gémeos para junto do pai. Estes, tão assustados como Isabelinha, choram baba e ranho ao mesmo tempo que gritam pelo pai e pela mãe Amélia.

Entretanto os guardas acercam-se de João e Amélia com o intuito de se inteirarem do que se passara. Já refeito do golpe, informa-os que fora um forasteiro que se metera com a esposa e que ele saíra em seu auxílio quando fora agredido à traição pelo segundo forasteiro. Os guardas, nada convencidos da versão narrada por João, ouvem uma meia dúzia de testemunhas que corroboram a versão do lavrador. Uma vez que todos se encontram bem os guardas acabam por se limitarem a confirmar que a segurança está restabelecida no perímetro da praça.

Já rodeado por toda a família e alguns amigos, João manifesta vontade em regressar ao palácio. Manuel da Silva abeira-se do amigo e com um sorriso malandro nos lábios segreda-lhe.

– Nunca pensei ver-te mais apaixonado do que estavas pela falecida. Afinal parece que compraste o caminho para a felicidade. Segura-a bem, parece-me que a tua nova esposa também está perdidamente apaixonada por ti. Seu sortudo!

– Leva-me para casa, compadre, e deixa-te de conversas disparatadas. – Pede-lhe João fuzilando-o com o olhar.

Todos se voltam para o caminho que os levará até ao palácio.

Todos à exceção de Amélia, que com Isabelinha ao colo não sabe o que há de fazer. A criança prendera-se-lhe ao pescoço. João, ao dar pela falta da esposa, gira cuidadosamente a cabeça em todas as direções até dar com o par de olhos verde-esmeralda que lhe pedem ajuda. João acerca-se dela. Abraçando-a pela cintura murmura-lhe ao ouvido.

– Trá-la para casa. Que havemos de fazer?! A criança não tem culpa do pai e do irmão que tem. – Sugere, ao mesmo tempo que afaga a cabecita de cabelos enleados. – Que idade tem?

– Cinco anos. – Diz baixinho.

– Como é possível ser da idade dos gémeos e ser tão enfezadinha?! – Admira-se.

– Não te passa pela cabeça a fome que esta criança já passou. – Afirma com a boca retorcida de angústia. – Obrigada, João.

*****

Já no palácio, Maria das Dores e Amélia encarregam-se pessoalmente dos banhos das três crianças e de lhes darem o almoço. Os gémeos contrariados, foram dormir a sesta, ao passo que Isabelinha, vencida pelo banho e pelo almoço sucumbira antes de terminar a refeição.

Com as crianças cuidadas e entregues à vigilância de uma das criadas de servir, Amélia sente-se nervosa por não saber como João estará.

144

Apesar de este ter negado a necessidade da presença do médico da família, por sugestão da governanta, Amélia mandara chamá-lo na mesma para que observasse e cuidasse do golpe que apresentava na cabeça.

Maria da Dores vai dar com ela a vaguear entre uma e outra porta de acesso às duas alas do palácio. Esta instiga-a a entrar pois tem a certeza que o patrão agradecerá que o faça.

Com alguma hesitação, pouco segura se o que está a fazer será o correto, pois não quer causar mais aborrecimentos ao marido, vai chamando por ele à medida que vai caminhando pelo amplo corredor. João acode da porta que Amélia julga ser a da divisão onde o vira no dia anterior à janela.

– Estou aqui Amélia. – Responde com voz firme. – Entra. – Convida.

Antes de transpor a porta que dá acesso ao mundo privado do marido, Amélia humedece a secura que lhe chegara à garganta e aos lábios, e segura o peito para que o coração não saia disparado. Passa a mão pela testa como que ganhando coragem para o que possa acontecer.

Assim que dá ao trinco encara com a figura do esposo em tronco nu, com uma toalha enrolada em volta da estreita cintura. Não conseguindo disfarçar a sua atrapalhação volta o rosto para o lado.

– Desculpa, volto daqui a pouco. Desculpa. – Virando-se de lado para que João não se aperceba das suas faces coradas.

– Estive a tomar banho. – Sorri matreiro. – Espera um pouco que já me visto. – Desaparece no interior de uma divisão que Amélia julga tratar-se do quarto de vestir. – Senta-te na *chaise,* não demoro nada. – Informa, ainda surpreso pela visita da esposa.

Amélia, já confortavelmente sentada e, para se acalmar da excitação que sentira por ter dado com o marido em tronco nu, ainda húmido do banho, começa a contemplar a invulgar decoração do quarto principal do palácio.

As paredes, todas forradas a papel preto, onde padrões de figuras brancas se repetem infinitamente, dão à divisão um aspeto modernamente austero. O teto está pintado com tinta prateada combinando na perfeição com a mobília da cama e das mesinhas de cabeceira que, sendo bem trabalhadas, lembrando o estilo barroco, foram pintadas daquela invulgar cor. Do teto prateado um candeeiro preto está suspenso.

Boquiaberta, Amélia estuda a ampla cama tentando identificar o formato da cabeceira. Para seu espanto, um enorme espelho faz de cabeceira emoldurado (madeira) por troncos de roseiras onde várias rosas foram minuciosamente esculpidas e pintadas de prateado.

Tão entretida que está a observar a singularidade da divisão que só se apercebe da presença de João no quarto quando um cheiro perfumado lhe desperta novamente todos os sentidos.

Sentindo a atrapalhação genuína da esposa, senta-se a seu lado na *chiasse*, fazendo deslizar as mãos pelo solto ondulado ruivo. Amélia fecha os olhos para que não ceda à tentação de também ela afagar o cabelo húmido que cheira divinamente.

Sem saber como, João toma-a nos braços e cobre-lhe a boca de forma tão arrebata que a deixa incapaz de recusar ou retribuir. De braços descaídos rende-se à investida do marido que não só lhe tomara os lábios como, com sofreguidão lhe acaricia os generoso seios, que de excitação se retesam.

Insaciado, de respiração ofegante João descola os lábios e a língua da de Amélia para lhe estudar o rosto.

Rendida ao desejo que lhe desperta todas as partes do corpo, Amélia continua receosamente muda e ofegante.

João estuda bem fundo os olhos verde-esmeralda e concluindo, dolorosamente, que Amélia ainda sente medo dele, afasta-se. Levanta-se, plantando-se de costas voltadas para ela, de mãos enfiadas nos bolsos, sentido o pulsar do coração no membro excitado.

Amélia, sem perceber por que motivo João se afastara, ajeita-se na *chaise*. Olha fixamente para a figura masculina que mais uma vez a rejeita. Por momentos espera que ele se explique. Como nada diz, Amélia levanta-se e caminha para a porta.

– Ainda tens medo de mim, não é Amélia? – Questiona finalmente.
– Por que razão tens tanto medo de mim, Amélia?

Hesita entre responder-lhe ou simplesmente sair do quarto, pensa na resposta mais sincera a dar.

– Existem muitos segredos entre nós! A tua falecida esposa está sempre a intrometer-se no nosso caminho. – Desabafa finalmente.
– Também nunca sei qual vai ser a tua reação, João. – Acrescenta já caminhando para junto dele. – Tens de acreditar de uma vez por todas

que nunca me deitei com homem nenhum. Para de me arranjares amantes a toda a hora. Não sou como a Antonieta. – Afirma – Não sei qual de nós os dois tem mais medo, se eu por não saber se alguma vez vou ser correspondida neste sentimento que de dia para dia cresce dentro de mim ou se tu por receares ser traído novamente pela tua segunda esposa. – Argumenta destemidamente.

– Não tenhas medo de mim. Acredita. – Suplica João voltando-se para ela. De mãos ainda enfiadas nos bolsos, queixo trémulo caminha vacilante, sem nunca se desligar dos olhos verde-esmeralda que o estudam. – Acredita, nunca lhe bati. Nunca! Acredita. Nunca tive intenção de a magoar, apesar de todo o mal que ela me fez, mais aquele extorque do Barbosa. – Já bem colado ao rosto de Amélia diz-lhe com sinceridade. – Desculpa-me se te magoei! Há três anos que ando a alimentar uma culpa que não tenho. Lamento se sou complicado. – Beijando-a castamente na testa como que se dela se estivesse a despedir, sugere-lhe. – O melhor é ires embora para que não te magoe mais. Nada te faltará. Vai para o Porto se quiseres. Como já te disse não tenho amor para te dar. Lamento! Também não estou preparado para te contar tudo o que se passou... o melhore é ires antes que te magoe ainda mais. – Acrescenta destroçado. – Um dia destes acabo por matar Barbosa... – Abandona o quarto e dirigindo-se para uma divisão que Amélia julga tratar-se de um escritório, fecha a porta atrás de si.

Durante uns longos minutos Amélia deixa-se estar sentada a analisar todo o comportamento de João desde que os seus destinos se cruzaram no Arco do Bispo. Reflete também nas palavras que Maria havia dito no dia anterior. Pensa nos laços fortes que a unem aos gémeos e vice-versa. Pensa em Isabelinha. Por último assume o sentimento que sente pelo esposo. Vai até junto da janela, onde há uns bons minutos atrás João estava. Toma a decisão.

Bate à porta do escritório. Espreita para o seu interior e encontra João sentado à secretária de cabeça tombada com os dedos enfiados nos longos cabelos.

Surpreso, pois julgara que Amélia já se havia ido embora, ergue ligeiramente a cabeça na sua direção.

– Acredito em ti. Tenho a certeza que nunca serias capaz de me maltratar fisicamente. – De pé junto da secretaria fala com firmeza sempre tendo presente as palavras que Maria havia dito sobre a dimensão do seu recente amor. – O sentimento que sinto por ti, a gratidão, o desejo ou o que tu quiseres chamar, não me deixa abandonar-te. Não vou desistir de conquistar o teu coração. – Enche o peito de ar, esfrega as mãos uma na outra tentando disfarçar o nervosismo que sente. Recorda a aposta que havia sido feita uns dias atrás. – Disse-te que a condição para que o nosso casamento fosse consumado era conquistares o meu coração. Pois bem, aqui me tens. O meu coração pertence-te. Se tiveres coragem e vontade, juntos poderemos vencer os teus fantasmas do passado e arquitetar um plano para nos livrarmos do Barbosa e daquele filho nojento. – Mais suavemente confessa com algum pudor. – O medo que agora vês nos meus olhos é o medo que sinto de que a primeira vez possa ser dolorosa. Não sei muito bem o que fazer. Tenho medo de te desapontar e tenho medo da dor que possa sentir...entendes? – Revela com o tronco já tombado sobre a secretária arfando de desejo.

AINDA surpreso pela investida de Amélia, João continua imobilizado na cadeira da secretária. Embora o peito arqueje de desejo, os olhos castanhos expressam espanto, enquanto a mão direita nervosamente acende um cigarro.

Amélia contorna a secretária, ajoelha-se colada às pernas firmes do esposo, apoiando os cotovelos nos músculos da coxa, estuda o rosto moreno por quem se apaixonara.

– Olha para mim! Não me rejeites agora. Estamos numa encruzilhada. Que caminho escolhes: o do passado ou o do presente? – Quer saber, libertando desejo em cada poro do seu jovem corpo.

– Que fazes Amélia? Estás a ouvir-te a ti própria. Ouviste o que te disse. Vai-te embora antes que te magoe ainda mais. Não me estejas a tentar! És demasiado ingénua para teres noção ao que te sujeitas. – Pede, socorrendo-se de uma réstia de sangue frio que lhe corre nas veias.

– Só estou a dar ouvidos ao meu coração. Já não me queres? É isso? – Questiona, julgando que João não a deseja. – Continuo sem te conseguir perceber! Beijas-me e depois mandas-me embora?

– Oh mulher... és a minha perdição... isto vai ser o meu fim... – Deixa escapar quando de um só gesto enlaça Amélia pela estreita cintura e senta-a ao colo.

– O fim... ou um novo recomeço... – Conclui com um suave sorriso desenhado nos lábios.

Inesperadamente João aperta-a com força. Com a cabeça colada aos seios deixa-se ficar, por uns minutos, inalando sofregamente o cheiro a rosmaninho que o corpo feminino exala. Amélia sente a humidade junto da curvatura do pescoço onde o rosto masculino está escondido. João chora.

– Desculpa, todas as palavras rudes que te disse. Não sei como podes dizer que estás apaixonada por mim! Não sou merecedor do teu doce amor, Amélia. Tenho-te tratado tão mal. – Vai dizendo bem baixinho junto da curvatura do pescoço. – Vai-te embora enquanto é tempo. Nem eu próprio sei muito bem explicar o que sinto por ti. Estou confuso. – Admite mais para si próprio do que para ela. – Não te quero dar falsas esperanças. Não quero voltar a ficar cego de amor.

Sem resistir, contrariando o que vai dizendo beija calidamente aquela zona erógena. Amélia aconchega-lhe ainda mais a cabeça para junto do pescoço, deixando que o seu tronco tombe ligeiramente para trás. João desliza as mãos fortes pelas costas em lentos movimentos descendentes e ascendentes.

– Mostra-me o amor... João! – Pede-lhe mordiscando-lhe a orelha. Não aguentando já o calor que faz pulsar a vulva. – Ama-me... com jeitinho – Sibila quando com carinho lhe emoldura o rosto masculino. – Deixa-me fazer-te feliz. – Promete ao ver os olhos castanhos entristecidos e húmidos do choro silencioso. Beija-os com ternura.

– Amélia... Amélia... estás muito atrevida... – Articula ao mesmo tempo que, com uma só mão apanha todo o cabelo ruivo junto da nuca e, lhe lambe com a ponta da língua, a covinha onde as clavículas se unem. – Tenho vontade de te fazer isso desde que te vi naquele dia, no Arco do Bispo. Desculpa, não consegui evitar a ideia do que seria afagar estes seios com as minhas próprias mãos. – Revela ao encher, as mãos em forma de concha, com os seios virgens da esposa.

– Mais uma vez obrigada... – Agradece articulando os lábios rosa.

– Eu é que agradeço. – Conclui ao pegar-lhe ao colo e caminhar com facilidade para o quarto. – Tens a certeza de que é isto que queres? Daqui a uns momentos já não respondo por mim! – Estuda o rosto que tem colado ao seu.

Amélia, corada de vergonha, acena afirmativamente mordiscando-lhe o queixo peludo.

– Por que não tens aparado a barba? – Pergunta com curiosidade infantil. – O cabelo também está tão grande! – Constata ao fazer deslizar as mãos femininas pelos cabelos castanhos lisos que já tocam os ombros.

– Gostarias que o cortasse e que fizesse a barba? – Pergunta pousando-a com delicadeza sobre a colcha, também prateada.

– Talvez... – Encolhe os ombros, voltando a fazer deslizar as mãos pela zona da barba e do cabelo.

– Ainda hoje vou tratar disso… se conseguir sair aqui do quarto. – Diz soltando uma risada vitoriosa por ver que está prestes a partir à descoberta do maravilhoso corpo de Amélia. – Descontrai minha doce Amélia. Estás prestes a descobrir para onde o prazer nos pode levar. – Promete com excitação.

– Vai doer? – Quer saber deixando-se afogar no castanho dos olhos que já a despem.

– Ainda não… primeiro vou despertar-te os sentidos…vou dar-te a conhecer partes do teu corpo que desconheces. Acredita… há muitos entretantos até atingirmos a meta. – Sorri com satisfação por saber que será o primeiro a desflorar aquele corpo divino. – Não digas nada. Deixa-te ir e tira prazer. – Deita-se a seu lado, tomando-lhe a boca. As línguas entrelaçam-se num beijo húmido e demorado. – Levanta-te! – Pede quando as bocas se descolam. – … e não te mexas. Deixa que eu faço o resto.

Junto da cama, João começa a sensual tarefa de por a descoberto o alvo corpo sardento que, de desejo arqueja compassadamente.

Amélia acompanha com os olhos verde-esmeralda cada movimento das mãos do esposo, que, para melhor a poder contemplar, lhe rodara o corpo na direção da ampla vidraça da portada. Começa por libertar a cintura do cinto preto ao mesmo tempo que lhe lambe com satisfação cada lóbulo. Com perícia abre o fecho da saia que de seguida desce até aos sapatos. Solta um "ah" de espanto quando vê nas coxas as ligas negras que prendem as meias de seda. Agacha-se e beija-lhe a zona púbica sem pudor. Amélia involuntariamente prende-lhe os cabelos com as pontas dos dedos. Com carinho João desaperta-lhe a presilha dos sapatos, faz deslizar as meias, já soltas das ligas e, ternamente, beija-lhe o peito dos pés erguendo os olhos para o corpo feminino como que querendo testemunhar o prazer que lhe está a provocar.

Erguendo-se, lentamente, vai tocando com as pontas dos dedos na pele já arrepiada de desejo. Volta a beijá-la sofregamente. Amélia corresponde com igual fervor.

Assim colados, partilhando o mesmo ar que os mantem bem vivos, vai desabotoando o casado de *tyrillene* que também é largado no tapete preto que cobre o sobrado do chão. A camisa vai fazer-lhe companhia.

Sentindo-se demasiado exposta por se encontrar apenas coberta com a roupa interior, Amélia junta as pernas, cobrindo o peito com os braços. Treme de vergonha mas também de desejo. Baixa os olhos para as peças de roupa que jazem no tapete fofo. João com a ponta do dedo ergue-lhe o queixo e perde-se na transparência dos olhos verde--esmeralda que, de emoção, se humedecem.

– Não chores... não vou magoar-te... não tenhas medo... confia em mim... – Murmura-lhe ao beijar-lhe cada sarda que pintalga a zona das faces coradas. Liberta-a do sutiã, das ligas e das cuequinhas. – Deixa-me olhar para ti.

João afasta-se um pouco, dando-lhe a mão para que não percam o contacto físico. Observa com regozijo o corpo que dali a alguns minutos será o seu templo de perdição. Volta a pegar-lhe ao colo. Amélia aninha a sua nudez contra o corpo másculo do marido.

– Não te despes? – Quer saber envergonhada por se sentir à nora no meio de tantas carícias.

– Temos tempo... temos tempo... primeiro vou agradecer-te o amor que me ofereceste... minha esposa. – Informa com suave firmeza.

Deita-a na cama. Já liberto das botas de cano curto e das calças, senta-se, com jeito, de pernas abertas sobre as ancas de Amélia, aliviando o seu peso sobre os próprios joelhos dobrados. Ajeita o membro ereto para que não magoe a esposa e a ele próprio.

De um pequeno frasco, que alcançara da gaveta da mesinha de cabeceira prateada, faz resvalar para a palmas das mãos um líquido perfumado e oleoso. Com ele esfrega ambas as mãos.

– Óleo de amêndoas doces... – Informa com os olhos lampejando desejo. – Olha bem fundo nos meus olhos... vou levar-te ao paraíso... doce Amélia.

Com uma ternura angelical massaja cada auréola rosada dos seios. Amélia solta suspiros de perdição.

– João que fazes?... que fazes?... – Jubila pelo prazer desconhecido.

– Abro-te aos caminhos do prazer... para sentires, em cada poro da tua pele sardenta, que o prazer também traz felicidade ao casamento. – Apoiado nas mãos que firma no colchão beija-lhe os lábios e os seios macios e perfumados. – Lembras-te do que te disse? Vais testemunhar que posso dar-te prazer e fazer-te feliz ao mesmo tempo. Sem precisarmos de trocar juras eternas de amor.

152

– Por favor não fales disso agora! Já estou zonza o suficiente. Cala-te homem... – Pede-lhe, içando ligeiramente a cabeça para que possa deleitá lo com um beijo igualmente demorado.

Vozes alteradas vindas do lado da rua fazem com que João cesse as carícias cada vez mais ousadas.

O casal entreolha-se como que perguntando que agitação será aquela que se ouve mesmo por debaixo do varandim do quarto.

Com o dedo indicador colado aos lábios, semi-cerrados, João pede que se silencie. Faz-lhe também sinal para que se deixe estar deitada e que cubra o corpo com a colcha branca. Vai até junto da ampla janela, desviando um pouco o cortinado branco e preto que fora fixado mesmo junto ao vidro, espreita sorrateiramente, na direção das vozes alteradas. Volta a ajeitar o tecido do cortinado, corre a alcançar as botas de cano curto que calça aos pulos pelo quarto. Ajeita para dentro das calças de fazenda a camisa desfraldada e penteia para trás os cabelos lisos que Amélia desalinhara com as suas carícias.

– Que se passa? Por que razão ficaste assim agitado? – Pergunta ao vê-lo dirigir-se para a porta do quarto. – Para onde vais, João? – Sai da cama embrulhando o corpo à colcha que vestia a cama.

– O Barbosa está lá em baixo a arranjar confusão. – Informa voltando-se para ela. – Deixa-te estar aí deitada que vou tratar deste assunto de uma vez por todas. – Afirma com convicção.

– O quê? – Grita incrédula ao dirigir-se também ela para a vidraça com o intuito de confirmar o que fora dito. – O que pretendes fazer? Espera, vou contigo. – Decide.

Quando as últimas palavras foram proferidas já João abandonara o quarto. As passadas firmes ecoam pelo corredor. Ouve-se mais ao longe o trinco da porta da ala direita do palácio a abrir-se. A porta bate.

Em pouco minutos Amélia veste, também ela, as peças de roupa que tão sedutoramente haviam sido despidas há minutos atrás.

Sai do quarto seguindo o som das vozes alteradas que ecoam no *hall* de entrada do palácio. Assim que transpõe a porta da ala direita dá com João rodeado por Barbosa e Joaquim. Estes dois questionam o lavrador sobre o paradeiro de Isabelinha, chegando mesmo ao ponto de acusarem o primeiro de rapto. O empregado que abrira a porta assiste a tudo sem saber muito bem o que fazer. João ordena com palavras e gestos que se ponham fora da sua casa.

– Mas o que vem a ser isto? Vocês os dois perderam completamente o juízo? – Grita Amélia do cimo da escadaria de mármore. – Fui eu que trouxe a minha irmã cá para casa. Se não a tivessem deixado largada na praça, esta manhã, não o teria feito! – Diz com a mesma firmeza com que vai descendo cada degrau com as mãos à cintura. – O que querem agora? Levá-la? Esperem lá fora. Já trato do assunto. – Gira o corpo sobre os tacões dos novos sapatos pretos e começa a subir as escadas agora em direção à outra ala do palácio.

Cá em baixo os quatro homens miram com espanto a esbelta figura que, com a sua potente voz, terminara com a disparata discussão.

– Vocês os dois esperem lá fora. Queira Deus que não seja necessário mandar chamar a guarda, pois não? – Ordena rispidamente, do parapeito onde os dois vãos de escadas se juntam, ao padrasto e ao filho deste. – João, meu esposo, venha comigo. – Pede docemente, numa mudança estonteante de voz e postura.

Colhidos de surpresa pela postura autoritária de Amélia, que desconheciam até àquele momento, a parelha de desordeiros cumpre a ordem dada pela dona da casa. João galga os degraus três a três para que alcance o mais rapidamente possível Amélia, que já a caminho do quarto onde deixara Isabelinha a dormir a sesta, vá-se apoiando nas paredes para que as pernas trémulas não lhe falhem.

– Amélia és, sem dúvida nenhuma, uma mulher de armas. Mas olha o estado em que aqueles dois te deixaram! – Diz-lhe sustendo-a pela cintura com o intuito de impedir que, a qualquer momento, o corpo cai sobre a carpete que forra o soalho de madeira.

– Preciso de explicar à minha irmã que tem de ir para casa. Tenho de o fazer senão aqueles dois bandidos não se vão embora. – Explica-lhe com desalento. – Entro sozinha no quarto.

Dali a alguns minutos Amélia sai com a irmã ao colo. Atrás de si Maria das Dores surge. Entre promessas de mais visitas, quer de Amélia a casa do padrasto, quer de Isabelinha a casa da irmã, a criança fora facilmente convencida a ir com o pai e o irmão que tinham vindo buscá-la.

Vestida com roupas de Beatriz e abraçando uma boneca de trapos, Isabelinha é entregue ao pai, que fingindo-se cheio de saudades a estreita nos braços. A porta do palácio fecha-se de imediato.

Amélia, esgotada com tanta emoção, senta-se no primeiro degrau da escadaria. João faz-lhe companhia segurando-lhe uma das mãos. A governanta fita com preocupação e ternura, o casal.

– Vou mandar a cozinheira preparar algo bem gostoso que vos anime a alma. – Interrompe Maria o silêncio constrangedor. – Tem sido um dia repleto de emoções. – Atira para o ar. Gesticulando, dirige-se para uma das portas do rés do chão.

– Boa ideia Maria! Mande servir no jardim, na mesa que está à sombra da figueira. – Determina João.– Obrigado.

A jovem continua sentada no degrau da escada. João brinca com os dedos da mão que está enlaçada na sua. Com o braço, que está colado ao tronco da esposa, rodeia os ombros femininos que ainda tremem. Estreita-a para junto de si.

– E agora? – Pergunta Amélia com pesar.

– Mais à noitinha mando um dos empregados levar o jantar à tua irmã. Não te preocupes, se depender de mim ela nunca mais passará fome. – Assegura-lhe estudando a forma arrebitada do nariz pintalgado de sardas.

– Obrigada! Não és obrigado a tanto! – Agradece de olhos fechados para evitar que as lágrimas se soltem.

– Somos um casal. Um pouco fora do normal... mas somos um casal. Os teus problemas são meus também. – Argumenta não muito convencido.

– Ele ameaçou-me que a vendia a um bordel... acreditas? Vendia a própria filha às putas e expulsava-me de casa... se não aceitasse casar contigo... foi com essa ameaça que me obrigou a casar... – Confessa finalmente com a cara escondida por entre os dedos já libertos da mão do esposo. – Desculpa, não tive alternativa.

– O quê? Ele ameaçou fazer o quê à própria filha? – Questiona João já de pé em frente de Amélia. – Vender a própria filha... como é que isto é possível?

– Um monstro... João, ele é um monstro... desculpa ter-te metido nesta confusão toda. – Lamenta, ainda com o rosto escondido por

155

entre as mãos. – Que tipo de chantagem utilizou para te forçar a este casamento? – Questiona a medo.

– A minha história com Barbosa é antiga. Acredita. Tu só és mais uma vítima da sua malvadez. – Assume. – Um dia destes vou ter de te contar como tudo se passou. Tem paciência que esse dia vai ter de chegar. Até lá, ainda acabo com Barbosa. – Enche o peito de ar e acrescenta. – Isto chegou a um ponto que... ou eu ou ele, um de nós vai ter de desaparecer.

Amélia não consegue dizer nada, chocada que está com as palavras que foram cuspidas daquela boca que ainda há pouco a cobria de beijos. Pensa também que ódio escondido será esse que faz João pensar que no mundo não haverá lugar para os dois.

– Vamos comer alguma coisa. – Convida oferecendo-lhe a mão para que nela se apoie e erga.

– E nós... – Lembra desviando os olhos timidamente para a ponta das botas que João traz calçadas.

– Havemos de ter a noite toda por nossa conta. – Garante. – Bem... a não ser que mudes de ideias até lá! – Vacila.

*****

O jardim do palácio fora projetado para ser a recriação, em pequena escala, dos campos alentejanos.

Nos canteiros, habilmente delimitados por pequenas pedras graníticas, encontram-se semeados ou plantados pequenos talhões de toda a espécie de plantas originárias desta região do país. Cada canteiro corresponde a um tipo de planta; ervas aromáticas: orégãos, poejos, alecrim, alfazema, tomilho, hortelã, manjericão, manjerona, coentros, salsa...; hortícolas: tomateiro, pimenteiro, alface, batata, fava, ervilha, cebolo, alho...; seara: trigo, centeio e cevada; pomar com quase todas as árvores de fruto existentes em Portugal e as plantas decorativas: malva, sardinheira, amor-perfeito, madressilva, rosmaninho, papoilas, lírio do campo, dedaleira, camomila, estevas, urze... Junto ao muro que separa o jardim do estreito caminho que está para lá das suas imediações árvores de médio e grande porte foram inteligentemente salvas aquando da sua edificação: oliveira, sobreiro, azinheira, nogueira, castanheiro e carvalho negral.

Ao centro, a majestosa figueira faz a delícia de quem decida passar a tarde naquele espaço delimitado do Alentejo.

Foi à sombra da figueira que João e Amélia, degustaram as costeletas de borrego panadas acompanhadas por salada de tomate, queijos (ovelha, cabra e de mistura), morcela, cacholeira[1], pão caseiro (amassado e cozido no Monte das Tílias), arroz doce e cerejas. Pouco conversaram. Cada um recordava para si os acontecimentos da manhã e parte do dia. Do seu jeito, cada um, ansiava pela chegada da noite.

A tarde já ia a meio quando o sossego apaziguador do jardim fora interrompido pela chegada do barbeiro que o lavrador havia mandado chamar.

Ao perceber do que se trata Amélia decide levantar-se e ir até ao fundo do jardim onde, pelo som que de lá vem, deverá estar a cavalariça. Sorri para João por este ter aceitado a sugestão de fazer a barba e cortar o cabelo. Ele retribui-lhe a atenção fazendo-lhe uma carícia nas maçãs das faces antes de se levantar.

Amélia está entretida a passar a almofaça[2] pelo pêlo da égua cor de fogo que, por acaso ou não, é semelhante ao seu cabelo, quando o esposo surge no estábulo. Sem se fazer anunciar, delicia-se com a delicadeza feminina da esposa em tratar de um animal de quem a grande maioria das mulheres com quem convive fugiria só pelo cheiro que emana. Mas Amélia não. Fala-lhe com carinho, afagando a crina e o dorso.

– Que tal estou? – Pergunta colocando-se do lado oposto ao qual Amélia escova a égua.

– Bem melhor, sem dúvida! Se Maria aqui estivesse diria mesmo que está mais de acordo com a tua condição de ilustre lavrador. – Comenta querendo disfarçar a palpitação que lhe acelerou o coração ao ver o lindo rosto moreno retilíneo mais a descoberto, exibindo toda a sua masculinidade. O cabelo fora cortado rente ao pescoço e penteado, primorosamente, para trás fazendo uma pequena onda logo a seguir à

---

[1] Enchido constituído basicamente por fígado e outros órgãos internos e gorduras macias de porco da Raça Alentejana.

[2] Instrumento de metal formado por pequenas lâminas com dentes, para limpar as sujidades que aderem ao pêlo dos cavalos.

testa, as patilhas acertadas e adelgaçadas e a barda totalmente feita. Amélia sente uma incontrolável vontade de cobrir de beijos a boca generosa, grossa no meio e fina nos cantos e os olhos fundos e tristes. Contenta-se por inalar o cheiro da espuma de barbear que o envolve.

– Vejo que tens muito jeito para os cavalos. – Comenta chegando-se ao pé dela. – E montas melhor que muitos homens! Já pude testemunhar. – Acrescenta ao lembrar-se da madrugada em que a vira chegar de Portalegre.

– Obrigada. São uns animais temperamentais, mas dóceis se bem tratados. – Continua a passar a almofaça para tentar desligar-se da lembrança do resultado dessa ida a Portalegre.

– Qual deles te bateu nessa madrugada? – Quer saber passando devagarinho os dedos pela face onde ainda se pode ver uma leve mancha rosada.

– Temos mesmo de voltar a falar desse assunto? – Questiona com desconforto.

– Já percebi de onde vinhas e o que tinhas ido fazer naquela noite. – Tranquiliza. – Fizeste o que achaste necessário pela tua irmã. Diz lá qual foi? – Insiste.

– Joaquim. Queria abusar de mim. Dei-lhe um pontapé e ele respondeu com um murro. – Confessa ao passo que vai afagando a fronte da égua. – Já reparaste que somos um casal de estranhos a tentar fazer com que um casamento que já começou condenado funcione? – Reflete em voz alta com desânimo. – Andamos a brincar com os nossos sentimentos.

João nada acrescenta pois também ele se questiona com frequência por que razão se esforça tanto para agradar e proteger a esposa que lhe havia sido impingida e que, ainda por cima, lhe custara uma pequena fortuna. Responde com um encolher de ombros resignado.

Amélia sai da cavalariça e João segue atrás dela. Em pequenas passadas caminham pela calçada que ladeia os canteiros temáticos do jardim. Quem de longe os visse julgaria tratar-se de um vulgar casal que conversa sobre assuntos banais.

– Achas mesmo que o amor que sinto por ti pode complicar ainda mais este nosso casamento? – Pergunta sem conseguir olhá-lo nos olhos. Dobra-se e colhe um raminho de alfazema que esfrega e faz passar perto das narinas.

– Em tão poucos dias os meus sentimentos por ti mudaram do dia para a noite. Cada vez que te vejo, que te toco ou que penso no que foi o meu primeiro casamento e o desfecho que teve penso de maneira diferente. – Expressa-se com sinceridade. – És tão doce... tão pura...Amélia. Não sei se te farei sofrer mais rejeitando o que me ofereces ou alimentando esse sentimento... O peso da traição e a perda de uma pessoa a quem amamos cegamente são sentimentos muito fortes... quase destruidores.

– Comecei por te odiar por me teres comprado. Magoaste-me tanto quando me rejeitaste e insinuaste que estava combinada com o meu padrasto! – Vacila pois a última coisa que pretende nesse momento é magoá-lo com a sua sinceridade. – Depois, começaste a dizer que me desejavas, que era bonita, que podíamos ser felizes... mas ainda hoje de manhã me acusaste à frente de todos que tinha um amante... culpo-me por me ter deixado apaixonar por ti. – Concluiu com pesar.

– Tudo o que afirmo sentir por ti é sincero, Amélia. – Diz ao parar-se mesmo diante dela. Segura-a pelos ombros e afirma olhando-a bem de frente. – Todos os beijos e carícias que te fiz foram sinceros. Desejo-te. Gosto de estar perto de ti. Gosto do jeito com que tratas e amas os meus filhos. Gosto do jeito como te envergonhas quando te beijo. Gosto de falar contigo. Gosto de te ver andar a cavalo. Gosto de nadar contigo. Gosto dos teus olhos, do cabelo e da boca. Gosto desse teu jeito moderno e rebelde de ser. Gosto da tua ternura. Gosto da maneira como estremeces quando te toco mais intimamente. Gosto que me excites. Admito. Pronto! – Inspira todo o ar que o rodeia para dentro dos pulmões dando a sensação que conseguiu finalmente livrar-se de um enorme carrego. Sustem a respiração. Esvazia os pulmões. Largando-lhe os ombros volta a caminhar deixando para trás Amélia paralisada de surpresa. – Só não me peças que diga que te amo. – Murmura de olhos fechados.

Já refeita das palavras ditas pelo esposo, Amélia apressa o passo para o alcançar, enlaça-o pelas costas. João para surpreendido pelo abraço que o empurra contra os seios firmes. Para a caminhada.

– Então quer dizer que gostas de tudo em mim! – Sussurra com os lábios colados às omoplatas. – Para mim chega. – Afiança com um sorriso de orelha a orelha parecendo uma criança a quem fora dado o melhor dos presentes.

João vira-se de frente para a esposa ainda a tempo de testemunhar o sorriso que esta tem estampado no rosto. Com ternura beija-lhe a testa desviando com as pontas dos dedos as ripas de franja ruiva.

– Querendo fazer-me tão mal, Barbosa acabou por fazer-me um imenso bem. Colocou no meu caminho o anjo mais generoso e sensual que deverá existir no paraíso. – Ironiza. Com carinho emoldura o rosto sardento com as suas mãos firmes e beija-a terna e demoradamente.

Amélia sente as pernas fraquejar e um tremor quase desconhecido efervesce à volta do umbigo ao ouvir João sussurrar-lhe ao ouvido:
– Logo à noitinha retribuo o teu amor.

Lá do alto, no primeiro andar, junto à janela do quarto de Amélia, três cabecitas (uma grisalha, uma loira e outra negra) acompanham o que acontece no jardim.

Os gémeos aos braços de Maria das Dores dão pulos de euforia por terem assistido ao beijo apaixonado do pai João e da mãe Amélia.

– Deus é grande! Obrigado senhor por teres colocado este anjo no caminho do meu menino João. – Agradece à providência divina erguendo os olhos para o imenso céu azul. – Meu Jesus, dai-lhes forças para aguentarem juntos o que aí vem. – Suplica depois de ter pousado no chão as duas crianças. De mãos unidas vai até junto do crucifixo que está pendurado entre as duas camas e reza baixinho.

A MÉLIA passara o final da tarde no jardim do palácio na companhia dos gémeos. João desculpara-se com a necessidade de trancar-se no escritório a cuidar dos negócios que nas últimas três semanas tinham sido descurados, o que não era habitual.

Quando as crianças terminaram de jantar, Amélia procurara por Maria das Dores para saber quais eram os planos do patrão para a refeição da noite. Ela informara-a de que este dera indicações para que o jantar fosse serviço num dos quartos da casa torre, contígua à construção amarela apalaçada, depois de os filhos já estarem a dormir. Como a governanta sorrira de forma atrevida Amélia supôs que tivesse a ver com o encontro romântico que tinha sido abruptamente adiado pelos berros de Barbosa, no início da tarde.

O pensamento gerara uma inquietação fervilhante em todo o corpo da jovem esposa, ainda agravada pela lembrança das carícias com que João despertara no seu íntimo. Decidira ir relaxar para a convidativa banheira que vira na casa de banho do seu quarto.

Após as criadas terem tratado das águas e do conforto da casa de banho, submergira o corpo na água perfumada a rosmaninho. Recostada à borda da banheira brincava com os novelos de espuma enquanto pensava que talvez João tivesse razão quando afirmara que a base de um casamento feliz também passa pelas carícias trocadas entre lençóis. Com o farto cabelo ruivo ondulado preso num subido rabo de cavalo, fazia deslizar a esponja pelo pescoço tentando imaginar o que João havia mandado preparar na casa da torre. A sua quase nula experiência nessa área apenas lhe permitia desejar que fosse o que fosse gostaria de voltar a sentir a sensação de perda total da noção do mundo que a rodeia que havia experimentado no invulgar quarto preto e prateado.

Distraída entre estes pensamentos e com o passar da esponja pelo corpo, assusta-se com o levantar do trinco da porta da casa de banho.

João aparece, vestido só de camisa branca larga e calça preta. Vem descalço.

Apesar de estar com um ar mais abatido, fruto pelas horas que passara trancado no escritório a tratar da gestão dos seus negócios e a receber o contabilista, um sorriso alargado desenha-se nos lábios ao dar com Amélia mergulhada na espuma de cheiro a rosmaninho.

– João estou a tomar banho, importas-te de esperar um pouco? – Envergonha-se por ver assim invadida a sua privacidade. – Nem bateste!

– Oh desculpa! Não sabia que estavas nua! – Expressa, fingindo-se surpreso por vê-la apenas coberta de espuma e água. Continua a caminhar com as mãos enfiadas nos bolsos.

"Definitivamente que fica mais bonito ainda, de barba feita e cabelo cortado!" Constata ao esconder-se mais dentro da água.

– Queres ver que tomava banho vestida! – Remata tentando tapar os seios com os braços.

– Já o fizeste uma vez, lembras-te? – Recorda com ar atrevidote. – Estava capaz de te fazer companhia … – Desafia, ficando parado mesmo por cima do corpo nu que a espuma esconde. – Deixa-me lavar-te. – Pede mais com os olhos castanhos cintilando desejo do que com os lábios que mordisca. Agacha-se. Com as pontas dos dedos vai desviando sorrateiramente a espuma para que possa contemplar as partes do corpo escondidas.

– João, por favor sai! Estou a ficar envergonhada. – Anuncia baixinho contrariando o desejo de ver aquele corpo perfeito colado ao seu dentro da banheira. – Já acabei.

– Excitas-me quando ficas assim atrapalhada. – Provoca ainda mais, sacudindo as mãos cobertas de espuma na direção do rosto da esposa. – Vou buscar a toalha. Deixa-te estar. – Vai até junto do toalheiro e recolhe a toalha branca ornamentada com pontas de cetim amarelo. – Levanta-te! Vá, não sejas tímida. Já hoje te vi nua…

– Para de seres tão atrevido! – Pedincha meio a brincar, meio a sério. – Dá cá a toalha. Espera lá fora.

– Vá, sai da banheira! – Convida com a toalha aberta em todo o comprimento.

Deixa-se convencer. Assim que sai da banheira sente-se rodeada no turco fofo da toalha que João lhe estende. Ele estreita com força o corpo acabado de sair do banho contra o seu. Amélia acaba envolvida por aqueles olhos castanho-terra que tanto a seduzem. Ao vê-la assim rendida ao seu charme, João abraça-a ainda com mais força. Beija a boca húmida a saber a rosmaninho. Com gentileza solta-lhe os cabelos e entretém-se a afagar os cachos ruivos ondulados que caem livremente pelos ombros. Beija-lhe os olhos, as faces, a ponta do nariz e volta a saborear os lábios rosa.

Amélia arqueja de desejo segurando bem firme as pontas da toalha para que não se soltem. Ele, tirando partido da sua superioridade física, vai soltando um a um os dedos que seguram a toalha, até que esta acaba caída aos pés de Amélia. João sorri de agrado com a beleza do corpo feminino. Leva a sua mão até às costas da esposa e fá-la tombar ligeiramente para trás. Com os dentes mordisca-lhe os mamilos. Termina as carícias depositando um cálido beijo em cada um dos seios. Amélia sente as pernas bambas. Os olhos verde-esmeralda não se despegaram por um segundo que fosse dos castanho-terra.

– Anda, veste-te para irmos jantar, doce Amélia. – Sugere interrompendo abruptamente as carícias. Mordisca-lhe o lóbulo da orelha. – Seria uma pena não veres a surpresa que preparei para a tua primeira noite. – Apanha a toalha do chão e volta a cobrir o sensual corpo feminino.

Amélia aconchega o turco ao corpo.

– Estás a deixar-me muito nervosa. – Consegue finalmente dizer.

– Gostaria que vestisses a prenda que deixei em cima da cama. – Pede sorrindo matreiramente. – Não te preocupes com os criados. Na casa da torre estaremos sozinhos. Espero por ti no *hall* da escadaria. – Informa num tom confiante. Sai do quarto.

Amélia caminha, apressadamente, descalça até à cama, desejosa de ver que presente lhe havia sido deixado pelo marido.

Por cima da colcha de cetim amarela e branca um delicada caixa redonda de papelão de cor verde-esmeralda aguarda que seja aberta. A envolvê-la um generoso laço de tule branco. Preso por entre o nó do laço, um envelope tem escrito o seu nome em letras pretas manuscritas, bem trabalhadas.

Com os dedos trémulos Amélia abre o envelope. Olha para a mancha gráfica que fora escrita no pequeno pedaço de papel acetinado, cheirando a alecrim. Com o coração em sobressalto lê para si a mensagem.

"Doce Amélia,

Não existe outra forma de agradecer a pureza e o amor que me ofereces que não seja oferecer-te uma primeira noite inesquecível. Espero que gostes da prenda que está dentro da caixa e que a vistas.

– Lamento, mas é uma prenda para os dois. Veste só o que vier na caixa.

Do teu esposo

João Morgado."

Emocionada Amélia aperta o pequeno pedaço de papel contra o peito, com a mesma força que apertaria João se ele ali estivesse. Passa com o dedo indicador pelas duas últimas frases. Lágrimas de felicidade humedecem os olhos. Antes de abrir a caixa de papelão beija o pedaço de papel.

O laço é desfeito, com delicadeza, por um par de mãos trémulas. A tampa da caixa é retirada e Amélia fica a olhar deslumbrada para os pedaços de tecido, em tons de branco e verde, que foram dobrados com minucia. Olha, para decidir qual deles retirar primeiro, se o verde em *chiffon*, se o branco em seda.

Escolhe a peça verde. Com os dedos em forma de pinça vai puxando lentamente a peça de roupa, que aos poucos ganha a forma de um vaporoso robe verde super sensual na sua transparência. No tecido, aqui e acolá, pequenos malmequeres brancos foram bordados por mãos femininas. Roda sobre si mesma para sentir a leveza do tecido. Amélia corre até ao amplo espelho do guarda-vestidos e coloca-o sobre o corpo nu que se havia libertado da toalha. Cora por ver o efeito que aquela peça de roupa terá sobre a sua pele já menos alva e sardenta. O coração bate-lhe em todas as suas partes íntimas. Pensativa, volta para junto da cama. Sobre ela estende a leve peça de roupa que, devido ao seu corte em godé, cobre boa parte da colcha de cetim.

Sentindo-se cada vez mais excitada com a prenda que João lhe enviara, volta a sua atenção para o que a caixa de cartão ainda guarda. Com a mesma suavidade retira a peça de roupa de cetim branco. Ajusta-a ao corpo com uma das mãos e prende-a à cintura com a outra. Emociona--se por tratar-se de uma sensual camisa de noite. Foge, mais uma vez, até ao espelho do guarda-vestidos, para ver o efeito que a peça de seda terá no seu corpo. Desta vez, decide vesti-la imediatamente. Facilmente fica coberta pela camisa de dormir que, pela sua suavidade, deslizara pelo corpo sem necessidade de recorrer a muitos gestos a não ser o de erguer os braços. Amélia fica parada por alguns instantes em frente do espelho. Contempla a beleza da camisa de noite que João lhe oferecera. O corpete, uma renda de cor verde pouco trabalhada, deixa quase a descoberto o encanto dos seios generosos aconchegados num profundo decote em forma de "V", sustido por um par de alças formadas por um cordão de malmequeres idênticos aos bordados no *chiffon* do robe. A saia da camisa de noite, de cor alva (idêntica à pureza de quem a veste) cai em largos canudos desde a curvatura dos seios até aos pés.

Amélia segura parte dos cabelos como que querendo determinar se os levará atados ou soltos. Como está indecisa deixa para mais tarde essa resolução.

Junto da cama apanha o robe que eleva no ar fazendo um círculo em seu redor, com suavidade cai-lhe sobre os ombros. Veste uma manga e depois outra. Com a fita larga ajusta-o à zona do peito. Olha para baixo, repara que ainda está descalça. Lembra-se de ter visto mais um pequeno embrulho dentro da caixa. Pela terceira vez volta para junto da cama, retirando de dentro um pequeno embrulho cilíndrico de tecido branco atado com organza verde. Desata o laço e desenrola-o sobre a cama. Surgem então uns singelos chinelos de quarto de cor branca decorados, principescamente, com dois pompons de penas coloridas a verde. Amélia sorri para os delicados chinelos ao mesmo tempo que conclui que João pensara em tudo. Calça-os. Olha para a zona dos pés e verifica que apenas os pompons verdes sobressaem na extremidade da camisa de dormir branca e do robe verde.

Volta novamente para o espelho para apreciar todo o conjunto do que lhe fora oferecido. Lembra-se das palavras que João escrevera no bilhete e cora de vergonha e de desejo. Olha para o cabelo e opta por levá-lo solto, pois lembra-se que o esposo já por mais de que uma vez dissera que a gostava de ver assim.

Vai ao toucador, senta-se no pequeno banco branco com assento em cetim amarelo e faz deslizar a escova, em movimentos contínuos sobre o cabelo ondulado. Dá a tarefa por terminada quando passa a escova pela franja que, nessa noite, lhe cobre a totalidade da testa.

"Bem Amélia, estás linda de morrer, mais nervosa ainda... Agora já não há como voltar atrás. É isto que queres. De uma forma ou de outra também ele. Não há que ter medo."

Uma dúvida pecaminosa salta-lhe à cabeça. Olha em direção ao crucifixo pregado por cima da cabeceira, como que pedindo perdão por estar prestes a entregar-se a um homem que já por várias vezes lhe afirmara que o seu desejo por ela é meramente carnal. Neste duelo interior vem-lhe, também, à memória que esse homem é o seu marido e que o casamento, apesar de tudo, já havia sido abençoado pela igreja. Num turbilhão de ideias recorda-se também da figura de Joana à porta do quarto onde estivera, também ela, a satisfazer os apetites sexuais de João.

Amélia olha para a imagem que vê refletida no espelho e pensa, mais uma vez, nas palavras de Maria das Dores sobre a dimensão do seu amor por João. Franze os lábios e os olhos, cerra os punhos e como quem já havia tomado uma decisão, aconchega o tecido de *chiffon* ao peito, passa a escova uma última vez pelos longos cabelos ruivos, roda sobre os calcanhares e, firme na sua decisão, sai do quarto.

"Ele é teu marido. Queres estar com ele. Ele diz querer retribuir-te o amor que lhe ofereceste, que mal haverá? Já que o destino nos uniu vamos tentar ser felizes. Força Amélia, vais ver que Maria tem razão e quem sabe um dia também ele te possa oferecer o seu coração. Há de aprender a amar-te como tu aprendeste a amá-lo."

Ao abrir a porta que dá acesso ao patamar onde a escadaria de mármore desemboca encontra João esfumaçando nervosamente um cigarro.

Os olhares cruzam-se. João não consegue disfarçar o espanto que a silhueta feminina lhe causa. Mede-a, por diversas vezes, de alto a baixo. Amélia caminha, hesitante, mordiscando o lábio inferior e cruzando repetidamente os dedos das duas mãos. João atira o cigarro para o ar, que vem embater na calçada do rés do chão. Os olhos verde-esmeralda e castanho-terra trocam faíscas de desejo. João enche e esvazia o peito alvoroçado.

"Está divinal. Continuas a brincar com o fogo, João. Ela mexe contigo mais do que gostarias e do que queres admitir. Não tens forças para o impedir. Seja o

*que Deus quiser. Não tenho como lhe fugir. Estamos casados. Tão pura...
tão bonita." Confidencia para si próprio.*

Dando-se, também ele, por vencido, pega-lhe na ponta dos dedos e
puxa-a com firmeza contra todo o seu corpo. Estreita-a com medo que
Amélia possa mudar de ideias. Enterra a cara nos cabelos ondulados
para lhe sentir o cheiro e também o pulsar dos sentidos.

Amélia, vencida pelo arrebatado abraço, sente a tesão do marido
mesmo junto à sua coxa. Esconde o rosto na curvatura musculada do
marido.

– Aqui me tens. Faz-me tua antes que mude de ideias, João! – Sussurra-lhe, com a boca colada à sua pele, sem que tenha pensado nas
palavras.

João beija-a com tal intensidade que Amélia julga desfalecer nos
seus braços. As mãos masculinas emolduram o rosto feminino e os
lábios segredam o que a mente de quem o diz se recusa a admitir.

– Pareces a deusa celta, *Madron*... como pude ter a ilusão de poder es-
capar-te. – Confessa ao mesmo tempo que lhe pega na mão, abre a porta
que dá acesso a uma ala por onde Amélia ainda não havia entrado. – Anda, tenho uma surpresa para ti. – Informa com um sorriso enviesado.

Amélia, ainda atordoada pelo beijo e pelas palavras, deixa-se conduzir
até à casa da torre. Assim que a porta é transposta as paredes brancas são
substituídas por paredes de pedra. Aperta com força os dedos que lhe
prendem a mão. João olha para ela, sorri-lhe e continua a caminhar rumo
a uma imponente porta de madeira maciça. Amélia sente o acelerar do
coração gerado pela expetativa do que poderá encontrar para lá.

João abre a porta, pega-lhe ao colo e crava os olhos no rosto rosado
de Amélia para que possa testemunhar a expressão da esposa quando
vir o cenário que fora criado no quarto principal da casa da torre.

Com o pé empurra a pesada porta.

Amélia olha em redor. Sustem a respiração pois jamais teria sido capaz de imaginar o cenário que é oferecido a todos os seus sentidos.
João confirma o assombro da esposa, sorri vitorioso. Estreita-a contra
o seu peito, beija-a sofregamente e pousa-a suavemente no chão.

– Oh, João! Isto é demais!... As roupas... este quarto... os beijos...
estás a fazer de tudo para me agradares... para me apaixonar verdadeiramente por ti. – Diz-lhe fitando-o nos olhos.

João, surpreendentemente embaraçado, limita-se a encolher os ombros e a sorrir.

Como uma jovenzita deslumbrada, Amélia, segura a mão do esposo e percorre ao pormenor, amplo espaço de pedra.

Mesmo à sua frente, um género de tenda árabe, composta por vários tecidos (vermelhos, brancos, rosa e laranja) bordados a dourado, havia sido erguida e suspensa pelo centro. O chão da tenda, está coberto por um tapete persa onde grandes almofadões, de todas as cores e formas, haviam sido meticulosamente colocados com a intenção de parecer uma cama. No teto da tenda, numa lanterna de ferro recortado, uma vela arde iluminando o exótico espaço com uma luz ténue onde as sombras saltitam de um lado para o outro.

Do lado esquerdo da tenda, no espaço da lareira, o lume crepita aquecendo e iluminando o romântico quarto. Uma manta felpuda está estendida a seus pés.

Do lado direito, numa taça de estanho suspensa num tripé de madeira maciça, uma mistura de ervas aromáticas arde perfumando o ambiente. Mesmo ao pé, numa mesa quadrangular, pratos, talheres de prata e copos de cristal esperam a hora do jantar. Pela toalha alva pétalas vermelhas de rosa foram largadas intencionalmente.

Amélia sente-se extasiada. Cobre o rosto com as mãos, esfrega os olhos para confirmar de que não está a sonhar. João, atrás de si, enlaça-a pela cintura. Segue os seus passos.

Por todo o espaço da divisão lanternas de velas foram colocadas. A luz e as sombras confundem-se em formas e tonalidades.

Amélia repara então no suporte de pé alto, que está colocado à entrada da tenda. Uma garrafa de champanhe refresca no balde aguardando que seja aberta.

João solta-lhe a cintura, aponta-lhe o tapete felpudo que está perto da lareira como que lhe dizendo que se sente nele. Amélia obedece. Vai junto do balde de gelo, alcança a garrafa do champanhe e dois *flutes*.

Numa pose verdadeiramente sensual, faz estourar a rolha. O líquido doce e borbulhante escorre-lhe pelas mãos. Verte a bebida para os *flutes*. Amélia solta uma gargalha estridente denunciando o seu nervosismo. A espuma branca escorrega pelas mãos de João. Este agacha-se, oferecendo os dedos molhados para que Amélia os lamba. Hesitante, e porque ele insiste com o olhar, passa os lábios pelas mãos. Sente o sabor da bebida e o calor do olhar masculino. Confiante, João estende-lhe o copo.

Da tenda alcança dois almofadões que traz para junto da lareira. Oferece um à esposa para que se recoste. Ele faz o mesmo.

Recostados nos almofadões, deitados frente a frente, João pede a Amélia que brindem para assinalar o especial acontecimento. Ela sorri-lhe apenas. Cruzam os braços, e num gesto soberbamente romântico, erguem os copos para que se toquem num só som, bebem o líquido gasoso.

– Não o engulas já. – Pede-lhe colado ao rosto feminino.

Amélia acata a sugestão. Ligam as bocas num beijo profundo de sabor a champanhe. Enleiam as línguas e trocam os líquidos. Os olhos viajam até ao íntimo de cada um. Os lábios soltam-se sorridentes. Voltam a beber mais champanhe. Amélia sente o borbulhar da bebida e o calor do álcool a assentar-lhe no estômago vazio.

– Estás linda, minha esposa. – Galanteia.

– João, obrigada por tudo! As roupas são lindíssimas. – Agradece timidamente. – O quarto está um sonho. Obrigada.

– Ainda bem que gostaste. – Diz, começando a acariciar-lhe cada milímetro do rosto. – Tinha pensado jantarmos primeiro. Mas não consigo conter-me por mais tempo. Importas-te?

Amélia responde negativamente com um aceno de cabeça.

– Estás linda com a prenda mas… gostaria mais de te ver sem ela. – Expressa o seu desejo quando começa a desatar o laço do robe. – Bebe mais um pouquinho de champanhe. Estás tensa, precisas de relaxar. Não tenhas medo. Vai ser muito bom. – Promete confiante nos seus dotes de amante extremoso.

– Sei que sim. Confio plenamente em ti. Não há nada que eu queira mais neste momento do que ser verdadeiramente TUA.

As palavras de Amélia foram o sinal que João esperava para avançar com todo o fervor que lhe corre nas veias e lhe havia excitado o sexo.

– Deixa-te levar como fizeste hoje de tarde. – Sugere ele.

Já com os braços a descoberto, João perde-se em afagar os seios femininos dissimulados pela renda verde da camisa de dormir. Acaricia-os em movimentos circulares. Volta a beijá-la. Amélia arqueja de desejo cada vez mais distante da realidade que a rodeia e entregue à satisfação do desejo que lhe palpita na junção das pernas.

Sempre unidos pelo olhar, João começa a despir-lhe a camisa de noite. Com regozijo verifica que Amélia não vestira roupa interior, tal como lhe sugerira no bilhete.

Corada de embaraço e de prazer Amélia tenta esconder o corpo por entre os almofadões. João tira-lhos das mãos, gentilmente.

– Não te escondas. Deixa-me olhar para ti. – Deleita-se com o efeito das chamas no corpo bem torneado da esposa. – Para minha perdição, és perfeita.

Com cuidado, pois não quer intimidar, presenteia Amélia com as carícias mais ousadas que tem em mente. Vai cobrindo todo o corpo de beijos e sensuais mordidelas. Aqui e ali liberta borrifos de champanhe que depois lambe com a língua.

– Anda! – Convida depois de se ter levantado e caminhar para junto da tenda. – Vamos aqui para dentro. – Aponta para o interior coberto de almofadas.

Sentindo-se demasiado exposta na sua nudez, João prontifica-se a cobri-la com o robe. Pega-a ao colo e leva-a para o interior da tenda. O corpo feminino arqueja pelo masculino já liberto das calças e da roupa interior. Amélia deita-se sobre a cama de almofadões. João desata o cordão que segura a entrada da tenda. Os tecidos descaem criando no seu interior um espaço menos iluminado e mais íntimo. Com um sorriso Amélia agradece. João vai para junto de si. Ficam entregues um ao outro.

– Vou acariciar-te. Não te assustes. – Diz ao ouvido quando toma o tufo de pelos púbicos na sua mão. – Vou conduzir-te até ao paraíso, minha deusa celta… – Garante quando inicia carícias íntimas que Amélia até então desconhecia.

Tomada pela surpresa, mas também pelo desejo, Amélia sorri-lhe e fecha os olhos num gesto de entrega total.

Deitado a seu lado, João acaricia-lhe os seios, o ventre, a zona pélvica e a sua parte mais íntima, sentindo o pulsar da excitação da esposa nas suas mãos. Repete vezes sem conta esta descoberta do corpo feminino. Ao ouvido vai pedindo que liberte o seu êxtase. Não aguentando mais o prazer que o toque das mãos masculinas lhe causam Amélia vai contorcendo o corpo, libertando pequenos gritos de prazer. Não suportando mais a excitação, o corpo de Amélia inicia uma dança de movimentos frenéticos que culminam num grito gutural e numa descarga eléctrica causada pelo atingir do clímax. Suspira de alívio.

De olhos arregalados e garganta seca Amélia contempla espantada a figura sorridente que sobre si está curvada.

– Acabaste de te vir, doce Amélia. Agora estás pronta para me receber. – Informa com prazer.

– Vai doer? – Pergunta ainda com a cabeça a andar à roda.

– Um pouco. Mas não te preocupes, vais ver que apesar da dor vais sentir prazer. – Garante com os olhos lampejando desejo.

Amélia não consegue evitar e olha na direção do membro excitado do marido como que se perguntando como será que "aquilo" vai caber dentro dela.

– Não te preocupes. A natureza preparou o corpo da mulher para receber na perfeição o do homem. – Esclarece por ter reparado nas faces coradas de admiração.

Com cuidado João coloca uma almofada por debaixo das nádegas da esposa, para que esta fique ligeiramente descaída com o intuito de reduzir a dor da primeira penetração.

– Vou preencher-te! – Adverte com carinho. Transbordando desejo. – Liga-te a mim pelo olhar!

Fazendo uso de todo o seu charme pede-lhe, também, que afaste as pernas e as dobre um pouco. Amélia não consegue controlar o nervoso miudinho que sente espelhado por todo o seu corpo. João beija-a com carinho ao mesmo tempo que vai explorando, repetidamente, o interior do corpo feminino. Ao sentir-se totalmente preenchida com a erecção do membro masculino, instintivamente, começa um rodopiar de ancas que fazem com que João fique cada vez mais hirto e excitado.

Não aguentando mais a agitação que o consome, João enlaça-se ao tronco feminino, erguendo-o ligeiramente na sua direcção. Aperta-a com força quando sente que está prestes a libertar-se do líquido que se avolumara nos últimos dias. Quando o clímax é alcançado grita o nome da esposa com todas as letras.

– Oh AMÉLIA! – Liberta a pressão que o consome.

De felicidade, por ver assim o seu nome dito com tanto fervor, dos olhos de Amélia resvalam lágrimas. Deitado sobre o corpo da esposa, unidos ainda na intimidade, João afasta-lhe com carinho os cabelos do rosto. Beija-lhe as lágrimas e a boca. Ambos suspiram de consolo.

– Estás bem? – Quer saber.

– Ummmmmmmmmmm – Sonoriza sorridente.

– E isso quer dizer o quê? – Insiste, não vá a esposa estar magoada com o seu fervor.

– Estou bem. Um pouco dorida. Mas bem. – Confessa desviando o olhar envergonhado.

– Desculpa. – Expressa ao desprender-se, lentamente, da intimidade da esposa.

– Oh João! Estou bem... de verdade... apenas zonza... foram muitas sensações ao mesmo tempo. – Confessa. – Obrigada pelo carinho... e pelo prazer.

– Oh, minha doce esposa! Anda cá! – De joelhos nos almofadões os corpos saciados abraçam-se demoradamente. – Espero que desta vez tenha correspondido aos teus sonhos. – Comenta recordando as palavras ditas por Amélia em relação aos sonhos que haviam sido destruídos pelo insólito casamento.

– Todos os sonhos que tinha para a minha primeira vez foram superados. – Admite entregando-lhe a boca e o corpo. – Ainda bem que me guardei para ti.

Nesse mesmo instante ambos olham para uma pequena mancha avermelhada que cobre o tecido branco de um dos almofadões. Entreolham-se. Engolem em seco. Não resistindo à prova física do rompimento do íman feminino João aperta Amélia com força nos seus braços.

– Oh Amélia, obrigada por me ofereceres a tua pureza! – Agradece emocionado. – É melhor irmos jantar. – Se continuamos assim abraçados... – Informa ao fazer roçar a ereção que de novo dá vida ao membro masculino.

– Oh! Assim...de seguida?! – Espanta-se. Dá uma gargalhada embaraçada. Volta a olhar para a pequena mancha de sangue. Junta as pernas para disfarçar a dor funda que sente no seu interior.

João vai buscar a camisa de dormir de seda e com ela cobre o corpo que acabara de desflorar. Cobre-lhe os ombros com o robe. Para cobrir a sua nudez veste um roupão de cetim preto.

– Anda, vamos jantar aqui mesmo no chão perto da lareira. Não te importas, pois não? – Sugere.

– Por mim está bem. O que queres que faça? – Pergunta ao massajar a zona pélvica onde continua a sentir a dor da penetração do esposo.

– Vou buscar mais almofadas. – Declara ao dirigir-se para o interior da tenda. – Deita-te. – Aconselha ao espalhar uma quantidade significativa de almofadões sobre o tapete felpudo. – Vejo que estás dorida. Descansa que eu trato de tudo. Desculpa não queria magoar-te. – Expressa com pesar. Volta à tenda e traz uma manta de algodão com que cobre o corpo feminino.

– Estou só um pouquinho dorida… deve ser normal. – Acrescenta.

Da mesa de apoio às refeições, João traz a travessa de barro onde uma carpa assada com orégãos acompanhada com batatas espera ser saboreada. Poisa a travessa no chão quente da lareira para que aqueça um pouco. Traz as pratas (pratos e talheres) e os copos já cheios de um líquido amarelado que Amélia julga tratar-se de vinho branco fresco.

Sentado no tapete, de frente para o lume, o casal saboreia o jantar, o vinho, o calor, a companhia e o silêncio. Entre garfadas partilham sorrisos.

Amélia sente João muito calado. Julga que a culpa será sua. Talvez não tenha correspondido às expetativas do marido.

– Estás muito calado! – Comenta sem ter coragem de tirar os olhos do lume. – Fiz alguma coisa errada?

– Oh não Amélia! Foi tão bom! É mesmo nisso que estava a pensar. – Confessa. Poisa o seu prato no chão. Vira o tronco na direção da esposa e estuda-lhe o rosto iluminado pelo lume. – Há muito tempo, há mesmo muito tempo, que uma mulher não me satisfazia tanto. – Admite pensativo. – Foi muito intenso!

As faces de Amélia ruborescem com o desabafo. Poisa também o seu prato e roda, com jeitinho para que o dorido não acorde, o corpo para João.

– E isso é bom ao mau? – Pergunta ingenuamente. Fitando os olhos castanho-terra.

João mordisca o lábio inferior nervosamente. Faz-lhe um carinho na ponta do nariz mas não responde.

Os olhos e a boca de Amélia entristecem. O coração também. Volta-se para o fogo e abraça os joelhos. Sente que uma parede fora erguida entre ambos.

Durante alguns momentos João estuda o perfil de Amélia iluminado pelo lume. Os olhos claros refletem as chamas, os cabelos ruivos ficam ainda mais ruivos e as sardas ganham um tom rosa. Contempla os contornos dos seios, do ventre e das pernas que a transparência do *chiffon* e a suavidade da seda não conseguem esconder. Ao recordar-se que não terá roupa interior sente a excitação, que ainda não o abandonara, a aumentar de volume. Sem pensar atira-se à boca de Amélia que de surpresa cai de costas sobre o fofo dos almofadões.

– É bom, é muito bom sentir-me assim louco por ti. – Admite sem pensar. – Seja o que Deus quiser.

– João, João olha para mim! – Pede tomando-lhe o rosto entre as mãos. – Estás sempre a pensar em Antonieta. Sempre a comparar-me com ela. Sou inexperiente, mas não sou tola. – Enche o peito de ar e decide continuar. – Ela pode ter-te magoado, mas eu não sou como ela. Acredita na minha sinceridade. Seria incapaz de te trair. – Afirma com toda a convicção que tem.

– Amélia, a traição de Antonieta foi o pecado menor que ela cometeu. Acredita. – Revela já de pé, em frente ao lume, de mãos enfiadas nos bolsos do roupão.

Por vê-lo triste, Amélia levanta-se abraça-o pela cintura. Com ousadia desata-lhe o cinto do roupão, que cai murcho na tijoleira, e beija calidamente a zona das omoplatas. As mãos acariciam os mamilos retesados. Amélia aventura-se, para sua própria surpresa, a acariciar a zona pélvica e a tocar no sexo já ereto. Sente o arfar do esposo. Leva a mão ao peito onde confirma, para seu agrado, o acelerado batimento cardíaco. Põe-se em bicos dos pés para compensar a diferença dos palmos de altura, mordisca-lhe o lóbulo e, com coragem desconhecida, murmura-lhe ao ouvido:

– Lá no fundo, aqui bem no fundo... ainda há amor no teu coração. – Profecia com estranha certeza ao dar suaves pancadinhas na zona onde o órgão nobre se esconde.

174

– Amélia, Amélia... falas do que não sabes. – Adverte. Volta-se para ela. Frente a frente, com os corpos iluminados pelas velas que ainda ardem nas lanternas e pelo lume, João estreita-a contra si agarrando-lhe as nádegas. Fita-a com tanta profundidade que Amélia sente um calafrio na boca do estômago. – Sentes o efeito que tens em mim? – Pergunta-lhe ao levar-lhe a mão até à ereção. – Achas que consigo pensar noutra coisa que não seja possuir-te novamente? – Inquere entre dentes num tom quase zangado.

Amélia tenta soltar-se das mãos de João. A força das palavras e das suas mãos estão a assustá-la.

– Larga-me! Estás a magoar-me e a assustar-me. – Pede fazendo beicinho.

– Oh desculpa! Mas não era essa a minha intenção. – Exclama ao ver o medo novamente refletido nos belos olhos verde-esmeralda. – Só queria que confirmasses o efeito que tens sobre mim. – Informa contrariado. – Desculpa não queria assustar-te muito menos magoar-te. Desculpa. – Justifica-se. Ergue-lhe as mãos e beija-as em sinal de perdão.

Amélia tomada por uma nova excitação despe o robe e faz deslizar a camisa de dormir até aos pés. Coloca-se de frente para o esposo como que querendo dizer-lhe que entendeu a sua explicação.

– Também tu despertas partes de mim que desconhecia. – Confessa já sem pudor. – Anda. – Convida ao deitar-se nua sobre o tapete fofo. – Faz-me tua outra vez que eu vou mimar-te com o meu amor.

– Não estás muito dorida? – Quer saber antes de iniciar – Oh Amélia, qual será o nosso destino? – Questiona-se já perdido no apetite que aquele corpo lhe abre.

Ali, com os corpos aquecidos pelo calor do lume e do desejo, João e Amélia voltam a entregar-se às carícias um do outro.

Desta vez João voltara a massajar-lhe os seios, o ventre e as costas com óleo de amêndoas doces. Pedira a Amélia que lhe fizesse o mesmo. Perdida entre o deslizar sedoso das mãos e os suspiros do marido Amélia descobrira o prazer de tocar sem pudor o corpo masculino.

Após João tê-la conduzido ao pincaro do clímax, pedira-lhe que se sentasse sobre o seu corpo distendido no tapete. Assim, naquela quase posição de submissão, Amélia deixara-se descair lentamente, de pernas abertas sobre as ancas do marido, sentara-se sobre o membro ereto.

João prendera-a pela cintura e penetrara bem fundo no interior onde libertara o seu sémen. Vencidos pelo cansaço os corpos enlearam-se por debaixo da manta de algodão rolando de felicidade.

Amélia rapidamente adormecera embrulhada pela musculatura dos braços do marido. Dormira como um anjo.

Assim pensara João a infinidade de vezes que lhe beijara o rosto, a boca, os cabelos e os ombros. As mãos nunca se soltaram dos generosos seios. Não pregara olho toda a noite. O alvoroço do coração, o barulho dos pensamentos e a excitação do membro, que ao ver-se colado à nudez de Amélia não parava de pulsar, mantiveram-no desperto toda a noite.

É durante a calada da noite que o fantasma de Antonieta mais lhe atormenta o pensamento.

O sol já iluminava o amplo quarto de pedra quando Amélia desperta sozinha no interior da tenda, para onde João a levara ao colo quando o calor do lume começara a fraquejar.

Com os braços procura o conforto do corpo masculino. Sente-se desapontada por se ver sozinha na cama.

Como o cheiro a tabaco ardido lhe desperta o olfacto conclui, com alegria, que o marido não a havia abandonado após a primeira noite.

Vem-lhe à ideia se futuramente passarão a partilhar a mesma cama. Fica triste pois numa situação normal tal questão nem se colocaria. Mas na singularidade do seu casamento Amélia não sabe se isso fará parte dos planos do marido. Senta-se na cama de almofadões, olha em frente e descobre a figura de João, já vestido de roupa lavada, encostado à vidraça colorida da janela.

João brinca, pensativamente, com o cigarro por entre os dedos. De quando em quando dá um passa soltando argolas de fumo para o ar. Amélia fica a observá-lo em silêncio.

Ao vê-lo assim, recostado à janela, vem-lhe à memória o dia em que ela chegara do Monte das Tílias e ele se escondera por detrás das cortinas e da vidraça do quarto preto e prateado. Com receio de que ele esteja a planear novo afastamento, salta dos almofadões e, sem se importar com a sua nudez, corre para ele.

João surpreso, pelo barulho que a corrida faz no sobrado do quarto e pela imagem de ver Amélia correr nua para si, abre a boca de espanto.

Amélia atira-se ao pescoço envolvendo-o com as pernas pela cintura. Levada pelo receio de ser novamente rejeitada cobre-lhe a boca de beijos. Os cabelos, ainda húmidos do banho, são alvoraçados pelos dedos femininos.

Contrariando o que estava a pensar dizer-lhe João prende o corpo nu contra o seu e retribui-lhe os beijos ainda com maior ardor.

Saciada da separação e por sentir o pulsar do marido no peito e junto da sua vulva mantem-se, atrevidamente sentada, naquela posição, a

177

tentar adivinhar em que é que João estaria a pensar. João sustem o corpo que o envolve pela cintura.

– Já tomaste banho! – Começa por dizer. – Por que razão não me acordaste? – Faz beicinho. – Podíamos ter tomado banho juntos!

– Acordaste muito atrevida! Por que será? – Tenta disfarçar a sua irritação por não ser capaz de lhe dizer o que tinha decidido quando de madrugada saíra da cama.

– Em que pensas? – Pergunta, pois sente-o distante em relação à noite passada.

João volta a perder-se na paisagem que está para lá da vidraça.

Amélia sente a sua frieza. Olha para o seu corpo nu. Envergonhada pela sua infantilidade tapa-se com os braços. Solta-se do corpo que enlaçara com as pernas. Corre para o tapete, de onde alcança as suas peças de roupa. Veste-se para cobrir a sua vergonha e a sua tristeza.

João observa-a pelo canto dos olhos. Percebe a tristeza de Amélia mas nada diz. Limita-se a acender novo cigarro. Está convencido que Amélia deixará o quarto sem nada dizer.

Contrariando o que julgava que a esposa fosse fazer, Amélia dirige-se para ele, pega-lhe no rosto sisudo beija-o nos lábios.

– Ontem à noite não foste só tu que me ficaste a conhecer, também eu fiquei a conhecer o efeito que tenho sobre ti. – Afirma com coragem. – Foste tu que me mostraste, lembras-te? – Respira fundo para suster as lágrimas. – Cada vez que nos aproximamos, no dia seguinte rejeitas-me, porquê João? – Inquere olhando bem no fundo dos olhos castanho-terra.

João desvia o rosto. Nada responde.

– Não vais dizer nada? – Volta a insistir. – Sei que me rejeitas por sentires que me queres demasiado. Não vais conseguir demover-me do amor que sinto por ti. – Com a ponta dos dedos tenta enxugar as primeiras lágrimas que teimam em deslizar. – Não depois do que se passou aqui. – Assoa o nariz com a ponta dos dedos. Aponta para a tenda e para o tapete felpudo. – Agora sei que me afastas porque tens medo que também te faça sofrer. – Revelando uma compreensão fora do comum e, com a qual João não contava, beija-o novamente com mais intensidade ainda. – És meu marido. Vou lutar até ao limite das minhas forças para te provar que sou digna do teu amor. Não contes que desista... para já. – Novo beijo, mas agora de despedida. – Vou tomar banho. Caso não vejas inconveniente vou dar ordens a Maria das Dores para regressarmos ao Monte das Tílias ainda hoje. Preciso de ver Isabelinha, posso contar contigo?

– Claro que sim. – Limitando-se a responder secamente à última pergunta.

Com fingida segurança caminha para a porta. Para, olha mais uma vez para o quarto como querendo gravar na memória cada pormenor do que ali se passara. Repara que João olha para si.

– Obrigada pela noite mais maravilhosa da minha vida. Foste um marido atencioso e um amante extremoso. Espero que também eu tenha correspondido às tuas expetativas. – Diz com intenção de lhe avivar as palavras e as carícias trocadas na noite anterior. Roda sobre os calcanhares e prepara-se para sair.

A lembrança das emoções vividas na noite anterior e o ver Amélia sair cabisbaixa do quarto fazem com que João repense o que tinha decido durante a madrugada quando o fantasma de Antonieta lhe atormentara as ideias.

Corre em seu alcance, segura-a pelos ombros e suplica-lhe:

– Não me abandones, Amélia. Doí-me saber que preciso da tua companhia. – Levando as mãos à cabeça reconhece. – Dá-me o teu amor. Só ele poderá proteger-me dos fantasmas do passado. – Pega-lhe nas mãos e volta a beijá-las como que pedindo não só perdão mas também ajuda. – O maior pecado de Antonieta foi condenar-me a esta desconfiança eterna. Cura-me, Amélia. Cura-me desta maldição que me secou o coração. – Suplica quase de joelhos.

– Oh João levanta-te! – Pede-lhe também ela já curvada e comovida. – Só tens de parar de lutar contra o que sentes. Vamos viver o presente, um dia de cada vez. – Fá-lo erguer-se. – Tens de confiar em mim. Tens de contrariar esse medo que sentes de seres traído novamente. Calculo que não seja fácil, por isso deixa que te ajude com o meu amor.

– Ainda hoje me pergunto como foi que te apaixonaste por mim, depois de tudo o que te disse... – Lamenta-se.

Amélia encolhe os ombros, dando sinal que está extremamente sensível com o rumo da conversa. Decide pôr-lhe um ponto final.

– Vou tomar banho e depois o pequeno-almoço. Fazes-me companhia? – Pergunta sem pensar muito bem no que acabara de dizer.

– Queres que vá tomar banho contigo? É um convite? – Repete João já com os olhos cintilando.

– Não, desculpa. O convite é apenas para o pequeno-almoço. – Esclarece a confusão. – Desculpa mas estou a precisar de estar um pouco sozinha. Mas só isso. – Garante ao ver desalento estampado no rosto do esposo.

– Aceito o convite. – Fica pensativo durante uns breves segundos, como que querendo dizer mais alguma coisa. – E que tal, depois, irmos passear com os gémeos até ao passeio público. Pela tardinha regressamos ao Monte das Tílias.

– Boa ideia. – Expressa com voz animada por ver que conseguira que João se rendesse ao seu amor, por agora.

*****

A animação dos gémeos com a revelação de irem, como a família, dar um passeio provocou tal frenesim que o pequeno-almoço de João e Amélia demorou o tempo estritamente necessário para ingerirem apressadamente uma chávena de café fervido e pão quente barrado com manteiga caseira.

Para que a governanta pudesse ficar a providenciar os preparativos do regresso ao Monte das Tílias, Amélia oferecera-se para ela própria tomar conta dos gémeos. Durante a refeição pedira ajuda a João para, encontrarem uma forma de Isabelinha ir ter com eles ao Passeio Público. Entre os dois, várias hipóteses foram alvitradas. A que se afigurara como a mais viável fora a de um empregado ir até a casa de Barbosa e, caso encontrasse Isabelinha sozinha, lhe pedisse para ir ter com a irmã à Cascata, ao cimo do Passeio Público.

Ainda o casal não havia saído de casa com os gémeos já o empregado regressara com notícias do seu bem-sucedido encontro com Isabelinha. Segundo as suas próprias palavras não houvera a necessidade de entrar em casa de Barbosa uma vez que ao passar pela Fonte Nova dera com a criança que já se encontrava a brincar na rua.

Satisfeito pelo plano ter resultado, o casal saíra do palácio já a manhã ia a meio.

Amélia segue à frente com uma criança de cada lado, seguras por uma mão jovem mas experiente.

João segue atrás deliciado pela hipótese, que lhe é oferecida, de mais uma vez poder testemunhar o afeto que liga aqueles três. Aproveita e aprecia também a elegante silhueta da esposa, que naquele dia primaveril de maio optara, e bem, por um vestido de fazenda às riscas azuis e brancas, de linhas retas e justas. Os braços estão cobertos por um cardigã de cor branca. Na cabeça uma *capeline* azul escura de onde o ruivo de cabelo salta à vista.

Ao perceber que a atraente figura da esposa não passa despercebida aos transeuntes que vão encontrando na rua, João sorri para si próprio por saber que aquele corpo e aquele coração lhe pertencem.

Amélia alheia aos pensamentos do marido e aos olhares que seguem o seu rasto vai combinando com Dinis e Beatriz os próximos passeios no Monte.

Quando passam pela árvore do Rossio, ponto de encontro obrigatório para os homens cujo negócio vive da lavoura, João detém-se à conversa com um grupo de homens pançudos, de largas e farfalhudas patilhas que, pelos modos de fala e vestimenta, Amélia conclui tratarem-se de lavradores endinheirados.

Discretamente, aguarda que o esposo conclua a sua conversa, sentando-se num banco de madeira que rodeia o largo tronco do majestoso plátano. As crianças fazem-lhe companhia. Olha para a distinta figura de João Morgado, que naquela manhã preferira vestir-se de forma menos tradicional, com um fato cinza escuro xadrezado com linhas cinza claras, onde se destacam os ombros largos e rectilíneos. Por baixo uma camisa branca de golas altas, rijas e pontas arredondadas. Ao pescoço uma gravata nos mesmos tons de cinza do fato. A cabeça está coberta por um elegante chapéu cinza. A pele morena reluz por se ter livrado da barba de vários dias. O cabelo bem curtinho e as patilhas bem aparadas dão-lhe um ar mais citadino do que rural.

Enquanto conversam Amélia apercebe-se que os homens, a quem João se juntara, olham para si. Todos tiram o chapéu para cumprimentar a esposa do mais endinheirado lavrador do Alentejo. Amélia retribui a cortesia com um discreto sorriso. João retribui-lhe também o gesto.

Dali a momentos, já quando as crianças começam a dar sinal de estarem saturadas de esperarem pelo pai, João vem fazer-lhes companhia. Juntos caminham até ao Passeio Público da cidade.

Quando entram na alameda, ladeada por árvores de grande porte, que vai confluir na Cascata, Amélia solta as mãos pequenas e gorduchas dos gémeos. Antes, porém, fizera-lhes prometer que se manteriam por perto. Uma fila de bancos de madeira segue dos dois lados.

Contente por poder, finalmente, ter toda a atenção da esposa, João oferece-lhe o braço direito para que caminhem juntos. O passeio é frequentemente interrompido por saudações ou simples gestos de cabeça.

O casal passa pelo coreto onde nos fins de semana as bandas animam as tardes dos portalegrenses. Dinis e Beatriz sobem os poucos degraus e correm um atrás do outro, soltando risadas de alegria. Amélia vai até junto do gradeamento e tenta agarrar as pernas gorduchas que os calções e a o vestido branco deixam a descoberto. Os três sorriem com a brincadeira simples. João segue-lhe o exemplo.

Finda a brincadeira, as crianças descem as escadas e procuram, cada uma por si, o colo de Amélia ou de João. Riem os quatro caminhando para a Cascata que já se vê a poucos metros. Descansam num banco de madeira que se encontra perto da magnifica magnólia. João cola-se mesmo ao lado da esposa.

– Obrigada! – Agradece sem introdução.

– De quê? – Pergunta por não perceber muito bem o que o esposo agradece.

– Nunca tinha vindo passear com os meus filhos para o jardim. – Admite em segredo.

– As crianças precisam da tua presença. Já basta... – Interrompe o que ia dizer.

– Nunca tinha pensado nisso. Tenho sido um egoísta. Só tenho pensado em mim. Os meus filhos têm sido criados por Maria das Dores e pela ama... – Conclui ao vê-los correr em volta do banco onde está sentado com Amélia. – Nos últimos três anos refugiei-me nos negócios alimentando a minha sede de vingança.

– Mãe Amélia vamos até à Cascata? – Pede Beatriz sempre mais afoita.

– Claro que sim, meus amores. – Concorda beijando cada uma das faces rosadas dos gémeos. – Vamos lá ver se vemos os peixinhos vermelhos. – Desafia.

Os gémeos seguem em passo de corrida para junto da imponente fonte em que culmina o Passeio Público.

Amélia, que apenas ali estivera uma única vez, aproveita a oportunidade para apreciar a espetacular obra de arte que é a Cascata.

A parte central da construção, um molho considerável de pedras erigido a uns três metros do chão e ornamentado pelo verde de plantas aquáticas é ladeado por quatro estátuas de deusas mitológicas, que também elas se tornam, pela sua dimensão, peças centrais da construção. Duas das deusas foram emolduradas num arco celestial construído no mesmo resistente material.

O nome da construção advém da água que, brotando do cimo do molho, como se de uma nascente se tratasse, vai saltitando de pedra em pedra, regando as plantas até se juntar num lago rente ao chão.

De cada um dos lados, entre o molho de pedras e as estátuas, uma levada de água corre também rumo ao lago delimitado por pedras toscas, criando um muro onde as crianças gostam de contemplar os peixes vermelhos que para cá e para lá abrem a boca soltando bolhinhas e apanhando pequenas migalhas de pão.

O espaço à retaguarda da Cascata está coberto pela sombra de uma magnífica árvore de grande porte. Lateralmente as escadas permitem o acesso de quem venha da praça de touros, que se encontra mesmo por detrás.

É para esse muro de pedra que Dinis e Beatriz correm. Amélia segue apressada atrás deles, não vá alguma das crianças cair para o lago.

Enquanto Dinis e Beatriz se entretêm, ora chapinhando na água, ora correndo um atrás do outro, Amélia senta-se à sombra de uma palmeira de média dimensão, no banco circular de alvenaria construído como prolongamento da Cascata.

João ficara para trás à conversa com um grupo de homens, que pelo modo de vestir, considera Amélia, tratar-se de um grupo de intelectuais.

Do local onde está sentada, vai zelando pela segurança dos gémeos e aguardando, já ansiosa, a chegada da meia-irmã. O que não tarda. Por entre os canteiros verdes coloridos de flores vermelhas e amarelas a figura franzina de Isabelinha surge meia apreensiva à procura de um rosto conhecido por entre a meia dúzia de amas e de mães, que também elas passeiam as suas crianças.

Amélia ergue-se do banco e num gesto discreto acena para lhe indicar o local onde está. Isabel corre para a irmã que vai ao seu encontro, eleva-a no ar, abraça-a com ternura reforçada, beijando-lhe os cabelos que ainda cheiram ao banho tomado no dia anterior no palácio. Beatriz e Dinis vão fazer-lhes companhia.

Assim, sentadas no banco de alvenaria ou em pé, Amélia quer saber como correra o seu regresso a casa.

– O teu pai ontem ralhou-te muito? – Pergunta ao sentá-la no seu colo.

– Sim. – Responde a pequena criança.

– Mas… bateu-te? – Hesita, pois tem medo de ouvir a resposta.

– Não. – Responde cabisbaixa.

– Não?

– … deu-me só um pontapé… e gritou o caminho todo – Confessa a medo.

– Oh, meu anjo, doeu muito? – Afaga-lhe os cabelos escuro.

– Ehhhhh – Responde encolhendo os ombros.

– Olha para a mana! – Pede com doçura. – A mana ainda hoje vai ter de voltar para o Monte. – Vai informando sempre estudando-lhe o rosto. – Mas venho visitar-te assim que possa, está bem? – Como se apercebe que a pequena criança está prestes a ter um ataque de choro aperta-a maternalmente contra o peito. – Pronto, meu anjo, não fiques triste. – Vai beijando-lhe as faces e acariciando-lhe os braços desnudados.

– Leve-me consigo! – Pede fungando.

– Não posso! – Responde já emocionada também.

– É o seu marido? – Pergunta olhando para os gémeos que não param de brincar à sua volta.

– Isabelinha, a vida dos adultos é muito complicada. – Tenta não culpar Barbosa para que a criança não se revolte contra o pai. – Quando eu não poder vir, alguém virá trazer-te comida, roupa lavada e ver como estás. Está bem?

– Queria tanto ir consigo… estou sempre sozinha… o pai e o mano só me ralham… – Desabafa entre soluços.

– Pronto… pronto… não chores mais. – Enxuga-lhe as lágrimas com um lenço de tecido que tira da sua carteira comprida. – Prometo que, quando puder, venho buscar-te.

– Promete? – Questiona olhando a irmã mais velha nos olhos.

– Prometo. – Confirma ciente que está a prometer quase o impossível, pois sabe que Barbosa mais facilmente venderia a própria filha às prostitutas do que autorizaria que fosse viver consigo. – Prometo. – Abraça-a para que não tenha que encarar novamente os pequenos olhos castanhos. – Agora vai brincar com os meninos, sim! – Tenta distraí-la para que não a veja chorar.

As três crianças vão brincando e cantarolando alegremente. Amélia continua atenta. Atenta ao que se passa junto dela e no grupo de homens com quem João descontraidamente conversa. De vez em quando este olha para si e sorri-lhe.

Do lado da alameda, por onde haviam subido até ao Passeio Público, uma figura feminina de cabelos escuros, vestida de saia rodada e camisa justa estampada, aparece como que de surpresa. Caminha para junto do grupo onde João se encontra.

Para seu espanto Amélia vê que se trata de Joana. A ama e amante, que havia sido expulsa do Monte das Tílias.

A primeira reação de Amélia é dirigir-se a ela e perguntar-lhe o que pretende. Mas não, decide ficar a ver o que Joana pretende fazer.

Inconvenientemente, a ex-ama aborda João. Apanhado de surpresa desculpa-se aos seus companheiros de conversa, afastando-se. Quase arrasta Joana por um dos braços. Amélia levanta-se para melhor poder assistir ao que se vai passar. Sem se ter dado conta, cerrara os punhos e franzira a boca. O coração galopa de ciúmes ao recordar a cena de vê--la quase nua a abrir-lhe a porta do quarto onde João, também nu, descansava do ato sexual. Engole em seco.

Contendo o ímpeto de se acercar de João, opta por tentar decifrar o que Joana estará a dizer ao esposo que o faz levar, nervosamente, as mãos à cabeça, retirar o chapéu, coçar o cabelo curto e a sacudi-la pelos ombros como que a questionando da veracidade do que lhe esteja a contar.

Amélia vê Joana a esconder o rosto com as mãos, simulando depois uma indisposição momentânea que a leva a desfalecer nos braços de João. Este olha em redor à procura do banco que se encontra mais perto.

Nessa fugaz procura, os olhos do casal encontram-se. Amélia continua a olhar na mesma direção, João roda a cabeça dando a entender a sua atrapalhação.

Amélia, que se desdobra em vigiar Dinis, Beatriz e Isabel e a observar o estranho encontro de João com Joana, sente-se cada vez mais nervosa por vê-los juntos. João e a ex-ama continuam a conversa que parece não levar a lado nenhum, pois este continua a gesticular. Acabando por se levantar abruptamente e num gesto, João manda-a embora. Amélia fica a observar a figura feminina cabisbaixa a abandonar o espaço do Jardim Publico.

Ele continua sentado no banco, de pernas afastadas, cotovelos apoiados nelas e a cabeça enfiada entre os punhos cerrados. Dali a uns instantes puxa de um cigarro que sofregamente consome.

Amélia, que já reunira as crianças, caminha para junto do marido não muito certa se será o melhor a fazer.

– Está tudo bem? – Pergunta quando se acerca do corpo vergado do marido.

– Nem por isso. – Admite com voz sumida e feições taciturnas. Acende outro cigarro. O tremor das mãos chama a atenção da jovem esposa.

– O que queria ela? – Inquere, não conseguindo disfarçar a sua curiosidade.

João encolhe os ombros, levanta-se, dá uma última passa no cigarro e atira a beata para bem longe, expressando a sua raiva.

– Já reparaste que os gémeos nem vieram cumprimentá-la? – Observa tentando ignorar a questão de Amélia. – Nem ela perguntou por eles! Como pude ter esta mulher cinco anos a cuidar dos meus filhos. Diz-me Amélia? Cuida deles desde que nasceram... antes mesmo de ... – Olha para as crianças, que de cabeças erguidas escutam toda a conversa. – Deixa p'ra lá. Vamos andando para casa. – Dá o assunto por encerrado ao iniciar o caminho de regresso.

*****

Amélia seguira-lhe os passos pouco conformada com mais um segredo do marido.

O caminho para casa fizera-se quase em silêncio. Os adultos, envoltos nas suas preocupações, nada disseram um ao outro e as crianças, porque vão cansadas das brincadeiras no Jardim Público, ameaçaram com birras.

Quando já iam chegando ao palácio, Amélia já ensaiava as primeiras palavras com que se havia de despedir de Isabelinha, João voltara-se para ela e dissera-lhe que esta almoçaria com eles no palácio. Caso Barbosa aparecesse a pedir explicações logo se decidiria como resolver a situação. A garota dera pulos de contente e a irmã ficara aliviada, pois seria um dia a menos que Isabelinha estaria sem comer.

João refugiara-se na sala de despacho, Amélia no seu quarto, até à hora em que fora combinado que o almoço seria servido.

Terminado o almoço, algumas criadas trataram de acondicionar toda a bagagem que haviam trazido mais uma mala com as compras de Amélia, no supermoderno Mercedes Nurburg. Uma delas ficara encarregue de levar Isabelinha até perto de casa. A despedida tinha sido dolorosa para ambas, mas Amélia lá a conseguira convencer com redobradas promessas de que assim que fosse possível viria visitá-la. Entre choros e abraços as irmãs despediram-se.

Estava esta tarefa prestes a ser concluída, quando João procura a esposa que se refugiara no seu quarto depois da dolorosa despedida da meia-irmã, para a informar que irá para o Monte das Tílias a cavalo. Justifica-se dizendo que precisava de passar por uma das suas herdades, que calha em caminho. Tal ideia agradou igualmente a Amélia, que sem se ter dado conta, lhe pedira para também ela ir a cavalo e fazer-lhe companhia. Era sua intenção tentar descobrir por que razão a conversa com Joana o deixara tão perturbado. Surpreso por a esposa não se importar com o desconforto da viagem, João acabara por concordar, pois também lhe parecera boa ideia ter a companhia da esposa no caminho de regresso.

Com as malas já quase todas arrumadas na bagageira interior e exterior da viatura, Amélia vai até junto da governanta e pede-lhe que da sua mala retire as novas calças e botas de montar.

*****

O casal fica a ver o Mercedes partir. Entre desejos de boa viagem, beijos lançados para o ar e acenos de mão Amélia despede-se das crianças e da governanta. Já mais comedido João limita-se a estar presente e a beijar as faces dos filhos pouco antes de a viatura iniciar a sua marcha de regresso.

O casal entreolha-se e sorri, por ambos saberem que, para eles, a viagem ainda não começara.

Ainda na calçada que dá acesso à escadaria de mármore que conduz ao piso superior do palácio, João enlaça Amélia pela cintura e beija-a terna e demoradamente. Ela retribui-lhe mas não quer deixar escapar a oportunidade de satisfazer a curiosidade.

— O que foi que ela te disse para ficares tão transtornado? — Pergunta referindo-se ao encontro com a ama. Beija-o nos lábios sedutoramente.

— Não te preocupes! É um assunto que só eu poderei resolver. — Esclarece beijando-a na testa. — E vou resolvê-lo de uma vez por todas. Estou farto de ter o passado a perseguir-me. — Conclui com tanta amargura que Amélia sente um aperto no coração. Um género de premonição.

— Que vais fazer João? Diz-me o que te contou ela! Diz-me. — Suplica preocupada com as fatalistas palavras que o ouvira pronunciar.

— Esquece o assunto. — Ordena soltando a esposa dos seus braços. — Vai-te vestir! Espero por ti nas cavalariças.

— Lá estás tu a afastar-me! — Reclama à medida que vai subindo a escadaria.

Amélia vem encontrar João perto dos cavalos que os conduzirão até ao Monte. À medida que caminha para ele sente o olhar avaliador que quase a despe. O coração salta-lhe para a boca e cora de embaraço.

— Deixa-me olhar para ti! — Pede num tom atrevido pegando-lhe numa das mãos. — Nunca pensei que uma mulher pudesse ficar sensual de calças. Modernices! — Gaba fazendo-a dar uma volta sobre si mesma. Sorri matreiramente. – Ficas bonita de qualquer maneira... com roupa... ou sem ela. – Reconhece ao estudar atentamente a silhueta esbelta da esposa, perfeitamente visível pela blusa e as calças justas de montar. As botas cardadas de pele, de cano alto, atadas de lado dão a Amélia uma aparência de verdadeira esposa de lavrador.

– És um atrevido, isso sim! Estás sempre a cobrir-me de mimos. – Decide entrar na troca de piropos para desanuviar a tensão gerada pelo encontro com Joana. – És um sedutor nato.

– A conversa está muito interessante mas se continuamos aqui não vou ter outra alternativa senão a de te arrastar para um dos estábulos e ...

– Não pensas noutra coisa... – Finge-se chocada.

– E tu, em que pensas quanto te tomo assim nos meus braços? Em que pensavas quando esta manhã te atiraste a mim toda nua, hã? – Confronta-a com as suas próprias atitudes.

– Pensava numa maneira de saber no que pensavas quando me abandonaste na nossa primeira noite. – Contrapõe fitando-o atentamente nos olhos. – És um esposo demasiado misterioso, João, sabes disso, não sabes?

– Apenas não quero essa cabecinha ruiva preocupada com os meus problemas. – Argumenta em tom paternal afagando-lhe os cabelos.

– Brummmmmmmmmm não consigo conversar a sério contigo. – Admite, fazendo um esforço para não se zangar.

– Amélia vamos embora? Está a fazer-se tarde para a volta que preciso dar. – Informa na tentativa de mudar de assunto.

– Estou pronta, podemos partir assim que quiseres. – Diz entre dentes aborrecida por, mais uma vez, João ter conseguido escapar às suas perguntas.

– Obrigada pela tua compreensão. – Agradece de forma emotiva beijando-a humidamente nos lábios. – Vamos!

Amélia apoia-se com mãos firmes na sela da sua montada para que consiga dar o balanço necessário para, de uma assentada, se sentar na garupa do belo animal. O movimento das pernas e das coxas despertam a dor adormecida que lhe recorda a sua primeira entrega. Perante a dor causada pelo peso do corpo sobre os quadris Amélia franze todos os músculos faciais e morde o lábio. Solta um gemido de dor.

– Ainda estás dorida? – Pergunta João manifestamente preocupado por ver o esforço que a esposa fizera para se sentar na cela.

– Já passa... – Diz mais para se convencer a ela própria do que ao esposo.

– Espera aqui um pouco que já volto. – Fala ao mesmo tempo que lhe acarícia um dos joelhos colados ao ventre do animal.

Amélia fica a ver João a entrar na zona da cozinha. Dali a pouco tempo vem acompanhado por uma das empregadas, que experientemente transporta, numa pequena bandeja de prata, um copo com água e uma pequena embalagem cujo conteúdo Amélia desconhece.

– Toma este comprimido. É um analgésico. Vai ajudar-te a suportar melhor a viagem a cavalo. – Ordena docemente. – Se me tenho lembrado não tinha concordado que me acompanhasses.

Amélia aceita o que lhe é oferecido e agradece simpaticamente à criada.

– Vamos andando mais devagarinho até que o comprimido faça efeito. – Sugere não conseguindo disfarçar o sorriso que lhe ilumina o rosto.

João sobe para a garupa do seu Alter Real e toma a dianteira, Amélia, com estalinhos de língua, ordena à sua montada que inicie a marcha.

"Coragem Amélia, vais ter oportunidade de conversar com ele. Vais ter um bom par de horas para tentares descobrir o que Joana queria. Quem sabe se também te conte a razão do ódio que sente pelo Barbosa... Que pecado tão grande terá cometido Antonieta? Oh meu Deus, tantos mistérios! Por que razão terá dito Barbosa que mesmo depois de casada terei de fazer o que me mandar? A cabeça e a vida deste homem é um enleio. Credo!"

À medida que os cavalos, a comando dos seus cavaleiros, se deslocam num passo calmo pelo caminho de terra batida que os conduzirá até ao Monte das Tílias, Joana recorda a primeira vez que por ali passara, e como a sua relação com João evoluíra desde então, há já quase vinte dias.

João sente-a pensativa, ordena ao seu Alter Real que pare, segura os arreios da montada da esposa e em bicos dos pés sobre os estribos, onde faz força para suster o seu corpo, debruça-se e beija-a suavemente.

– Sei em que pensavas. – Afirma. – Acredita que a minha vida também mudou muito desde que te encontrei naquele dia… – Confessa. Ordena aos animais que reiniciem a sua marcha. – Como te sentes?

– O comprimido já deve estar a fazer efeito, pois não sinto dor nenhuma. – Suspira profundamente, remexendo-se na sela para se certificar que a dor funda tinha sido camuflada pelo efeito do analgésico. – Obrigada pela tua preocupação! – Responde emocionada, ainda presa às memórias do passado e à forma arrebatadora com que se apaixonara pelo esposo a quem tinha sido vendida.

Os animais continuam o seu passo elegante e certeiro originando um balanço de ancas aos cavaleiros que não passa despercebido aos olhos de João. Propositadamente, deixa-se ficar para trás para poder deleitar-se com a sincronia entre o andamento da égua que Amélia monta e o corpo feminino. Animal e cavaleira parecem uma só. A postura reta de uma termina na postura reta e elegante da outra. Os movimentos dos quadris da égua são correspondidos pelos mesmos movimentos em Amélia. A cumplicidade entre as duas é tal que até o sacudir da cauda da égua é reproduzido pelo balançar do rabo de cavalo com que Amélia prendera os ondulados cabelos ruivos.

João sorri de si por estar a apreciar sorrateiramente a figura da esposa. Não consegue evitar a excitação que lhe causa o balanço que o corpo da esposa faz em cima do lombo do cavalo. Do bolso do colete castanho com costas xadrezadas, retira o lenço branco (com o monograma "JM" bordado) e limpa o suor que lhe escorre pela testa, não devido ao calor do sol, mas ao calor que lhe nasce nas entranhas.

– Sei muito bem o que estás a fazer aí atrás. – Avisa Amélia, olhando pelo canto do olho. – E não acho que seja uma atitude muito cavalheira da tua parte. – Constata.

Tentando disfarçar a atrapalhação por ter sido descoberto pela esposa, João ordena ao seu cavalo que acelere o andamento para que se coloque lado a lado à égua que Amélia monta.

– Estamos quase a chegar a uma das minhas herdades. Estás a ver aquela tabuleta? Viramos já ali à direita. – Informa apontando para uma tabuleta de madeira onde o nome da herdade fora gravado a ferro quente.

Amélia confirma com a cabeça.

Assim que se aproximam da tabuleta Amélia vê a edificação que na sua primeira passagem por aquele caminho tanto a intrigara: a construção rectilínea que cresce desmensurada em direção ao céu.

– Vamos para ali? – Quer saber apontando para a torre de pedra.

– Sim. – Confirma João. – Construção interessante, não?

– Foste tu que mandaste construir aquilo? – Pergunta pois surge-lhe a ideia que talvez pudesse ser mais uma das excentricidades da falecida esposa.

– Não. – Sorri como se lhe tivesse lido os pensamentos. – Já cá estava quando comprei a herdade. Segundo contam, quando a luz pública foi inaugurada em Portalegre, o dono da herdade mandou construir a torre para que em noites de lua cheia a amante, que aqui estava escondida da esposa e demais comunidade portalegrense, pudesse ver as luzes da cidade de Portalegre. – Dá um sorriso forçado. – Os homens fazem grandes disparates quando estão cegos de amor. – Ironiza.

– Tal como tu estavas quando mandaste construir o castelo no Monte das Tílias? – Inquere suavemente.

– Tal como eu estava quando mandei construir o castelo. – Admite cabisbaixo.

Os cavalos continuam a sua marcha pelo caminho que agora os conduzirá até à Herdade da Torre. Este encontra-se delimitado por um baixo muro de pedra e carvalhos negral, que por esta altura do ano estão cobertos de pequenas folhas verde-claro recortadas e cobertas de penugem.

Do ponto onde se encontram, um nível superior em relação ao aglomerado de construções brancas que foram edificadas na suave encosta que culmina numa charca, João ordena aos animais que parem para que Amélia possa apreciar a paisagem.

Para além da invulgar torre que se encontra do lado direito, da casa principal e outras habitações secundárias que se encontram de fronte, a paisagem oferece um imenso pomar de árvores de fruto cobertas de flores claras e perfumadas. Da charca vem o som cheio dos chocalhos dos animais que se dirigem para a última refeição do dia. Misturados ouvem-se, também, vozes masculinas que numa linguagem ancestral comunicam com os bovinos. Chegam também os latidos dos vários cães pastor que ajudam os vaqueiros na difícil tarefa de juntar a manada. À volta da charca os bezerros saltitam e estreiam-se nas primeiras marradas. Os pastos, que estão para lá da fronteira do vasto pomar, refletem um verde vivo iluminado pela intensa luz do sol.

– Aqui também é muito bonito. – Comenta após alguns minutos de silêncio por ter estado a apreciar a beleza dos campos. Sabe que João estivera todo esse tempo a observá-la. – Muito bonito mesmo.

– Dizes isso com sinceridade ou apenas para me agradar? – Sente necessidade de ser esclarecido.

– Terás de aprender a confiar naquilo que digo. – Responde sorridente, pois sabe que quer dizer muito mais do que aquilo que diz. – Vais ter de aprender a confiar. Se digo que gosto, é porque gosto. – Inspira e expira por diversas vezes.

– Nunca conheci uma mulher que soubesse apreciar estas paisagens. Muito menos, que gostasse de andar a cavalo por esta imensidão de campo e de pó. – Tenta explicar parte da sua dúvida.

– A tua primeira esposa não andava a cavalo contigo? – Roda o tronca para João.

– Não. Preferia ficar a dar e a ir a festas em Coimbra. – Confessa de dentes cerrados.

– E quando vinha ao Alentejo como passava o tempo? – Tenta disfarçar a sua enorme curiosidade olhando de novo para a paisagem.

– Pelos vistos a fazer o que não devia. – Cospe as palavras fitando o imenso azul do céu.

– Deduzo que estejas a insinuar que ela te traía com alguém. – Conclui com alguma hesitação. Um nervoso miudinho cresce no estômago. Sente o coração estrangulado de ciúmes por ver que a traição ainda perturba o marido. – Era alguém daqui?

– Foi com o teu padrasto. – Confessa finalmente. Continua a fitar a paisagem pois não quer que Amélia testemunhe a alteração das suas feições. – Antonieta traiu-me com Barbosa. Pronto, já sabes. Mas não foi só com ele.

– Como? – Grita de cima da sua égua. – O amante dela era o Barbosa? Como se conheceram? Como foi possível, aquele homem é nojento! – As suas feições refletem a repugnância que sente com tal descoberta. – Nessa altura já era casado com a minha mãe?

– Pelo que consegui descobrir o casamento com a tua mãe foi só mais um detalhe para levarem por diante o plano que tinham engendrado. – João quase que não pestaneja. Hirto em cima do cavalo prende com força a tira de cabedal que segura entre os dedos, que da força têm os nós brancos. – Mas não te escandalizes! No dia da sua morte confessou que Barbosa não tinha sido o seu único amante.

– Oh João, como pode ela fazer-te uma coisa dessas!??? – Lamenta ensaiando-se para saltar do lombo da sua égua para o lombo do Alter Real.

– Por ambição as pessoas são capazes de coisas monstruosas. – Atira para o ar.

– Antonieta morreu de quê? – Faz a pergunta inevitável. Mas tão baixinho que quase não se ouve, pois tem a certeza que João irá zangar-se.

– Já chega desta conversa! – Remata. A tez morena ganha uma tonalidade esbranquiçada e a boca retorce-se de remorsos. De seguida todo o rosto perde a expressão. Fica apático. Amélia não insiste apenas estende-lhe compreensivamente a mão.

– Que fazes? Não vês que os animais se podem assustar? – Ralha ao senti-la sentada sobre si, frente a frente. – Tens cada ideia!

Amélia mima todo o rosto moreno de beijos suaves e rápidos. João estreita-a na cintura agradado pela ousada iniciativa da esposa. Beija-lhe a curvatura do pescoço. Perdem-se com suavidade na boca um do outro. Com os lábios colados a uma das orelhas murmura:

Nunca seria capaz de te trair. Nunca! Tens de aprender a acreditar. – Garante com ternura. – Vou conseguir arrancar essa amargura que sentes no coração, vais ver! – Tenta tranquilizá-lo.

– Oh Amélia és tão doce, tão ingénua e tão rebelde... – Solta-lhe o rabo de cavalo. Esconde o rosto na imensidão ruiva. – Tu nem consegues imaginar as mudanças que o teu amor já provocou. Nem imaginas...não estava nos meus planos voltar a sentir-me tão atraído por uma mulher... – Prende-lhe o cabelo, puxa-a ligeiramente para trás devorando-lhe a boca. – Esse teu ar de deusa celta aquece-me o sangue, Amélia.

– Pergunto-me como pode um agricultor ser tão romântico! – Estuda-lhe o rosto.

– Já te esqueceste que estudei em Coimbra! – Relembra com um sorriso matreiro. – Segundo os meus pais, teria dado um excelente advogado porque tenho muito jeito com as palavras. E garanto-te que tinha muitas pretendentes. – Solta uma risada já mais descontraída. – Se não estivesses de calças possuía-te agora mesmo. – Declara com ardência.

Amélia sorri. A sugestão de João fá-la corar até à raiz dos cabelos. Ambos engolem em seco com a excitação que lhe escalda as partes íntimas. Abraçam-se com recíproco desejo. Assim ficam alguns minutos.

– Obrigada por teres confiado em mim. – Amélia toma-lhe o rosto por entre as mãos. – Mas sabes que um dia vou precisar que me contes tudo! Esta história agora também me diz respeito.

– Obrigada por me ouvires. – Retribui um pouco embaraçado.

– É este o caminho que vai dar à casa? – Pergunta com um sorriso. Prepara-se para regressar à sua montada.

– Sim, porquê? – Já desconfiado pela natureza do sorriso que vê estampado no rosto rosado e sardento. Pega-a pela cintura. Pousa-a no chão não vá o animal assustar-se com tantos movimentos. – Queres ajuda para subir?

Ainda não tinha terminado de dizer a última palavra já Amélia atiçara com as esporas a sua égua, que de forma desenfreada começara a galopar pelo caminho de carvalhos. Já refeito da surpresa, João atiça o negro Alter Real que em meia dúzia de passadas alcança e ultrapassa

Amélia. Fazendo um esforço para ignorar a moinha que sente bem fundo atiça ainda mais a sua montada para que alcance o raio negro que a ultrapassara.

Numa corrida acelerada, disputada entre equídeos e cavaleiros, o bater dos cascos, o bater dos arreios no costados e os gritos atiçadores ecoam pelos campos fora. Até as aves são afugentadas dos seus ninhos pelo passar da renhida disputa. Quando a construção da casa principal indica que já não há mais caminho para percorrer João sustem com firme astúcia as rédeas do seu cavalo. Por momentos vem-lhe à cabeça que Amélia, desconhecendo de todo o caminho, tenha dificuldade em fazer o mesmo. Mas não, logo atrás de si ela para a sua égua, soltando risadas de satisfação. De pés assentes no chão, João vai até junto dela e oferece-lhe os braços para a ajudar a descer.

— Foi uma corrida injusta. — Protesta de forma infantil. — Tu conheces o caminho e o teu cavalo é mais veloz do que a minha égua. — Desliza o corpo pondo-se a jeito para que o esposo a alcance pela cintura.

— Foste tu que me desafiaste. — Responde ao mesmo tempo que rodeando a cintura de Amélia a aproxima de si. — Essa tua juventude… essa tua rebeldia… deixam-me louco de desejo, Amélia. Não fosse ter o manajeiro à minha espera levava-te já para um dos quartos. — Estreita-a com força. Mergulhado nos olhos verde-esmeralda, que também lampejam de desejo. Beija os lábios quentes e carnudos da esposa. Amélia retribui enlaçando a sua língua na de João e os braços à volta do pescoço.

— Vamos ficar muito tempo? — Quer saber depois de ter recuperado o fôlego despendido na corrida e no beijo.

— Algumas horas. Preciso de dar uma vista de olhos à escrita da herdade e nos campos. — Informa. — De manhã mandei um empregado a informar da minha vinda. Podes ficar a descansar em casa enquanto trado desses assuntos. A caseira não é dada a grandes simpatias, mas vais ser tratada como dona da casa. Mostra interesse no que ela te disser.

— Não posso ficar contigo? — Oferece a sua ajuda pois sente curiosidade em saber como o marido gere a herdade, mais do que pelas lides domésticas da caseira.

— Não convém. — Responde surpreendido pela pergunta. — Não por mim. O manajeiro já é um homem de alguma idade. Não iria ver com bons olhos a presença de uma mulher numa conversa de negócios. Tenta compreender.

– Se é assim que tem de ser. Resta-me ter uma visita guiada pelo casarão... – Finge-se demasiada desapontada cruzando os braços.

– A minha esposa fica deliciosa quando amua. – Galanteia.

Quando se prepara para lhe beijar a ponta do nariz vê, pelo canto do olho, aproximar-se a caseira que devido à idade avançada se desloca com dificuldade.

Fazem-se as apresentações. A caseira olha desconfiada para as vestes nada femininas da patroa.

Tal como Amélia suspeitara, a mulher oferece-se para mostrar a casa e explicar-lhe como a gere e às demais empregadas.

João aproveita, despede-se da esposa e ordena à caseira que informe o manajeiro que estará à espera dele nas cavalariças para dar uma volta pela herdade.

Amélia passa o resto da tarde a ouvir as explicações da idosa caseira. Acaba por concluir que embora esta não seja a simpatia em pessoa gere com eficiência e dedicação os assuntos domésticos da herdade. A visita termina num agradabilíssimo lanche servido na estufa de flores exóticas que a velha senhora mantém com orgulho na parte central do pomar. O que pareceu de início vir a ser uma tarde enfadonha revelara-se uma agradável visita ao mundo feminino da herdade.

Sentada sozinha, na branca cadeira de jardim, uma vez que a caseira tivera que voltar para a cozinha para se dedicar à confecção da refeição dos ganhões[1] que haviam de estar a regressar dos campos, Amélia revê com calma a conversa que tivera com João.

"Como pôde a minha pobre mãe deixar-se enganar por um homem como Barbosa! O que terá visto nele uma mulher casada, da cidade, de boas famílias como Antonieta? Que plano teriam os dois? Será que percebi mal ou João deu a entender que ela tivera vários amantes? Oh meu Deus quando descubro um segredo aparecem outros... que situação. Qual terá sido a causa da morte de Antonieta? O que terá feito o João para Barbosa o conseguir obrigar a casar-se comigo? Terá morto Antonieta?"

---

[1] Aquele que vive do seu trabalho.

*****

O Sol já ameaça despedir-se dos campos quando João encontra Amélia deitada debaixo de uma laranjeira a dormir a sesta. Ainda uns metros afastado para e fica a contemplar a silhueta bem torneada da esposa, que deitada de lado sobre a manta de trapos, rodeada por duas almofadas dorme tranquilamente. Dirige o olhar para a zona do peito que compassadamente arfa. Um dos raios da luz amarelada do entardecer, que aqui e acolá penetram por entre as árvores de fruto, ilumina o cabelo ruivo solto sobre a manta. João julga mais uma vez estar a ter uma visão. Pousa sobre a terra ervada do pomar o cesto de piquenique que traz nas mãos decidido a ficar a vê-la, de longe, dormir. Porém o avolumar do membro não o deixa sossegar. De mansinho deita-se na manta, voltado de frente para ela. O cheiro doce da flor de laranjeira perfuma a zona envolvente. João sente uma vontade de despir aquele corpo que descansa mesmo ali colado ao seu. Com a ponta do dedo começa por lhe contornar a linha da testa, desce até à cana do nariz e entretém-se a desenhar com o indicador a linha dos lábios rosa. Leva uma madeixa dos cabelos ruivos ao nariz para lhe sentir o cheiro a rosmaninho. Com um caracol enfiado no dedo indicador beija-a com ternura húmida. Amélia geme, aconchega-se no braço que a sente rodear. João puxa-a para bem perto de si. Beija-a novamente e fica à espera que os olhos verde-esmeralda venham ao encontro dos seus. Enquanto aguarda vai beijando todas as partes do rosto. Os dedos atrevidamente irrequietos roçam no tecido da blusa justa na zona dos mamilos.

Dali a instantes, João é presenteado com o sorriso mais enamorado que vira alguma vez no rosto de uma mulher. Chegando mesmo a ser apatetado. Sorriem ambos. João rola o seu corpo para cima do da esposa. Agilmente fica por cima dela e, sem se lembrar que possam ser vistos por algum dos empregados, perde-se na boca e nos seios generosos.

De repente sai de cima dela. Pega-lhe numa das mãos e obriga-a a levantar-se.

– Tive uma ideia louca. Mas de certeza que vais gostar. És tão jovem e apaixonada. De certeza que vais gostar. – Diz eufórico – Anda daí Amélia.

– Mas ainda estou meio ensonada. Mas que homem este! Sempre com tantas ideias. – Barafusta ainda meio zonza pela forma com que fora levantada da manta. – Não estamos bem aqui?

– Anda, traz a manta e as almofadas, que eu levo o cesto do piquenique. – Caminha já a passos largos por meio das árvores de fruto.

– Mas porquê tanta pressa? Não podemos ir um pouco mais devagar. – Queixa-se por que as pernas ainda não acordaram.

– Para vermos o que te quero mostrar não temos muito tempo. – Espera por ela, dá-lhe a mão para que ande mais depressa. – Vá, anda e não resmungues.

Numa marcha verdadeiramente acelerada, João arrasta Amélia por uma das mãos. Ela atrás vai resmungando e tentando adivinhar para onde estará a ser levada. Rapidamente se vê à porta da insólita construção erguida em direção ao céu. João olha orgulhoso para ela e com o sorriso de orelha a orelha indica que o siga.

– Acredita em mim, a esta hora, nesta época do ano, vais ver que vai valer a pena o esforço de subirmos as escadas.

– Se é para voltar a ver esse riso sincero subo até ao céu ou mesmo até ao inferno. – Admite verdadeiramente rendida aos encantos do marido.

De mãos dadas sobem os quatro andares de escadas a um ritmo certo para que a respiração não falte a meio do percurso.

Como uma criança que segura a mão de um adulto, Amélia vai de quando em vez pressionando a mão que João lhe oferecera. Ele retribui o gesto da mesma maneira. Sorriem baixinho um para o outro. Quando pisam o último degrau os corações pulam do esforço despendido e de emoção.

Num quadrado de 25 metros de área surge um terraço coberto. Amélia conclui que acabara de chegar ao cimo da torre pois a brisa esvoaça-lhe os cabelos ruivos ondulados. À sua frente apenas vê um azul imenso que na linha do horizonte é quase branco.

– Não tenhas medo. É muito alto mas vale a pena, confia em mim. – Pede-lhe ainda de mãos dadas. – Vamos até ao parapeito. Confia em mim, sei que tens sensibilidade para apreciares o que te quero mostrar. – Por detrás abraça Amélia. A mão atrevida poisa na zona pélvica. Sente o tremor do corpo feminino. – Não tenhas medo. Vá, és a mulher mais corajosa que conheço. – Vai dizendo, dando pequenos passos em direção ao muro que lhe chega pelo peito. – Diz qualquer coisa...

– Não consigo! Não vês que estou demasiado surpresa! Estás louco em me arrastares para... – As palavras são substituídas por um grito abafado de admiração. – Oh, João, mas que lindo!!!...

Esquecendo-se completamente da altura em que está, Amélia olha estupefacta para a paisagem que João lhe colocara diante dos olhos. Que de tão surpresos abrem e fecham amiúde. Pela força da emoção crava as unhas nas mãos firmes que a seguram.

– Nunca pensei ver tal beleza. Oh João! – Admira-se hipnotizada pela paisagem.

Diante dos olhos Amélia, voltada intencionalmente para poente, pode ver um manto plano de vários tons de verde até à linha, visivelmente curva, do horizonte. A cúpula celestial, de um azul intenso quase escuro do lado nascente, ganha tonalidades de laranja junto da bola de fogo que timidamente se vai escondendo cada vez que pisca os olhos. A terra liberta-se do calor do dia dando a ideia de estar envolta por uma névoa protetora. De longe e de perto chegam os mais variados sons da natureza, até os de uma águia que procura, perto da torre, o seu alimento. Por entre o manto de sobreiro, azinheiras e oliveiras brilham espelhos de água.

Amélia solta-se dos braços do marido e percorre os quatro cantos do terraço. Em cada um fica o tempo necessário para gravar na memória cada cor, cada som, cada sombra, cada ruído, cada cheiro... João acompanha os seus movimentos verdadeiramente satisfeito por ver confirmada a ideia de que Amélia saberia apreciar a paisagem responsável pela sua paixão pelo Alentejo.

– Anda até aqui. – Pede-lhe com voz rouca que Amélia acata. – Foi por esta paisagem que me apaixonei. Aqui em cima parece que somos os deuses do universo, não é? – Confessa com voz emocionada. – Foi por ver isto que vim para o Alentejo.

Durante os minutos que o sol demora a pôr-se, o casal mantém-se fielmente abraçado. João por detrás, com o queixo apoiado no alto da cabeça ruiva, as mãos seguram com firmeza o corpo feminino contra o seu e uma das pernas entrelaçada na de Amélia. Esta treme com força do momento romântico e pela pressão que o volumoso membro faz contra as suas nádegas. Sente-se por demais húmida.

– É de tirar a respiração. Obrigada pela surpresa. – Agradece dando a entender que a qualquer momento as lágrimas começarão a nascer nos olhos.

– És a primeira pessoa que trago aqui acima. – Segreda-lhe ao ouvido. – Parte do que aqui vês é meu... – Corrige prontamente. – É nosso. – Beija-lhe os cabelos que esvoaçam ao sabor da tarde.

– Não acredito! Nunca tinhas partilhado este vislumbre do paraíso com ninguém? – Quer virar-se mas João não deixa. – Nem mesmo com Antonieta? – Pergunta incrédula.

– Não. Com ninguém. – Respira fundo. – Nunca tinha conhecido alguém com quem tivesse vontade de partilhar esta amostra do paraíso ... muito menos uma mulher com coragem e força para subir as escadas. – Admite soltando uma risada.

– Obrigada por me trazeres até cá acima. – Agradece aos soluços. O sol já quase se despediu da terra. Apenas uma larga pincelada de um laranja brilha envergonhada no local onde se pôs. – Não imaginas o significado que tem para mim saber que sou a primeira que trazes cá acima. – As lágrimas teimosas descem o rosto. O peito soluça de emoção. Continuam abraçados. A brisa que lhes arrefece os rostos leva-lhe também as lágrimas.

– Vá, não chores. – Pede com carinho. – Também não é para tanto. Agora que o sol já se pôs anda cá. – Solta-a. Ainda unidos pelas mãos João leva-a para o parapeito oposto onde a noite já espalhara o seu manto negro. – Olha naquela direção. – Diz apontando para o negro. – Aos poucos vais começar a ver os pontos luminosos. É a luz dos candeeiros públicos de Portalegre. São poucos, mas daqui a uns anos serão certamente mais.

– Quando vi esta construção achei-a feia, tenebrosa até. Mas realmente o homem que a mandou construir tinha de estar muito apaixonado pela sua amante. – Observa ainda com os olhos rasos de água. Sem medo, volta as costas à escuridão e tenta encontrar os olhos castanhos. – Amo-te. – Declara com a boca colada à do marido. Sente-o desviar-se pela surpresa da palavra. – Não te desvies. Seria impossível não te amar com tudo o que me mostras, que me fazes sentir e que me dás... não me refiro às roupas e outros acessórios.

João permanece quieto dando a entender estar incomodado pela revelação da esposa. Esta continua a beijar-lhe o rosto e as mãos.

– Não fiques tenso. Não estou à espera que digas o mesmo. Tens sido muito sincero comigo. Sei o quanto me desejas, para já isso basta-me.

A lua cheia vai iluminado o céu e o interior do terraço. Lado a lado enlaçados pelas cinturas os corpos rendem-se finalmente ao desejo que fora despertado pelo encontro na cavalariça. João vai até ao cesto do piquenique e de lá retira um pequeno candeeiro a petróleo. Retira a chaminé de vidro fino, risca um fósforo e com ele deita fogo à torcida embebida no líquido avermelhado. O espaço junto ao chão fica iluminado. Estende a manta e atira as almofadas para cima. Amélia continua presa à luz de prata que ilumina o negrume da noite. Sente-se novamente enlaçada pelo esposo que lhe desvia os cabelos do pescoço para que nele possa tomar o seu sabor. As mãos massajam os mamilos retesados. Eleva-a ao colo, aconchega-a contra os peitorais. Dobra um joelho e depois outro, com delicadeza deita-a sobre a manta de trapos. João junta-se a ela sem nunca se terem desprendido do olhar um do outro.

– Ainda estás muito magoada? – Quer saber antes de iniciar as carícias que a levarão ao píncaro do prazer.

Amélia encolhe os ombros envergonhada.

– Vou libertar-te da roupa. Estou desejoso de ver este corpo alvo iluminado pela lua cheia.

João começa por lhe massajar as solas dos pés. Amélia fica a ver a delicadeza com que o faz. Depois com a língua vai tomando-lhe o gosto de todas as suas curvaturas e esconderijos. Primeiro Amélia fica horrorizada com a ousadia do marido em saborear-lhe as partes mais íntimas. Mas perdida no prazer que as carícias lhe provocam, o grito com que se preparava para expressar a sua relutância resulta apenas em gemidos soltos cada vez que sente a língua na sua intimidade. De vez em quando os olhares encontram-se. João continua a sua degustação ascendente. Quando sente que Amélia não aguentará por muito mais tempo a excitação que a faz contorcer, brinca com os lábios nos mamilos retesados ao mesmo tempo que a mão lhe excita a vulva. Louca de prazer, liberta abafados gemidos até que João lhe pede, em voz rouca, que grite o seu nome. Não resistindo a todas as carícias mais ao pedido, Amélia grita com quantas forças que ainda lhe restam no momento em que, desvairada pelo prazer, estremece o corpo libertando a excitação que a consome.

– JOÃO. JOÃO. AMO-TE. AMO-TE. – Já esgotada abraça-se ao tronco nu e murmura baixinho esvaziando todo o ar que ainda lhe resta. – Amo-te.

– Anda cá. – Pede também ele comovido pelas sinceras palavras soltas no momento do êxtase. – Enrosca-te a mim. Estás bem? – Estuda o rosto que escalda de satisfação.

– Sim. – Responde envergonhada por João tê-la feito gritar daquela forma.

– Será que és capaz de me acariciar até que me deixe vir? – Pergunta-lhe junto ao ouvido. – Ainda estás muito dorida.

– Se me ensinares farei tudo para que possa retribuir o prazer que me deste. – Deixa que seja o coração a responder e não os preconceitos moralistas.

– Dá-me a tua boca e acaricia-me aqui com as tuas mãos. – Mostra-lhe o membro avolumado e hirto. – Estou tão excitado que não será preciso muito mais. – Tranquiliza com atrevida doçura.

Amélia entrega-lhe a boca. Com alguma hesitação leva a mão ao pénis do marido. Este sentindo-a envergonhada coloca por cima da mão feminina, uma das suas mãos, ensinando-lhe que movimentos fazer e a dose da pressão certa. Há medida que as carícias aceleram de ritmo João vai soltando gemidos de prazer acabando por libertar a mão de Amélia para que seja ela sozinha a conduzi-lo à explosão do líquido e do prazer.

Amélia sente, com uma mistura de repulsa e excitação, o líquido viscoso e morno a escorre-lhe pelas mãos. Procura a boca e os olhos do marido para que consiga terminar as carícias. Já aliviado da pressão que o conduzira à perdição completa, estica-se para alcançar de dentro da cesta do piquenique um guardanapo de pano, para que Amélia se limpe.

Com os corpos entrelaçados os dois amantes dormitam com um sorriso estampado no rosto. À medida que os corpos relaxam a respiração retorna ao ritmo normal.

– Estás com fome? Eu estou. – Veste-se. – Vou puxar a cesta aqui para junto de nós. – Olha para Amélia e surpreende-se por vê-la abraçada à sua nudez. – Que tens? Estás tão quieta? Porque estás assim encolhida?

– Não é nada de especial. – Responde tentando alcançar as suas roupas sem expor o corpo.

– Que se passa Amélia? Aleijei-te? Diz-me o que se passa. Porque estás assim tão encolhida? – Insiste já debruçado sobre ela.

– Nada. – Responde tentando esquivar-se ao contacto do marido.

– Não mintas. Não sabes como fazê-lo.

– Estou apenas envergonhada, só isso. – Responde mesmo muito baixinho.

– Oh Amélia. Desculpa. Desculpa o meu entusiasmo. Desculpa se te choquei. – Abraça-a com afeto. – No calor do momento esqueci-me da tua pureza... desculpa se te sentiste pressionada a fazer o que não querias.

– Nunca pensei que pudesse ser tão forte... tão arrebatador... tão intenso... é tudo tão mais avassalador do que imaginava... naquele momento parece que serei capaz de fazer tudo o que me pedires... que vergonha... – Esconde o rosto por detrás das mãos e do manto de cabelos ruivos.

– Anda cá. A força do sentimento que tens por mim é que te faz pensar que serás capaz de fazer tudo para me agradar. Sei bem o que sentes. – Admite. – O que acabamos de fazer é normal na intimidade de um casal. As pessoas não falam é disso. – Levanta-se e serve um copo de vinho. – Bebe! Vai acalmar-te um pouco. – Procura os olhos verde--esmeralda por entre as ripas ruivas da franja. – Deixa que te ajude a vestir.

Amélia bebe o vinho como que se de água se tratasse. Sente o calor do álcool a escorrer-lhe pela garganta e a assentar-lhe no estômago vazio. Faz uma careta.

João pega nas roupas femininas. Veste-lhe a roupa interior, depois a camisa e por último, com calma, enfia um pé e depois o outro nas pernas das calças que puxa até ao joelho. Amélia levanta-se, termina de vestir o par de calças. João ampara-a pelos ombros.

– Abraça-me apenas. Só por um pouco. – Implora de mansinho. – Já passa.

– Tudo o que quiseres. És uma mulher excecional. Continuo a pensar que não te mereço. Desculpa o meu entusiasmo. – Estende os braços para que a esposa se reconforte neles. – Anda cá.

SENTADOS sobre a manta. Saboreiam o piquenique que João mandara preparar à caseira. Da cesta fora retirado (pela segunda vez uma garrafa de vinho tinto e dois copos de vidro), pão caseiro, vários tipos de queijo curado, fatias de presunto e lombo enguitado, bolo de requeijão e algumas nêsperas colhidas, nessa tarde, no pomar.

João, como continua preocupado com o conforto da esposa, vai massajando-lhe o braço.

– Quando vamos voltar para o Monte? Maria já deve estar preocupada! – Lembra-se Amélia naquele instante.

– Já é um pouco tarde! A Maria está informada de onde estamos, mandei um empregado, ao final da tarde, avisar que possivelmente passaríamos aqui a noite. – Informa sorridente.

– Oh meu Deus, pensas sempre em tudo. – Ironiza. – Vamos passar aqui a noite?

– Tinha pensado dormirmos lá em baixo, no meu quarto. – Esclarece apontando para a casa grande. – Mas tens outra ideia? – Pergunta ao vê-la mordiscar a ponta do dedo indicador e rodar a pupila em todas as direcções.

– Podíamos dormir aqui, abraçadinhos e ver o nascer do sol... – Sugere atrevidamente.

– Oh Amélia tinha pensado nisso mas achei que seria pedir-te demais. – Ergue-se, gatinha até ela e de joelhos beija-a na boca.

Pega numa das nêsperas que já descascara, prende-a por entre os dentes incisivos e oferece-a à esposa que espantada a aceita e come-a em pequenas trincadelas até os lábios se encontrarem num beijo apaixonado.

Antes de João lhe pedir para ser ela, agora, a oferecer-lhe o fruto carnudo, já Amélia prendera um por entre os dentes.

Quando terminam a partilha sensual das nêsperas, João, com a ponta de um guardanapo limpo, limpa-lhe os cantos da boca por onde o suco espesso do fruto resvalara. Amélia retribui a atenção.

– Anda cá, temos de descansar um pouco. O dia nasce, não tarda nada. – Diz quando encosta as costas no muro do terraço e estende as pernas. – Encosta-te a mim. – Pede ao oferecer-lhe o peito e os braços. – Primeiro traz, da cesta, uma pequena manta de algodão para nos taparmos.

Amélia obedece.

– Boa ideia. Estou muito cansada. – Cola-se ao peito quente e musculado do marido que prontamente a rodeia com o braço. – Mas não sei se vou conseguir dormir. Muitas emoções para um só dia. – Fala para dentro.

Envolvido pelo calor dos corpos João adormece prontamente.

Amélia desperta, do pouco sono que tinha, com as lembranças dolorosas da despedida da irmã e com todas as revelações que João fizera nesse dia.

Poucas horas passam quando na auréola celestial um brilho luminoso começa a surgir do lado nascente.

Amélia, para acordar João brinca com os pêlos do peito masculino. Quando ele abre os olhos sorri-lhe, dá-lhe os bons dias. João sorri-lhe também e estreita-a contra si. Vai para cima dele beija-o provocadoramente. Levanta-se e encosta-se ao parapeito do lado nascente.

De costas voltas, pergunta o que lhe martela as ideias, assim sem mais nem menos, resultado de muitas horas a pensar no mesmo assunto.

– Conta-me o que queria Joana. Peço-te, por favor. Não consigo deixar de pensar no assunto. Por favor, João! Já bastam os segredos do passado! – Argumenta para justificar a sua curiosidade.

– Amélia, acabei de acordar! – Expressa a sua admiração. Coça nervosamente o alto da cabeça.

– Eu não consegui dormir... sempre a pensar no mesmo assunto. – Lamenta-se meio zangada. – Conta-me por favor!

– Mas por que insistes! – Reclama, já de pé junto a ela.

– Por favor conta-me! Não me afastes. Quero fazer parte da tua vida presente. Seja o que for, prometo que não vou condenar-te. Por favor João – Implora. – Dá-me uma prova que confias em mim. O que queria ela?

– Valha-me Deus és mesmo persistente... tu é que darias uma boa advogada... – Barafusta por se sentir pressionado.

– Quero saber! Por favor não vou ter sossego se souber que os segredos são cada vez mais… – Argumenta com mais afinco.

– PORRA MULHER! Estás preparada, estás? – Grita exasperado. Enche o peito de ar. Cospe as palavras. – Joana diz que a engravidei. Estás satisfeita? Quer que lhe monte uma casa, que a sustente e à criança que diz que espera. Achas que agora que já sabes, vais conseguir dormir melhor? – Interroga de olhos esbugalhados. – Mais uma que quer viver às minhas custas.

– Tens filhos de outras mulheres? Ou estás a referir-te a mim? – Questiona cada vez mais chocada com o que João vai dizendo.

– Vês, no que dá quereres saber tudo? Não, não estou a falar de ti. Que saiba não tenho mais filho nenhum. – Gesticula. Desorientado anda às voltas pelo espaço do terraço como se fosse um bicho encarcerado. Vai pontapeando o ar. – Agora vais ficar zangada, preocupada e o problema fica sem solução na mesma. Por que não há forma de saber se o filho é mesmo meu… isto se estiver mesmo grávida. – Amua com a cabeça escondida por entre as mãos. – Teve a ousadia de me propor que continuássemos amantes, já que o meu casamento é uma farsa, disse ela.

– Oh que situação. Vais ter um filho dela. – Repete vezes sem conta. – E agora?

– Agora tenho de resolver as coisas de uma vez por todas. Não quero esse filho. Disse-lhe que o tirasse. – Revela sem pudor. O rosto está desfigurado.

– O quê? Tirar como? – Amélia mostra-se verdadeiramente chocada. – O que queres dizer com isso, João?

– Tirar, pronto. Ah! Não sei, não percebo nada desses assuntos femininos e pelos vistos tu também não. Não me peças que seja eu a ensinar. Não quero este filho e pronto!

– Não fales assim que é pecado. – Adverte Amélia. Benze-se com o sinal da cruz.

– Vês porque não queria contar? Vês? Agora ficas também tu preocupada. – Grita dirigindo-se para as escadas. – Vamos embora. – Anuncia com dureza. – Tenho de resolver este assunto o mais rapidamente possível e de uma vez por todas.

– João sossega, por favor. Deixa-me pensar um pouco! – Sugere já mais calma.

– Pensar em quê? Como consegues estar assim tão calma depois do que te contei? Vou ter um bastardo e tu queres pensar? – Pergunta cada vez mais desorientado com o comportamento da esposa. – Pensei que fosses gritar... eu sei lá, que fizesses tudo, menos pensar.

– Shiuuuu ... anda cá? Vá, anda cá? Vem ver o nascer do sol. – Convida mordiscando sensualmente o lábio inferior. – Não foi para isso que passamos aqui a noite?

– Hããããã! Não deves ser boa da cabeça, Amélia. – Observa atónito.

– Vá, anda! – Insiste de braços abertos.

Ligeiramente menos surpreso João aceita os braços que lhe são estendidos.

– Enlaça-me pela cintura como fizeste ontem para vermos o pôr-do-sol. – Pede-lhe fitando bem fundo os olhos castanho-terra. – Deixa-me pensar um pouco. É só o que te peço. Abraça-me bem forte.

João cede aos pedidos da esposa abanando consecutivamente a cabeça.

Assim enlaçados, com a brisa nocturna a despedir-se dos rostos e do cabelo ruivo, começam a sentir o morno dos raios dourados a aquecer-lhes as faces. Toda a natureza acorda para mais um dia primaveril no Alentejo.

Amélia fala baixinho sem largar as mãos do esposo. João não aguenta a pressão de vê-la assim fragilizada (julga ele).

– Depois do funeral de Antonieta escondi-me aqui durante dias. – Revela com amargura. – Castigando-me de uma culpa que sei que não tinha mas que ainda hoje me atormenta.

Amélia limita-se a apertar-lhe com mais força ainda as mãos que a enlaçam.

Quando Amélia acorda daquela espécie de transe já o sol se mostra em todo o seu resplendor. Volta-se para ele, fala com ternura escolhendo bem as palavras para que não fique outra vez exaltado.

– Tenho muitas perguntas a martelarem-me na cabeça, João. – Anuncia baixinho.

– Que perguntas? Por vezes és tão estranhamente calada, outras vezes tens tantas perguntas... – Constata.

– Quero que as oiças com atenção e à sugestão que vou fazer. – Volta-se para ele pois tem consciência do efeito que o seu olhar tem sobre o marido.

– Estás cada vez mais estranha. Diz lá de uma vez por todas. – Ordena dando sinal de estar prestes a perder a paciência.

– Ouve com atenção. Vem até aqui à manta. Senta-te para conversarmos melhor. – Estende-lhe a mão. João decide segui-la. Frente a ele, Amélia pega-lhe nas mãos e vai acariciando em movimentos circulares. – Como é que Joana sabia que o nosso casamento era uma farsa? Porquê só agora, que foi expulsa do Monte, é que engravida? Quem a levou para o Monte, João? Será que já conhecia Antonieta antes de ir para lá trabalhar? Ela conhece o Barbosa? Que plano era esse que Antonieta e Barbosa tinham engendrado? Quem era o outro amante de Antonieta? De onde conheces Barbosa? Porque me compraste? Como é que te obrigaram a casar comigo? Qual a natureza do ódio que sentes por Barbosa? – Continua a massajar-lhe as mãos. – Poderias contratar um homem para seguir o meu padrasto e a ama.

– Cala-te mulher! Cala-te! – Ordena com a respiração alterada. – Não percebo onde queres chegar com tantas perguntas? – Manifesta-se baralhado. – Nem com essa sugestão.

– Pensa João... pensa meu amor... talvez o meu padrasto não tenha abandonado o seu diabólico plano... fosse ele qual fosse. – Emoldura o rosto moreno por entre as mãos, numa tentativa de impedir que ele exploda de uma vez por todas. – Pensa. Não digas nada. Abraça-me e pensa. Não temos pressa. Apenas quero ajudar-te e evitar que Barbosa leve mais uma vez a melhor. Abraça-me. Vais ver que consegues pensar melhor. Prometo que me calo, meu amor. – Aninha-se ao corpo masculino.

João, não tendo outra alternativa abraça a esposa e vai tentando encontrar respostas para a perguntas que ela deixara no ar. Ao respondê-las outras perguntas surgem, outras e mais outras...

Amélia permanece em silêncio. Atenta à metamorfose que se vai realizando em todos os músculos do corpo do marido. As feições ganham traços duros e ameaçadores. Começa a ficar preocupada. Talvez mesmo assustada. Ou mesmo até arrependida das dúvidas que suscitara.

A cadeia de respostas que parecem estar interligadas umas às outras vai gerando alguma inquietação em João que impaciente se levanta e vai até junto do parapeito tentar encontrar concentração. Encosta o braço a um dos quatro pilares erguidos nos cantos. Sobre ele encosta a testa enrugada pelas descobertas. Cerra o punho livre e com ele esmorra o cimo do muro onde o tronco está encostado.

– Parvo. És um parvo João! Sempre foste. – Continua de forma descontrolada a esmurrar o pedaço de parede areada. A pele começa a sangrar. – Parvo, não passas de um idiota…

– PARA! PARA JOÃO! Olha para mim! – Amélia, já levantada grita assustada ao ver o sangue a escorrer-lhe pelo antebraço até à zona do cotovelo. Pingos são lançados em todas as direções. – Oh meu amor para. – Suplica com doçura agarrando-o pelos ombros.

– Larga-me Amélia. Larga-me. – Grita ao desviar-lhe o braço. – Deixa-me em paz. Também tu um dia destes me vais enganar. – Gesticula para todas as direcções. – Estou rodeado de hipócritas que só se interessam pela minha fortuna. – Grita cego e enlouquecido.

Num desses gestos Amélia é colhida por um empurrão que a derruba contra o chão frio de pedra. Cai desamparada no chão. Dorida pelo impacto, assustada pelo desnorte do marido chora compulsivamente.

– Oh céus que fiz? Amélia estás bem? – Pergunta já dobrado sobre o corpo soluçante da esposa. – Deixa que te ajude. – Tenta abraçá-la. Ela arrasta o traseiro pelo chão para lhe fugir. – Amélia!

– Não me toques. Magoaste-me muito. Estás sempre a fazê-lo. – Protesta ao encostar as costas ao muro. Esconde o rosto lavado em lágrimas por entre as mãos assentes nos joelhos dobrados. – Só queria ajudar! Dou-te o meu amor e tu o que me devolves, hã? Insultas-me. – O corpo treme como varas verdes. – Ofendes-me. Agrides-me

– Amélia, desculpa. – Ajoelha-se à sua frente. Ela encolhe-se de medo. – Estás com medo de mim? Oh não. Bem sabes que te bati sem querer. Olha para mim, Amélia. – Tenta erguer-lhe o queixo. Ela desvia o rosto para o outro lado. Continua a soluçar.

– Deixa-me em paz. Vai-te embora. – Aponta-lhe as escadas. – Vai-te embora. Não foi o teu gesto físico que me magoou. Sei que foi sem querer. Foram as palavras João. – Volta-se para ele. Chora ainda mais.

– Foram as palavras João. – Diz baixinho, entre soluços. – As palavras João. – Abraça-se a si própria ainda com mais força.

– Olha para o estado em que estás? – Surpreende-se ao ver os olhos verde-esmeralda vermelhos e dilatados pela força da dor. Experimenta tocar-lhe mais uma vez. Amélia volta a retrair-se. – Oh meu amor perdoa-me. Perdoa-me, se fores capaz. És a melhor coisa da minha vida, depois dos gémeos. Oh, meu amor! – Cala-se repentinamente por se ter apercebido das palavras que involuntariamente saíram dos lábios. Levanta-se, recua uns tantos passos, horrorizado consigo próprio.

Amélia ergue os olhos. De boca aberta, olhos arregalados, franze o sobrolho como que querendo confirmar o que João lhe tinha chamado. Roda a cabeça em ambos os sentidos. A surpresa estampada no rosto do marido é o suficiente para confirmar o que julgara ter ouvido. Levanta-se. Deixa que o corpo trémulo, as pernas bandas fiquem coladas à parede.

João continua a olhá-la bem fundo. Amélia sente um remoinho a girar em torno do umbigo.

– O que me chamaste João? – Pede ao caminhar corajosamente para ele. – O que me chamaste João? – Olha inquisidoramente para bem fundo dos olhos castanho-terra. – Chamaste-me de "meu amor". "Meu amor". Chamaste-me de "meu amor". Admite João! – Roga emocionada. Já com o rosto colado ao do marido. – Admite!

João respira de alívio ao ver um tímido sorriso desenhar-se no rosto da esposa. Abraça-a com ternura. Envolve o rosto da esposa, onde ainda são visíveis os vestígios que as suas duras e injustas palavras causaram, beija-a ternamente. Enxuga-lhe com as mãos as lágrimas.

– Vamos embora Amélia. São muitas revelações para um só dia. – Limita-se a dizer.

Amélia, atrás dele, caminha exasperada pela teimosia do marido. Como uma adolescente, por cada degrau que desce repete para si própria "Meu amor. Ele chamou-me de meu amor".

Fazem todo o caminho, de volta ao Monte das Tílias, em silêncio.

*****

Assim que chegam ao Monte das Tílias, ainda à porta de casa, João informa Amélia que vai cumprimentar rapidamente os filhos e que, de seguida, irá mudar de roupa pois é sua intenção acompanhar os homens que vão mudar as manadas de pastagem. Que possivelmente estará alguns dias sem vir a casa.

– Preciso de por as ideias em ordem. Tem um pouco de paciência, tudo se há de resolver. – Havia dito antes de desparecer no interior da casa. – Não estou zangado. – Ainda acrescentou enquanto caminhava. – Tenho as minhas obrigações.

Amélia sente-se enjoada com a revelação e corre para o quarto de hóspedes. Refugia-se lá o resto do dia numa crise de choro que se ouve ao cimo das escadas.

Perto da hora de cada um se recolher nos seus aposentos, Maria bate-lhe pela terceira vez, nesse dia, à porta.

– Senhora deixe-me entrar? Por favor, preciso de confirmar se está tudo bem consigo! São as ordens que tenho do Sr. João. – Cala-se à espera de uma resposta. – Estou preocupada. Vamos conversar. Peço-lhe. Não conseguirei dormir sem falar consigo. – Aguarda.

Dali a uns minutos uma Amélia desfigurada, com os cabelos alvoraçados e ainda vestida com a roupa do dia anterior, abre-lhe a porta.

– Pronto Maria, já me viu. Agora já pode ir dormir. – Mostra-se e volta a deitar-se na cama completamente desfeita.

Com cautela Maria vai entrando.

– Com licença, senhora. – Em pé junto da cama Maria pode observar o farrapo humano em que a sua patroa está transformada. – Mas o que aconteceu para estar nesse estado? Desculpe a minha intromissão. Mas os senhores chegaram muito transtornados hoje de manhã. Confesso que não estava à espera. – Expressa a sua admiração. Leva a mão à boca para conter o suspiro de temor quando vê os olhos da patroa cobertos por uma mancha de sangue vivo causado pelas horas consecutivas de choro. Maria não consegue evitar o soluço que se solta da garganta. – Olhe o estado em que está! – Estende o braço e acaricia-lhe os cabelos enleados.

– Oh Maria... – Nova crise de choro. – Eu amo-o tanto...tanto... tanto que até dói. – Declara entre lágrimas e baba. – Mas ele é completamente desvairado. Descontrola-se quando se fala da primeira mulher...

– Oh minha senhora não chore mais! Sabe que pode contar com a minha lealdade e discrição se precisar desabafar. – Toma a iniciativa de se sentar na ponta da cama. Pega na mão descaída da patroa e acaricia-a.

– Nem sei por onde começar...

Amélia começa por lhe narrar a viagem até à herdade da Torre, as revelações do marido, a corrida de cavalos, a conversa com a caseira, a subida à torre, o pôr-do-sol, a suposta gravidez de Joana, as perguntas que fizera ao marido, a declaração de João, enfim conta-lhe tudo omitindo apenas os detalhes íntimos, que a governanta com a sua idade agradece.

– Muito me conta, minha senhora. Pelo que percebi o Sr. ficou muito perturbado com as dúvidas que lhe semeou na cabeça e por, contra a sua vontade, ter sido obrigado a admitir a natureza do sentimento que sente por si. – Maria esboça um sorriso esforçado para animar a patroa.

– Oh Maria, a vida de casada é sempre assim tão complicada? Os homens são todos assim tão complicados? – Quer que a governanta a faça perceber o comportamento do marido.

– Tem noção de que se todas as respostas forem dar às mesmas pessoas, da dimensão da maldade que terão planeado contra o Sr. seu marido? – Respira fundo para ganhar coragem para verbalizar o seu raciocínio. – Quem nos garante que o plano para fazer mal ao senhor não está ainda de pé? Não consigo lembrar-me de quem possa querer tanto mal ao Sr. – Cala-se e pensa durante uns segundos. – A não ser... não isso são coisas já muito antigas... não seria capaz de uma monstruosidade dessas.

– De quem fala Maria? Quem poderia querer assim tanto mal ao meu marido? – Amélia senta-se na cama e quase que sacode a governanta.

– Calma senhora. Foi só uma recordação. Daqui a uns dias, quando as visitas chegarem, já poderemos esclarecer essa dúvida. – Fala pausadamente como que pensando muito bem em cada palavra que diz.

– A Maria também tem segredos? – Inquere. – Vou dar em doida nesta casa! – Concluiu com profundo desalento. – Quero dormir. – Informa secamente.

– Queira desculpar o meu comportamento, mas são assuntos de família que só o Sr. seu marido lhe poderá contar. – Justifica-se comprometida pelo descuido.

– Pois, pois… boa noite, Maria. – Vira-se para o outro lado, dando a entender que quer que saia do quarto.

– Mas, senhora, não comeu nada o dia todo! Não quer que a ajude a mudar de roupa?

– Boa noite Maria. – Despede-se secamente.

– Senhora tente compreender a minha posição. – Esforça-se mais ainda para se justificar. – Não estou autorizada a revelar segredos da família.

– Maria, boa noite. – Despede-se definitivamente apagando a chama ténue do candeeiro a petróleo.

Perto da porta do quarto a governanta, não se conformando com a tristeza da patroa, acrescenta.

– Tenha muito cuidado com o meio-irmão do Sr. Ele é muito atrevido com as mulheres. Ele e o Sr. nunca se deram bem. A falecida fora sua namorada antes de namorar e casar com o Sr. João. – Segreda

*****

Na semana que se seguiu Amélia ia sabendo notícias do marido pela governanta e pelas conversas que ia escutando às criadas.

Durante a manhã e ao final da tarde ocupara o seu tempo com os gémeos uma vez que informara Maria das Dores de que não estava com cabeça para realizar as entrevistas para a contratação de uma nova ama.

Todos os dias levantara-se sempre bem cedo para andar a cavalo pelos campos. O que se tinha revelado uma forma bastante enriquecedora de ficar a conhecer os empregados e todas as rotinas da casa e dos campos.

Pela hora da sesta, dedicara-se a três tarefas: à recuperação das plantas que estavam descuidadas numa pequena estufa que se encontrava junto da barragem, a alfabetizar um pequeno grupo de crianças em idade escolar e a visitar a Isabelinha, o que acontecera duas vezes nessa semana. Alterara o horário da sua visita uma vez que já não era segredo para ninguém. Porém, fizera-o sempre com a sensação de estar a esconder algo do marido e com receio de se cruzar com o padrasto ou com Joaquim.

À noite, depois de jantar sempre na animada companhia dos gémeos e de os ir deitar, refugiara-se na biblioteca a ler tudo o que encontrara. A leitura pouco tempo durava de tão cansada que estava. Tinha sido nesse curto período de tempo que se permitira matutar nos seus problemas e no que João estaria a fazer naquele momento. Talvez por se sentir tão sozinha lembrara-se com frequência da sua vida no Porto e das suas amizades. Uma saudade enorme de estar com raparigas da sua idade alimentava ainda mais a sua triste solidão. Vencida pelo sono, pelo cansaço, pelas saudades da presença e das carícias do marido, adormecera sempre a choramingar a sua sorte.

Apesar da relação com Maria das Dores ter estado um pouco distante nos primeiros dias, Amélia tomara a decisão de que não poderia dispensar a única amizade que tinha. As duas mulheres tornaram-se quase que inseparáveis. A jovem esposa já assumira o seu papel de matriarca da casa.

No dia em que a ausência de João se contava numa semana, pelo entardecer, Amélia brinca com as crianças no baixio da ribeira, que alimenta a barragem.

A água que sobeja da barragem, depois de saltitar atrevidamente de pedra em pedra volta ao leito da ribeira num declive suficiente para criar a ilusão de se tratar de uma pequena cascata. O primeiro impacto com o fundo da ribeira levanta uma névoa de salpicos de espuma branca e fofa.

Devido às chuvas intensas, que fertilizaram as terras durante a estação do inverno, o caudal da ribeira corre acelerado por entre juncos, troncos de árvores (uns caídos, outros em pé), rochas de vários tamanhos e formas, raízes entrelaçadas, galhos ... Alguns fundões dão origem a pequenas piscinas naturais de água doce que refletem em simetria a paisagem que as cobre. Nessas águas calmas pequenos animais habitam e procriam a sua espécie. No ponto onde os dois braços da mesma ribeira se reencontram, uma velha ponte de madeira mantem-se orgulhosamente em pé.

No local onde Maria se havia sentado, para também ela disfrutar do espaço da bela da ribeira, um manto de trevos convida ao descanso.

Tudo está em perfeita harmonia. O galgar da água, os chilrear das aves, os chocalhos, o balir, o mugir, o ladrar e até as risadas de quem chapinha na água à procura de mais um girino assemelham-se a uma melodia há muito ensaiada.

De vestido branco de cavas, com decote redondo, uma pequena abertura a terminar onde começam os generosos seios, cuja cintura justa e descaída conflui numa saia a dois panos (o de cima transparente onde pequenas bolas foram bordadas a linha branca), ligeiramente franzida fazem de Amélia uma perfeita combinação de sensualidade e juventude.

Amélia, Dinis e Beatriz descalços na água, cada um com o seu cocho[1] de cortiça, fazem uma corrida para ver quem consegue apanhar mais girinos.

Fora decisão de Amélia afastar-se da casa grande porque estava a dar em doida com a azáfama dos preparativos para receber as visitas dali a um dia. Segundo as últimas informações que Maria lhe dera eram em maior número do que se esperava inicialmente.

Mas não era só esse corrupio que deixara Amélia mais impaciente nesse dia. A bem da verdade, quase todas as mulheres casadas estavam particularmente ansiosas nessa quinta-feira, pois corria a notícia que os seus homens chegariam pelo final da tarde.

A criadagem feminina esforçava-se por se despachar mais cedo para poder ir para suas casas preparar-se para receber os maridos. Para isso tinham igualmente contado com a compreensão de Amélia que concordara em libertá-las do serviço antes da hora habitual. Com pesar pensou que também gostaria de estar a preparar-se para receber o seu homem. Mais uma vez é confrontada com a triste lembrança de que não sabia como João reagiria quando a visse.

Por isso, decidira ir para a ribeira brincar com as crianças rezando para que quando chegasse a casa João já estivesse deitado a descansar dos sete dias que estivera fora de casa na árdua tarefa de mudarem as manadas para as pastagens de verão.

Enquanto o corpo saltita de seixo em seixo para tentar encontrar mais um girino, a mente de Amélia ocupa-se em imaginar como será o

---

[1] Colher de grandes proporções feita de cortiça utilizada para beber água nas fontes.

reencontro com João e como gostaria que fosse. Preocupa-a igualmente saber que no dia seguinte a casa já terá sido invadida por familiares e amigos, que desconhece, que se deslocarão para o Monte das Tílias com o pretexto de a conhecerem e participarem na romaria ao Sr. dos Aflitos que anualmente se realiza no primeiro fim de semana de maio, na freguesia de Fortios.

Amélia tenta distrair-se do nervoso miudinho que a consome por dentro.

Um som ainda distante, seco, pesado e repetitivo, vindo na direção da outra margem da ribeira faz parar a brincadeira. O chão vibra. Maria das Dores levanta-se para averiguar do que se trata. Amélia puxa os gémeos para junto de si, abraça-os um pouco receosa. Põe-se à escuta.

– Parecem cavalos! – Grita para Maria das Dores

– Talvez sejam os nossos homens que já estejam de regresso. – Supõe eufórica.

– Acha? – Pergunta sem saber se deve saltar de alegria ou fugir para que não se cruze já com o marido. – Por que chegariam vindos desta direção? – Aponta para o lado de onde o som chega cada vez mais forte.

– Oh minha senhora, por que as pastagens de verão ficam daquele lado. – Responde Maria meio confusa com a pergunta da patroa. – Pensei que a senhora tivesse escolhido vir para aqui para dar as boas-vindas ao Sr. João!

– Mas eu não sabia... – A frase é interrompida por um som forte e abafado. – Amélia e os gémeos estremecem.

Um estouro de pólvora seca, disparado por uma espingarda confirma a suposição de Maria.

– Oh "Tônho" vai tocar o sino para que todos saibam que os nossos homens já estão de volta. Despacha-te "homei". – Grita a governanta para o jovem que se entretém a colher molhos de hortelã da ribeira (para com ela fazer licor) e agriões para a sopa do jantar. – Obrigado Senhor. Obrigado por tê-los trazido de volta. – Maria de mãos unidas e de olhos pregados no infinito do céu agradece à providência divina.

Amélia, que não contava com aquela explosão de alegria fica estática, de pés descalços na ribeira a ouvir o aproximar do som do que já identificou como sendo o do bater dos cascos de um número significa-

217

tivo de cavalos. Pelo ar chega o som de vozes masculinas, risadas e assobios.

Ainda para seu maior espanto, toda a população do Monte, e não é pouca, vai descendo, em efusiva alegria e alívio, a pequena colina até à margem da ribeira onde decidira passar a tarde para evitar encontrar-se com o marido.

Só nesse momento é que lhe ocorre a ideia de que talvez João não tenha decidido acompanhar os seus homens só para fugir dela e dos problemas. Talvez, como proprietário de todas aquelas terras e responsável pelo ganha pão de cada uma das famílias, fosse responsabilidade dele liderar o que parece ser, afinal, uma tarefa árdua, de grande responsabilidade e vital para a vida no Monte. A mente alerta-a para o facto de ser possível que tenha estado a sofrer em demasia, durante sete dias, a ausência do marido.

As crianças puxam-lhe pela saia do vestido pedindo-lhe que as solte para poderem ir ao encontro do pai, que já não veem há uma semana. Receosa que alguma possa ficar aleijada, Amélia pega-lhes ao colo.

– O pai está quase a chegar. É só mais um pouquinho. – Tenta acalmá-las e apaziguar o coração que parece que há de saltar-lhe da boca.

Nesse instante uma figura altiva surge na dianteira do grupo, montada no seu Alter Real branco. João Morgado.

Amélia sente as forças a escaparem-se das pernas. Decide colocar os gémeos na beirinha da água, já mais perto da governanta.

As risadas, os assobios, os "vivas", os gritos das crianças a chamarem pelos pais, tudo isto Amélia deixa de ouvir. Todos os seus sentidos estão vidrados na figura masculina que se aproxima a galope.

Antes de se aproximar da beirinha da água João faz sinal aos homens para abrandarem a marcha. Os homens obedecem e ordenam o mesmo aos animais.

Como Amélia é a única que se encontra dentro da ribeira é ela que tem o privilégio de ver João em primeiro lugar. Sente um formigueiro a nascer à volta do umbigo que rapidamente se estende a todo o corpo. O sangue ferve na veias e uma vontade selvagem e incontrolável de saltar para o lombo do animal, beijar aquela boca que não sente há demasiado tempo atordoa-lhe o cérebro. Controla-se.

João olha para ela. Pisca-lhe o olho esquerdo. Sorri-lhe por debaixo do chapéu. Ordena que o cavalo ande devagarinho por entre os seixos da ribeira. Atrás de si os homens seguem-no. Continua a sorrir-lhe *apatetadamente*. Amélia segue-o também, mas com o olhar, pois os pés estão como estacadas pregados ao fundo da ribeira. João fixa-se nela.

Os olhos femininos e o coração concentram-se na silhueta reta que está montada no lombo do cavalo que, com firmeza máscula mas elegante segura as rédeas com a mão direita, ao passo que a esquerda descai ao longo das coxas, ligeiramente afastada, parecendo que serve para manter o equilíbrio do corpo. João, de chapéu de abas largas e copa redonda, lenço ao pescoço, chambre[2] riscada azul e branca, colete de cotim[3], calças cinzentas, resguardadas pelos safões[4] e botas de atacado grosseiro continua a sorrir-lhe até chegar à outra margem.

Apesar de os pés começarem a dar sinal de enregelamento Amélia fica estaticamente ridícula dentro da ribeira a ver João a desmontar-se para se render aos saudosos beijos e abraços dos filhos. Os empregados e suas famílias cobrem-no de abraços, palmadas nas costas e felicitações por mais uma tarefa bem sucedida.

Amélia assiste a toda a cena como espetadora. Fica emocionada por ver a forma carinhosamente respeitosa como o marido é recebido por todos no Monte.

Como cada um dos homens já fora, por assim dizer, entregue à sua família. É altura de João regressar à sua. Beija mais uma vez as bochechas rechonchudas e rosadas dos filhos, que ainda não se soltaram do seu colo, e começa a vaguear, com o olhar, à procura de Amélia.

Encontra-a ainda no mesmo sítio onde a vira quando chegara, perto da margem esquerda da ribeira. Decide ir ao seu encontro, a cavalo. Antes porém, entrega Dinis e Beatriz à governanta.

Ao vê-lo aproximar-se, apercebe-se do tempo que ficara ali parada a matar saudades do marido.

---

[2] Camisa.

[3] Tecido de algodão usado na confeção de vestuário para homens.

[4] Meias calças largas, feitas de peles.

– Ainda ai estás, Amélia? – Pergunta-lhe num tom exageradamente alto, talvez devido ao facto de os últimos dias terem sido passados entre homens a reunir cabeças de gado.

Amélia assusta-se com a pergunta. Quer dar um passo atrás mas acaba escorregando num seixo mais roliço e escorregadio. Bate com o traseiro no fundo da ribeira. João preocupado salta do cavalo e vai em seu auxílio. O chapéu voa para a ribeira. Depressa desaparece ao sabor da corrente. Ajoelha-se perto dela e afunda os olhos castanhos-terra nos verde-esmeralda.

– Aleijaste-te? – Pergunta preocupado.

– Acho que não! – Responde baixinho com voz trémula. O coração bate na carótida. – Escorreguei e... – Não conseguindo conter por mais tempo as lágrimas, estas soltam-se como se fossem querer fazer companhia as águas que correm na ribeira.

– Então, que vem a ser isso? – Colocando um dos braços por debaixo dos joelhos da esposa e o outro nas costas ergue-se com ela ao colo. – Parece-me que emagreceste muito nestes dias. – Constata ao sentir-lhe o peso. – Pelas tuas olheiras também tu não tens dormido grande coisa. – Dá-lhe um beijo enamorado. Os lábios femininos rendem-se à saudade.

Amélia estuda agora de perto o rosto ainda mais moreno do marido, onde uma barba de sete dias tapa, quase, a totalidade da boca rasgada e carnuda ao centro. Repara nos traços mais vincados e nas olheiras que lhe afundam os olhos escuros.

– Também tu emagreceste. Estás muito abatido. – Constata pesarosa, ao tocar-lhe na barba.

– Pelos vistos foram dias difíceis para ambos. – Conclui já perto do cavalo.

Amélia não querendo separar-se daquele colo que a conforta e protege aninha-se a ele ainda mais.

– Tive tantas, mas tantas, mas tantas saudades tuas! – Confessa oferecendo-lhe a boca rosada.

– Não mais do que eu. – Aceita a oferta. Beija-a sofregamente. – Garanto-te que não mais do que eu.

Ambos suspiram. João monta-se no cavalo. Com uma mão eleva o corpo da esposa no ar para que se sente atrás de si. Amélia regozija-se com a ideia. Já montada, abraça-o pela cintura com tanta força que João olha para trás e diz-lhe sorrindo.

– Gosto do abraço… mas, também, preciso de respirar. – Comenta em tom brincalhão.

Trocam sorrisos de cumplicidade.

Com um estalinho de língua João dá sinal para que o animal os leve até casa.

ASSIM que entram em casa, Maria das Dores apressa-se a informar o patrão que as criadas já estão a tratar o seu banho. Aconselha que subam para o quarto que a água quente já lá vai.

Desde que desmontaram do cavalo, João não largara a mão da esposa por um segundo que fosse. A Amélia não lhe é dada outra hipótese senão a de o seguir para todo o lado.

Apreensiva, apercebe-se que está prestes a entrar no quarto do marido. Mesmo à porta para. João sente-a pregada ao chão e olha para ela como que querendo saber por que razão o fizera.

– Então? – Quer saber. – Não queres entrar?

– Esse é o teu quarto. – Afirma com o olhar pregado ao padrão da carpete que forra o sobrado do chão do corredor.

– O nosso quarto, queres tu dizer. – Corrige admirado. – Não tens dormido aqui?

– Claro que não. – Prontamente responde ainda sem o encarar. – Tenho dormido no quarto de hóspedes.

– Mas porquê? – Olha para ela cada vez mais admirado. – Já não és uma hóspede.

– Porque era onde dormia quando daqui saí. – Argumenta, cada vez mais envergonhada. – Deste indicações para ser de outra maneira? – Inquere num tom quase acusatório.

– Ummmmm – Vocaliza pensativo ao coçar o queixo onde a barba ganhara algum comprimento. – És capaz de ter razão. Desculpa. Tenta compreender, sou homem, não estou habituado a pensar nesses assuntos. – Coloca-se de frente para ela. Com a ponta do dedo indicador levanta-lhe o queixo envergonhado. – Para mim era óbvio que passarias a dormir no meu... nosso quarto, depois do que se passou em Portalegre e na torre. – Justifica-se com sinceridade.

– Pois... – Atreve-se a olhar para a boca que não para de a atentar. – Achas que viria dormir para o teu quarto sem teres deixado indicações para tal? Nem sequer falámos desse assunto! – Argumenta pesarosa. – Naquele dia, partiste assim que chegámos.

– Tens razão. Desculpa mais uma vez. Foi uma grande indelicadeza da minha parte. – Sela o pedido de desculpas com um beijo de tirar a respiração. – Coisas de homens... vá entra. – Empurra a porta e leva atrás de si a esposa corada até à raiz dos cabelos.

Amélia, caminha atrelada à mão de João, coração palpitante, não consegue evitar que dos lábios se liberte um som de espanto.

Observa o amplo quarto, que é dominado pela imponência da cama de dossel estilo *Queen Anne* fabricada em madeira maciça de mogno. Dos cantos emergem-se quatro colunas torneadas que se prolongam três metros de altura, ou mais, acima do colchão. O tecido drapeado riscado em tons de azul-marinho e bege, da colcha e do toldo da cama, combinam com uma *chaise* estrategicamente colocada aos pés da majestosa cama de casal. As cortinas de *organza* em cor bege, que pendem da armação que rodeia a cama, criam a ilusão de maior altura do quarto.

– Oh, João o teu quarto é maravilhoso! – Comenta comovida sem conseguir tirar os olhos da cama romântica.

– O nosso quarto. Estás de boca aberta a olhar para a cama! – Solta uma gargalhada ao constatar que a esposa parece uma adolescente a quem fora mostrado o quarto dos seus sonhos. – Afinal, ainda bem que não tinhas aqui entrado. – Observa com um sorriso.– Se o tivesses feito teria perdido a oportunidade de testemunhar esse teu ar de jovem esposa que entra no quarto do casal pela primeira vez. – Ri-se matreiro.

– Estás sempre a brincar com a minha ingenuidade. – Amua sedutoramente.

– Não minha querida esposa. Estou sempre a deliciar-me com ela. O que é diferente. – Contrapõe.

Sem que Amélia esperasse, enlaça-a pela cintura, trá-la para juntinho de si e cobre-lhe a boca com tal fervor que parece que há de querer saciar as saudades de uma semana num só beijo. Uma das mãos procura o toque firme e cheio do seio a outra a rigidez arredondada da nádega.

Amélia suspira por entre os beijos húmidos e demorados.

– Tive vontade de me atirar a ti assim que te vi na ribeira. – Declara atrevidamente. – Acho que metade dos meus vaqueiros também.

223

– Reconhece ainda com a boca encostada à sua. – Não imaginas o tão bela estavas nesse vestido branco, os cabelos ruivos soltos iluminados pelos raios de sol e a água a bater-te até aos joelhos. Os olhos brilhavam como gotas de água ao sol. – Inspira e expira profundamente. – Foi a melhor prenda que me podias ter dado depois de uma semana a cavalgar entre homens e bovinos. – Beija, saboreia e cheira a curvatura do esguio pescoço.

– Pareces um poeta! – Elogia.

– Mais uma vez te lembro que estudei em Coimbra! Cheguei mesmo a cantar serenatas… e mais não convém contar. – Desdramatiza a questão num tom brincalhão.

João senta-se na *chaise,* que está aos pés da cama. Começa por descalçar as botas que lhe moem os pés há uma série de horas. Livra-se também do colete e do lenço que está atado ao pescoço. Os safões já haviam ficado no hall de entrada. Desfralda a camisa riscada. Estica-se ao comprido e faz um gesto para que Amélia se sente ao pé de si.

Amélia delicia-se com a intimidade dos gestos. Pensa que bom é estar ali com o homem que ama sem rodeios nem vergonhas.

João recosta-se descontraidamente para trás, coloca os pés sobre o colo da esposa como que os oferecendo para que os massaje. Ela desconhece que tenha, ou não, jeito para realizar tal tarefa.

João, que a observa atentamente sorri-lhe.

– Basta que o faças com carinho. – Incentiva.

– Vou tentar fazê-lo o melhor possível. – Responde insegura.

Escolhe um dos pés. Com as pontas dos dedos inicia pequenos movimentos circulares pelos dedos que vai alastrando até à planta do pé. João liberta um sorriso, dobrando instintivamente o joelho. Amélia apercebe-se que lhe fizera cócegas. Pega-lhe no pé e reinicia os movimentos só que desta vez desloca os dedos para o peito do pé e para o calcanhar. Repete a massagem no outro pé. João, de olhos semi--cerrados disfruta das atenções da esposa.

Amélia sente a brisa da tarde a esvoaçar-lhe os cabelos, mira para o lado onde julga estar a janela e tem uma surpresa.

– O quarto tem uma varanda? – Revela-se admirada. Vai massajando o pé.

– Não. Tem um terraço com uma vista fantástica para a parte de trás da casa. – Esclarece com orgulho. – Dali pode-se ver o prado que se estende até ao olival.

– Hããã… – É só o que consegue dizer pois tem a certeza de ter visto, por detrás da cortina de transparência azulada, uma mesa posta para dois.

– A água quente para o banho deve estar quase a chegar. Preciso de fazer a barba. – Recorda friccionando a zona peluda do maxilar inferior. – Queres ajudar? – Lança o desafio ao levantar-se da *chaise*.

– Lamento dececionar-te, mas não. Fico só a ver. – Responde sempre olhando pelo canto do olho para as cortinas que balançam para cá e para lá ao sabor do vento.

Ao tentar esquivar-se da imagem da mesa que vê na varanda, perto da lareira que aquece um recanto resguardado da divisão, encontra um enorme alguidar de madeira com fundo em zinco.

– Mas posso dar-te outro presente! – Sugere com os olhos verde--esmeralda lampejando desejo vidrados no alguidar. – Posso dar-te banho! – Atreve-se a dizer com as maçãs do rosto coradas pelo seu atrevimento.

– Aceito. – Responde prontamente não vá a esposa mudar de ideias.

Batem à porta, a conversa é interrompida. João dá ordem para que os criados, ainda jovens, entrem com as panelas da água quente. Estes dirigem-se prontamente para a zona onde sabem estar o alguidar de madeira, despejam a água fumegante. Perguntam se o patrão necessita de mais algum serviço. Como João diz que não, pedem licença e saem do quarto.

Amélia apercebe-se, meio acanhada, que sorriem entre si por terem--na encontrado no quarto.

João olha contrariado para o lavatório de ferro que se encontra posicionado de forma a ser iluminado pela luz do sol.

Nessa tarde a peça de ferro contorcida em pequenas curvas não lhe parece nada convidativa.

Mesmo assim caminha até ela. Olha-se no pequeno espelho rectangular que está suspenso no cimo de um suporte de ferro. Esfrega a zona da barba como que para ganhar coragem. Da graciosa bacia de louça branca, onde um pequeno arranjo de flores azul fora pintado à mão, enfiada num círculo de ferro, alcança um jarro também ele de louça branca e com um arranjo de flores azuis pintado à mão. Caminha a contra gosto até ao alguidar, para com o jarro retirar a água que utilizará para fazer a barba.

Amélia, ainda sentada na *chaise,* ocupa o tempo a observar o marido nos seus cuidados íntimos, desejosa que se despache a fazer a barba, pois a excitação que sente em todas as partes do corpo está a provocar--lhe um nervoso miudinho.

Ele volta para o lavatório já com o jarro cheio de água que despeja na bacia de louça. Pousa o jarro no chão e limpa as mãos a uma toalha que se encontra enfiada, entre dois ferros, junto da bacia. Agacha-se, para de um suporte circular metálico, que se encontra por de baixo da bacia, apanhar o sabão da saboneteira de louça que faz conjunto com as demais peças.

– Não estás com muita vontade de fazer a barba, pois não? – Pergunta Amélia ao caminhar na sua direção. – Então não a faças. Deixa para amanhã. – Sugere olhando para a convidativa água que fumega perfumada junto da lareira.

– Não te importas? – Quer saber.

– Não. – Responde desejosa que o marido entre de uma vez por todas para água e ela possa ir fazer-lhe companhia.

João sente a excitação da esposa tão bem quanto sente a sua. Ofegante, despe as calças e a roupa interior aos pulos. De um só puxão retira a camisa que o atrapalha e quase que mergulha de chapão para a água perfumada.

Amélia roboriza ao ver o membro do marido expandido e alargado no seu máximo. João sorri orgulhoso dos seus dotes e atributos. Senta--se no alguidar. Recosta-se num dos bordos, sempre preso aos olhos femininos que incendeiam de promessas.

– Já cá estou. Não te despes? – Olha com reprovação para o corpo feminino ainda vestido.

– Tem calma. – Tranquiliza ao ajoelhar-se no tapete que cobre a zona onde o alguidar fora colocado. – Primeiro vou lavar-te. Cheiras demasiado a gado. – Solta uma risada que João copia.

Com meiguice Amélia, de copo de esmalte na mão, começa por verter a água morna para o alto da cabeça que João recosta ligeiramente para trás. Quando lhe parece que a zona da cabeça já se libertara das primeiras poeiras, faz deslizar o sabonete de Feno por entre as palmas das mãos até que este liberte uma altura considerável de espuma, fá-lo escorregar pelo cabelo, pela nunca, pelas orelha e pelo pescoço. Em movimentos suaves esfrega essas zonas.

João vai gemendo de prazer. De quando em vez fecha os olhos, de quando em vez procura a profundezas do verde-esmeralda.

Com uma mão, Amélia, vai despejando copos de água na zona ensaboada e com a outra vai enxaguando o cabelo e a pele.

Com a mesma tranquilidade lava-lhe a zona do peito e das costas. Ambos sentem-se cada vez mais ansiosos por um toque mais íntimo.

Amélia, como já vem sendo hábito, não consegue libertar-se das ideias que lhe martelam a cabeça.

Desta feita decide ser mais meiga na abordagem.

– Pensei que tivesses saído daqui zangado comigo. – Começa por dizer ao ouvido ao ensaboar-lhe as costas. – Pensei que tivesses fugido de mim e dos problemas.

– Tenho as minhas responsabilidades. Muitas famílias dependem da forma como faço a gestão das minhas propriedades. – Informa para começo de conversa. – Mas também acabou por ser pelas razões que apontaste. – Acrescenta com sinceridade. – Mas zangado... não.

Amélia ensaboa agora a zona do peito e do ventre.

– Tiveste tempo para pensar no que te disse na torre? – Inquere ao massajar-lhe a zona pélvica com sensualidade.

João geme ainda mais. Liberta um sorriso pois acaba de perceber qual a intenção de Amélia.

– A Sr.ª minha esposa está a ficar muito atrevidita! – Finge-se ofendido. Depois de um silêncio decide entrar no jogo da esposa, sem se mostrar zangado. – Não só pensei, como decidi aceitá-las. – Esclarece olhando-a de frente. – Adoro quando me tocas com ousadia. – Murmura-lhe ao ouvido em voz rouca.

– Como? – Para de lhe enxaguar os ombros.

– Só te respondo se continuares a dar-me banho. – Exige num tom arrojado.

Amélia acata a exigência e recomeça a despejar copos de água limpa para os ombros, com uma mão e com a outra aventura-se a tocar o membro ereto.

João liberta um som abafado, relaxa e fecha os olhos durante o curto período de tempo que Amélia lhe acarícia a intimidade.

— O que quero dizer, é que já contratei um homem para seguir todos os passos do teu padrasto e de Joana. — Consegue responder restabelecida a lucidez. — Amanhã de manhã vem contar-nos o que já descobriu.

Perante essa novidade Amélia interrompe as carícias. Suspira profundamente.

— Se paras, já não te conto mais nada! — Relembra sempre fingindo-se autoritário. Leva-lhe a mão até ao sexo.

— Desculpe, Sr. meu marido. — Responde também ela num tom brincalhão.

Ao chegar, novamente, à zona do membro Amélia hesita. João pega-lhe na mão ensaboada e leva-a até lá. Para sua surpresa Amélia sente-se ainda mais húmida pela sensação de poder atestar o efeito que tem no corpo e na mente do marido.

— Pensaste também nas perguntas que te coloquei? Já encontraste respostas para alguma delas? — Dá sinal de não estar a conseguir controlar, nem a sua curiosidade, nem a sua excitação.

— Sim já tenho respostas para quase todas. Amanhã espero que o homem que contratei tenha descoberto as que faltam. — Respira fundo. Antecipa-se à pergunta de Amélia. — Penso que já sei quem está por detrás deste plano diabólico. A confirmar-se, Barbosa é só um pau mandado ou decidiu passar a perna ao mentor. — Confessa com o rosto endurecido.

— A mando de quem? — Tantos segredos e a proximidade com o corpo do marido estão a ofuscar-lhe o raciocínio.

— Prometo contar-te tudo depois do jantar. É uma conversa muito longa. — Manifesta-se impaciente. — Mas agora, mulher, salta cá para dentro, ou então, salto eu aí para fora... estou a começar a perder a cabeça. Há uma semana que conto os dias para te fazer minha outra vez. — Barafusta fervorosamente.

Rendida ao convite do marido, Amélia entra o alguidar, ainda vestida, cobrindo o corpo molhado de João com o seu. Dá-lhe o beijo encantado.

– Oh estou vestida! – Exclama ao sentir o peso da água no tecido do vestido branco.

– Deixa-me olhar para ti! – Pede ao afastá-la um pouco. – Fez-me lembrar quando nadámos na barragem. Nesse dia tive uma vontade enorme de te possuir, ali mesmo dentro de água. – Confessa-lhe ao ouvido, ao ver o vestido colado aos seios generosos. Amélia Roça os mamilos pelos peitorais de João.

Com habilidade, João, faz passar a peça de vestuário, encharcada, pelo pescoço. Deixa-a cair no sobrado. Liberta-a da roupa interior. Estende-lhe os braços para que volte a cobrir-lhe o corpo. Beijam-se. Amélia lambe-lhe os mamilos. João geme deslumbrado.

Ajoelha-se, ergue o tronco no alguidar, João também de joelhos enche as mãos com os seios. Abraçam a nudez um do outro. Beijam-se. As mãos descem a curva da coluna.

João volta a tombar o corpo sobre a água morna. Amélia deita-se de costas sobre ele.

Com uma das mãos preenchida com o seio, a outra parte ao encontro da humidade que causara na esposa.

Nesse momento tudo o mais deixa de existir para os dois amantes. Rendidos ao fervor que lhe corre nas veias, que lhe acelera o coração, que lhe seca a boca e a garganta e lhe pulsa o sexo, João e Amélia perdem-se na partilha de carícias que os conduzirá ao prazer extremo do êxtase.

A água, que ondula com os movimentos dos corpos, vai resvalando borda fora.

Amélia, louca com as carícias que o esposo lhe vai oferecendo em todas as zonas erógenas, estremece extasiada para se libertar do calor que lhe queima a vulva. No momento final une as pernas como que querendo que os dedos do marido não a larguem. Por fim chora de júbilo.

– É sempre tão bom. – Confessa arrebatada. – É um misto de felicidade infinita e alívio.

– Acabei de te levar ao paraíso. – Congratula-se ao ver o sorriso maravilhado da esposa. – Chama-se orgasmo.

Deitada, de costas sobre o marido aprecia quieta o retornar da calmia a cada ponto do corpo. João delicia-se com os mamilos hirtos e a orelha que mordisca.

– Vamos para a cama? – Convida desejoso para poder finalmente sentir o profundo aperto íntimo da esposa.

– Quando quiseres, meu amor. – Retorque baixinho, acariciando as coxas que a rodeiam.

João desvia com ternura o corpo de Amélia. Sai do alguidar, sem se importar que a água que lhe escorre da pele encharque o chão. Dobra-se sobre o alguidar e pega Amélia ao colo. Que pasmada se enlaça, sorridente, ao largo e moreno pescoço do marido.

– Vou levar-te para a cama. – Declara ardentemente. – Agora vais tu elevar-me ao paraíso.

Os passos fazem ranger o soalho, que vai ficando marcado pelas pegadas molhadas até à cama. Com os pés de Amélia João, desvia as cortinas de organza. Põe um joelho sobre o colchão fofo e pousa com suavidade o corpo nu da esposa.

Sempre ligados pelo olhar, Amélia desliza para o centro da ampla cama de dossel, ele solta as cortinas para que o momento seja só deles e gatinha esfomeado para o corpo que lhe abre o apetite. Amélia abre-se para ele sorrindo de consentimento. As línguas entrelaçam-se húmidas e calorosamente.

João ajeita-se entre as pernas femininas que o puxam para a zona que aguarda ser preenchida. Quando o momento da união é inevitável os corpos, ainda molhados e perfumados do banho, dançam em perfeita sintonia. O membro não se aquieta. Amélia arranha com ternura a zona das omoplatas do seu extremoso amante. O seu corpo segue os movimentos das ancas de João, que em gritos abafados se liberta do líquido morno que aquece e revitaliza o interior de Amélia. Ambos soltam suspiros de satisfação aliviada.

Visivelmente emocionado João toma o rosto sardento, ainda roborizado, entre as mãos másculas, beija-a apaixonadamente.

– Que saudades Amélia. Que saudades! – Confessa simplesmente.

– Amo-te! Amo-te João! – Declara-se de coração aberto. Olha bem fundo dos olhos-terra como que tendo uma exígua esperança que também ele se declare.

Durante breves minutos a resposta fica suspensa no ar.

– Bem sabes que sim. – Confirma cautelosamente. – Bem sabes que sim. – Repete-lhe colando a sua boca à dela. – A seu tempo o direi. – Cerra momentaneamente as pálpebras.

Amélia aperta-o contra si. As lágrimas de felicidade arrefecem-lhe as rosetas da face.

A luz do entardecer banha o quarto em tons de ouro. João sai de cima do corpo que o acolhera, puxa para si o lençol bege de seda, cobrindo com ele quem na cama descansa.

Amélia, sonolenta, deita a cabeça sobre os músculos peitorais que vai beijando e acariciando amiúde. João entretém-se com os dedos de uma mão enfiados nos largos caracóis ainda húmidos do banho, a outra mão, em forma de concha, segura a zona pélvica como se guardasse o mais valioso dos tesouros.

Suspiram e deixam-se dormir sincronizadamente até à hora, um pouco tardia, do jantar.

D A rua chega não só a brisa húmida das noites de maio, como também o som da alegria e das vozes do convívio.

O perfume emanado do rosmaninho que arde na fogueira, no pátio posterior, todos enamora como setas de Cupido.

O casal é acordado pelo alerta dado pelos cinco sentidos, especialmente, pelo som da concertina que anima o baile dos empregados.

Estremunhados confirmam a presença um do outro pelo encontro do olhar e do sorriso. Beijam-se calma e apaixonadamente.

– Vou vestir-me e avisar que podem vir servir o jantar. – Diz ao percorrer-lhe a linha do rosto com o dedo indicador.

– Aha! Afinal sempre vi uma mesa posta lá fora. – Impulsivamente salta para cima da barriga do esposo. Cobre o rosto masculino com uma cortina de cabelos ruivos e ondulados. – Pede a Maria que mande uma criada buscar uma muda de roupa para mim. – Os olhares dirigem-se para o vestido branco largado junto do alguidar, como que testemunhando o que ali se havia passado. Sorriem de cumplicidade. Beijam-se de emoção.

– Adoro que te sintas à vontade com a nossa nudez. – Segura a cintura feminina com as mãos. – Este teu corpo é a minha perdição. – Admite ao contemplá-lo na sua totalidade. – Está descansada que trato disso. – Tranquiliza, já um pouco esquecido do que Amélia lhe pedira, ao levantar-se da cama.

Amélia dá por si a deliciar-se naturalmente com o porte atlético do marido. Livre de inibição e de preconceito aprecia a largura e musculatura das costas, a firmeza dos glúteos e bíceps. Sem pensar belisca-lhe a nádega atrevidamente. João volta-se para ela com um sorriso que lhe eleva as bochechas. Amélia mordisca a ponta da unha do dedo polegar. Revira os olhos para o teto como uma adolescente que acabara de cometer uma traquinice.

– Não fosse estar mesmo com fome … – Sorri pelo duplo sentido da palavra. – Voltava outra vez para a cama e fazia-te …

– É melhor jantarmos primeiro. – Adverte, sentindo no estômago o efeito das várias refeições que saltara na última semana.

O marido, já vestido, sai do quarto, voltando logo de seguida atrás. Nas mãos, carrega um conjunto de peças de roupa impecavelmente dobradas.

– Maria adianta-se sempre. – Estendendo-lhe as roupas. – Aqui tens a tua muda de roupa.

– Não poderias ter encontrado melhor governanta. – Garante ao alcançar o que lhe é estendido.

– Sabes, quando te disse que a minha família morava em Coimbra não quis dizer que fossemos todos naturais de lá. – Revela dando-se a conhecer mais um pouco. – O meu lado materno é aqui de Portalegre. A Maria das Dores já tomava conta de mim e da minha irmã quando vínhamos passar férias para o Alentejo. Foi do meu avô materno que herdei a paixão pelo Alentejo e... parte das terras que possuo. – Confidencia.

– Tens algum irmão? – Não consegue evitar a pergunta.

– Sim. Um meio-irmão do primeiro casamento do meu pai. Que cedo enviuvou. – Esfrega nervosamente o rosto. – Invejas e amores em comum azedaram sempre as nossas relações. – Acrescenta já ao sair do quarto. – Talvez sejam mais azedas do que eu pensava.

É nas últimas palavras que Amélia pensa ao enfiar a cabeça na camisa de dormir de bordado inglês branca. Passa os braços pelas mangas do robe feito do mesmo tecido e cor. Abre a porta, vai até ao quarto de hóspedes buscar os sapatos de quarto e a escova.

De regresso, a saltitar e trautear, passa pela porta do quarto dos gémeos. Decide espreitar para o seu interior. Ainda descalça, confirma se as crianças estão confortavelmente a dormir. Beija as faces de cada uma, sorri-lhes e afaga-lhes os cabelos. Roda o tronco sobre os calcanhares preparando-se para deixar aquela divisão da casa quando esbarra com o tronco de João que embevecido observa a forma maternal como a esposa cuida dos seus filhos.

– Foi tão fácil cativares os meus filhos. – Felicita-a.

– São duas crianças adoráveis. Também fui cativada. – Focando-se nos olhos castanhos-terra húmidos de emoção. – Foi só a eles que cativei? – Segreda a pergunta.

– Bem sabes que não. – Afirma com o lábio inferior descaído.

– Estás outra vez com receio que te possa vir a magoar? – Quer saber adotando uma postura defensiva. – Ainda não confias plenamente em mim! – Afirma esmorecida.

– Não, Amélia, não é isso. – Confessa ao dar-lhe a mão. – Mas representas uma mudança muito repentina na minha vida. – Beija-lhe repetidamente as faces. Amélia suspira aliviada. – Ah, já que estamos a falar de crianças… sei que na minha ausência foste visitar a tua irmã a Portalegre.

– Sim. – Confirma baixinho por se sentir comprometida com o suposto segredo.

– Preferia que não voltasses a fazê-lo sozinha. – Manifesta-se mais compreensivo do que Amélia estava à espera. – Da próxima vez que o quiseres fazer diz-me, faço-te companhia ou então levas um dos empregados contigo.

– Sim. – Responde ainda surpresa.

*****

Como um casal de enamorados, João e Amélia, disfrutam o momento final do romântico jantar de boas vindas que Maria das Dores havia, com surpresa, providenciado.

João, recostado na cadeira de bunho, de pernas estendidas aprecia o seu cigarro lançando argolas de fumo.

Amélia de bruços, encostada ao parapeito do terraço, observa a festa de boas vindas, que as famílias haviam preparado para os vaqueiros, que se realiza nas traseiras da casa, perto do castelo, para onde olha com fugaz tristeza.

Volta a concentrar a sua atenção no grupo animado de homens e mulheres que dançam e cantam perto da fogueira. As crianças brincam à volta do lume.

Nos seus trajes de festa, não revelando sinal do cansaço que a vida no campo ou na casa lhe causa no corpo, as mulheres bailam com os seus maridos ou pretendentes a tal.

Fazem-no com tal alegria que Amélia sente, naquele momento, uma pontinha de inveja por não estar lá em baixo a rodopiar, ao som da concertina, enlaçada por João.

Os pares dispostos em roda aguardam, de mãos dadas, o início da música.

Ao som da concertina, dos ferrinhos e do reco-reco uma voz feminina canta as primeiras palavras de um possível encontro secreto depois da missa de domingo. Os pares levantam os antebraços, fecham os punhos voltados para fora e giram os corpos em torno de si próprios. Os pés acompanham com leveza, quase não tocando no chão de terra batida, o ritmo marcado pelos instrumentos na moda de saias. Bem ensaiados os bailarinos rodam, trocam de pares, vão ao centro e voltam ao seu lugar inicial. A roda gira e os passos repetem-se.

— É extraordinária a alegria que estes alentejanos conseguem ter depois de um dia duro passado no campo ou nas lides domésticas. — Comenta ao voltar-se para o marido.

— Festejam essencialmente o regresso dos maridos e dos filhos e o fim do tempo mais duro para se andar no campo. Sabem que até ao início das chuvas o trabalho no campo está garantido. — Explica levantando-se para ir ao seu encontro. — Se não estivesses já de roupa de dormir poderíamos ir até lá abaixo, sei que teriam muito gosto. — Acrescenta ao abraçá-la pela cintura, elevá-la no ar fazendo-a rodopiar ao som da moda de saias que se ouve por esses campos fora.

De um momento para o outro a atenção do casal volta-se para o som do bater dos paus que vem do lado da festa.

— O que se passa? — Pergunta Amélia ao ver que os homens se organizam em roda com um pau na mão. — Não me digas que já se zangaram?

— Não, que ideia a tua! — Responde em tom brincalhão. — É uma dança de homens que serve para disputar entre eles a moça pretendida. Os paus são feitos de azinho, marmeleiro e são usados pelos pastores da Serra de Mata Amores, na freguesia de Fortios.

— Os homens têm cada ideia. Mas não deixa de ser interessante. Uma moça ver-se assim disputada deve ser muito interessante. — Conclui com um sorriso maroto estampado no rosto.

– Quanto mais resistente for o pau mais envaidecido fica o seu dono. – Acrescenta brincando com o duplo sentido do objeto.

O som das batidas cruzadas e violentas dos paus e as risadas envergonhadas das moças disputadas preenchem a noite.

Ambos soltam uma gargalhada sensual.

Amélia fita-o para lhe lembrar que já tinham outros planos para essa noite.

– Queres conversar, não é? – Pergunta sabendo a resposta. – Não terás descanso enquanto não te der algumas explicações. – Afirma já conhecendo a determinação da esposa. – É melhor irmos até à biblioteca para não termos outras tentações, para já. – Convida ao pé da porta.

Amélia limita-se a segui-lo em silêncio, pois de tão nervosa que ficou não consegue dizer nada.

Ao entrarem no espaço da biblioteca olham ao mesmo tempo para a secretária e vem-lhes à memória a conversa dolorosa que ali se passara na primeira vez que estiveram juntos naquele espaço, há já um mês.

Amélia procura em silêncio o conforto do seu recanto preferido na divisão: os bancos de granito junto da janela que dá para a zona do ervado que vai desembocar na barragem. Senta-se aguardando pacientemente que João faça o mesmo. Ele ciranda de um lado para o outro tentando encontrar coragem para partilhar o seu passado.

– Vem, senta-te aqui. – Aponta para o banco vazio que está mesmo à sua frente. – Não vale a pena ficares nervoso. – Diz com voz doce.

– Nem sei por onde começar! – Admite ao sentar-se mesmo frente a ela. Abana consecutivamente a cabeça nos dois sentidos. – Qual das histórias queres que te conte primeiro? – Ironiza para disfarçar o desconforto que a situação lhe causa.

– Vai falando, pois tenho a certeza que as histórias, como lhes chamas, estão ligadas entre si. – Diz adotando a postura de boa ouvinte.

João começa por narrar que quando conhecera Antonieta ela namorava em segredo com Ricardo Jorge, o seu meio-irmão. Que logo nessa época se apaixonara perdidamente por ela. Como era uma mulher um pouco mais velha, já mais vivida e dada a muitas festas os pais nunca fizeram muita questão no namoro, muito menos no casamento. João admite, que na altura se surpreendera quando, de um momento para o outro, Antonieta deixara o meio-irmão e começara a mostrar-se interessada por si. Ainda não namoravam há meio ano quando o casamento fora marcado por ela. João comenta que na época, de tão apaixonado que estava, não se dera conta que Ricardo Jorge não se zangara com ele por ter sido rejeitado por Antonieta, tal como já acontecera anteriormente com outras namoradas.

Nesse ponto da narração João confessa que o meio-irmão sempre tivera muita inveja de si. Alimentada essencialmente pela grande fortuna que iria herdar dos avós maternos e que, para manter o estilo de vida boémio que levava, Ricardo Jorge, teria de viver da generosidade da madrasta e mais tarde da sua.

– Até ao dia de José, o atual manajeiro do Monte, me ter contado que Barbosa se encontrava com a Antonieta às escondidas no castelo, e ter corrido para lá e os ter encontrado juntos, sempre acreditei que a minha esposa me amava verdadeiramente.

Cala-se e cerra os punhos. Sustem e respiração. Esfrega desesperadamente o rosto. Ganha coragem para retomar a narração no ponto em que descobre a dimensão da traição da esposa. Antes porém segura as mãos de Amélia com tal força parecendo que suplica que nunca lhe faça o mesmo. Amélia emocionada leva-as perto dos lábios e beija-as com paixão. Sorri-lhe com doçura.

Com voz sumida João narra que até àquele dia fatídico, Antonieta era para ele a melhor das esposas. Que apesar de não partilharem o mesmo estilo de vida, os mesmos interesses, sempre achara que lhe era fiel. Daí que nunca suspeitara das suas intenções, quando lhe pedia, com frequência, para passar temporadas em Coimbra ou viver quase que refugiada no castelo, que por excentricidade lhe exigira que o construi-se, alegando que detestava a casa de estilo alentejano onde agora se encontravam.

Assume que na altura, após o parto dos gémeos e, nos dois anos que se seguiram até à sua morte, nunca desconfiara que a doença depressiva crónica, que lhe fora diagnosticada, não passara de uma desculpa para fugir ao contato íntimo com ele. Assume mesmo que desde que a mulher engravidara dos gémeos nunca mais fizera amor com ela. Confirma que fora a mesma doença o argumento utilizado para justificar a contratação de uma suposta eficiente ama, Joana.

À medida que as peças se vão encaixando Amélia, de coração acelerado, vai beijando e massajando as costas das mãos para o acalmar.

Tenta disfarçar a tristeza que sente por ver que o passado ainda o perturba demasiado.

– Apenas comecei a juntar as peças deste diabólico plano quando fui confrontado com as tuas dúvidas. – Tomba a cabeça no seu colo e chora como uma criança pequena. Amélia ao ver aquela figura tão máscula e por quem está perdidamente enamorada retorcida no seu regaço inclina o tronco sobre ela, para o proteger da dor que o tortura. – Resumindo...

Dali a momentos João remexe-se. Amélia endireita-se e procura os olhos castanhos-terra, que de vergonha se perdem na escuridão da noite lá de fora.

É nessa posição, perdido na imensidão do negrume que João se prepara para contar a parte mais dolorosa dos factos.

Com um lenço limpa o suor que lhe escorre pela testa. Decide levantar-se, caminha pesadamente para a lareira. Encosta a testa sobre a parede branca ao mesmo tempo que esmurra o friso de madeira maciça. Amélia levanta-se e corre para ele. Abraça-lhe as costas. João alcança as mãos que o abraçam.

– ... Amélia, eu sou o responsável pela morte de Antonieta. – Dispara de uma vez.

Amélia apesar de sentir o chão fugir-lhe dos pés, permanece abraçada ao marido, não sentindo medo.

– Antonieta morreu porque a empurrei das escadas quando discutíamos... Amélia. Os meus filhos ficaram sem mãe por minha culpa. – Grita descontrolado ao esmurrar novamente o friso da lareira. – Como é que algum dia lhes vou poder explicar tal fatalidade?

– Acalma-te, meu amor. Acalma-te e conta-me o que se passou. Não deve ter sido bem assim como estás a dizer. – Solta-se dele. Perfura o espaço que separa o tronco masculino da parede da lareira, com a intenção de ficarem frente a frente. – Olha para mim! – Pede com carinho. – Não acredito que o tivesses feito intencionalmente. – Saí em sua defesa.

– Já há algum tempo que José e Maria das Dores me andavam a avisar, indiretamente, que a conduta de Antonieta não era muito correta. Avisaram-me que recebia com frequência Barbosa, na minha ausência, no castelo e na casa de Portalegre. Maria chegou-me mesmo a alertar que entre eles e Joana havia uma intimidade nada aconselhável. Que conversavam muitas vezes em segredo. Sempre fingi não entender o que me queria contar. – Pausa para recuperar o fôlego. Volta a caminhar em círculos pela biblioteca. Amélia fica perto da lareira a segui-lo com os olhos e a escutar atenta a narração. – Naquele dia, quando voltávamos da nossa ronda pelos campos do Monte, um dos criados fala com José. Este dirige-se a mim e conta-me que Antonieta está no castelo com Barbosa. Não tive como fingir não perceber o que me era contado. Ainda insultei o manajeiro por estar a ofender a minha honra e a da minha mulher. – Vai contando enquanto circula à volta dos sofás. – Sem me fazer ouvir entro no castelo e ouço as risadas de ambos no primeiro andar, vindas da zona dos quartos. Não tive logo coragem para subir. Fui um cobarde. – Auto agride-se no peito em sinal de culpa.

– João para, para! Vá deixa. Contas o resto noutro dia. – Sugere já assustada com o comportamento do marido.

– NÃO. NÃO. – Grita espumando raiva. O rosto é impenetrável e desfigurado. – Preciso de contar tudo de uma vez por todas. Por favor faz isso por mim. Há três anos que tenho esta história atravessada aqui. – Leva a mão, na posição horizontal, à zona da garganta. – Por favor ouve-me. Preciso que me ouças. – Pede-lhe ao sentar-se no sofá com o rosto escondido entre as mãos.

Amélia vai até junto dele, ajoelha-se no chão de frente para o corpo curvado e o rosto escondido. Com jeitinho tenta desviar-lhe as mãos que escondem o rosto que tanto ama. Ele resiste. Ela insiste e vence. Beija-o com doçura.

– Estou aqui. Ficarei a ouvir-te até que queiras. – Murmura com os lábios encostados aos do marido, fitando bem fundo os olhos castanho-terra.

Vai buscar uma almofada. Senta-se, de costas voltadas, no chão entre as pernas de João oferecendo-lhe o manto de cabelos ruivos sobre as coxas dele.

– Tens um cabelo fantástico. – Elogia ao pentear as pontas com os dedos. Enche e esvazia o peito de ar dando a entender que vai retomar a sua narrativa. – Como não tive logo coragem para subir, fiquei sentado naquele bizarro salão de armas a despejar todas as garrafas de bebida que encontrei. Perdido de bêbado e enlouquecido pelos ciúmes subi

239

as escadas. Felizmente ou infelizmente, os filhos da mãe nem deram pela minha presença. Amélia, vi-os abraçados na cama a congeminar o mais diabólico dos planos e a gozarem com a minha ingenuidade. Até há bem poucos dias atrás, não percebi porque gozavam também com a burrice de Ricardo Jorge. Também ele fora traído por Antonieta, que vendo-se limitada ao espaço do Monte e do palácio, durante os meses da gravidez e dos que se seguiram depressa se embeiçara por Barbosa, na época o meu principal manajeiro. Por ganância também, faz dele cúmplice do esquema que montara com o primeiro amante. – Cala-se. Acalma-se rodando com as pontas dos dedos as madeixas ruivas onduladas.

– Ela foi amante dos dois ao mesmo tempo? – Quer saber Amélia não conseguindo deixar de expressar no rosto a agonia que sente no estômago.

– Pelos vistos. Antonieta era uma mulher sexualmente insaciável. Hoje tenho quase a certeza que tudo já tinha sido planeado. Desde o momento, em que ela rompera o namoro com Ricardo Jorge para se casar comigo. Casar-se comigo foi um plano dos dois. – Responde secamente. – Troçavam com o facto de eu nunca ter percebido que tinham ficado amantes logo depois do nascimento dos gémeos. Que a suposta depressão pós parto fora uma desculpa para evitar o meu contacto. – Nova pausa para renovar o ar dos pulmões. – Quando me preparava para os apanhar em flagrante ouvi o nome dos meus filhos. Decidi ficar à escuta. – Pede a sua maior compreensão. – Amélia, ouço-os recapitular o plano diabólico para o sequestro dos meus filhos. – Estremece ao respirar. – Antonieta estava a planear com Barbosa o sequestro dos seus próprios filhos. Combinavam que haviam de exigir que eu pagasse a libertação dos gémeos com uma boa parte da minha fortuna. – Penteia os curtos cabelos para trás. Volta a esfregar o rosto. Sempre nervoso. – Mais ainda. Planeavam o meu assassinato. Engendravam uma forma de me matarem quando fosse pagar o resgate. Livravam-se de mim e deitavam as mãos a toda a minha fortuna. – Cala-se durante uns bons momentos. Amélia fica na expetativa se a narração ficará por ali ou se continuará. – Pronto... ao ouvir todo aquele plano, irrompo pelo quarto perdidamente enlouquecido e bêbado. Atiro-me a Barbosa, esmurrei-o até me apetecer, enquanto Antonieta gritava de pânico por se ver descoberta. Quando me cansei de bater ao nojento amante voltei-me para ela. – Nova pausa. – Juro que não lhe queria fazer tanto mal. Só que quando lhe perguntei o porquê da traição ela começou a rir se de mim, a insultar o meu amor, a insultar-me por acreditar nela, por ter escolhido viver da e na terra, eu sei lá... provocou-me com tudo o que se lembrou. Perdi a cabeça e esbofeteei-a. Era só para a calar. Mas, sentindo-se agredida ou talvez possuída pelo diabo, começa a ofender-me ainda mais, argumentando que era mau amante, que nunca soubera satisfazê-la na cama e que por isso sempre tivera amantes, desde o nosso tempo de namoro. Que nunca deixara de se encontrar com Ricardo Jorge e com todos os que lhe apetecia. – João toca-lhe nos ombros para se erguer. Amélia cede ao pedido. Ele levanta-se, visivelmente cansado, vai até junto de uma das janelas, abre-a para que o fresco da noite lhe arrefeça as emoções. – Pergunto-lhe se os gémeos são mesmo meus filhos. Ri-se na minha cara e responde-me que nunca terei a certeza. Vou para a esbofetear, pela segunda vez, quando sou surpreendido por um murro de Barbosa. Quando me refaço do impacto vejo que os dois se preparam para deitar fogo ao quarto, num plano improvisado para se livrarem de mim. Vou-me a ela enraivecido, arrasto-a pelos cabelos para fora do quarto. Todos gritámos e esperneámos. Já perto das escadas o teu padrasto prende-me as pernas e eu, para me defender, acabo atirando Antonieta pelas escadas de granito. O corpo rebola desamparado degrau a degrau batendo em todas as quinas. Ela grita de dor até embater fatalmente na quina do suporte da armadura. Barbosa foge acagaçado e grita que há de voltar para se vingar. Sou eu que ali fico a rezar para que Antonieta dê sinal de vida. Como não acontece fico abraçado ao corpo inerte durante horas. Chorei a morte da mulher que amava cegamente mas que até há poucos minutos planeava raptar os nossos filhos e matar-me de seguida. Tudo por dinheiro. Tudo por dinheiro. Maria e José é que foram dar comigo naquele estado, é que trataram de resolver todo o assunto junto da Guarda. – João inspira e expira todo o ar que consegue. Esvaziado perde-se na escuridão da paisagem e da sua alma. – Amélia, ela foi sempre amante do meu irmão. O casamento comigo foi desde o início um plano para deitarem mão à minha fortuna. Antonieta nunca me amou. Percebes porque digo que o amor só atrapalha? Se não estivesse tão cegamente apaixonado tinha percebido os sinais de alerta, tinha escutado os meus pais, amigos e empregados quando me diziam que ela tinha uma vida boémia.

Um silêncio gélido faz-se sentir na biblioteca. Amélia tapa a boca para que o grito de choque não se liberte da garganta. Mas os dilatados olhos verde-esmeralda refletem o horror pela descrição dos acontecimentos. Inundam-se de lágrimas que resvalam rapidamente pelo sardento rosto.

– Matei-a, Amélia. Atirei-a com as minhas próprias mãos escadas abaixo. – Estende as mãos e olha vidrado para elas.

Volta-se para a esposa, caminha cabisbaixo. Amélia ergue-se do chão e estende-lhe os braços para que se aninhe no seu peito. João curva-se e esconde o rosto desfigurado na curvatura do pescoço da esposa.

– Pronto meu amor... pronto, tudo não passou de um acidente. – Vai dizendo para o confortar. Desliza as mãos pelas costas do marido.

– Tem sido com essa verdade distorcida que Barbosa me vem chantageando desde que ela morreu. Já lá vão três anos. – Endireita as costas e toma o rosto delicado feminino nas suas mãos. – Foi sob a ameaça, repetida vezes sem conta durante estes três anos, que contava a toda a gente que tinha morto a minha mulher por ter descoberto que os filhos não eram meus, que me forçou a casar contigo e me cobrou uma fortuna. Desculpa por teres sido envolvida nesta confusão toda. Não consigo é perceber qual o motivo do casamento! – Beija-lhe só as faces, receando que a introdução de novos factos possa ter alterado os sentimentos de Amélia.

– Que história, João que história! A ver se percebi: a morte acidental de Antonieta só os fez alterar a forma para conseguirem deitar a mão ao teu dinheiro? É isso? – É só o que consegue dizer. – E agora?

– Estou convicto que sim. Agora resta confirmar qual o papel do meu meio-irmão e de Joana nesta baralhada toda. – Perde-se a fitar os olhos verde-esmeralda à espera que lhe deem um sinal que tudo está como dantes. – Receio que possam a estar a planear mais algum golpe. Temo pela segurança dos meus filhos e agora pela tua. Por que razão me obrigou a casar contigo?

Cada um fica a matutar qual terá sido a razão para Barbosa ter forçado o casamento.

De repente, João olha para Amélia e estuda-lhe com afinco o rosto. Retorce os lábios e franze o nariz. Rugas de preocupação nascem-lhe nos cantos dos olhos.

Amélia observa-o preocupada e uma lembrança salta-lhe da cabeça. Liberta-se dele. Recua uns passos.

– João... não vais voltar a dizer que estou envolvida com eles... – Adverte de braços cruzados e nariz arrebitado. – Toma lá atenção ao que vais dizer! – Avisa com firmeza apontando o dedo indicador para ele.

O lavrador leva a mão esquerda ao queixo, coça a barba rala e vai caminhando na sua direção. Amélia já assustada recua mais um pouco. O rosto inquisidor do marido estuda-lhe as feições ainda mais de perto. Pega-lhe no queixo e oscila-o com suavidade. Parece que analisa a sua juventude.

– Que idade tens, Amélia? – Fala finalmente. – Sei que já me disseste. Mas confirma por favor!

– Ah! Que pergunta? – Levanta a voz colando a mão esquerda na zona do coração.

– Responde-me. Que idades tens? – Repete com a ponta do nariz colada à sua.

– Mas que importa isso agora? – Desvia-se da aproximação de João. – Estás a deixar-me assustada. Ficaste muito estranho repentinamente. – Senta-se encolhida no sofá.

– Só quero saber. – Repete de mansinho. – Diz por favor. – Segue atrás dela.

– Dezanove. Tenho dezanove anos. – Responde num tom desconfiado.

– MERDA! MERDA! – Grita ao pontapear a tripeça de cortiça que está perto da lareira.

– Vais contar-me o que se passa? – Exige já também alterada. – Que de tão importante tem assim a minha idade?

– Quando fazes os vinte? – Volta-se para ela como se da resposta dependesse a vida de ambos. – Responde rápido. – Ordena pegando-a pelos ombros, quase que a sacudindo.

– Estás a magoar e a assustar-me. – Pede já a choramingar. – Larga-me, João! Não sei lidar com essas tuas mudanças de humor.

– Oh desculpa! Não queria aleijar-te. Desculpa, mas responde por favor. – Solta-a suplicando. Tenta que ela olhe para si.

– Faço anos em setembro. – Informa completamente atónita.

– Estamos condenados, Amélia. Estou condenado a não ter paz. – Declara-se rendido pela descoberta que acabara de fazer. Vai até à cadeira da secretaria e deixa cair o corpo pesadamente. – São uns monstros, Amélia. Oh meu amor, o que vai ser de nós. – Lamenta-se com cabeça tombada sobre o tampo de madeira maciça. – Já arranjaram outra maneira de deitarem a mão ao meu dinheiro.

– Que dizes? João que dizes? – Corre para ele, senta-se na secretaria e pega-lhe o rosto por entre as mãos. De tão assustada que está não lhe apetece comentar o facto de ele a ter tratado de "meu amor" novamente. – Explica-te, antes que dê em doida!

Um silêncio demasiado longo e frio enche o espaço da biblioteca. Amélia com a sua habitual paciência e doçura aguarda que João se explique.

– Tens algum parente próximo vivo? Para além de mim, claro e da tua irmã. – Insiste em mais perguntas.

– Que eu saiba não. Nunca conheci a minha família paterna, vivem na Grã-Bretanha. – Informa ainda sem perceber o que se passa.

– Amélia senta-te aqui. – Pede de mansinho ao afastar a cadeira da secretaria e oferecer-lhe o colo. – Acho que já descobri por que razão Barbosa e os seus cúmplices forçaram este casamento. – Vai dizendo ao mesmo tempo que Amélia se senta sobre as coxas largas e firmes.

– Conta de uma vez por todas. Estás a deixar-me cada vez mais nervosa. – Suplica, exasperada, tentando aconchegar-se no abraço que a rodeia e protege.

– Devem estar a planear matar-me brevemente ou arranjar outra forma de forçar o meu afastamento dos negócios. – Afirma sem mais nem menos. – Como, aos olhos da lei, ainda és menor, com a minha morte ou afastamento dos negócios, Barbosa, como teu padrasto, pode obrigar-te a nomeá-lo teu protetor e deitar definitivamente a mão à minha fortuna. – Estreita-a com força contra si. – É por demais rocambolesco. Aqueles dois pensam em repartir a minha fortuna. – Confessa enojado com a própria suposição. – Com certeza não fazia parte dos seus planos que nós nos pudéssemos… – Engole a última palavra.

– Não, não… Barbosa não iria até tão longe… – Protesta refeita do embate das primeiras palavras. – Eu não te quero perder… não iria aguentar perder outra pessoa que amo tanto… não meu Deus… porque me castigais tanto… perder-te nunca… – Enrosca-se ainda mais ao corpo que a protege. Num ataque inevitável de pânico Amélia chora descontrolada. João estreita-a ainda mais contra o seu corpo numa derradeira tentativa de apaziguar o tremor causado pelo medo e pelos soluços.

– Pronto meu amor! Não te preocupes que hei de proteger-te e aos gémeos. Que para mim são e sempre serão meus filhos. – Confessa fazendo também ele um beicinho retorcido no canto da boca. – Tenho a certeza que o são.

– E quem te protege? Hã? Quem te protege. Não posso perder-te. Não iria aguentar. – Chora desesperada colada ao pescoço do marido.

De repente, João recorda-se da imagem de Amélia com o frasco dos barbitúricos nas mãos prestes a cometer, desesperada, o último ato derradeiro. O coração mirra-se no peito ao vê-la novamente tão frágil.

– Sossega, meu amor que havemos de antecipar-nos aos seus planos. – Promete com convicção. – Sossega que nada nem ninguém irá separar-nos. – Declara-se mais um pouco.

– Oh, João! Pelos vistos tudo nas nossas vidas é demasiado complicado… – Acrescenta com profunda tristeza. – O que vai ser de Isabelinha, também?

Com ela ao colo, João ergue-se da cadeira, revelando muito autocontrolo, sussurra-lhe ao ouvido.

– Temos de descansar, amanhã chegam as visitas. – Relembra a contra gosto.

– Oh… as visitas! – Barafusta com a lembrança agitando os braços no ar.

– Pelo menos já não temos fingir que dormimos no mesmo quarto e que somos um casal de verdade. – Vai dizendo ao subir os degraus que conduzem ao primeiro andar. – Menos uma preocupação. – Sorri para que a esposa não sinta a dimensão da sua preocupação. – Vamos dormir a nossa primeira noite juntos, como marido e mulher. – Constata ao entrar no quarto.

– Deixa-me amar-te uma vez mais esta noite. – Pede inesperadamente Amélia ao sentir o seu corpo a ser pousado com todo o carinho
na cama dossel. – Leva-me ao paraíso para esquecer o inferno que pode chegar amanhã ou depois... – Diz sem pensar, sentindo que fora
um género de premonição que a levara a dizer tais palavras.

A noite de sono fora agitada para João e Amélia.
Nem um, nem outro conseguiram esvaziar as mentes das descobertas que haviam feito nos últimos dias e no serão da noite anterior.

Amélia, aterrorizada pela hipótese de perder o marido abraçara-o com demasiada força toda a noite. Levara, também, toda a noite a recordar os pormenores que acertara com a governanta para a festa de receção aos convidados. A ideia de ir conhecer os pais e os irmãos do marido contribuíram igualmente para a sua ansiedade e insegurança.

João, congeminado o plano de proteção da sua família e de si próprio, toda a noite brigara com os lençóis, a almofada e os braços da esposa.

Ambos tentavam adivinhar, que novidades traria o detetive que investigava Barbosa e Joana.

Ainda a noite reinava, quando Amélia sente o marido abandonar, resmungando, contrariado, a cama.

– Onde vais? – Pergunta segurando-lhe a mão pendente.

– Deixa-te estar. Dorme. – Aconselha muito baixinho.

– Também não consegues dormir! – Conclui pesarosa.

– Pelos vistos estamos os dois muito abalados com todas estas descobertas e suspeitas. – Acrescenta ao sentar-se, de costas voltadas para a esposa, na ponta da cama.

– Pelos vistos. – Reforça, ao gatinhar na direção de João. Abraça-o pelos ombros.

– Vou andar a cavalo. – Informa abruptamente ao levantar-se. Beija rapidamente os lábios da esposa. – Se fico aqui, a contar as horas, dou em doido.

– Vou contigo. – Afirma Amélia, que de um salto sai da cama expondo toda a nudez do alvo corpo.

– Até no escuro és linda. – Enaltece ao colar a sua nudez à da esposa. – Queres mesmo vir andar a cavalo? Olha que ainda está escuro. – Adverte beijando-lhe sorridente os seios.

– Ainda não percebeste que não te vou largar por um minuto que seja. – Avisa ao agarrar-lhe as nádegas com firmeza. Suspira por sentir o membro, já ereto, mesmo colado à junção das pernas.

– Realmente, tudo em ti é sedutoramente invulgar. – Comenta com regozijo. – Os teus cabelos. – Beija-os. – Os teus olhos. – Beija-os. – A tua boca. – Beija-a de vontade. – Todo o teu corpo. – Beija os seios, o ventre, as coxas, desvia os pêlos púbicos suavemente com os dedos, penetra-a com eles para sentir a humidade da vulva. – Estás prontinha para me receber outra vez. – Penetra ainda mais fundo e ousadamente. – Adoro a tua personalidade docemente rebelde e moderna. – Sugando-lhe ao mesmo tempo um dos hirtos mamilos.

Amélia reclina o tronco para trás arfando de desejo. O corpo é sustido ao fundo das costas por uma mão firmemente aberta. Sente o morno do toque na pele toda arrepiada de desejo.

– Veste-te. – Pede sibilando ao ouvido. – Tenho uma ideia melhor. – Segreda-lhe.

– Ah! – É só o que consegue emitir por ver interrompidas as carícias. – Tu e as tuas ideias! O que vai sair desta vez!

Em poucos minutos o casal veste as roupas de montar. Amélia é que demorara um pouco mais, porque tivera de ir fazê-lo ao quarto de hóspedes.

Passam pela cozinha, de onde apanham algumas peças de fruta e dois cantis de água, para entreterem o estômago caso a fome aperte durante o par de horas que vão estar pelos campos.

No *hall* de entrada, João dirige-se para o armário onde as armas estão seguramente trancadas, de lá retira uma espingarda e respetivas munições. Amélia observa apreensiva o que o marido faz.

– É apenas uma precaução. Podemos ter um encontro inesperado com algum animal selvagem. Um javali, por exemplo. – Esclarece mais para desvanecer o medo que viu embaciar os olhos verde-esmeralda.

– Está bem. – Responde pouco convencida.

– Sabes utilizar uma espingarda? – Lembra-se de perguntar pensado na proteção dela contra outro tipo de animais.

– Aprendi a disparar, no Porto, mas mais por diversão. – Recorda com nostalgia. – Não me saía nada mal, na altura. – Acrescenta com vaidade.

– Ainda bem. Levas uma também. – Volta a trancar o armário. – Continuas a surpreender-me. Lá no Porto as jovens têm uma educação muito moderna. – Sorri ao chegar perto dela com as duas espingardas nas mãos. – Ainda bem. Traz essas mantas que estão aí, dentro dessa arca. Vão fazer-nos falta. – Pede, apontando para a enorme arca de madeira que se encontra ao lado do armário das armas. Pisca-lhe o olho de mistério. Do cabide alcança o alforge[1] de couro onde sabe que estarem guardados alguns artigos de primeiros socorros e de higiene.

Quando saem Amélia é surpreendida por um grupo de homens armados que vigia a casa. Toca na mão do marido para pedir-lhe que explique o que acaba de ver.

– Precauções. Mais vale prevenir do que remediar. – Esclarece quando passa pelo que parece ser o líder do grupo. Cumprimenta-o com um másculo aperto de mão.

Amélia interroga-se em que parte da noite João teria resolvido o assunto da segurança da casa grande. Encolhe, inconformada, os ombros.

Dali a alguns minutos, os cascos os cavalos fazem-se ouvir pela terra. O caminho é iluminado por uma luz de prata que brilha no céu. João espicaça o seu Alter Real branco para que acelere o galope. Amélia, a quem João selara um Alter Real negro como o carvão, nessa madrugada, segue-o de perto.

Os animais galopam desenfreados pelos campos fora para que os seus cavaleiros possam libertar as mentes do que tanto os martiriza.

A corrida dura, bem à vontade, uma meia hora.

Aos poucos começa a surgir diante dos olhos um espelho de água. João aponta na sua direção, sorri matreiramente. Amélia retribui o sorriso ainda sem perceber muito bem qual será a ideia do marido.

A mando dos cavaleiros os cavalos abrandam o andamento. Lado a lado os equídeos seguem agora a passo.

Na linha do nascente a escuridão vai ganhando tons de azul mais claro pois o sol ameaçará nascer dentro de minutos.

Perto de uma casa abandonada João puxa os arreios do seu Alter Real ordenando-lhe que pare. Desmonta. Atrás de si Amélia repete os gestos.

---

[1] Espécie de saco fechado nas extremidades e aberto ao meio, formando dois compartimentos, que se traz ao ombro ou sobre a montada.

O lavrador alcança as mantas e as peças de fruta que surripiaram na cozinha. Com um bater na garupa autoriza que os animais saciem a sede e a fome.

– Anda, não tenhas medo! – Pede ao estender-lhe a mão livre. – Vamos continuar o que começámos no quarto. Vais gostar. – Promete com um sorriso desenhado de orelha a orelha. – Vem. – Insiste na mão estendida.

Desconfiada, Amélia segue-o, de mão dada, para o interior da pequena casa abandonada. Olha em redor, pela forma das sombras confirma que da inicial construção apenas as paredes sobreviveram ao passar dos séculos. O chão é um manto fofo de ervas, papoilas e malmequeres. O telhado, que caiu há muito, é uma janela aberta para o céu romanticamente estrelado nessa madrugada. O ambiente está perfumado pelas flores de um pequeno marmeleiro que teimosamente sobrevivera no canto do que em tempos terá sido a sala de jantar da habitação.

João estende as mantas no meio do espaço, confirmando que é mesmo ali que terão o melhor ângulo de visão para contemplar as estrelas.

Amélia, que só nesse momento percebe o plano do marido, larga o pacote onde traz as peças de fruta no tapete fofo de ervas e corre na sua direção. De um pulo prende os braços ao pescoço dele e enlaça as pernas em torno da cintura masculina.

– Bolas Amélia, adoro mesmo quando fazes isso. – Confessa ao suster-lhe as nádegas com as mãos. – Nunca conheci uma mulher que o fizesse. E olha que conheci muitas. – Comprime os lábios quando se apercebe do que dissera. – Oh, que chatice! Desculpa a indelicadeza. Desculpa... desculpa. – Cobre-a de beijos para que esqueça rapidamente as palavras que dissera.

Amélia limita-se a esmurrar-lhe a zona do peito. João rodopia com ela presa à cintura. Ambos soltam sonoras gargalhadas. Já meios zonzos beijam-se ardentemente.

– Deixa-me despir-te. Lembra-me a tarde em que o fiz pela primeira vez. – Recorda ao pousá-la na manta alentejana.

Amélia fica em pé a deleitar-se com a imagem de ver o marido a desabotoar-lhe a camisa branca botão por botão com mãos firmes. O calor que se gera à volta do umbigo faz-lhe acelerar a respiração.

Com os seios a descoberto João mordisca-os como se fossem duas maçãs. Despe-lhe as calças e as cuequinhas. Amélia sente o rubor do rosto espalhar-se as todas as zonas do corpo. Instintivamente une as pernas. João sorri de júbilo.

– Nunca me canso de olhar para ti. – Reconhece ao afastá-la ligeiramente.

Amélia sentindo-se demasiado observada e exposta morde o lábio inferior.

– Não faças isso que fico ainda mais excitado. – Admite tentando desembaraçar-se das suas vestes. – Desde que te vi a primeira vez que não consigo pensar noutra coisa que não seja fazer-te minha. – Exprime-se em voz rouca colando os corpos num arrebatador abraço.

Amélia arfa de prazer por sentir o morno do corpo masculino contra o seu.

– Sinto vergonha por desejar-te tanto. – Revela com pudor. – Mas não consigo evitar sentir-me assim… será pecado? – Questiona embaraçada.

– Amar não é pecado. Pecado é não saber amar. – Garante com firmeza ao saborear-lhe a boca. – Anda, deita-te… quero sentir se já estás pronta para me receberes. – Pede com sensual meiguice.

Amélia deita-se na manta. De olhos postos no teto celestial coberto de estrelas sente que João lhe dobra os joelhos e afastara ligeiramente as pernas.

Solta um gutural gemido ao sentir os dedos que acariciam a sua intimidade húmida.

– Vamos amar-nos ao mesmo tempo. – Anuncia num tom de quem promete o mais extenuante dos êxtases. – Vamos, ao mesmo tempo, subir ao paraíso. – Olha para a cúpula estrelada que os ilumina.

– Sou uma mulher perdida. – Constata ao sentir que a vulva pulsa ansiosa pelo momento da penetração. – Que Deus me perdoe por tanto te amar. – Suplica olhando, identicamente, o firmamento estrelado que se estende para lá das paredes destelhadas.

João preenche-a com suavidade. Ambos soltam gemidos que se propagam pelos campos fora.

João eleva o tronco, suportado pelos braços esticados, sobre ela faz deslizar o membro para dentro e para fora. Amélia enlouquecida de prazer grava as unhas nos músculos do grande dorsal. Numa dança, geneticamente ensaiada, os corpos balançam para cima e para baixo até que, vencidos pela excitação estremecem para se libertarem dos líquidos que confirmam o atingir do clímax. Gritos abafados assustam a passarada que lá fora dormia tranquila nas árvores.

Vencido pela satisfação, João beija cada seio da esposa e depois a boca. Deita-se a seu lado, contemplando de bruços as estrelas, de sorriso apatetado esboçado no rosto.

Amélia sente o morno do sémen tocar-lhe a pele das coxas, mas de tão extasiada que está, nem se preocupa. Coloca-se também ela de bruços a observar o espectáculo de estrelas cadentes com que a natureza os presenteia naquele instante em que o sol anuncia estar prestes a nascer para mais um dia. Inconscientemente leva a mão à zona do ventre onde uma dorzinha lhe lembra que até há poucos dias o seu corpo não conhecia nem reclamava ser tocado.

– Desculpa. – Diz ao aperceber-se que a esposa tenta reconfortar a zona dorida. – Mas não consigo resistir-te. – Beija vezes sem conta a zona onde Amélia pousara a mão. – Achas que estás em condições de tomar banho na represa? – Pergunta em tom de desafio.

– O quê? Tens cada ideia João! – Volta-se para ele como que querendo saber se está a falar a sério ou a brincar. – E lavávamo-nos com quê?

– Quando os vaqueiros andam dias e dias fora de casa lavam-se onde há água. – Informa em tom sério. – No alforge tenho sabão. Se aceitares o desafio… sei que não te afogas… – Espicaça-a com o olhar.

– Oh meu Deus… vou parar ao inferno por tua causa. – Conclui já levantada. – Conseguia lá resistir a tal convite.

João dá-lhe a mão e, saindo pelo buraco que outrora fora a porta das traseiras da casa, correm no sentido do espelho de água.

Lentamente, por que a pele começa a ressentir-se na frialdade da água, vão avançando. Quando a água já tapa a nudez até à zona do peito João solta Amélia e, juntos fletem as pernas deixando que a água e, as plantas que por ali vivem, lhes molhe e perfume todo o corpo. Ficam submersos.

Com a mesma suavidade os corpos emergem da água. Os olhos encontram-se. Ambos sorriem de felicidade e regozijo por partilharem os mesmos gostos e loucuras. As mãos de Amélia fazem deslizar a água excedente dos cabelos e do rosto. João vai até à margem alcançar o sabão de Feno que lá largara.

Os dois perdem-se em carícias e brincadeiras até que o sol aparece seguro na linha do horizonte. João lava os cabelos a Amélia e ela lava-lhe cada parte exposta do corpo masculino.

Regelados e com a pele enrilhada lembram-se que serão horas de regressar ao Monte das Tílias, à vida real.

*****

Assim que transpõem a ribeira que atravessa o Monte começam a ouvir os sons que avisam que Maria das Dores deitara mãos à obra mesmo nas suas ausências.

Cá de baixo, Amélia e João vão observando, à medida que os cavalos se deslocam pelo caminho de terra batida que circunda a horta e o pomar, o corrupio de empregados e criadas a transportarem objetos da casa grande para o jardim. A azáfama é tal que o movimento pode ser equiparado a um carreiro de formigas que em pleno estio carrega mantimentos para o ninho.

No canto do jardim, junto ao paredão que suporta a água da barragem e longe do espaço onde as mesas serão montadas, um grupo de homens fortes pinga suor para colocar o porco preto no espeto que o levará a assar nas brasas. Após a árdua tarefa ter sido finalmente concretizada, um dos homens vai junto de um pote de barro e de lá retira um molho de ramos de loureiro embebido no tempero e com ele unta mais uma vez o porco. A gordura que pinga faz avivar as brasas e deixa no ar um cheiro a festa.

Os tampos de madeiras e os tripés para os susterem são transportados por rapazolas que os vão logo de seguida montando as mesas para que as raparigas as possam lavar e deixar a enxugar ao sol, até à hora de começarem a estender as toalhas de linho bordado com bainhas a *ajur* e os guardanapos que as acompanham.

João e Amélia, após terem entregado as suas montadas ao empregado da cavalariça, decidem ir até ao quarto mudar de roupa pois o detetive que está a vigiar Barbosa e Joana deve estar quase a chegar.

Até que ele surja Amélia vai, já na companhia dos gémeos, ter com Maria das Dores à sala de jantar para supervisionar os preparativos da festa. A conversa é rápida uma vez que a governanta é chamada à copa e os gémeos, que essa manhã estão especialmente agitados, não param quietos um segundo que fosse.

Amélia decide ir com eles até ao jardim não só para também ela orientar a decoração das jarras que serão colocadas nas mesas, mas também para que Dinis e Beatriz possam gastar as energias que os excitam.

A manhã já vai a meio, quando do local onde se encontra, se apercebe da chegada de um pequeno grupo de homens. O coração sobressalta-se só com a lembrança de poder tratar-se da visita que é esperada.

Entrega as crianças a uma das criadas, a quem pede que as acompanhe até ao quarto dos brinquedos. Dirige-se até à biblioteca onde sabe que João se refugiara a trabalhar enquanto aguardava a chegada do detetive privado. Quando chega à porta da biblioteca João tem acabado de mandar sentar o detetive, os demais ficaram no *hall* de entrada à espera.

Para seu espanto o marido oferece-lhe a cadeira da secretaria para que nela se sente. Ele permanece tensamente em pé, a seu lado.

*****

O almoço fora rápido porque o casal havia perdido o apetite depois da conversa demorada que havia tido com o detetive privado.

A pedido dos gémeos Amélia fora fazer-lhes companhia até que fossem horas de dormir a sesta. Concluída essa tarefa decide ir até ao quarto onde pensa que encontrará o marido a recuperar as forças para a festa de mais logo. Ao abrir a porta repara que a cama está vazia. À medida que avança pelo quarto percorre o olhar à procura de sinais do marido. Nada. Os movimentos oscilantes do cortinado azulado fazem-na dirigir-se para o terraço. Ai encontra João debruçado sobre o parapeito, devorando sofregamente o cigarro que tem entre os dedos. Pela rigidez dos músculos das costas conclui que também ele está demasiado tenso. Caminha de mansinho até junto dele. Quando chega põe-se a seu lado colocando a sua mão sobre a que em silêncio esmurra a parede do parapeito.

João estremece ao toque, pega-lhe na mão e leva-a até aos lábios para a beijar de gratidão.

Obrigado pelo teu apoio. – Agradece de olhar perdido pelas terras que lhe pertencem. – Obrigado pelo teu amor.

– Sabes que poderás contar comigo para tudo. – Oferece-se com convicção.

– Se não fosse pelos gémeos e por ti ainda hoje mandava aqueles quatro para o inferno. – Assegura enraivecido. – Mesmo sabendo que seguiria atrás deles...

– Seria capaz de ir até ao inferno para te resgatar. – Garante-lhe Amélia sem revelar emoção. – Sem ti a minha vida perde o sentido. És o meu anjo da guarda.

– Amélia, minha doce Amélia, não deverias fazer essas afirmações. – Adverte com nostalgia. – Também já pensei assim e vê no que deu! O amor só nos faz dizer e fazer disparates. Esconde-nos a verdade.

– Sei que o meu amor por ti não é correspondido com a mesma intensidade. Sei que é bem possível que um dia me traias como Antonieta te traiu. Sempre foste sincero. Sei que o que sentes por mim é essencialmente uma atração física, apesar de lá no fundo, bem no fundo, tenhas, e eu igualmente, a esperança de que te apaixones por mim sem receios. – Revela com tal segurança e frieza que João volta-se para ela. – Mas também sei que jamais terias a coragem de me mandar matar. Por isso não queiras comparar-te, agora, à tua falecida esposa, dando a entender que a vítima do amor serei eu, desta vez. – Conclui com dureza. – Preferia morrer no teu lugar a ter de sofrer com a tua perda. E não julgues que sou mártir, estou apenas a ser egoísta.

João fica a refletir nas palavras maduras da jovem esposa. Sente-a entrar no quarto e a deitar-se na cama. Em poucos minutos vai fazer-lhe companhia.

Amélia deita a cabeça sobre o peito do marido e este afaga-lhe os cabelos, numa cumplicidade que não necessita de palavras.

– Aquele filho de uma puta já está em Portalegre há mais de uma semana. – Recorda em voz alta uma das informações dadas pelo detetive. – O que Ricardo Jorge andará a tramar com o Barbosa e a Joana? Pelo menos já sabemos que estão juntos. Aliás, que estão juntos quase desde o início. Antonieta e Barbosa deveriam estar a tentar passar a

255

perna ao meu meio-irmão quando se deu a fatalidade. – Pausa para relembrar as informações. – Faz sentido a tese do detetive: de que a ama é que raptaria os gémeos. Por isso é que Antonieta fez tanta pressão, para que a contratássemos. – Nova pausa, desta vez para beijar a testa da esposa. – O filho da mãe está endividado até ao pescoço. Há mais ou menos três anos, comecei a recusar dar-lhe mais dinheiro... não está com meias medidas, decide mandar-me desta para melhor. Filho da puta. – Insulta. – O fruto do trabalho dos meus avós e do meu, nas mãos dum viciado em jogo, em mulheres e em álcool. – Destorce o rosto em expressão de repulsa. – Só mesmo por cima do meu cadáver. Tudo isto por causa do dinheiro.

– Achas mesmo que Ricardo Jorge virá hoje à festa? – Interrompe o marido para expressar a pergunta que lhe martela o cérebro.

– Claro que sim. Não só vem à festa como vai ficar a dormir na minha casa e a comer às minhas custas. – Afirma peremptoriamente. – Deve fazer parte do esquema que tem planeado para me ...

– Como vais ser capaz de o encarar? – Interrompe expressando uma das suas preocupações.

– Preocupa-me mais como vou ser capaz de não lhe encher o corpanzil de porrada, isso sim. – Confessa alterado. – E prepara-te, vai cobrir-te de atenções e bajulamentos assim que fores apresentada como minha esposa. Toda a vida cobiçou tudo o que era meu, incluindo as mulheres. – Avisa com amargura. – A única vez que lhe cobicei a mulher, fiquei mal servido. – Reconhece.

– Por favor João, já chega desse assunto. – Reclama fazendo força para fechar os olhos como que querendo que as preocupações e o medo desapareçam.

– Queira Deus que consigamos impedir que o plano que conceberam para deitarem as mãos à minha fortuna não se concretize. – Pensa em alta voz. – Que esta ideia do detetive de os ter todos vigiados nos possa dar provas suficientes para que os mandemos para a prisão e impeça que uma tragédia aconteça.

A sala de estar do Monte das Tílias é sem sombra de dúvida a divisão mais requintada da casa grande.

Naquele espaço, o estilo de D. Maria fora levado ao pormenor aquando da sua remodelação e decoração.

A sala fora concebida, nos finais do século XIX, pelos avós maternos de João, para receberem condignamente alguns membros da família real quando, no tempo da monarquia, vinham passar férias a Vila Viçosa e aceitavam o convite para se deslocarem esporadicamente a Portalegre.

O pavimento, revestido a *parquet*, conjuga três madeiras (carvalho, pau-cetim e pau santo), num trabalho de embutidos que forma motivos geométricos e estrelas nas interseções dos ângulos. O teto, coberto de estuque trabalhado fora decorado com motivos florais. As paredes, apaineladas, foram pintadas, de forma a imitar mármore, decoradas com retratos que se encontram devidamente organizados com o intuito de comporem a árvore genealógica da família Morgado.

Na parede, do lado esquerdo de quem entra, dominando toda a sala pelas suas monumentais dimensões, uma lareira com azulejos policromos de motivos vegetalistas e zoomórficos, com a chaminé de mármore.

Como a divisão é bastante ampla, combinando com dois jogos de poltronas de madeira maciça com fundo e costas em cetim listado de prateado e dourado, foram criados dois espaços distintos para lazer e receção.

O mais recente ramo da família Morgado aprecia a companhia, um dos outros, enquanto aguardam, com alguma impaciência, a chegada dos primeiros convidados.

Dinis e Beatriz partilham a poltrona de três lugares com Amélia, que pacientemente lhes vai explicando, pela milésima, vez a ementa da festa.

João, sentado numa das poltronas individuais, de pernas esticadas e tronco tombado para o lado esquerdo, com o queixo assente na palma da mão direita, entretém-se a esfumaçar uma cigarrilha, a olhar embevecido para a sua família e, de quando em vez, a rodar, com a ponta dos dedos da mão direita, uma das alianças de ouro branco que nesse dia decidira retirar da caixa de veludo vermelho para onde tinham sido atiradas e esquecidas depois de o padre as ter benzido há um mês, na Igreja de S. Lourenço.

Com prazer recorda a surpresa emotiva que Amélia tinha manifestado quando, no início da tarde, lhe estendera a sensual caixa e lhe pedira que a abrisse. Com mãos trémulas, a esposa pusera a descoberto o par de alianças que se encontrava entrelaçado por uma fita cor de sangue. Muda de emoção, Amélia fitara-o com tal intensidade e interrogação que por momentos João temera que fosse desmaiar.

Após alguns minutos um silêncio constrangedor, em que João chegara a duvidar que Amélia fosse aceitar o presente que lhe era tardiamente oferecido, ela havia dado sinal de vida com a questão: "Porquê hoje? É por causa das visitas, não é?" Recordava a pergunta feita com uma expressão tristonha. "Também. Mas especialmente porque hoje me apeteceu fazê-lo." Respondera-lhe ao retirar a aliança mais estreita, que beijara e enfiara com delicadeza no dedo anelar esquerdo da esposa. Visivelmente comovida, com as lágrimas a lavarem-lhe o rosto, Amélia repetira o gesto com a aliança do marido.

O lavrador, perdido nas lembranças desse momento mágico, recordava o aperto com que colara o elegante corpo de Amélia contra o seu e com coragem admitira num sussurro "Porque, também, já não imagino a nossa vida sem ti." Beijara-a de paixão cálida e sofregamente.

A voz suave da esposa a relembrar as crianças das boas maneiras com que deverão comportar-se na presença dos familiares e amigos, traz João ao que se passa nesse momento na sala de estar. Demora-se mais a apreciar a silhueta da jovem esposa, que na sua opinião, está mais bela do que nunca. Assim lho tinha expressado quando no quarto se acabara de arranjar e ele decidira oferecer-lhe a aliança.

Os olhos verde-esmeralda de Amélia sorriem mais do que os lábios quando distraidamente os dedos rodopiam a aliança que o marido lhe colocara no dedo.

Amélia, num visual sofisticado, estilo Greta Garbo, com os lábios, as sobrancelhas e pálpebras marcadas com lápis e pó de arroz bem claro (que quase lhe esconde as sardas), aconchega o rolo de cabelo que fizera colado à nuca dando a ideia de que o tinha cortado. O peito do vestido verde-esmeralda, justo e reto, com a cintura vincada por um cinto bem largo de tecido, confluí numa saia com dois machos à frente. Pelos ombros um bolero branco com mangas até aos cotovelos e bolsos estampados à frente. Nos pés, uns finos sapatos pretos de verniz, de salto muito fino. À medida do tamanho dos pés.

Os gémeos foram cuidadosamente vestidos para combinarem em género com os "pais".

Beatriz, a quem a réplica do vestido de Amélia faz parecer uma bonequinha de porcelana, não para de se gabar por estar igual à mãe Amélia.

Dinis, por seu lado, escapa-se para o colo de João, gabando-se em voz grossa, que tenta a imitar do pai, que eles os dois é que são os homens da casa porque nesse dia optaram por se vestir com o tradicional fato de lavrador abastado: camisa branca com pregas sobre comprido, colete com uma ordem de botões muito aberto e jaqueta com três bolsos, um pequeno, em cima, à esquerda, onde está, com a ponta de fora, um lenço bordado com o monograma "M", dois bolsos em baixo, um de cada lado, oblíquos. A jaqueta está enfeitada por alamares de seda. Cinta preta de merino, calças com cós alto e cintado e sapato fino, completam o conjunto do pai e do filho.

Amélia e João partilham risadas causadas pelas brincadeiras dos gémeos quando Maria das Dores se faz anunciar avisando que os pais e a irmã Carlota acabam de chegar.

A jovem dá um pulo da poltrona como que querendo ficar em sentido. João abeira-se dela, enlaça-a pela estreita cintura e ao ouvido pede-lhe que tenha calma, que seja natural, que os pais e a irmã irão, com certeza, simpatizar com a sua doce maneira de ser.

Antecipadamente envergonhados com a presença dos avós e tia, de quem não se recordam, os gémeos saltam para os braços da mãe Amélia, que assim se vê obrigada a sentar-se novamente.

— Deixa-te estar assim, ficas divina com os gémeos pendurados ao pescoço. — Elogia com sinceridade.

— Oh João, não combinámos o que hei de responder quando fizerem perguntas a meu e a nosso respeito! — Lembra-se muito atrapalhada.

– Temos andado ocupados com outros assuntos. – Justifica-se com um sorriso malandro. – Respondemos com a verdade. – Decide nesse instante.

– Toda a VERDADE! – Vinca bem a última palavra com surpresa, em tom de hesitação.

– Não. – Lamenta-se. – Essa verdade não pode ser dita. – Refere-se ao facto de a ter "comprado". – Chocaria muita gente. Ficariam a pensar que sou um monstro.

Nesse instante as vozes vindas do corredor anunciam que as visitas estão prestes a entrar na sala.

João, de pé por detrás da poltrona onde Amélia está sentada com os gémeos ao colo, oferece-lhe por cima do ombro a mão para que se sinta mais segura. Amélia ergue a cabeça e sorri-lhe de gratidão e cumplicidade.

A mãe de João, quando entra na sala, já vem de braços estendidos à procura do abraço do filho e dos netos. Atrás seguem o marido e a filha mais nova.

– Oh, meu querido filho, que saudades! – Dá voz ao que lhe vai no coração ao mesmo tempo que se dirige a João e o beija sonoramente nas faces. João retribui meio atrapalhado. Observando a esposa pelo canto do olho vê que esta sorri. – E vocês, meus diabretes, não vêm beijar a vossa avó? – Pergunta já voltada para os gémeos e de braços estendidos a aguardar um abraço.

As crianças escondem-se atrás de Amélia que, já de pé, as tenta convencer, a bem, que cumprimentem a avó.

João abraçado ao pai trocam palmadas másculas. Este felicita o filho pelo casamento ao olhar para a figura jovem e elegante de Amélia.

Carlota é a última a cumprimentar o irmão. Este beija-a castamente nas bochechas morenas, afaga-lhe o cabelo negro que lhe chega aos ombros e pisca-lhe o olho como que dizendo que está bonita. Os olhos azuis e pestanudos brilham pelo elogio ganho do irmão mais velho.

Depois de Amélia ter convencido os gémeos a cumprimentarem os parentes próximos, as atenções voltam-se para si. É então que João decide apresentar a esposa. Desloca-se para bem perto dela, enlaça-a pela cintura e faz as apresentações com orgulho.

– Mãe, pai, Carlota esta é a minha esposa. Amélia Morgado. – Diz de mão estendida para a esposa que, de embraço, está corada até à raiz dos cabelos. Amélia esta é a minha família. – Informa ao apontar na outra direção.

Seguem-se os beijos formais que a ocasião merece.

Os gémeos, num ataque de ciúmes, por verem ameaçada a exclusividade da atenção de Amélia, decidem apertar-lhe o pescoço com um duplo abraço.

– Para nós é mãe Amélia. – Contrapõe Beatriz, quase fazendo uma beicinha. E cobre-a de beijos, o irmão segue-lhe o exemplo como que querendo dizer que não a querem partilhar com mais ninguém.

Todos soltam uma risada e o ambiente fica menos constrangedor. João indica para que todos se sentem, porém, é puxado pelo pai para junto de uma das enormes janelas para que privadamente conversem sobre os negócios. Coloca-se de lado para que possa ir observando o que se passa com Amélia e poder intervir em seu socorro quando ela começar a dar sinal de nervosismo.

D. Adelaide senta-se propositadamente ao pé da nora e Carlota consegue convencer os sobrinhos a sentarem-se com ela numa poltrona perto.

– Amélia é sem dúvida muito bela e jovem… – Começa por dizer ao estudar-lhe bem de perto o rosto, o corpo e a postura. – Afinal, Maria das Dores não exagerou nos elogios que lhe ia fazendo nas cartas que fomos trocando. – Declara com alguma altivez.

Amélia engole em seco ao ser confrontada com a ideia que a sogra esteja informada de tudo a seu respeito.

– Não se preocupe. – Sossega-a, a segredo, ao pegar-lhe nas mãos que estão cruzadas sobre o colo. – Já sei tudo o que importa sobre a sua pessoa. Não vou fazer-lhe mais perguntas. – Faz uma pausa para olhar no sentido dos netos e do filho primogénito. – Vejo que os meus netos a amam como mãe e o meu João tem um brilho diferente no olhar… apesar de o achar muito abatido. – Vai acrescentando ao acariciar as mãos trémulas da nora. – Não esteja nervosa, pois não tarda nada que João aqui esteja a pedir que não a mace mais com a minha curiosidade. – Pausa. – É que ainda não parou de olhar para si a confirmar se precisa de ser socorrida.

Amélia ergue os olhos que, envergonhados, estiveram entretidos no padrão geométrico do chão, e encontra um par de olhos castanhos-terra (herdados pelo marido) que com meiguice a tranquilizam e a recebem. Sorri para a sogra e para o marido.

– Como mãe, só lhe peço que não o faça sofrer mais. – Suplica ao prender-lhe as mãos nas suas. – Não se deve falar mal dos defuntos... mas a primeira esposa só lhe trouxe desgostos e problemas. – Desabafa com tristeza.

– Minha senhora, esteja descansada, porque no que depender de mim o seu filho e os seus netos serão as pessoas mais felizes da Terra. Estou disposta a tudo para os proteger e amar. – Garante com convicção, muito para além do que D. Adelaide poderá, para já, compreender.

A conversa é interrompida pela entrada da governanta a anunciar a chegada de mais convidados: um grupo de ilustres amigos de Portalegre que João decidira convidar para passar o final da tarde no Monte. Entre eles, Manuel da Silva, o lavrador que Amélia conhecera no mercado, em Portalegre.

Fazem-se as apresentações, trocam-se os cumprimentos e João convida todos a que se dirijam para o jardim onde o banquete e o baile os aguarda.

Pelo caminho ouvem-se risadas e, essencialmente, comentários ao inesperado casamento de João Morgado com a belíssima estranha que hoje fora apresentada.

Amélia, por se sentir em demasia o centro das atenções, principalmente de um grupo de maduras mulheres, que para ela olham com inveja e desconfiança, deixa-se ficar propositadamente sozinha para trás.

Caminha para a biblioteca, entregou os gémeos à criada que ultimamente a tem auxiliado nessa tarefa. Refugia-se lá para ganhar coragem e disposição para enfrentar o longo fim de tarde e noite que a espera, como anfitriã daquela gente toda que lhe viera atormentar com perguntas e olhares indiscretos.

Pouco tempo fica na biblioteca sozinha. O seu retiro é interrompido com a chegada de uma figura masculina que para ela se dirige num caminhar sensual, quase de animal predador.

Amélia sente um calafrio a nascer-lhe na base da coluna quando os olhos azuis água, quase transparentes, fitam os seus, sem pudor ou respeito. Sentindo-se despida e perturbada abraça-se a si própria.

O homem, uma figura de porte atlético, elegantemente vestido de fato e gravata, dirige-se a ela como se fossem conhecidos de longa data. Antes de lhe estender a mão, penteia com classe os cabelos louros que lhe tombam para o rosto bem barbado e perfumado.

– Como está? Vejo que prefere o sossego às confusões das festas. – Vai dizendo ao sentar-se, sem pedir licença, no banco de pedra de frente para Amélia. – Depois da experiência que teve no primeiro casamento, o meu irmão deve ter procurado uma esposa em tudo muito diferente da primeira. – Comenta com sarcasmo. – Em tudo não, a senhora minha cunhada, é um repasto para os olhos de qualquer homem. – Galanteia brejeiramente. Prepara-se para alcançar a mão feminina e levá-la à boca para beijar.

Amélia, branca como a cal de parede, por se ver ali sozinha com a figura de Ricardo Jorge, recua as mãos e olha em todas as direções à procura de alguém que a possa socorrer.

– Ricardo Jorge. Um aliado e criado ao seu dispor. – Apresenta-se soltando um gargalhada estridente ao aperceber-se do embaraço que causou à cunhada. – É demasiado jovem e inocente para estar casada com João. – Comenta ao estudar-lhe o rosto cada vez mais de perto. Tão de perto que Amélia fecha os olhos para que não se veja obrigada a encarar com os azuis que lhe causam arrepios. – Abra os olhos, senhora, só os quero ver de perto... – Pede quando atrevidamente lhe pega no queixo.

Amélia encolhida no banco tenta desviar a cara para o lado.

– Onde será que o João vos foi desencantar? Num mercado é que não vos comprou, com toda a certeza! – Ironiza dando a entender que sabe da negociata forçada ao meio-irmão. – Se num mês já se deita com ele é porque também não sois assim tão ingénua... a fortuna dele tem um efeito muito persuasivo... não é meu anjo? – Engenhosamente vai escolhendo as palavras com o intuito de sondar a natureza do interesse que Amélia sente pelo marido.

Amélia ganha coragem e sacode-lhe as mãos. Tenta levantar-se mas é sustida pela cintura.

– Calma! Onde vai com tanta pressa? Ainda não disse nada...
– Goza com a atrapalhação feminina soltando outra gargalhada sonora.

– Larga-a, seu filho da puta! – Grita João da porta da biblioteca.
– Larga-a, já te disse! – Ordena desfigurado de raiva e de punhos cerrados. – Sua raposa manhosa. – Insulta-o ao chegar perto deles. – Estás bem? – Pergunta, ao puxar, Amélia para perto de si.

– Sim. Vamos embora. Tens a casa cheia de convidados. Não arranjes zaragatas. – Sugere ao abraçar o braço do marido.

– Vens à procura de quê, Ricardo? – Inquere fazendo-lhe frente de punhos cerrados.

– Vim com a família conhecer a esposa do meu irmão. – Justifica-se sempre com um ar gozão. – Casaste e não disseste nada. Parece que tiveste vergonha de convidar a família.

– Meio-irmão, Ricardo, não te esqueças... meio-irmão. – Relembra cada vez mais descontrolado com os comentários maliciosos de Ricardo.

– Como conheceste a tua actual esposa? Foi-te apresentada em algum baile debutante da sociedade Portalegrense? Pelos comentários que ouvi lá fora, ninguém a conhece por cá... – Vai envenenando ao colar o rosto ao de João, numa atitude definitivamente provocatória.

Amélia aperta o braço do marido ainda com mais força como que lhe suplicando para se irem embora.

– Mas afinal o que vieste cá fazer? – Volta a perguntar exasperado.
– Se vieste pedir dinheiro para pagares as tuas dívidas perdeste o teu tempo e a viagem. Não vês nem mais um centavo que seja, já sabes disso! – Afirma com veemência. – Tens cá uma lata!

– Vim ver com os meus olhos a substituta que arranjaste para a Antonieta. – Atira-lhe à cara, sem se importar que Amélia esteja presente.
– Queira Deus que te consiga ser mais fiel. – Provoca com o nariz colado ao do meio-irmão. – Ou queira Deus que não!

Nesse instante, João perde a cabeça e acaba fazendo exatamente o que Ricardo Jorge pretendia, esmurrar-lhe o nariz.

Amélia ainda grita para que não o faça mas a raiva contida nos últimos anos é demasiado forte. Porque as conversas com o meio-irmão ficam sempre em meias palavras, meias verdades em que nenhum dos dois assume tudo o que sabe acerca do outro.

– É sempre tão fácil provocar-te, querido MEIO-IRMÃO. – Gaba-se segurando com as mãos o sangue que escorre pelas narinas. – Tens mesmo a certeza que esta beldade com quem casaste é de confiança, tens? De onde a conheces? – Tenta mesmo assim semear a semente da desconfiança entre o casal.

João volta-se para Amélia com os olhos cobertos de dúvidas. Por segundos fitam-se cada um tentando ler o pensamento do outro.

Amélia, incrédula, por julgar que João esteja a estudar-lhe o rosto, larga-lhe o braço, roda sobre os calcanhares e prepara-se para abandonar definitivamente aquela cena deplorável.

Nesse instante João atira-se aos colarinhos da camisa de Ricardo e esmurra-o novamente.

– Não te admito que venhas à minha casa comer e dormir às minhas custas e ainda estejas a insultar a minha esposa. Não passas de um cão sarnento, Ricardo. Vai-te embora lá para fora antes que perca a cabeça de vez! – Ordena-lhe descontrolado.

– Estas a ameaçar-me? Tem cuidado, querido irmão, tem cuidado, vais pagar mais cedo do que pensas o que fizeste à Antonieta e os murros que hoje me deste. – Adverte, caminhando vitorioso para a porta, aparando com um lenço o sangue que ainda não estancara. – Minha senhora, bem pode, amanhã, pedir pelo seu marido ao Sr. dos Aflitos. João, cuida-te e cuida do que é teu! – Ameaça, claramente, já do corredor.

João ainda dá três passos com a intenção de lhe dar mais uns tantos socos, mas é interrompido pelos soluços descontrolados de Amélia, que curvada no chão, treme como varas verdes.

– Então, o que fazes aí no chão? – Pergunta, preocupado, ao dobrar-se para ficar mais perto da esposa. – Ele aleijou-te antes de eu chegar?

– Quem me aleijou foste tu. – Acusa. – Hesitaste, João, hesitaste quando ele insinuou que não era de confiança. Hesitaste... depois de todas as provas de amor que já te dei... hesitaste... – Repete infinitamente entre soluços e tremores.

João despedaçado por vê-la naquele estado anda em círculos sem saber o que dizer nem fazer. Tenta acalmar-se e pensar friamente, tentando perceber qual a acusação que Amélia tem contra si. Volta a dobrar-se sobre ela murmurando-lhe ao ouvido.

– Quando olhei para ti não foi para confirmar se me eras leal ou não! Acredita que não tenho mais essa dúvida. Também já te dei muitas provas disso. – Justifica-se fazendo um esforço para falar baixo e calmamente uma vez que o sangue ainda ferve com as ameaças deixadas no ar por Ricardo Jorge. – Procurei os teus olhos para me acalmar, pois estava prestes a confrontá-lo com tudo o que descobrimos sobre o seu terrível esquema, deitando a perder todo o trabalho que o detetive tem tido em juntar provas que possam incriminá-lo na elaboração de um plano para me matar. Bem ouviste as ameaças que atirou ao ar. – Argumenta pegando-lhe o rosto por entre as mãos. – Oh, Amélia, juro que não hesitei! – Garante ao limpar-lhe o rosto com o lenço branco que tem no bolso das calças. – Anda, levanta-te antes que alguém te veja assim. – Pede de mansinho.

– Juras que não hesitaste? Que nem por um segundo que fosse, voltaste a duvidar de mim? – Exige garantias à medida que se vai erguendo e alisando a saia.

– Amélia, olha para o dedo anelar da tua mão esquerda. – Ela olha para a aliança de ouro branco que lhe fora oferecida nessa tarde. – Achas que, se ainda tivesse dúvidas te tinha oferecido a aliança só para que os outros a vissem? Temos andado estas semanas sem elas!

Rendida à sinceridade do marido, Amélia procura aconchego no peito firme. João estreita-a contra si. Ela ergue a cabeça e oferece os lábios como que pedindo desculpas. Beijam-se intensamente.

– O que vais fazer com Ricardo Jorge? – Revela a sua preocupação.

– Vou falar com o detetive, que já estará lá fora. De acordo com o que combinámos hoje de manhã, estará a movimentar-se por entre os convidados e empregados, a ver se descobre mais alguma coisa. – Explica com cumplicidade. – Vou também reforçar a tua segurança e a dos gémeos. Palpita-me que Ricardo Jorge tem algo planeado para amanhã, no Sr. dos Aflitos. Ouviste as ameaças que fez! – Conclui pensativo ao massajar a zona do queixo. – Anda, devem estar a estranhar a nossa ausência. Por estas horas já Ricardo se anda lamentando à frente de todos que mais uma vez foi vítima do meu mau génio... faz isso desde sempre. – Desabafa resignado.

– Ah?! Os vossos desentendimentos são assim tão antigos? – Admira-se com o que acabara de ouvir. – Reforça também a tua segurança.

As ameaças também foram para ti. – Sugere, tentando não pensar na dimensão do ódio mútuo de João e Ricardo Jorge.

*****

Quando o casal chega ao jardim todos os olhares recaem sobre eles. Amélia segura com mais firmeza o braço masculino que lhe fora cavalheirescamente oferecido à saída de casa.

Pelo espaço do jardim os convidados, bem à vontade uma meia centena, movimentam-se por entre as mesas, o estrado que serve de zona de baile e o espaço onde uma fogueira de rosmaninho perfuma todo a ambiente e confirma a data festiva. Outras duas fogueiras foram acesas. Numa, o porco assa no espeto, noutra, um grupo de mulheres confeciona pratos quentes. Em panelas de ferro, suspensas em trempes feitas do mesmo material, fervem as favas com entrecosto e bucho, o cozido da panela, a alhada de cação, migas com carne, sopa de tomate, sopas de peixe, a sopa de batata e o coelho cachafrito.

Os empregados desfazem-se em simpatias deslizando por entre os presentes, umas vezes com bandejas repletas de iguarias doces e salgadas, outras vezes com bebidas frescas, alcoólicas ou não, outras ainda com louça suja.

Nas mesas, ornamentadas com belíssimos jarrões de vidro transparente onde flores silvestres foram habilmente combinadas com verduras, são apresentadas em panelas de barro receitas tipicamente alentejanas: tomatada, pezinhos de coentrada, salada de orelha, gaspacho, travessas com toda a variedade de queijos e enchidos produzidos nas propriedades Morgado. Numa mesa à parte Maria das Dores fizera questão de apresentar uma variedade consideravelmente irresistível de doces: arroz doce, leite creme, pudim de ovos, lampreia, tecolameco, queijadas de Portalegre, rebuçados de ovos de Santa Clara, toucinho do céu …

Rapidamente a presença de João é exigida pelo grupo de homens que conversa, come e bebe à volta do porco que pachorrentamente é assado no espeto rotativo. Querem saber o motivo de mais uma briga com Ricardo Jorge.

Amélia, contrafeita, é absorvida pelo grupo de mulheres que reclamam saber as suas origens e como é estar casada com um dos homens mais ricos de todo o Alentejo, se não mesmo, de todo o Portugal.

Já quando pensava que iria desmaiar a qualquer instante, de tão rodeada que estava de gente, é salva por Carlota, que ao se aperceber das faces descoradas da cunhada exige a sua exclusiva atenção. Leva-a para a mesa mais recatada do jardim, longe do espaço onde a comida e a bebida são servidas em qualidade e abundância.

– Obrigada por me ter salvado. – Manifesta-se ao sentar-se numa das cadeiras que foram estrategicamente espalhadas pelo espaço relvado.

– Trata-me por tu, somos quase da mesma idade, pelo que consegui saber do meu irmão. – Propõe ao estender-lhe um copo de vinho que alcançara de um dos tabuleiros que os empregados rodopiam sobre as mãos. Amélia aceita a sugestão de tratamento com um aceno afirmativo de cabeça. – Bebe, vai ajudar-te a aguentares as bisbilhotices e as invejas de algumas das mulheres que aqui estão. – Tenta prevenir para o facto de estar presente alguma antiga namorada ou amante do irmão.

– Achas mesmo que alguma delas seria capaz de fazer algum tipo de comentário sobre a relação que tinha com João? – Pergunta envergonhada.

– Isso e muito mais! Se te descuidas, há uma em particular que será mesmo capaz de se meter na cama de João se não estiveres lá. – Adverte sorrindo. – Estou a ver que és muito ingénua. Não fazes bem ideia de como foi a vida amorosa do meu irmão nestes três últimos anos, pois não?

– Prefiro não falar nesse assunto. – Pede ao limpar com delicadeza o suor que lhe nascera na testa. Leva a mão à boca para conter o vómito que lhe aflorara à boca só de imaginar João na cama com outras mulheres. Já lhe bastava a cena que tinha sido obrigada a ver quando Joana lhe abrira a porta.

– Desculpa, não queria chocar-te. Mas previno-te que, pelo menos uma delas, vem pedir-te explicações e insinuar que, mesmo casado, o meu irmão a tem procurado. O que acredito que seja a mais grave das mentiras. – Faz uma pausa para sorrir para o irmão que, de longe, vai vigiando os passos da esposa. – Pela forma orgulhosa como entrou contigo aqui na festa atrever-me-ia a dizer que está perdido de amores por ti.

– Carlota, desculpa, mas vou um pouco até à casa do lago. Toda esta animação está a deixar-me um pouco agitada. – Tenta disfarçar a mistura de nojo e alegria pelo que vai ouvindo da boca da cunhada. – Desculpa-me, mas preciso de estar um pouco sozinha.

– Desculpa-me tu, Amélia. Acho que já falei demais. – Tapa a própria boca com a mão em sinal de arrependimento pelo que dissera. – O meu irmão vai matar-me. – Confessa em tom de brincadeira.

– Não faz mal. Mas preciso mesmo de estar sozinha. – Insiste ao levantar-se apressadamente com medo de que a qualquer momento as lágrimas se soltem dos olhos verde-esmeralda.

– Só mais uma coisa, Amélia. Estás a ver aquela figura exuberante, ali rodeada de homens babosos...? – Aponta na direção de uma loira falsa, de corpo bem torneado, excessivamente risonha de quem Amélia já sentira a inveja espelhada nos enormes olhos azuis cravados em si. – É a pior de todas. Foi uma antiga paixoneta do meu irmão até ele se apaixonar por Antonieta. Assim que ele enviuvou voltou a entrar em cena. Não acredites em nada do que disser. – Aconselha.

Amélia, taciturna, tenta fugir aos convidados e aos seus inquisidores olhares. Ao subir a pequena inclinação que separa a zona do jardim do caminho que conduz aos arcos de granito, que vão dar a uma das casas do lago, decide parar para observar a festa que com tanto empenho preparara com Maria das Dores.

Nesse momento procura o olhar o marido, encontra-o rodeado por um grupo fogoso de mulheres que discutem entre si qual delas é que será a próxima a dançar com ele ao som da pequena orquestra que num improvisado coreto de ferro anima a noite.

Amélia, ainda mais cega de ciúmes foge, chorosa e insegura, para a casa dos barcos.

Ao entrar procura o refúgio da varanda que dá para o espelho de água da barragem. Em pé chora e atira pequenas pedras à água com a esperança que com elas atire a sua ciumenta tristeza.

– Vejo que preferiu fugir a enfrentar as fãs do seu marido. – Vai dizendo uma voz sensualmente rouca que se cola à sua nuca.

– Diga? – Estremece assustada ao dar com a figura exuberante para a qual, ainda há poucos minutos, Carlota apontava. – Não sei do que está a falar. – Tenta já defender-se.

– Falo das mulheres que não param de bajular o seu marido na festa que deveria ser para a apresentar aos familiares e amigos. – Comenta maldosamente. Mede Amélia, com desdém, de alto a baixo.

– Não percebo do que está a falar. – É só o que consegue dizer por ver que a mulher se apercebe que estivera a chorar.

– Como pôde João casar-se consigo! Não tem gracinha nenhuma, cora facilmente e chora ainda mais. – Escarnece de braços cruzados. – Nunca será capaz de lhe dar na cama o que ele está habituado. – Conclui sem papas na língua.

– Desculpe mas não vou discutir assuntos íntimos do meu casamento com uma suposta amante que se sente preterida. – Consegue finalmente reagir. – Não sei de quem se trata, nem me interessa, se João não falou de si é porque não foi importante para ele... – Acrescenta já mais corajosa e segura.

– Ora, vejam só! Afinal consegue reagir! Por quanto tempo acha que João se vai contentar com um pãozinho sem sal assim como... – A frase fica a meio porque a exuberante figura é puxada por um braço masculino que, de uma só vez, a faz girar sobre o próprio corpo. – Ai...

– Que fazes aqui? Quem te autorizou a falar do meu passado? Mete-te na tua vida. Nunca tive nenhum compromisso contigo. Sabes bem disso. – Grita de dedo no ar, que aponta para a ex-amante. – Apenas tivemos horas de prazer. – Admite, esquecendo-se que Amélia está mesmo ali a seu lado.

– Oh, que horror, João! Isto tudo é demais para mim! – Avisa Amélia dando sinal de que vai desmaiar.

– Vai-te embora. Não voltes a dirigir a palavra à minha mulher. Dispensamos o teu veneno. – Ordena de olhos esbugalhados. – Nunca mais te quero ver. – Garante ao abraçar o corpo quase inerte de Amélia.

– Não acredito. Estás assim, por que ela está aqui. Sabes onde me encontrar. Pelos vistos fiquei hospedada no quarto do costume. – Provoca ao rodar os calcanhares sobre os finíssimos saltos altos, fazendo um sensual balançar de ancas que João não consegue evitar de seguir com o olhar.

– Anda, senta-te aqui um pouco. – Aponta para o banco de alvenaria que se encontra no interior da casa do lago. – Lamento tudo o que tiveste de ouvir. – Diz ao encostar a cabeça de Amélia ao seu ombro. Beija-lhe a testa.

– Vou-me deitar João. – Informa decidida. – É demais para mim. Tem sido um dia muito preenchido de acontecimentos e revelações... – Afirma. – Estou farta desta suposta festa.

– Desculpa se o meu passado me persegue. – É a única explicação que encontra.

– É muita coisa... muita coisa... – Diz baixinho entre soluços. – Só preciso de estar sozinha. – Exige, de rastos. – Doí-me muito ver-te rodeado de mulheres, qual delas a mais bonita e pronta ... – Não tem coragem para concluir.

– Mas só tu tens uma aliança no dedo com o meu nome gravado. Já te disse que não sou homem dado a traições. Só tu me conheces como verdadeiramente sou. Todas elas são o meu passado. Foram horas de prazer desvairado, só isso. – Pega-lhe nos ombros e fá-la fitar bem fundo nos olhos castanho-terra. – Só tu és o meu presente e futuro. – Quer dizer muito mais do que diz. – Entendes bem o que te estou a tentar dizer, Amélia? – Quer assegurar-se de que a esposa não desvia o olhar, pega-lhe no queixo.

– Oh, João, mais revelações não... não... poupa-me! – Emociona-se. – Vou ver se os gémeos já estão a dormir. Volta para a tua festa. – Levanta-se, pois precisa de assimilar o que João lhe acabar de dizer. – Logo mais à noite, quando estivermos sozinhos, voltas a repetir o que disseste.

Amélia foge da casa dos barcos deixando João especado com a sua reação.

– Consegues sempre surpreender-me, mulher. – Exprime-se atirando com os braços ao longo das pernas.

Amélia decide trancar-se na biblioteca. Opta por sentar-se no sofá a ler um livro, mas os acontecimentos do dia não lhe dão sossego. Tira a aliança e brinca com ela por entre os dedos. Espreita para o seu interior como que querendo confirmar a inscrição do nome do marido. Sorri ao ler "João Morgado". Leva a peça de ouro aos lábios e beija-a de vontade como beijaria o marido se ali estivesse. Recorda as palavras que João dissera na casa do lago. Decide levantar-se e ir até à janela ver como está o ambiente da festa. Dá conta que apenas restam os convidados que ficam hospedados na casa do Monte das Tílias, perto de uma dezena. Os pais e irmã de João também já se retiraram e de Ricardo Jorge, nem sinal.

Camuflada pela escuridão, procura a silhueta do marido. Encontra-a perto de um grupo de homens que, animados pelo álcool repetem, ao erguerem os copos, vezes sem fim, os votos de felicidades aos recém-casados. Amélia ainda solta uma risada porque reconhece a voz de Manuel da Silva a brindar à beleza da jovem esposa.

De onde está segue todos os passos de João, ouve as gargalhadas das mulheres que ainda não se recolheram e dá por si a pensar se João já terá feito, na intimidade, com a mulher exuberante, o que já fizera consigo. A ideia traz-lhe o vómito novamente à boca. Tenta distrair-se com as brincadeiras que os homens, visivelmente embriagados, fazem pelo jardim.

Aos poucos os hóspedes começam a recolher aos quartos, forçadamente incentivados pelas esposas, os que as têm, sob o pretexto que no dia seguinte, domingo, todos terão de se levantar cedo para participarem na romaria até ao Sr. dos Aflitos, na freguesia de Fortios.

De coração apertado vê que a mulher exuberante, que ficou sem saber como se chama, se dirige com andar felino até ao marido que, a passos largos se dirige para a casa grande. Ela esbarra-lhe o caminho numa posição de provocação evidente. Amélia sente-se feliz por ver que o marido contorna indiferente o corpo que visivelmente o tenta.

A mulher, qual fêmea em período de acasalamento, volta a oferecer-se, obrigando João a interromper a sua marcha ao segurar-lhe um dos braços.

Amélia, detrás da vidraça e da escuridão, observa a cena muda que se desenrola a poucos metros de si. Fica chocada com o que os seus olhos são obrigados a ver. A mulher num ato de desespero, por se sentir rejeitada ou por estar excessivamente confiante no poder que o seu corpo ainda tem sobre o do amante ou ex-amante, leva-lhe a mão aos seios e depois, mais ousadamente, até ao interior da saia onde a junção das pernas parece esconder o seu trunfo final.

João permanece estático durante uma fração de segundos, que para Amélia parecem uma eternidade.

Depois, com segurança e alguma delicadeza até, retira a mão da quentura que o tenta, sussurra-lhe algo ao ouvido e retoma o seu percurso até casa, deixando para trás a figura feminina.

Remói-se de raiva pois fica sem saber se ele a rejeitou definitivamente ou se, pelo contrário, rendido aos seus atributos combinara um encontro secreto no quarto que ainda, pelos vistos, mantém para esse fim. E onde ela fora hospedada. Julga Amélia.

A jovem esposa decide esperar um pouco mais na biblioteca, para não ser surpreendida por nenhum dos dois nas escadas que conduzem aos quartos que se encontram no primeiro andar.

Quando lhe parece, por estar atenta ao som dos passos, que os dois já subiram, sai da biblioteca.

A meio das escadas é surpreendida por João que, ao chegar ao quarto como não a encontrara, decidira ir à sua procura.

– Não te vi no quarto… fiquei preocupado. – Vai dizendo com voz arrastada pelo efeito do álcool. Beija-lhe atrevidamente os lábios quando se encontram no degrau.

– Estive na biblioteca a ler um pouco. – Desculpa-se com uma pequena mentira, que lhe ruboriza as faces. – Sabes muito a vinho. – Acaba por dizer ao sentir o sabor da bebida que os lábios do marido passaram para os seus.

João abraça-a pelos ombros e fá-la acelerar o passo numa intenção clara de chegarem ao quarto o mais rapidamente possível.

Pelo corredor, nessa noite iluminado com uma quantidade considerável de candeeiros a petróleo para que nenhum hóspede se veja obrigado a deslocar-se às escuras, passam pela porta onde ambos sabem que irá dormir a mulher exuberante.

Amélia abranda o passo. João olha para ela, como querendo adivinhar em que pensa.

– Alguém espera por ti por detrás desta porta. – Comenta com desconforto. – Vi o que se passou quando vinham para casa. – Admite sem conseguir guardar segredo.

– Então sabes que espera em vão. – Afirma continuando a andar pelo corredor.

– Só vi. Não ouvi o que lhe disseste. – Revela-se preocupada.

João, meio cambaleante, entra no quarto sem dar as explicações que a esposa anseia. Limita-se a esticar o dedo anelar onde a aliança fora enfiada nessa tarde e com os dedos da mão direita fá-la rodar, insinuando que apenas lhe dissera que agora está casado.

Não se sentindo satisfeita com o gesto, Amélia entra em último no quarto, com a intenção de continuar a conversa.

— Se não me tens encontrado nas escadas, passarias por aquela porta sem entrar? — Insiste para que a sua dúvida seja esclarecida.

— Quem quer que seja que lá esteja hospedado se ainda não tem companhia... esta noite vai dormir sozinho. — Responde brincando com as palavras porque os sentidos começam a dar sinal do excesso de álcool que corre pelas veias. — Comigo não dormirá com certeza. — Conclui balbuciando as palavras.

Quase que deitado na cama tenta com dificuldade desenvencilhar-se dos sapatos, das calças e da restante roupa.

— João, preciso de saber se fazias intenções de entrar naquele quarto! — Exige elevando o tom de voz para que ele se convença da sua necessidade.

— Esquece esse assunto. — Pede gesticulando exageradamente com a camisa presa nos pulsos. — Vá, anda deitar-te. — Convida, já livre das roupas e mostrando sem constrangimento o membro ereto. — Não vejo a hora de sentir a tua humidade. — Revela um pouco grotescamente o seu desejo sexual.

— Achas mesmo que vou conseguir deitar-me contigo depois do que vi e ouvi? — Manifesta a náusea que o assunto lhe causa ao levar a mão à boca. — Não consigo deixar de pensar naquela mulher que espera por ti, mesmo aqui ao lado. — Atira-lhe à cara como se tivesse culpa.

— Amélia, esquece esse assunto. — Pede ao meter-se por entre os lençóis. — Não queres, não queres. Não vou obrigar-te. Mas ao menos despe-te para sentir o aconchego do teu corpo. — Pede fazendo beicinho, arrastando as palavras. — Vá despe-te. Estou aqui contigo, não estou? Esquece o resto. Não tenho culpa. — Insiste dando a entender que o assunto já o aborrece.

Amélia vai despindo as peças de roupa, contrariada consigo própria por não ter conseguido forçar João a dar-lhe a resposta que pretendia:

o que tinha dito ao ouvido à mulher exuberante e se não foi ter com ela porque não queria ou, se por se ter cruzado com ela nas escadas.

Numa atitude sensualmente provocatória, João senta-se de braços cruzados na cama a examinar, cada vez mais excitado, a esposa a livrar-se da roupa e a deixar despido aquele corpo que é a sua perdição.

– De certeza que não queres… – Volta a insistir com um sorriso malandro traçado nos lábios.

– Não. – Responde tentando ignorar os sinais que o seu corpo vai dando de se unir ao do marido. – Estou cansada e confusa. Nunca respondes com clareza. – Exagera no que sente verdadeiramente.

– Aqui entre nós, que ninguém nos ouve, estás é com ciúmes, isso sim. – Conclui ao puxar para bem perto de si o corpo que se deitara na ponta oposta da cama. – Estou onde quero e com quem quero estar. – Declara ao mordiscar-lhe a orelha. – Faz amor comigo Amélia. – Pede directamente.

– Cheiras a vinho e ao perfume das mulheres com quem dançaste. – Espicaça vencida pelos ciúmes que as lembranças geram. – Deixa-me dormir. Pelos vistos amanhã vamos ter um dia em cheio…

– Amélia, não tenho culpa que elas não me larguem. – Argumenta com pouca imaginação. – A culpa também é em parte tua. Abandonaste a festa.

– Que querias que fizesse? Que esperasse que todas as tuas amantes ou pretendentes a tal viessem ter comigo para me atirarem à cara que jamais te poderei satisfazer na cama como, pelos vistos, qualquer uma delas o fazia? – Solta de uma vez por todas as palavras que tem há horas presas na garganta. – Deixa-me chorar em paz… – Tenta afastar-se um pouco do corpo que a atrai. João não responde. Limita-se abraçar o corpo da esposa.

– Isso das amantes são só exageros. Dito dessa forma parece que meia Portalegre é ou foi minha amante. – Encolhe os ombros. – Pelos vistos não entendeste o que te disse na casa dos barcos. – Conclui esmorecido. – Pensei que tinhas dito que falávamos desse assunto aqui. – Bate com a palma da mão no colchão. Massaja os lençóis de cetim azulado.

Emocionada por João, embora visivelmente embriagado, se ter recordado da conversa que ficara a meio, decide fazer-se mais difícil ainda. Mantem-se quieta dando a entender que, aos poucos, está a adormecer.

O quarto mergulha num silêncio fingido porque tanto João como Amélia travam uma batalha interior.

Ela, ainda insegura na responsabilidade que o álcool a mais poderá ter tido na declaração de amor que o marido lhe fizera depois de ter expulsado a ex-amante da sua vida.

Ele ganha coragem para se declarar abertamente.

Os minutos passam ao mesmo ritmo que desfilam as lembranças do dia.

– Amo-te. – Solta-se finalmente a palavra mágica dos lábios masculinos, convencido que a esposa se deixara vencer pelo cansaço. – Contrariado, mas amo-te. Bem te disse, logo naquela vez que nadámos depois de teres caído à água, que seria muito fácil apaixonar-me por ti. – Segreda ao manto de cabelos ruivos ondulados. Respira fundo.

Amélia que, fingindo-se dormir, sente o coração disparar com as palavras que se vão soltando dos lábios do marido e com ternura tocam os lóbulos da orelha.

Lágrimas de felicidade resvalam em silêncio pelo rosto sardento. Em segundos as memórias intensas das vezes que fizera amor com João passam como se fossem cenas captadas por um fotógrafo. Mais emocionada fica. Não conseguindo controlar o tremor que se apodera do corpo aperta contra o peito os braços que a enlaçam cada vez com mais força.

– Amo-te. Agora ainda mais. – As palavras completam as reações com que o corpo feminino se vai manifestando ao que fora dito.

– Então deixa-me amar-te agora mesmo. – Pede ao fazê-la rodar para cima de si. – Quero fazer amor contigo. – Diz de boca cheia e voz rouca.

Amélia que nem se dera conta como fora parar por cima de João, sente que o coração lhe salta à boca, os sentidos ficam turvos e perde-se no olhar castanho-terra que a incendeia. Instintivamente vai roçando a sua zona púbica no membro ereto que pulsa de desejo. As lágrimas teimam em iluminar-lhe o rosto. João apanha cada uma com a ponta da língua.

– Não dizes nada? – Quer saber a razão do silêncio de Amélia. – Isto é o meu fim… ou o meu recomeço. – Admite num tom fatalista. – Amo-te! – Repete, já com mais segurança.

– Vais ver... é o amor que nos vai salvar a todos. – Garante como que tendo uma certeza transcendental sobre o que se irá passar nas suas vidas. – Sou toda tua. E tu és todo SÓ MEU!

João solta uma gargalhada por perceber a advertência que a esposa quisera afirmar.

Nessa noite é Amélia que parte à descoberta do corpo masculino. Rodeando as pernas masculinas com as suas, começa por mordiscar-lhe os rasos mamilos, desliza com a ponta da língua até ao umbigo e deleita-se com a excitação que esta provoca na zona pélvica.

João prende-lhe com suavidade os cabelos levando-a a olhar para si. Pede-lhe em silêncio que seja mais ousada nas suas carícias. Com as faces a escaldar olha para o membro ereto que quase toca com a boca e percebe que carícias o marido lhe pede que faça. Hesita, para que decida se será ou não um comportamento correto.

– São apenas gestos de amor. Não te preocupes se é moralmente correto ou não. Pensa apenas no prazer que poderás ter e no que me poderás oferecer. – Explica com doçura. – Podemos deixar para uma próxima vez. Não quero que fiques constrangida, muito menos enojada. – Continua como se tivesse a capacidade de ler-lhe a mente. Sorri-lhe com ternura.

A jovem esposa ora fita os olhos que a tentam convencer, ora olha para o membro que pulsa de excitação mesmo ali à sua frente. Recorda todas as carícias que João já lhe ensinara e o prazer que delas tirara.

Com suavidade decide deleitar-se com a intimidade do marido. Primeiro com hesitação e algum receio de o aleijar, aos poucos mais ousada e por último, quando ela própria começa a sentir o prazer da carícia, com mais sofreguidão.

Quando a excitação de ambos é quase incontrolável Amélia sobe para cima das ancas de João e preenche-se dele.

Assim unidos, João prende-a com firmeza pela cintura para que em simultaneidade movimentem os corpos até que o tão desejado momento do clímax seja por fim atingido.

– Amo-te muitoooo! – Declara-se ele, já livre da culpa pelo sentimento que lhe arrebatara o coração de forma e dimensão imprevisível.

– Não me amas mais do que eu a ti! – Garante, com alguma infantilidade, Amélia ao deitar-se sobre o peito peludo que ainda arfa. – Por ti ia ao inferno e voltava!

– Já foste e nem deste por isso, meu Amor. – Reconhece visivelmente emocionado. – Já me tiraste de lá. – Beija-a ao mesmo tempo
que roda as ancas para que sinta o quando ainda preenche a intimidade
da esposa.

– Se te tirei do inferno... – Solta uma risada ao sentir o membro
agitar-se novamente dentro de si. – ... agora estamos no paraíso... se
calhar somos uns anjos muito pecaminosos. – Pega o rosto moreno do
marido e com ar triunfante afirma. – O casamento com amor e prazer
parece-me muito mais completo.

Ambos sorriem pela conclusão inevitável. Unidos, abraçados e felizes rolam os corpos nus sobre os lençóis de cetim.

O domingo do Sr. Jesus dos Aflitos nascera radioso.

Desde a alvorada que se fazia sentir a agitação dos preparativos do piquenique, dos cavalos e das charretes.

Na sala de refeições, onde os raios de sol entram em feixes de luz dourada, as criadas esmeraram-se em oferecer a todos os hóspedes o melhor e mais reforçado dos pequenos-almoços.

Maria das Dores, na sua função de governanta, estrategicamente posicionada entre a cabeceira da mesa e o aparador fora orientando quem servia e quem ia recolhendo as loiças sujas e o que nelas sobeja.

Todos apresentaram os seus melhores sorrisos, à excepção dos homens ressacados pelos exageros da noite anterior e Cassandra, a ex-amante rejeitada que, ao entrar na divisão, fora obrigada a testemunhar a alegria matutina do casal Morgado quando estes, abraçados junto à ampla vidraça, se beijavam demoradamente.

Ricardo Jorge, por seu lado, estava mais sorridente do que nunca, o que causara algum desconforto ao casal, entendendo a explosiva boa disposição como motivo de preocupação, face às ameaças feitas no dia anterior.

Após a primeira refeição do dia, que havia de ser longo, João trancara-se com o detetive na biblioteca para ser informado de como estavam a decorrer as investigações e com ele acertar os pormenores referentes à segurança de Amélia e dos gémeos.

As preocupações do lavrador aumentaram quando lhe fora dito que, pelo entardecer, no dia anterior, Ricardo Jorge fora até aos limites da estrada de terra batida que conduz até Portalegre, encontrar-se com Barbosa e Joana. Que haviam conversado demoradamente dando a ideia que acertavam pormenores sobre o que estavam a planear levar a cabo no presente dia. Informara o lavrador que Joana lhe tinha parecido demasiado agitada.

Amélia, a sogra e a governanta supervisionaram as tarefas de acondicionamento dos alimentos, objetos, cadeiras, tampos de mesas e tripés que iam seguindo em carroças para o espaço do santuário.

Mais tarde, João e o manajeiro José foram distribuindo os hóspedes pelas charretes. Poucos são os que se aventuraram a ir a cavalo pela dureza da viagem. As charretes vão partindo à medida que os lugares vão sendo ocupados.

Tal como havia sido combinado com o detetive, a família Morgado seguira numa das charretes que, propositadamente, fora colocada a meio da coluna, discretamente rodeada por homens que seguem armados em seus cavalos.

Amélia recusara-se a ir com a família. Utilizara o argumento de que se sente mais segura indo a cavalo com o marido. Um pouco contrariado João cedera, obrigando porém a esposa a garantir que não sairia de perto de si e que levaria a espingarda no coldre da cela.

Na última charrete segue Ricardo Jorge, Cassandra, o detetive incógnito e um guarda republicano à civil.

– Pelos visto foi desta que encontraste uma esposa à tua medida. – Ironiza Ricardo Jorge ao dirigir o seu olhar para a figura feminina, que com elegância e desenvoltura monta o negro Alter Real. – É pena já não te restar muito tempo para lhe ensinares a gerir os teus negócios. – Escarnece estupidamente por não se dar conta que as suas palavras foram testemunhadas pelos restantes companheiros de viagem. – João, uma mulher tão belíssima montada num cavalo como um homem… até uma espingarda lhe deste…não lhe servirá de muito. – Sorri ignorante para o detetive e o guarda.

João, também já montado no seu Alter Real branco, dirige-se para Ricardo Jorge com a intenção de o expulsar de uma vez por todas do passeio e do Monte das Tílias, mas Amélia habilmente esbarra-lhe o caminho com o seu cavalo.

– Não lhe ligues. Está só a provocar. – Pede ao colocar o cavalo mesmo ao lado do seu. Inclinando-se sobre a sua montada, rouba um beijo enamorado dos lábios do marido. – Ninguém nos vai conseguir separar. Lembra-te que já fui ao inferno e voltei. – Segreda quando os lábios se tocam fugazmente porque os animais de agitam. – Lembra-te que o detetive e o guarda levam-no debaixo de olho.

João faz sinal ao cocheiro para que inicie a marcha, antes que se arrependa de não expulsar Ricardo Jorge.

O casal Morgado espicaça as suas montadas e rapidamente alcança a charrete onde segue a família. A aproximação é festejada por sorrisos e palmas dos gémeos que orgulhosos chamam pelos "pais".

João e Amélia entreolham-se e sem nada verbalizar decidem montar cada um dos gémeos nas suas selas.

Por indicação do lavrador, o cocheiro para. Apesar dos avisos de D. Adelaide, João agarra o braço rechonchudo que Beatriz lhe estende e monta-a à frente de Amélia. Depois agarra o braço estendido de Dinis e senta-o mesmo colado a si.

Todos sorriem de felicidade. Amélia envolve, com um dos braços, o corpo infantil de Beatriz, segurando as rédeas com a outra mão. João faz o mesmo com o filho.

– Cuidado com as crianças! Não sei quem tem menos juízo. Se os meus netos se vocês. – Barafusta D. Adelaide verdadeiramente preocupada e nada habituada à proximidade dos cavalos. – Como pode ir aí em cima com a Beatriz? – Questiona a nora.

– Não se preocupe, mãe, Amélia monta melhor do que a maioria dos homens que conheço. – Pisca o olho à esposa em sinal de orgulho e cumplicidade.

Com segurança, a passo, os cavalos seguem ao lado da charrete para delícia dos pequenotes.

– Na verdade, meu filho, fazem uma família linda. – Confessa D. Adelaide visivelmente emocionada. – Os gémeos estão felicíssimos. Tu tens, finalmente, uma esposa que aprecia, tanto como tu, esta vida no campo. – Dirige o seu olhar para a nora. – Obrigada pelo que está a fazer pelo meu filho e pelos meus netos.

– Não tem que me agradecer. Faço-o por amor. – Conclui fitando os olhos castanho-terra que a observam embevecidos com ternura.

Todos sorriem mais uma vez.

Como as crianças vão dando sinal de estarem desconfortáveis com o balanço dos animais, Amélia sugere ao marido que as voltem a sentar nos bancos da charrete.

– A estrada que segue até à ermida é sempre esta? – Pergunta Amélia ao marido, com um brilho desafiador a crescer-lhe nos olhos verde--esmeralda.

– Se bem te conheço... porque perguntas? – Responde com outra pergunta, tentando ler em que pensa a esposa.

– Hahahaha... responde primeiro. – Solta uma gargalhada ao colar o seu Alter Real ao de João. – A estrada é sempre a direito? – Volta a insistir.

– Simmmm. – Responde, já espicaçando o seu cavalo para que galope. – Ganha quem avistar primeiro a ermida.

– Fazes sempre batota. – Contesta Amélia aos gritos, repetindo os gestos do marido. – Mas desta vez estou tão bem montada como tu. Não me ganharás assim tão facilmente. – Espicaça ainda mais o seu cavalo com as esporas incentivando-o que galope velozmente elevando a voz.

João puxa as rédeas e ordena para que o cavalo se afaste um pouco da coluna de charretes que pachorrentamente segue o trilho que as conduzirá até ao santuário. Amélia repete com igual experiência as manobras do marido, para surpresa de todos os que nelas seguem.

Os gémeos batem palmas de contentes. Dinis grita pelo nome do pai, enquanto Beatriz e Carlota gritam pelo de Amélia.

Atrás do casal seguem dois homens armados.

Os cavaleiros e suas montadas desaparecem na nuvem de pó que serpenteia por entre os sobreiros e azinheiras em flor.

Amélia puxa pelo seu Alter Real ao máximo, cavalgando, a toda a velocidade, lado a lado com João, que não conseguindo desprender-se das faces rosadas, nem do elegante corpo que salta no lombo do negro cavalo, nem dos ondulados cabelos ruivos que esvoaçam ao vento à velocidade da corrida, rasga um sorriso pela excitação que a imagem lhe causa e o desconcentra da corrida.

Amélia, mais decididamente concentrada na vitória da corrida, grita de regozijo, tira o chapéu que lhe cobre da cabeça e fá-lo rodopiar por entre os dedos ao avistar, do cimo de uma colina, a solitária ermida caiada a branco e ocre.

– Estou a vê-la. Ganhei. Hoje ganhei-te! – Grita de felicidade puxando as rédeas para que o cavalo abrande a sua marcha. – Hoje ganhei... – Confirma ofegante ao comprovar que João se encontra mesmo atrás de si.

Este, visivelmente feliz pela vitória justa da esposa, desmonta-se e vai até junto de Amélia.

– Desce daí! – Ordena com os olhos faiscando desejo.

Amélia sustem o pé direito no estribo, ergue a perna esquerda para que contorne o lombo negro do cavalo, firma as mãos na cela preparando-se para tocar o chão.

João cego de vontade de estreitar o corpo que lhe aquece o sangue e as ideias alcança-a pela estreita cintura, fazendo-a rodar sobre si.

Ainda com ela presa pelas mãos másculas e firmes toma-lhe a boca e a língua com visível ansiedade. Amélia ao deslizar pelo corpo musculado do marido sente-lhe a pulsação alterada e mais a baixo a erecção do membro. Sorri de satisfação.

– Vejo que a corrida excitou o meu esposo! – Observa atrevidamente. – Beija-me como se não o fizesse há muito! – Entrega-lhe mais uma vez os lábios e a língua. Enfia as mãos no cabelo curto.

– O que fizeste foi batota. Ver-te galopar assim à minha frente desconcentrou-me. Só tenho vontade de te levar para baixo de um sobreiro e fazer-te minha. – Admite varrendo a paisagem como que querendo confirmar se essa hipótese será ou não exequível. Repara nos homens que os vigiam e encolhe os ombros de desânimo. – Não estamos sozinhos.

– Comporte-se, Sr. João Morgado. – Aconselha Amélia tentando disfarçar a sua exaltação ao lembrar-se, igualmente, que não estão sozinhos. – Anda, vamos levar os cavalos até ali, àquela ribeira, para que se refresquem e descansem da corrida.

Do ponto privilegiado onde se encontra, o casal contempla abraçado, por alguns minutos, a paisagem primaveril que lhe é oferecida pela mãe natureza àquela hora matutina do dia.

O caminho de terra batida que seguem serpentcia colina abaixo por entre um manto verde, amarelo, branco vermelho e lilás.

Do lado esquerdo, uma ribeira brilha por entre o vale trazendo o som da água corrente, das rãs e das crianças que alegremente saltitam de pedra em pedra à pesca de pequenos peixes e girinos. As libelinhas, de um azulão de cortar a respiração ao mais criativo dos pintores, ziguezagueiam à tona da água. Abelhas felpudas, listadas de amarelo e preto, de ventre volumoso, entram nas corolas das campainhas para cobrirem seus corpos de pólen doce como o mel.

Pelos campos já se podem ver tendas improvisadas anunciando que nesse ano a romaria contará com muitos devotos.

Aqui e acolá os lumes já acessos anunciam que há quem já tenha chegado e esteja a prepara-se para ali passar o dia comendo, bebendo, convivendo, cantando, bailando e rezando, bem ao jeito alentejano.

Mais perto do espaço do santuário, famílias inteiras e amigos esforçam-se por encontrar o melhor local para montar as suas tendas ou simplesmente escolher a melhor e mais ampla sombra para debaixo de um sobreiro ou azinheira estender as suas mantas de trapos.

Um pouco afastado de onde está o casal Morgado, o som de uma concertina avisa que alguns já se encontram instalados e prontos para a festa. Ouvem-se vozes que cantam saias, bradam pelos companheiros ou simplesmente entoam modas alentejanas ou ainda cantam à desgarrada.

Pelo ar o aroma húmido da primavera acabada de acordar mescla-se, quase numa poesia popular, com o cheiro a gado bovino que se repasta a poucos metros dos peregrinos, a lume a atear, a café fervido, a pão torrado ao lume preso a um tridente feito em fio de alumínio, a carnes frescas e a enchidos assados.

Pelos vários caminhos de terra que vão confluir no espaço que rodeia a alegre ermida colunas de cavalos, carroças, charretes e peregrinos vão chegando.

Ocupando um lugar de destaque de toda esta paisagem por entre a copa dos choupos surge a brancura das duas torres da ermida e o espaço posterior (estábulos e pátio) encoberto pela ramagem das oliveiras.

João foca o olhar no local onde ordenara que fosse montado o toldo que irá acolher os seus convidados. Com um suave aperto de mão acorda Amélia do sonho que fora disfrutar daquele panorama.

– Vamos até ali a baixo. – Aponta para o majestoso sobreiro que se encontra do lado direito da ermida. – É lá que mandei que fosse montado o nosso "acampamento". – Sorri face à palavra utilizada.

Amélia acena afirmativamente com a cabeça e repete os movimentos que o marido faz para montar.

– Não te quero sozinha um minuto que seja. – João relembra as advertências dadas em casa antes de partirem. – Algo me diz e todas as pistas...

– Para, por favor! – Roga Amélia. – Não podemos esquecer esse assunto? Parece que estamos sempre a falar de uma morte anunciada...

– Cala-se ao dar-se conta que as palavras expressam, verdadeiramente, a dureza da situação. – Oh que horror!... não era bem isto que queria dizer... – Puxa as rédeas ao cavalo ordenando-lhe que pare. Esfrega a cara em sinal de desespero. Procura o conforto nos olhos castanho-terra mas só encontra uma aflição em tudo idêntica à sua.

– Sem querer disseste as palavras certas. – Comenta resignado João ao coçar o alto da cabeça. – Só nos resta rezar para que o Sr. Jesus dos Aflitos nos acuda... por isso não andes sozinha.

– Nem tu. – Afirma peremptoriamente Amélia.

*****

Aos poucos a coluna proveniente do Monte das Tílias vai chegando. Os empregados trabalham arduamente para que à hora da missa possam também ir assistir e fazer os seus pedidos ou agradecimentos.

Amélia decide ir conhecer a ermida antes que os peregrinos a começassem a encher, perto da hora em que a cerimónia religiosa está marcada.

Sempre acompanhada por uma das empregadas, por ser mais adequado à sua condição de esposa de ilustre lavrador, caminha pelo adro em direção à fonte que se encontra do lado por onde a ribeira corre à sombra dos majestosos choupos. Passa primeiro pela fileira das baixas casas da hospedaria e casa do ermitão. Junto da fonte alguns romeiros refrescam-se e libertam o rosto do pó acumulado durante a caminhada.

Decide entrar na capela Sr. Jesus dos Aflitos para que, em solidão, possa rogar pela proteção do marido, dos gémeos, da meia-irmã e de quem mais se lembrar.

Ao transpor a porta dupla de madeira maciça, benze-se em sinal de respeito e fé, suspira ao encarar com a imagem de cristo cruxificado na cruz expondo toda a dureza da crueldade humana e a expressão suplicante de quem sofrendo, mesmo assim, pede pela humanidade ao criador divino.

Por um tempo que parece eterno a quem roga, Amélia percorre, sempre fitando o rosto agoniante de Cristo, o pequeno corredor que separa os dois lados de bancos de madeira. A meio para, senta-se mesmo de frente para a imagem, com esperança que assim os seus pedidos sejam mais celeremente aceites.

De joelhos, mãos unidas pela fé, reza para, em primeiro lugar, agradecer a dádiva que se revelara ser o seu casamento, a revelação do amor do marido, o amor incondicional dos gémeos, a amizade de Maria das Dores e a carinho da família Morgado. Pede perdão pelos seus pecados, que não os conseguindo identificar os generaliza ao prazer carnal que sente pelo marido. Pede clemência pela alma de Antonieta e perdão pelos atos vingativos e cobiçosos de Ricardo Jorge, Barbosa, Joaquim e Joana. Roga a Deus que os ilumine e os faça desistir do plano que se preparam para colocar em prática. Por último, pede por Isabelinha, que a proteja e que a deixe ver nesse dia. Fala com a mãe e o pai pedindo-lhes a sua proteção.

De coração aberto e devotamente volta a rezar e a prometer que mesmo que os seus pedidos não sejam todos aceites, zelará para que todos os anos ali se reze uma missa em nome dos mais desfavorecidos e doentes. Promete que também, de ora em diante, se empenhará na construção de uma pequena escola onde as crianças do Monte e das herdades limítrofes possam ir aprender a ler, escrever e a contar. Tudo promete e agradece para que os seus pedidos sejam aceites pelo Pai Celestial.

Encerra o momento da oração suplicando ao Sr. Jesus dos Aflitos, que apesar das suas ofertas não serem significantes face ao que lhe pede, que as aceite e lhe conceda a graça de proteger João e os gémeos da malvadez de quem os ronda.

Só quando sente a mão de João a tocar-lhe de mansinho no ombro é que Amélia regressa do transe para onde mergulhara nas suas preces.

O esposo sorri-lhe grato como se tivesse conhecimento de todos os pedidos que a ela acabara de endereçar à providência divina.

– A missa está quase a começar. – Murmura-lhe perto da cabeça ruiva. – O nosso lugar é ali à frente. – Informa indicando a primeira fila de bancos, mesmo de fronte da imagem de cristo crucificado.

Amélia volta a benzer-se, como que se despedindo por instantes de Deus, ergue-se e segue o marido até junto dos familiares que já se encontram na primeira fila. Volta a fixar o rosto de Jesus quando dá as mãos a Dinis e a Beatriz.

Nesses breves instantes em que a capela, repleta de peregrinos, aguarda a entrada do padre, Amélia vagueia os olhos pela decoração interior cuja pintura em tons de verde, rosa e azul tem a pretensão de imitar mármore. O olhar saltita entre a imagem pintada mesmo por cima do retábulo e os nichos laterais onde as imagens de Nossa Senhora e Jesus Ressuscitado velam por todos.

Nesse momento sente que por entre os devotos que se encontram na fila oposta, alguém olha persistentemente para si.

Franze o sobrolho e vê que a figura franzina e descuidada de Isabelinha lhe acena timidamente a mão oferecendo-lhe o mais generoso dos sorrisos. Sorri-lhe também. Rapidamente o sorriso de Amélia retorce ao deparar com o semblante taciturno de Barbosa, Joaquim e Joana, todos juntos. Instintivamente procura a mão de João que prontamente entende o mudo pedido de socorro da esposa ao seguir-lhe o olhar. Ambos olham suplicante para a imagem de Jesus Crucificado.

O desconcerto de Amélia é interrompido ao ouvir o padre pronunciar que a missa será oferecida pela felicidade do jovem casal Morgado, João e Amélia, pelo seu primeiro mês de casamento. Sente as mãos apertadas pelos dedos delicados de Dinis e Beatriz e o olhar apaixonado do marido.

Saber-se assim exposta, mais a presença de Isabelinha e dos outros, Amélia franze o rosto de preocupação.

Desprendida de tudo o que nesse momento se está a passar no interior da capela e, cada vez mais certa que as pernas não aguentarão por muito mais tempo o peso do seu corpo e das suas emoções, Amélia recorda tudo o que viveu desde o momento que o padrasto a informara que a tinha vendido a um lavrador rico e que com ele se teria de casar.

Sentindo-se cada vez mais flutuante sobre a realidade, quase que perdendo a lucidez, questiona-se se estará mesmo a viver um romance com o homem a quem Barbosa a vendeu. Nesses momentos de insanidade mental chega a duvidar se o que está a sentir é verdadeiro ou se a qualquer momento acordará do pesadelo que num mês se tornou num conto de fadas.

Automaticamente o corpo de Amélia vai repetindo as orações coletivas e os movimentos de senta, levanta, ajoelha e ergue. A cabeça continua a vaguear nos acontecimentos do último mês. Só no momento da comunhão é que João consegue abeirar-se dela. Discretamente, tenta perceber o motivo da sua palidez.

– Estás tão branca! – Murmura-lhe ao ouvido ao caminhar atrás de si na fila que se dirige até ao padre para comungar. – Estás com medo?

– Shiuuuu! – Responde-lhe. – Apenas emocionada pela tua lembrança do nosso pequeno aniversário. Fez-me lembrar... – Interrompe pois à sua frente o padre já tem a hóstia apontada no sentido da boca.

Finda a cerimónia religiosa os presentes aglomeram-se em torno do jovem casal oferecendo as suas felicitações e votos de uma longa vida conjunta.

Esforçando-se para a todos retribuir o gesto com simpatia, palavras e gestos, os olhos de Amélia tentam nervosamente descobrir o paradeiro da meia-irmã. Estando prestes a dar-se por convencida de que Barbosa a terá levado dali para mais uma vez a magoar, sente na mão o toque mole da mãozinha de Isabel. Sem se importar com a sua aparente falta de higiene, Amélia, ergue-a nos braços, estreita-a com força e comovida cobre a cara farrusca de beijos.

– Afinal não te deste assim tão mal no casamento! – Graceja Barbosa ao arrancar-lhe Isabelinha dos braços. – Felicidades ao jovem casal e votos de uma vida longa... – Felicita num tom falso soltando uma gargalhada discreta. – Logo mais ser-vos-á enviada a prenda para não esquecerem este dia tão especial. – Informa num tom frio e carregado de segundas intenções.

– Obrigada. Agradecemos. – Prontifica-se João a responder ao ver que Amélia anuncia que a qualquer momento irá desfalecer.

– Será que a minha irmã poderia almoçar connosco? – Pede Amélia em voz sumida.

Barbosa, ao ver-se ali confrontado com o pedido inesperado e pela explosão de alegria da filha, decide ceder, também pressionado pelos olhares dos amigos e familiares que rodeiam o casal.

Amélia agradece-lhe.

Aos poucos todos vão saindo da capela. Apenas Amélia fica com as três crianças a agradecer a Jesus, em privado, a pronta concessão de um dos seus pedidos.

Estando prestes a terminar a sua oração de agradecimento por Isabelinha estar junto dela, uma grande agitação e gritaria vinda do adro da igreja fá-la levantar-se repentinamente, de coração apertado corre com as crianças até à rua.

A cena a que é obrigada a assistir fá-la cambalear, obrigando-a a apoiar-se na porta de madeira maciça, para respirar fundo e tentar melhor perceber o que se passa.

Perto da ribeira Joana e João, ao que parece conversam amistosamente até que o diálogo descamba numa discussão em que Joana grita, para quem quer testemunhar, que o ex-patrão tentara acercar-se dela, ao sair da igreja, para retomarem a relação amorosa que durante os últimos anos mantinham em segredo e que fora interrompida pelo inesperado casamento.

Amélia, já refeita do primeiro choque, vê João atónito dando a entender que não percebe o que se está a passar.

Ocorre-lhe que não seja uma cena que possa ser presenciada pelos gémeos e pela irmã. Ordena à criada que a acompanha que os leve até ao "acampamento" e que lhes vá dando o almoço.

Entretanto, uma pequena multidão vai abeirando de quem supostamente discute. Amélia tenta a custo aproximar-se do marido.

– Está convencido que só porque tem dinheiro pode fazer o que bem entende de uma pobre ama? – Grita Joana dando a entender que João acabara de lhe fazer uma proposta indecente. – Primeiro exige que tire o seu filho de dentro de mim... seu pecador... e agora vem com conversas mansas que está cheio de saudades e que me morto uma casa em Portalegre... – Grita ainda mais alto, fingindo-se ofendida. – Vá-se embora. Não tem vergonha de vir com essas conversas mesmo nas barbas da sua família... – Olha para ele com se estivessem mesmo a conversar.

João, ainda sem perceber por que razão Joana finge aquela discussão e vai colocando na sua boca palavras que não dissera, tenta chamá-la à realidade pegando-lhe no braço e falando-lhe baixinho.

— Cala-te! Estão todos a olhar para nós. Mas que bicho te mordeu? — Fala entre dentes.

— Ai, está a magoar-me. — Grita-lhe fingindo que não se apercebera da multidão que os cerca. — Está a ameaçar-me? — Questiona de mãos à cintura. — Não tem vergonha de ameaçar uma mulher grávida?

— Cala-te de uma vez por todas, mulher! — Ordena já completamente desesperado. — Cale-se! — Sacode-a pelos ombros. — Você é que veio aqui ter comigo, quando estava a fumar um cigarro. Não lhe dirigi palavra. — Tenta em vão justificar-se ao dar conta que a cena está a atrair a atenção de todos os que se encontram no adro do santuário.

— Vá, bata-me! Não era a primeira vez! Se calhar a sua ideia é que perca o bebé ou... — Leva a mão à boca fingindo-se horrorizada. — ... se calhar quer que morra. — Encena um ataque de choro e um desmaio, para que a cena pareça mais credível aos olhos de quem a testemunha.

— Cale-se de uma vez por todas! Está completamente desvairada! Nunca lhe bati. E também não tenho a certeza que o filho que diz que carrega na barriga seja meu. — Dá o argumento que Joana precisa para dar a discussão como concluída.

— Então assume que me forçou a manter relações consigo. Que abusou da minha inocência. Que me desonrou e agora que estou grávida me expulsou do Monte. — Atira-se ao pescoço de uma suposta amiga e chora compulsivamente. — Não se preocupa com o que pode acontecer ao seu filho que trago aqui? — Preenche a mão com o ventre visivelmente arredondado. — Tem vergonha de assumir o que fez e agora quer livrar-se de nós... — Fala para a criança que cresce dentro dela. — Não teria coragem de atentar contra a nossa segurança? Pois não! — Semeia definitivamente a desconfiança nos presentes, tal como havia sido meticulosamente planeado.

Joana e a amiga vão passando por entre os mirones, que chocados com a deplorável cena que acabam por testemunhar, voltam-se para a figura pálida de Amélia, que de braços descaídos, tudo assiste mudamente.

João já cercado pelos familiares e amigos não consegue encontrar os olhos verde-esmeralda que tanta falta lhe fazem nesse momento.

Os guardas que por ali se encontram tentam dispersar os peregrinos que vão soltando palavras de repúdio pela conduta, que julgam, reprovável do lavrador por quem tinham, até há momentos atrás, elevada consideração.

Finalmente Amélia consegue-se acercar do esposo. Encontra João sentado sobre o muro da fonte de rosto escondido entre as mãos.

– Desculpa! Desculpa! Não queria expor-te a esta situação. – Fala entre dentes ao pegar-lhe nas mãos. – Desculpa meu amor! O passado não me deixa seguir em frente. – Vai falando sem a conseguir olhar nos olhos.

– Shiuuu… não digas nada. Não acredito numa palavra do que ela disse. – Vai afirmando para o tranquilizar. Beija-lhe as mãos. – Não sei o porquê mas tenho a impressão que falseou esta discussão para que todos a testemunhassem…

– Amélia, por favor não comeces com as tuas teorias… – Pede ao levantar-se. – Meus familiares e amigos peço desculpa pela cena a que foram obrigados a assistir. Pelos vistos a minha esposa acredita em mim e para mim é quanto basta. – Justifica-se em voz alta, dirigindo-se a todos esforçando-se para transparecer que já está refeito da suposta discussão com a ama. – Vamos mas é almoçar porque hoje é dia de festa. – Vai até junto da mãe, beija-a com ternura pedindo-lhe desculpas pelo que fora obrigada a assistir.

*****

No decorrer do demorado almoço em que todos fizeram um esforço para fingir que não se tinha passado nada de especial, João e os amigos refugiaram-se no vinho e as mulheres nas coscuvilhices do costume.

Amélia fora para dentro de uma carroça, estacionada mais ou menos longe da vista de todos, onde improvisara uma cama e ali se refugiara com as três crianças com a desculpa que precisavam de dormir a sesta. Sozinha ia levantando todas as hipóteses que poderiam eventualmente justificar o comportamento de Joana e a discussão ensaiada.

"Perece que a única preocupação da ama era que todos ouvissem que João lhe quer fazer mal… ou reatar a relação. Muito suspeito mesmo."

291

Os pensamentos e a sesta das crianças são interrompidos pelos estouros dos foguetes a anunciar a hora da procissão. Todos se apressam a alcançar as velas e a dirigirem-se para a porta de igreja de onde o andor sairá. Amélia deixa-se ficar para trás, informando a sogra que não sabe de João e que vai à sua procura.

Inexplicavelmente sente um aperto no coração como que a avisando que algo de muito grave está prestes a acontecer. Cega com a premonição que não a larga, temendo pela segurança do seu amor, procura João por entre a paisagem. Ouve a banda a dar os primeiros acordes e apavora-a a ideia de que todos darão pela falta do esposo uma vez que estava combinado que seria um dos homens a carregar com o andor do Sr. Jesus dos Aflitos.

A procissão começa e Amélia vagabundeia por entre as estevas à procura do marido pois algo lhe diz que ele ainda não estará onde deveria estar. Os olhos levam-na até à outra parte da colina, vislumbrando ao fundo o perfil masculino de João. Sente um aperto ainda maior no coração ao aperceber-se que ele está sentado numa rocha de espingarda na mão. Transtornada hesita se há de correr ao seu encontro ou se esconder-se até perceber o que se está a passar.

Os minutos passam. Do adro chega a música da banda e as vozes femininas que entoam os cânticos e as rezas religiosas. Ouve-se também o arrastar dos pés da pequena multidão crente que segue o andor e o padre.

O tempo vai gastando os minutos. João permanece sentado na rocha e Amélia a vigiá-lo de longe.

Pelo tocar da banda e dos estouros dos foguetes apercebe-se que a procissão está prestes a terminar. Por momentos fecha os olhos e pede perdão por não ter participado na cerimónia religiosa. O olhar regressa ao ponto onde encontrara o marido e vê que está desocupado. Cada vez mais assustada roga aos céus que a iluminem e o protejam.

A prece é interrompida pela gritaria estridente que vem do adro do santuário. Gritos e choros horrorizados ecoam pelas colinas parecendo que o fim do mundo chegara ao lugar sagrado. Amélia tomada pelo pânico fica pregada ao chão.

Mulheres com crianças ao colo fogem horrorizadas lavadas em lágrimas de desespero. Vozes masculinas gritam exaltadas o nome de

João, chamando-o de assassino. Amélia tenta a custo que as pernas, que pesam toneladas, lhe obedeçam e a levem até ao local onde parece que o marido está prestes a ser crucificado.

À medida que vai caminhando as pessoas que por ela passam, com rostos visivelmente horrorizados, lamentam a sorte da jovem esposa. Começa a temer pela sua segurança e pela do marido.

No adro do santuário uma multidão de gente aglomera-se junto da margem direita da ribeira. Em vão tenta procurar João. Apenas lhe chegam aos ouvidos os gritos insultuosos que acusam o marido de ser um assassino. Com determinação consegue perfurar por entre o cordão humano que ladeia a margem da ribeira, descobrindo o motivo pelo qual as mulheres fugiram dali o mais rapidamente possível. Descobre também horrorizada a razão pela qual Joana simulara a discussão com João.

Boiando inerte, de cabeça para baixo, o corpo de Joana desce numa calmia fúnebre o leito da ribeira, deixando para trás um rasto de água tingida a vermelho.

Amélia não consegue evitar o nó que se dá no estômago vomitando as entranhas no primeiro pedaço de terra que descobre por entre os pés dos mirones.

Na outra margem descobre a figura corcovada do marido, rodeado e protegido pelo pai, amigos, empregados e pelo detetive. Todos homens armados.

Recua e para si confirma que tudo o que está a acontecer deve fazer parte do plano maquiavélico que Ricardo Jorge e Barbosa engendraram. Levanta a hipótese que talvez desta vez, tenha sido Joana a atraiçoada. Vem-lhe à memória a imagem que há poucos minutos vira do marido segurando uma espingarda.

Ali mesmo, naquele instante, conclui que terá sido João que, num ato desesperado e levado pelo estado de embriaguez em que ficara depois de almoço, tenha assassinado a ex-amante depois desta o ter exposto da maneira com que o fizera no final da cerimónia religiosa. Ou mais rocambolesco, que talvez tenha sido coagido por Ricardo Jorge e Barbosa a cometer o assassinato.

Sem que ninguém se aperceba, corre colina acima, na esperança de encontrar a espingarda no local onde vira João sentado na rocha.

Quando lá chega, ofegante, sente um alívio enorme ao verificar que tem razão. Apanha a arma das ervas. Sente que o cano ainda aquece as mãos. Sem pensar duas vezes na decisão que toma, corre colina abaixo, de espingarda em punho, decidida a boicotar o plano de Ricardo Jorge e Barbosa.

No adro a população ameaça fazer justiça pelas próprias mãos caso João não se entregue por bem aos três guardas que ali se encontravam a garantir a segurança da romaria, sempre propícia a rixas entre grupos de rapazes.

Amélia num ato de aflição, por estar certa que Joana fora assassinada pelo marido, sobe para o muro da fonte, aponta para o céu e dispara a espingarda.

Um silêncio gélido segue-se ao ecoar do som abafado do disparo. Todos se agacham tomados pela surpresa e pelo medo. Os mais assustadiços fogem. Poucos são os que permanecem no local.

– Deixem o meu marido em paz! – Ordena, ameaçando disparar uma segunda vez. – Ele não matou a ama. – Sente as forças a desvanecerem ao ver o corpo que ainda bóia na ribeira, agora coberto de singelas flores brancas tingidas a rosa. – Fui eu que a matei. Fui eu que a matei. Estão todos a ouvir. Fui eu que a matei. – Confessa sabendo que a vida de João está presa por um fio. – Não podia permitir que esta serigaita andasse a enxovalhar o meu casamento. – Berra aos sete ventos.

Todos ficam estáticos. Apenas João galga as margens da ribeira parando apenas ao pé do corpo, que sabe que não tirou a vida, e corre para junto da esposa.

– Que dizes? Que dizes Amélia? – Questiona chocado, tentando tirar-lhe a espingarda das mãos.

– Disse-te que iria até ao inferno para te proteger. – Beija-o ardentemente. – Sr. guardas podem levar-me. Fui eu que matei a amante do meu marido. – Confessa segura do que está a fazer. Caminha para junto dos guardas que, ainda surpresos pela confissão, estão sem saber como reagir. – Podem levar-me presa. – Oferece os pulsos ignorando a aflição do marido.

Ricardo Jorge segue de longe os acontecimentos. Pensa o que poderá ter levado Amélia a oferecer-se para pagar por um crime que tudo indica ter sido cometido pelo marido. Na sua retaguarda Barbosa e

Joaquim gesticulam alterados. Descontrolados dão largas passadas em torno de Ricardo Jorge. Joaquim tenta atingi-lo com um soco, que não se concretiza por Barbosa o impedir.

Nenhum deles desconfia que todas as suas conversas e movimentos estejam a ser, atentamente, anotados pelo detetive.

– Que fazes Amélia? – Questiona João repetidamente. – Que fazes? Não foste tu que a mataste! Diz-lhes que não foste tu! – Ordena João descontrolado ao sacudir-lhe os ombros. – Não foste tu. Sei que não.

PELOS homens contratados e pelos empregados do Monte das Tílias as pessoas vão sendo convidadas a vagar o espaço do adro do santuário.

Os familiares e amigos mais próximos acercam-se de Amélia, que se encontra sob a custódia dos três guardas republicanos.

D. Adelaide e Maria das Dores abandonaram, com as crianças, a chocante cena da revelação, com o intuito de as pouparem um pouco mais ao que se estava a passar.

O pai de João assume a liderança ordenando que todo o grupo, com exceção dos homens armados, se desloque para o acampamento.

O detetive Fonseca continua camuflado por entre os troncos dos sobreiros a recolher as tão vitais provas que possam refutar a confissão de Amélia e libertar João das acusações evidentes.

João, visivelmente de rastos, física e emocionalmente, senta-se, colado à esposa, no estreito muro do bebedouro da fonte. Brinca autisticamente com os dedos dela. De quando em vez, analisa o rosto feminino que se transformara numa cortina descolorida de sentimentos.

Os minutos passam sem que alguém pronuncie uma palavra que seja. Amélia limita-se a respirar e a dialogar consigo própria.

"Amélia, não podes vacilar. Tens de manter a tua versão da história até ao fim. O plano deles era desconcertar João ao ponto de matar a ama. Malditos sejam! Com João preso e acusado de homicídio o caminho para a fortuna ficaria livre. Pensavam eles... Malditos sejam. Vou manter a minha confissão até ao fim. João há de perceber porque o faço e arranjará a melhor forma para me livrar da acusação. Afinal é advogado. Será mais fácil para ele tratar da minha libertação e de arranjar provas que associem Ricardo Jorge, Barbosa e Joaquim, do que para mim. É isso mesmo. Ele perceberá porque assumo a sua culpa. Oh meu Bom Jesus dos Aflitos perdoe este pecado do meu João. Como foi capaz de matar uma mulher grávida! Estava sob muita pressão ultimamente. Perdoe, meu Jesus, a minha mentira, mas não poderia deixar que o amor da minha vi-

da fosse preso. Quem cuidaria dos gémeos, de todos os empregados cujas famílias dependem da gestão das propriedades, quem cuidaria de mim, meu Bom Jesus, quem? Oh meu Deus estou a sentir-me tão zonza, os braços pesam tanto e as imagens parecem grão de areia a desmoronarem-se…"

— Joãoooo! — Amélia tomba inerte sobre o ombro do marido e, tombaria desamparada na terra amarela torrada não fosse ele ainda estar a segurar-lhe as mãos.

— Amélia, que se passa? — Questiona ao sentir o peso do corpo inerte. Enlaça-a pela cintura, profundamente exasperado. — Afastem-se por favor. Não vêm que não consegue respirar. — Ordena rispidamente aos guardas que a cercam. — Acorda meu amor… acorda Amélia. — Suplica ao bater-lhe de mansinho nas faces esbranquiçadas para ativar a circulação. — Oh meu amor… — Lembra-se de molhar as mãos na água fresca que corre na bica e com ela salpicar o rosto descorado e inerte.

— Sr. João não será melhor levar a Sr.ª sua esposa até à sacristia? — Sugere o padre que já se juntara ao grupo que pacientemente zela pela segurança do casal e aguarda o desenvolvimento da situação. — Com certeza que os senhores guardas não se importarão.

O lavrador não espera que o consentimento seja expressado, com desenvoltura ergue o corpo da esposa nos braços e, em passos firmes, caminha para a porta lateral que vai dar à sacristia.

— Lamento, mas os homens armados terão de ficar cá fora. Não posso permitir que entrem armas na igreja. — Informa o sacerdote. — Senhores guardas têm a minha palavra de honra que nem o Sr. Morgado nem a esposa abandonarão a igreja. — Garante ao dirigir-se aos três GNR's. — Deixemos o casal conversar um pouco. São pessoas de bem e não podem ser acusados sem provas.

João, com Amélia nos braços, e o padre desaparecem no interior do *hall* que conduz à sacristia.

Com a esposa ainda desmaiada ao colo, João senta-se numa das poltronas que se encontram na divisão. Discretamente o padre afasta-se para o espaço da capela.

Ternamente o lavrador beija o rosto da esposa como que suplicando que acorde do desmaio. Amélia reage ao calor dos lábios masculinos. Cede-lhe o lugar na poltrona e ajoelha-se de fronte tomando-lhe as mãos que beija com sofrimento. Os olhos encontram-se tão fundo que as palavras ficam presas na garganta.

– Por que fazes isto? – Pergunta quase em silêncio, João. – Sei perfeitamente que não o fizeste. – Afirma com convicção. – Não estou a perceber o que pretendes com esta confissão.

Amélia, visivelmente fragilizada, nada responde, pois sabe que se falar, não conseguirá manter a sua confissão por muito tempo e João será preso no seu lugar, tal como os malditos tinham planeado.

– Por favor, desmente o que disseste. – Faz um esforço para ordenar sem elevar o timbre da voz. – Por amor de Deus, diz alguma coisa. Dá-me um sinal que não perdeste o juízo? – Roga de mãos unidas colando o rosto moreno e rectilíneo ao da esposa. – Fala comigo, Amélia. – Peticiona, já sem saber o que fazer ou dizer para que a esposa reaja.

– Tu és advogado. Confio em ti para me libertares. Obriga o detetive Fonseca a encontrar as provas. – Vai falando secamente e por meias ideias, mas o rosto fica inundado de lágrimas que comprovam o seu sofrimento. – Tinha de ser assim. Vou amar-te até ao fim dos meus dias. – Cruza as mãos no colo para que não seja tentada a tocar-lhe. – Protege os gémeos e vê por onde anda Isabelinha.

Amélia fecha os olhos, cerra os punhos e os lábios.

Ouvem-se pancadas forte na porta. O padre aparece para a abrir.

– Sr. João Morgado, os nossos reforços já chegaram e temos ordens para levar a senhora sua esposa para o posto. O comandante quer ouvi-la ainda hoje. Lamento, senhor! – Comunica o guarda pouco à vontade com a situação de ser obrigado e levar sob escolta tão bela e distinta senhora.

– Isso não é bem assim! – Insurge-se João apavorado com a ideia de Amélia ir escoltada até ao posto como se fosse uma vulgar criminosa. – Vou levar a minha esposa até ao Monte das Tílias e o comandante que vá até lá. – Fala como se fosse ele que desse as ordens aos militares. Sentindo-se enjaulado dá passadas em torno da poltrona onde Amélia está sentada. Tenta alvoraçar o cabelo, esforça-se por apanhá-lo no rabo de cavalo que, por momentos se esquecera que cortara há dias atrás. Até essa falta o irrita.

Amélia sentindo o impasse dos guardas, ergue lentamente todo o seu porte, cola os olhos no chão ladrilhado e entrega-se de livre vontade à proteção dos seus carcereiros.

– Podem levar-me. Desculpem os modos do meu marido. – Fala para o guarda que entrara na sacristia. – Não vás ver-me, hoje. Vai para o Monte tratar dos nossos assuntos. – Dirige-se para João confiante que ele entenderá o que quer dizer.

São as últimas palavras que Amélia articulará nas próximas horas. Depois disso, veta-se a um silêncio que só virá confirmar a sua confissão. Cabisbaixa sai para a rua escoltada pelos guardas. Montada em seu Alter Real preto, segue até ao posto da GNR de Portalegre.

João sentindo-se impotente e desorientado tem dificuldade em perceber as meias palavras que foram ditas pela esposa. Braceja, pontapeia tudo o que são pequenas pedras ao ponto do espaço do adro do santuário parecer exíguo para expandir a sua cólera.

Nenhum dos amigos ou empregados tem coragem de dele se acercar.

– Mas por que razão esta mulher fez isto? Porquê Bom Jesus dos Aflitos? – Desabafa sozinho em alto e bom som. – Ela seria incapaz de matar o quer que fosse, quanto mais uma mulher grávida? – Ergue os olhos para o infinito azul celestial, já vai ganhando tonalidades douradas de por de sol. – Que pretendeis com isto, meu Deus? Nunca percebo os Vossos sinais. Mas também não percebi metade do que Amélia quis dizer! – Admite nada resignado. – Mas por que razão admitiu ela que matou a ama?

De entre os presentes que solidariamente escutam as palavras do lavrador surge Fonseca, que não achando prudente aproximar-se de quem o contratou, fala a uns metros de distância.

– Sr. João aconselho que se acalme. – Sugere num tom de voz moderado mas com autoridade. Espera um momento. – Precisamos conversar. Mas não aqui. – Vai falando e aproximando-se quando tem a certeza que João o escuta já mais calmo. – Talvez a sua esposa saiba o que está a fazer. – Afirma só para João. Olhando desconfiado em todas as direções. – Dois dos meus homens seguiram os GNR's. Esteja descansado que ninguém entrará naquele posto para fazer mal à senhora sua esposa. – Garante em segredo. – Agora, acalme-se, recomponha-se homem, que a sua família precisa que tenha a cabeça fria. Há decisões importantes a serem tomadas. – Ainda num tom de voz firme aconselha. – Dê ordens para regressarmos ao Monte. O seu pai já ordenou que o acampamento fosse desmontado e já seguiram todos para o Monte. Só restamos nós.

*****

Com a tarde a fazer-se noite, os homens chegam ao Monte da Tílias claramente esgotados física e sentimentalmente.

Com os nervos à flor da pele João optara por devorar cigarros em vez de falar. O silêncio dos seus companheiros revela-se uma forma comovente de solidariedade.

Mal chegam à casa grande do Monte das Tílias João e o detetive trancam-se na biblioteca.

– Vamos lá Fonseca, o que conseguiu descobrir? – Pergunta impaciente João, ao sentar-se à cabeceira da secretária a devorar mais um cigarro.

– Calma Sr. João. Primeiro precisamos reconstituir o momento em que senhorita Joana foi assassinada. – Explica ao sentar-se do outro lado da secretária e retirar do bolso da *gabardine* um grosso bloco de notas. – Peça à governanta que venha até cá. Preciso de saber onde estava e o que fazia a sua esposa quando foram lançados os primeiros foguetes que anunciaram o começo da procissão.

O lavrador toca a sineta que faz zoar a campainha na zona da copa. Maria das Dores prontamente aparece, também ela com o rosto desfigurado pelo cansaço e pelo choro.

– Senhor, mandou-me chamar? – Pergunta da porta.

– Entre Maria, o detetive Fonseca quer fazer-lhe umas perguntas. – Informa ao indicar a cadeira vaga.

– A mim? Que poderei eu saber sobre o que se passou? Um horror, senhor, um horror. – Lamenta-se já com os olhos inundados de lágrimas. – Não acredito que a Sr.ª D. Amélia fosse capaz de matar alguém. É um doce de pessoa. – Entra em defesa da patroa por quem nutre, desde a sua chegada ao monte, uma simpática amizade.

– Nenhum de nós acredita. – Afirma com convicção o detetive. – Por isso mesmo, temos de saber o que se passou e por que razão a sua patroa decidiu admitir o crime. – Destapa a caneta ao mesmo tempo que fala diretamente para a governanta. – Onde estava a sua patroa e com quem quando soram os primeiros foguetes?

– Bem... depois de almoço a senhora pegou nas crianças dizendo que ia pô-las a dormir a sesta. Foram para uma carroça e por lá estiveram até que foi dado o sinal que a procissão estava prestes a começar. – Vai relatando Maria.

– Quer dizer que nunca se ausentou da carroça? – Insiste o detetive nesse pormenor.

– Não. Apesar de estar um pouco afastada do resto do grupo a senhora esteve sempre com as crianças. – Maria cala-se como que pensando se deveria ou não continuar. – Sr. João vai-me desculpar... mas tomei a liberdade de fazer essa pergunta aos seus filhos e à meia-irmã da senhora. – Respira fundo e prossegue. – As crianças confirmaram que a Sr.ª esteve sempre lá com elas. Como seria de esperar.

– Mas depois a Sr.ª D. Amélia foi com vocês para a procissão? – Continua o detetive com as suas questões.

– Não. Disse que fossemos andando que ia à procura do Sr. João. – Volta a inspirar e a expirar. – A Sr.ª estava muito preocupada por causa do que se tinha passado à saída da igreja. Ficou mais preocupada ainda quando se apercebeu que o Sr. João não estava com os outros homens... pois tinha o compromisso de ir pegar no andor. – Olha para o chão com vergonha de encarar o patrão. – Ficou para trás para ir à sua procura.

– Maria sei o que pensa, mas eu não matei a ama. – Tenta defender-se das ideias que vão brotando das palavras da governanta. – Quer acredite ou não, caí pela segunda vez na armadilha que Ricardo Jorge e Barbosa me montaram... – Esfrega o alto da cabeça em sinal de desconforto ao lembrar-se da morte de Antonieta. – Estou certo que a minha esposa não a matou... mas eu também não. – Afirma com crença.

– Bom, bom... isso já todos nós sabemos. – Conclui Fonseca. – Estamos aqui para descobrir o que se passou e não para levantar suspeitas sobre o casal Morgado. – Senhora, peço-lhe que se recorde, se durante o dia ouviu algum comentário que agora lhe pareça suspeito... pense um pouco. – Pede ao ir registando o que Maria fora dizendo anteriormente.

– Não. – Responde ao revirar os olhos como que recordando o que se passara durante o dia. – Bem a não ser... mas isso são coisas de crianças, não podem ser levadas muito a sério. – Pensa em voz alta.

– Minha senhora, no ponto em que a investigação está todos os pormenores são importantes. – Comenta visivelmente interessado no que a governanta tem para dizer.

– Bem, no caminho para cá, a senhora sua mãe também ouviu... – Acrescenta voltando-se finalmente para o patrão. – ... a menina Isabelinha, a irmã da Sr.ª D. Amélia, vinha muito chorosa. Acabou, na sua inocência por dizer que Joana era a namorada do irmão. – Pausa para respirar. – Eu perguntei-lhe por que dizia isso. A cachopa acabou dizendo que Joana (paz à sua alma) ia muitas vezes lá a casa. – Nova pausa para pensar bem nas palavras que lhe borbulham na mente. – Perguntei-lhe se tinha ido lá ultimamente, ao que respondeu que tivera lá na noite anterior e que tinha chorado muito e gritado com o Joaquim, que é o irmão da cachopa. – A governanta passa os dedos pelos cantos da boca como que querendo humedecer a secura. João oferece--lhe um copo com água, que bebe. – A Isabelinha só soube dizer que Joana dizia que tinha muito medo de morrer... e que não queria discutir com ninguém... sabe, Isabelinha só tem cinco anos... – Bebe mais um gole de água para ganhar coragem para lançar ao ar a pergunta que a atormenta. – Se Joana frequentava a casa do padrasto da senhora como é que não se conheciam? Parece obra do diabo. – Benze-se com o sinal da cruz. – Ah! É verdade, quando viu o Sr. Ricardo Jorge no almoço disse para os gémeos "aquele senhor ontem foi visitar o meu pai", ouvi com estes que a terra há de engolir. – Acrescenta apontando para os ouvidos.

– Muito me diz senhora. Não imagina como as suas informações foram preciosas. – Fonseca levanta-se para agradecer a colaboração da governanta.

– Obrigada Maria. – É só o que João consegue dizer, no pensamento as informações vão rodopiando até se encontrarem na posição perfeita de encaixe. Acompanha a governanta até à porta.

– E agora, Fonseca? Filhos da puta! Tramaram tudo até ao último pormenor... – Desabafa o lavrador pontapeando enraivecido a pata de uma das cadeiras.

302

– Calma, Sr., Calma. – Sugere Fonseca ainda escrevinhando no grosso bloco de notas. – Conte-me para onde foi e o que fez até chegar à ribeira.

– Bem… quando saí da missa, fui até à ribeira fumar um cigarro. O encontro na igreja com Barbosa e Joana deixara-me muito nervoso. Só tinha vontade de os esganar. – Respira profundamente simulando o gesto com as mãos. – Um homem não é de ferro! Cada vez que o vejo vêm as lembranças do dia em que Antonieta morreu… enfim … – Acende um cigarro, dá uma longa passa e prossegue a narrativa. – Quanto dou por mim a louca da ama começa aos berros como se estivéssemos a ter uma discussão e eu a estivesse a ameaçar ou a propor-lhe alguma coisa. O senhor ouviu tudo. Admito que durante o almoço abusei do vinho, aliás bebemos todos e que por diversas vezes disse que seria capaz de a matar, mas foi só da boca pra fora. – Enfrenta o olhar do detetive para que acredite nas suas palavras. – Depois decidi ir andar a pé para espairecer as ideias. Levei uma das espingardas para dar uns tiros para ver se a raiva passava. Mas juro que não atirei contra ninguém. – Nova passa profunda. – Quando os foguetes estouraram lembrei-me que deveria descer a colina e ir para a procissão pois tinha o compromisso de pegar no andor, mas sentia-me tão envergonhado e indigno com a cena que se tinha passado de manhã que deixei-me ficar. Só me levantei quando comecei a ouvir a gritaria que vinha do lado do santuário. Veio-me à memória que alguma coisa de terrível tivesse acontecido aos meus filhos ou a Amélia. – Vai falando e passando o cigarro por entre os dedos. – Quando lá cheguei dei com o corpo de Joana a boiar na ribeira e uma multidão enfurecida acusando-me de ser o assassino. – Consome o que resta do cigarro. – Não matei ninguém. Pelos vistos Amélia também não. Qual deles foi então? – Questiona não tendo a menor dúvida que terá sido Barbosa ou Ricardo Jorge.

Fonseca, que tudo anotara com uma evidente ligeireza na escrita, abre agora, de par em par o bloco grosso, para com mais espaço esquematizar as provas reunidas, o móbil do crime e o assassino.

Não conseguindo disfarçar o nervoso miudinho que lhe causa a concentração do detetive, João levanta-se da cadeira e vai até ao local que sabe ser o preferido de Amélia naquela divisão: o banco de granito junto da ampla vidraça. Senta-se nele, embaraçado, tenta disfarçar as lágrimas que lhe inundam os fundos olhos castanho-terra. Enxuga-as com a mão firme antes de resvalarem pelo rosto moreno e retilíneo. Visivelmente descontrolado por saber que Amélia sofre vítima da ganância e sede de vingança de dois homens, esmurra um dos vidros da janela, que em mil bocados se estilhaça pelo chão da biblioteca. Olha para o sangue que lhe escorre em rego pelo antebraço. Indiferente à dor e à mancha que tinge o granito do banco, tira um lenço do bolso das calças que utiliza para fazer de garrote e estancar o espesso líquido que jorra do golpe.

– Tenha calma homem! – Diz-lhe Fonseca ao dar-lhe uma pancada sonora nas costas. – Falta acrescentar o que eu descobri. Só tenho pena que Ricardo Jorge tenha conseguido despistar-me, pois tenho a certeza que foi ele que matou a tiro a ama. Os outros dois tinha-os eu debaixo de olho. Na minha opinião a ama foi assassinada, ainda longe do espaço do santuário e colocada no leito da ribeira, quando os primeiros foguetes estouraram. De certezinha que nem Barbosa, nem Joaquim sabiam que o seu meio-irmão seria capaz de assassinar a ama para o incriminar. Digo isso porque os fiquei a observar enquanto eles os observavam a vocês, cá de longe, depois da morte da senhorita Joana. Barbosa e Joaquim discutiam com Ricardo Jorge revoltados com a necessidade do assassinato de Joana. Ao que consegui perceber, e agora confirmado pelo que a governanta contou do que a Isabelinha tinha dito, Joaquim mantinha uma relação íntima com a vítima. – Cala-se por breves instantes consultando o esquema que rabiscara no bloco. – O plano seria simular o desaparecimento da ama, nunca matá-la. As culpas cairiam sobre si. Mas Ricardo Jorge não quis correr o risco de, pela segunda vez, o plano não resultar.

– Mas o que pretende a minha esposa ao declarar-se culpada? – Questiona João, quase certo da resposta que tem medo de admitir.

– Sr. Morgado, penso que sabe bem porque o fez! – Reponde com olhar compassivo. – De certeza que a senhora sua esposa o viu com a espingarda na mão quando andava à sua procura. Tal como aconteceu consigo, a gritaria que se ouvia do adro da igreja fê-la ir até lá. Quando lá chegou deparou com o corpo da vítima a boiar nas águas da ribeira e a multidão enfurecida a acusá-lo de assassino. Concluiu que terá sido o senhor a matar a ex-amante e decidiu tomar o seu lugar pois, para ela, a forma de impedir que o plano de Ricardo Jorge resulte, é o marido ficar em liberdade. – Encara o lavrador com uma ponta de inveja. – É um homem afortunado, Sr. Morgado. A sua esposa não só tem uma confiança cega em si, como a certeza que tudo fará para a libertar, como incondicional é o seu amor por si. Não conheço mulher alguma que confiasse tanto no marido ao ponto de confessar um crime que não cometera, certa que ele a salvará.

Rendido ao peso sentimental das palavras que acabara de ouvir João levanta-se, vagueia pela biblioteca, recorda as palavras de Amélia, vai até à secretária e deixa cair o corpo na cadeira. Esconde o rosto por entre os dedos longos.

– O que sugere que façamos? – Inquere tentando manter a calma, pois a sua vontade é cavalgar o mais rapidamente possível até ao posto da GNR, estreitar Amélia contra si e cobri-la de beijos apaixonadamente gratos.

– Sugiro que partamos o quanto antes para Portalegre. Temos de colocar o comandante do posto da GNR a par das nossas descobertas e suspeitas. É preciso que o consigamos convencer a autorizar uma caça ao homem, neste caso aos três homens que arquitetaram este plano. Tenho quase a certeza que Joaquim, se for bem apertado, confessará tudo e, mais ainda, denunciará Ricardo Jorge como o assassino de Joana. – Volta a consultar os seus apontamentos. – Será importante que consiga convencer a sua esposa a desmentir a autoria do crime. Sem isso vai ser muito difícil o comandante libertá-la antes de apanharmos um dos três.

– Fazemos melhor ainda. Mando mesmo agora alguns dos meus homens atrás daqueles três patifes e nós partimos já para Portalegre. É só o tempo de prepararem os cavalos e Maria arranjar alguma coisa para levar a Amélia. – Ordena João revelando-se mais confiante de que os acontecimentos poderão ter um final feliz. – Mal posso esperar por ver como está a minha Amélia. Esta mulher está sempre a surpreender-me. – Revela inchado de orgulho. – Se não se importar vou ver como estão os meus filhos e a Isabelinha. – Enche o peito de ar como que preparando-se para mais uma árdua tarefa. – Também preciso de algum tempo para conversar com os meus pais sobre o que o Ricardo Jorge tem andado a tramar. Apesar de o meu pai saber que o seu primogénito não é boa rés, nunca lhe passaria pela cabeça que pudesse vir a transformar-se num assassino.

*****

As luzes começam a surgir na linha do horizonte à medida que os cavalos se vão aproximando do perímetro urbano da cidade.

Dali a alguns minutos João e Fonseca estão a apear-se, a pedir permissão que o comandante que os receba e autorize que Amélia seja visitada pelo marido.

A conversa com o comandante é breve, uma vez que a notoriedade do lavrador abre o precedente de poder ir visitar Amélia enquanto o detetive se incumbe de relatar os pormenores das descobertas.

Antes, porém, o comandante revela que Amélia se recusara a prestar qualquer depoimento, limitando-se apenas a ter afirmado que fora ela que matara a tiro a ama.

Acompanhado por um dos guardas de serviço, João desce as escadas até ao piso onde as celas se encontram, uma vez que a esposa, informada da sua visita se recusara a abandonar o escuro e desconfortável espaço que a priva da liberdade.

João acerca-se das grades, destroçado, vê o corpo curvado de Amélia sentado num banco de madeira. A figura alta da esposa, naquele instante parece-lhe mirrada e inerte.

– Amélia! – Suspira por ela quase que em segredo. – Oh meu amor que fazes aqui? – Exprime-se sem se incomodar com a presença do guarda carcereiro.

Não há reação ao chamamento. Permanece estática no banco de madeira, refugiada na penumbra do espaço.

– Amélia diz alguma coisa, por amor de Deus? – Recorre ao auxílio divino. – O que pretendes conseguir com esse silêncio? Oh meu amor devias ter contado toda a verdade ao comandante. Olha para mim! – Levanta sem querer o tom de voz.

– Pedi-te que não viesses visitar-me! – Reclama com voz funda provocada pelos choros prolongados. – Porque não acataste o meu pedido? A tua presença só torna a minha decisão ainda mais difícil. – Responde com rosto encoberto pelo cortinado de cabelos ruivos ondulados. – Vai-te embora, João, vai-te embora!

João solta as mãos dos ferros das grades, recua horrorizado pelo som amargo que sai da boca rosa e doce da esposa. Pensativo caminha para cá e para lá pelo corredor como se fosse ele que estivesse enjaulado. Olha para o cesto que Maria das Dores preparara com tanto esmero e carinho, pensa que será um bom pretexto para pedir permissão para entrar na cela.

– Sr. guarda pode abrir a cela? Deixe-me estar um pouco a sós com a minha esposa? Apenas quero levar-lhe o jantar. Tente compreender, isto tudo não passa de um grande mal-entendido. – Apela ao bom senso do guarda.

– Desculpe, mas tenho de ir pedir autorização ao comandante. – Afirma ao dirigir-se para as escadas que dão acesso ao primeiro andar.

O curto espaço de tempo em que João aguarda pela chegada da resposta é gasto a estudar a figura débil e esgotada da esposa.

– O senhor comandante diz que pode entrar, autorizando que os deixe a sós por alguns momentos. É só o que pode fazer até que esta situação esteja devidamente esclarecida. – Comunica ao aproximar-se do lavrador. – Veja se a convence a comer e a beber alguma coisa. A única coisa que fez todo o caminho e desde que aqui chegou foi chorar. – Transmite num tom mais intimista ao enfiar a chave de ferro no ferrolho na fechadura.

João pega num banco que encontra, na cesta da merenda e transpõe o limite que separa a liberdade da prisão. Fica à espera que os passos do guarda ranjam nos degraus.

Sem nada dizer, ergue o corpo da esposa pelos ombros e aperta-o com força contra o seu ao mesmo tempo que lhe beija os cabelos desalinhados.

Amélia de braços descaídos tenta lutar contra a vontade que tem em responder ao afeto do marido. A coragem é alimentada pela lembrança que se ela for libertada João ficará ali no seu lugar.

– Olha para mim! – Pede-lhe de mansinho ao tomar-lhe o rosto por entre as mãos. – Olha para mim, Amélia. – Volta a pedir num tom mais firme. – Que pena tenho de não ter dito que te AMO cada vez que tive vontade. AMO—TE! AMO-TE! AMO-TE! – Declara-se ao pe-gar-lhe no queixo e levar a boca rosa ao encontro da sua.

Amélia não reage ao primeiro contacto da intimidade. Concentra-se apenas nas palavras que ouvira e que fizeram disparar o coração e to-das as suas partes íntimas.

– Julgava que sabia o que era o amor. Mas estava enganado. O que sinto por ti supera tudo o que já tinha sentido antes. AMO-TE! – Volta a tomar-lhe os lábios pois sente que a mente da esposa acabará por ceder, como já cedera cada pedaço do corpo que abraça. – Obrigada pela prova de AMOR que me deste. Obrigada. – Volta a estreitá-la com tanta força que quase que a ergue do chão. – Já descobrimos tudo. Não precisas de assumir a minha suposta culpa. O detetive Fonseca está a contar tudo ao comandante e não tarda nada estarás em liberdade. – Anuncia ao rodopiar no ar a esposa pelo espaço da cela.

– Que dizes? – Inquere incrédula Amélia. – Estás a enganar-me para veres se desminto tudo e ficas tu aqui, no meu lugar. – Conclui com amargura. – Poisa-me, não é o momento para festejos, João.

– Oh meu amor, eu não a matei. E tenho a certeza que tu também não. Apenas o confessaste para me proteger e inviabilizar o plano da-quelas bestas. Obrigada pela tua prova de amor. – Senta-a no banco.

– Estás a enganar-me. Vou continuar a afirmar que fui eu que a ma-tei e pronto. – afirma dando o assunto por resolvido cruzando os bra-ços junto do peito. – Sabes muito bem que contigo preso o plano de ficarem com a tua fortuna vai resultar. Sozinha não serei capaz de en-frentar aqueles três.

– Oh meu amor escuta-me. Estou a dizer-te que temos provas que Ricardo Jorge foi o mandatário de todo o plano e que foi ele que ma-tou a pobre da ama. – Puxa o banco que trouxera para a frente da es-posa, sentando-se nele. – Por estas horas os meus homens, julgo que até já alguns guardas, andam à caça daqueles três patifes. – Acrescenta convicto.

– Não foste mesmo tu que a mataste? Não foste mesmo tu! – Ques-tiona ainda desconfiada. – Mas eu vi-te com a espingarda na mão… estavas lá que bem vi…

– Sim. Realmente, viste-me com a espingarda na mão, mas não a utilizei para matar. – Explica pacientemente. – Estamos livres destas acusações. Garanto-te.

Mais confiante nas palavras do marido, Amélia pega-lhe o rosto pelas mãos e olha bem fundo dos olhos terra, estuda-os ao pormenor e quando sente que um borbulhar gira em torno do umbigo beija-o apaixonadamente. João entrega-se ao beijo prolongadamente húmido da esposa.

Umas e outras mãos tentam acariciar com ousadia cada pormenor do corpo conhecido e desejado.

– Obrigada, meu amor. Eu tinha a certeza que havias de descobrir uma maneira de me tirares o quanto antes da prisão. – Admite Amélia ao cobrir a cabeça castanha de beijos.

– Eu é que agradeço. – Retribui cada beijo da esposa. – Amélia, que ideia foi a tua de confessares um crime que não cometeste? Até onde irias com essa ideia. – Pergunta, tendo quase a certeza das palavras que ouvirá.

– Até ao inferno, caso fosse preciso. – Garante com veemência. – O que fiz foi a pensar na tua proteção, mas igualmente na dos gémeos, na minha e de toda a gente que depende de ti para ter o que colocar na mesa para comer.

– E eu ia lá buscar-te. – Declara com tal firmeza que Amélia sente o arrepio a nascer-lhe no fim da coluna e a propagar-se a cada milímetro da pele branca e sardenta. – Tenhas tu a certeza disso. Ia a inferno buscar-te.

– E agora João? – Põe a nu a sua preocupação que estivera disfarçada por detrás da cortina de cabelos ruivos e ondulados.

– Agora, agora vamos ter de esperar que os consigam apanhar. Ao que parece, matar Joana, não fazia parte do plano que Ricardo Jorge combinara com os outros dois. Segundo o que a tua irmã disse, ela e Joaquim eram "namorados". Vamos ver o que se consegue descobrir. – Admite encolhendo os ombros. – Até lá vamos comer o que Maria nos preparou. – Alcança a cesta para junto dos pés. – Também gostaria de saborear outro tipo de iguarias… mas o guarda é que não iria ver com bons olhos o nosso atrevimento. – Sorri matreiramente ao encher as mãos com os generosos seios da esposa.

– És sedutoramente incorrigível! Olha em que pensas numa altura destas! – Comenta com as faces a ganharem um tom rosado.

– Se calhar não pensaste o mesmo?

Ambos sorriem contidamente certos que o problema está longe de estar resolvido.

APÓS o jantar João conseguira convencer a esposa a descansar na cama de estopa, que previamente cobrira com uma das mantas que a governanta mandara com a merenda.

Sob protesto Amélia lá se deitara na cama sempre com receio que a qualquer momento algum rato, ou um bicho igualmente repugnante, saísse de um dos imensos buracos que a parede empedrada apresentava.

João sobe até a gabinete do comandante. Este aguarda, pacientemente, com o detetive, o seu regresso da cela da esposa.

– Lamento Sr. Morgado que a sua esposa não possa estar alojada nas melhores condições. – Sente-se obrigado a justificar-se perante um dos homens mais abastados de todo o Alentejo. – Mas sabe que aqui o quartel nem a uma hospedaria pode ser comparado. – Tenta aligeirar o clima de tensão que se vive pela prisão da mulher, casada com um ilustre da terra, por ter confessado a autoria de um crime violento.

– Deixemos esses pormenores de parte. A minha esposa já está mais calma. – Diz ao sentar-se na cadeira que um dos guardas de plantão à porta lhe indica. – Agradeço a sua generosidade em permitir que a visitasse na cela. – Estende a mão mais para lhe agradecer do que para o cumprimentar pela segunda vez.

– Tem consciência que o fiz por tratar-se de sua jovem esposa? Fi--lo pelo respeito que o Sr. Morgado e toda a sua ilustre família nos merece. – Acrescenta com alguma altivez. – A senhora sua esposa colocou-se numa situação muito delicada ao confessar a autoria do crime para uma multidão de portalegrenses.

– Mas senhor comandante ... – Levanta-se João pronto a explicar o motivo da confissão de Amélia.

– Sente-se Sr. Morgado. – Ordena em tom cordial. – Tenha calma e deixe-me continuar. – Acende o cigarro que acabara de enrolar na mortalha. – Se não tivesse confessado a autoria do crime tê-lo-íamos prendido a si. – Dá uma longa passa no estreito e desengonçado cigarro. – O que me daria maiores dores de cabeça, tendo em conta de quem se trata. Mas adiante, que o tempo urge. Aqui o detetive Fonseca já me pôs ao corrente de toda a investigação e do sucedido há três anos, aquando da morte da sua primeira esposa. Confesso que a princípio cheguei a duvidar da veracidade dos factos. – Termina de fumar o cigarro, cuja ponta é esborrachada num cinzeiro a abarrotar de outras tantas beatas. – Arrematando, já ordenei aos meus homens que vasculhem toda a cidade à procura do seu irmão e dos dois cúmplices. – Levanta-se, caminha de forma emproada até á janela. – Barbosa e Joaquim não vão ser difíceis de localizar. São bem nossos conhecidos pelos desacatos que quase diariamente causam pelas tabernas e casas de alterne. Já o Sr. Ricardo Jorge, vai ser como procurar uma agulha em palheiro. – Conclui torcendo a ponta revirada dos longos bigodes grisalhos. – Calculo que se prepare para fugir, uma vez que tudo indica, se tenha zangado com os compinchas. Mandei uns homens até à estação dos caminhos de ferro, pelo sim pelo não.

Toda a informação debitada pelo comandante obriga a que o gabinete mergulhe em silêncio. Cada um dos homens acende um cigarro e com ele tenta adivinhar o desenrolar dos factos.

O momento é interrompido pelo bater acelerado na porta da divisão. Ao que o comandante responde com um rápido e autoritário "Entre!".

A porta é transposta por um guarda menos graduado que a custo tenta passar as ordens que lhe foram transmitidas por quem no terreno comanda as buscas de Barbosa e de Joaquim.

– Com a sua licença, Sr. Comandante. – Pede ao bater a continência.

– À vontade. – Retorque.

– Os nossos homens já localizaram o Barbosa e o Joaquim. Como de costume estavam a emborrachar-se numa das tabernas ao pé de casa. Joaquim foi fácil de capturar. Está perdido de bêbado, cantou tudo mesmo antes de o apanharmos. Mas … – Para, para recuperar o fôlego.

– Homem, diga logo de uma vez? – Ordena o comandante voltado na sua direção.

– O Barbosa barricou-se armado na despensa da taberna. Diz que mata uns tantos dos nossos antes de o apanharmos. – Termina já dobrado sobre os joelhos para que respire melhor do cansaço da correria e da conversa.

– Vou até lá. – Acrescenta João que, de um salto, se levantara da cadeira, largando no cinzeiro o cigarro com quem se aconselhava. – Não posso ficar aqui de braços cruzados enquanto esse bandido estiver solto.

– Lamento Sr. Morgado mas não posso autorizar que nos acompanhe. O seu detetive e alguns dos seus melhores homens ainda vá que não vá, mas o senhor, terá que ficar por aqui! Se alguma coisa de ruim lhe acontece ainda teria de explicar-me ao Sr. Presidente dá República António Carmona. Nem pensar.

O som distorcido de vozes alteradas vindas da rua faz com que os quatro homens corram para fora do posto e se deparem com a figura de Joaquim a ser trazido em braços por dois guardas.

João não contendo a sua raiva, nem conseguindo raciocinar com frieza corre para o corpo que é arrastado e, apanhando os guardadas de surpresa, agacha-se, pega Joaquim pelos colarinhos e começa a esmurra-lo até que Fonseca e o comandante, a custo, o conseguem puxar para trás.

– Pare Sr. Morgado! Assim ainda vai fazer companhia à sua esposa. – Ordena o comandante cuspindo as palavras e alguma saliva.

– Seu filho da puta, também quiseste desgraçar-me a vida. Seu cabrão de merda. Nem te consegues manter em pé. – Insulta por cada murro que não consegue dar.

– Não matei ninguém. Foi tudo obra do seu irmão. – Argumenta com voz arrastada e trôpega. – O filho da puta do Ricardo é que nos meteu nesta embrulhada e mata a minha Joana. Coitadinha. Foi obrigada a deitar-se consigo. Ela nem queria ir ao Sr. dos Aflitos, coitadinha. Parece que estava a adivinhar o que a esperava. Não era suposto morrer. – Confessa, sem que lhe seja pedido, entre baba, ranho e vómitos a tresandar a vinho tinto. – A culpa também é do meu pai que há três anos quis passar a perna ao Ricardo ao deitar-se com a sua defunta, e agora tramou-se. O finório há de conseguir fugir e nós levarmos com as culpas todas.

– Guardas levem o detido para uma das celas. – Ordena olhando com desdém para a forma como Joaquim tem de ser arrastado dali. – Esperem! Tragam a senhora Amélia para o meu gabinete. Que espere por mim até que isto se resolva. Não quero que a senhora se cruze com este desgraçado. Tratem de que nada falte à senhora. – Dá por concluídas as ordens antes de se voltar para o lavrador. – Venha connosco, porque também não fico descansado ao deixá-lo aqui no quartel com o preso.

*****

Um grupo de homens fardados e a civil, liderado pelo comandante, tenta negociar com o homem que num ato derradeiro de desespero se barricara no interior da despesa de taberna.

A potente e autoritária voz do comandante faz-se ouvir como um trovão.

– Entregue-se Barbosa! Não tem por onde fugir. Ou sai daí pelo seu próprio pé ou deitado num caixão. – Adverte com autoridade.

Moradores curiosos abrem os postigos das portas mas, ao depararem com a rua vigiada por um número considerável de militares da GNR e de homens à civil armados recolhem a sua curiosidade para dentro de portas.

Por detrás da fileira de militares, onde João fora obrigado a ficar, a tensão é grande. Dá-se por contente ao ter conseguido convencer o comandante a deixá-lo levar a sua espingarda.

– Volto a ordenar-lhe que atire a arma cá para fora e que saia de mãos no ar. É o último aviso, Barbosa! – Grita exasperado o comandante. Sentindo o formigueiro que a tensão lhe causa na palma da mão coça-a continuamente na coronha da espingarda.

Num rompante a porta da despensa tomba com um pontapé e um homem visivelmente tresloucado e embriagado sai de arma em punho disparando em todas as direcções.

– Seus medrosos de merda. Tanto homem para levarem um só. – Grita soltando baba e disparos. Varre a pequena sala da taberna. Acidentalmente ou não, os olhos chocam com os de João. – Seu ricalhaço de merda. Vou matar-te. Antonieta morreu por tua causa e do teu irmão. A culpa desta desgraça é toda vossa. – Continua a gritar caminhando de arma em punho apontada para João. – Invejas de irmãos.

– Antonieta morreu devido à vossa cobiça. Nem os próprios filhos foram poupados nos vossos esquemas. – Retorque, não conseguindo ficar calado. – Todos vocês, Ricardo e Antonieta desde o início, o que

314

sempre quiseram foi deitar a mão ao meu dinheiro. Vocês foram apanhados pelo caminho. – Solta-se finalmente das suas certezas.

– Vais pagá-las com a própria vida. A culpa é também do teu irmão. Matou a desgraçada da ama… – Dispara nova chuva de cartuchos.

A primeira reação dos que aguardavam nervosamente o desenlace da situação é agacharem-se em defesa própria, mas o grito autoritário de comandante provoca uma chuva de disparos que fustiga apenas um único corpo, que já sem vida tomba ensanguentado na laje enegrecida da taberna.

Pelo ar misturam-se os cheiros da pólvora, do vinho e do tabaco dos dias anteriores, com o de sangue fresco.

Desorientado pela cena que presenciara João foge da taberna à procura de mais ar que lhe purifique os pulmões e a alma. Já encostado a uma parede forrada a azulejos tomba a cabeça e liberta o enjoo que lhe revira o estômago. O detetive Fonseca devora o cigarro que acabara de acender.

Os gritos da dona da taberna fazem-se ouvir pela vizinhança, que já acordada pelos disparos, aventura-se finalmente a assomar timidamente as cabeças.

– Só já falta Ricardo Jorge. – Declara João cada vez mais cego de vingança. O rosto imperscrutável seria um susto valente para com quem ele se cruzasse na escuridão da noite. Começa a correr rua acima, movido por uma vontade incontrolável de ver e abraçar Amélia.

Atrás de si seguem o comandante, Fonseca e mais alguns militares e homens armados.

Assim que vê surgir o edifício do posto João corre em direção ao gabinete do comandante descurando completamente as mais básicas das regras de boa educação. Irrompe pela divisão onde encontra uma Amélia pensativamente sentada numa das cadeiras.

– Então, o que se passou? – Sobressalta-se da cadeira pela forma como o silêncio é quebrado com a entrada abrupta do marido no gabinete. – Onde estiveste até agora? Por que razão me trouxeram para aqui? – Tenta encontrar respostas ao perscrutar de perto o rosto do marido e dos dois homens que o acompanham.

– Acalme-se, Sr. Morgado. Desse jeito ainda tem um enfarte e a sua bela esposa também. – Ordena o militar ao sentar-se na sua cadeira para que os presentes não tenham dúvidas de quem manda naquele espaço e nas operações. – Sentem-se os dois. Desculpe minha senhora, sei que é bem tarde, que daqui a pouco o sol nascerá e ainda nenhum de nós foi à cama. Lamento. Mas precisamos de conversar uma vez mais antes de autorizar a sua libertação.

*****

Os passos do casal ecoam pela calçada que os leva de regresso ao palácio, uma vez que o cansaço das últimas vinte e quatro horas e o avançado da noite os desencorajara a regressar ao Monte das Tílias.

Amélia, abraçada pela cintura, de cabeça encostada ao ombro protetor de João, não consegue evitar o choro pela notícia da prisão de Joaquim e pela morte violenta de Barbosa. Chora, pela dor que as notícias causarão em Isabelinha e, por sabê-la órfã de pai e mãe.

João não consegue evitar o aperto que lhe cresce no peito por ver confirmada a suspeita de que o irmão fora o mentor e executor de todo o plano para o destruir. Admite que nunca pensara que os ciúmes que Ricardo Jorge sentia e da fortuna que herdara dos avós, pudessem levá-lo a cometer os mais hediondos dos crimes. Em silêncio entristece-se com a notícia que confirmara o que de tarde tentara explicar aos pais. Assume. Se tivesse a certeza de que o meio-irmão nunca mais atentaria nem contra a sua segurança, nem contra a dos gémeos e de Amélia, preferiria que não fosse apanhado pelos militares.

De mãos fortemente enlaçadas o casal sobe a escadaria de mármore negro e branco que dá acesso ao primeiro piso do palácio pintado de amarelo.

Quando passam pela porta que dá acesso ao espaço acastelado onde haviam feito amor pela primeira vez os dedos apertam-se ainda mais, os olhos encontram-se e o corpo reclama a intimidade descoberta desde então. No rosto desenha-se um sorriso que não necessita de palavras.

Amélia percebe que caminham para o luxuriante quarto de João, em tons de prateado e preto.

Ao entrarem João não resiste e esquecendo-se por momentos o que viveram nesse dia, ou por se lembrar do que Amélia fizera para o proteger, pega-a ao colo, beijando demoradamente cada pedaço da boca, da curvatura do pescoço e da linha dos seios.

– Finalmente em casa! Por momentos cheguei a pensar que passaríamos a noite no posto. – Assume ao deitá-la suavemente sobre a colcha prateada.

– Oh João que dia este! Desculpa-me se cheguei a pensar que fosses capaz de matar... – Desculpa-se escondendo o rosto por debaixo dos almofadões que forram a cabeceira da cama.

– Shiuuuu. Não quero conversar mais sobre esse assunto. – Tenta acalma-la beijando-lhe as costas e os pescoço a descoberto. – Vou tratar do nosso banho. Precisamos de libertar-nos desta imundice que temos colada à pele e à alma e relaxar, antes de dormirmos um pouco. – Fala mais em sentido figurativo. – O dia nasce não tarda nada.

João dirige-se para a casa de banho cuja decoração é um harmonioso prolongamento do quarto.

Amélia segue atrás dele mas para-se ao não conseguir evitar o espanto que a decoração da divisão lhe causa.

As paredes estão pintadas de branco e preto alternadamente.

Logo assim que se entra, um espelho, fixo numa das paredes pretas, a toda altura de um corpo está envolto numa moldura exageradamente trabalhada e pintada a prateado. O chão de granito preto reflete a luz que emana de um cadeeiro de cristal lacrimoso. Perto da banheira de pés, onde o preto das torneiras contrasta com a brancura imaculada da banheira, uma cómoda branca de pés abaulados serve de base aos objectos de higiene pessoal de João. A um dos cantos numa negra salamandra o lume dá estalinhos românticos.

Os olhos de Amélia vão ao encontro de um cadeirão sem braços pintado de branco com o fundo em veludo negro como o carvão. Não consegue deixar de pensar na sensualidade que a peça de mobiliário apresenta.

João, que já pusera a água a correr, delicia-se em estudar o rosto da esposa e o momento de intimidade que partilham. Decide despir-se.

Amélia cora, ao ter de encarar com a tentadora nudez do marido e com o membro que, ereto, lhe humedece as partes escondidas.

O casal entreolha-se. Não são precisas palavras para Amélia perceber que João lhe pede que se dispa, nem que perceba que o corpo do marido reclama pelo seu e vice-versa. Para trás ficam as preocupações e as dores que a cama de estopa e a cadeira dura do quartel lhe infligiram nas costas.

Amélia não consegue deixar de olhar para o sensual cadeirão prateado com fundo em veludo preto que a tenta a sentar-se nele. João percebe o seu desejo e a vergonha de o exprimir.

– Queres que me sente no cadeirão? – Pergunta agradado que está com a timidez de Amélia. – Não estás muito cansada?

– Não. – Responde prontamente à última questão. – Acho que o cadeirão está mesmo ali para me tentar. – Responde sem conseguir dizer abertamente o que tem vontade de experimentar.

– Anda cá, minha doce esposa. – Pede com voz rouca ao estender--lhe a mão. – Senta-te. Assim. – Orienta-a que se sente, afaste as pernas e exponha toda a sua intimidade. – Fecha os olhos e deixa-te levar pelas carícias, sem vergonhas nem pudores. – Aconselha ao beijar-lhe os joelhos ao mesmo tempo que as mãos lhe excitam ainda mais os seios.

– Oh João que medo tive de não voltar a sentir o teu cheiro, o teu toque, a tua boca… – Revela, já entre gemidos.

– Shiuuu, não digas nada, deixa-te levar! – Aconselha mais uma vez quando os dedos estão cada vez mais perto de comprovar a sua humidade.

Com uma ternura extrema João vai desviando os pêlos do monte de Vénus. Ambos suspiram de prazer. Mais ousadamente João procura a humidade e a zona mais erógena de Amélia. Que ao sentir o seu toque liberta um gemido profundo e lhe arrepela os cabelos. Mais ousado ainda João não consegue conter a sua curiosidade e ajoelha-se para que possa ver a humidade da esposa. Amélia ao senti-lo observar o seu íntimo mais profundo retrai-se de vergonha. João sorri e volta a afastar-lhe as pernas com gentileza.

– Estás quase prontinha para me receber, meu anjo de cabelos ruivos e olhos verde como as esmeraldas. Que medo tive de te perder. Que pena tive de não te ter coberto de beijos todas as vezes que tive vontade. Que arrependido fiquei de não te ter dito AMO-TE logo da primeira vez que o senti. – Declara-se ao mesmo tempo que os dedos e os olhos vão testemunhando o feito que as suas cariciosas palavras têm no corpo da esposa.

– Oh João não aguento mais... dás comigo em loucaaa! – Avisa que estás prestes a atingir o clímax.

– Espera. Vamos trocar de posição. – Sugere com um sorriso sedu toramente escaldante. – Anda cá meu amor. – Ergue-se e ergue-a a ela também.

As bocas encontram-se demoradamente quando os corpos desnudados se colam.

– Vou sentar-me no cadeirão. E tu sentas-te assim ... voltada para mim. – Vai falando ao pegar-lhe pela cintura e pousa-la sobre as suas firmes coxas.

Ela, finalmente percebe qual a sugestão do marido e sorri-lhe de regozijo meio envergonhado.

Com jeitinho ambos vão rodando os corpos até que Amélia sente deslizar, para o seu interior profundo, o membro ereto ao seu máximo. Ambos gemem de prazer.

João brinca com os mamilos femininos por entre os dentes. Amélia, sustem as mãos nos largos ombros para que consiga oscilar o corpo sem que o membro se desloque do espaço que preenche. João tomba-lhe o tronco ligeiramente para trás para que consiga saborear-lhe cada pedaço do pescoço.

Quando, vencidos pelas carícias que os elavam aos pícaros do prazer, os corpos unem-se num abraço tão forte que parecem um só. Numa dança ascendente e descendente o clímax é atingindo com a libertação dos fluxos e de gemidos guturais.

Ambos soltam gargalhadas sonoras e sinceras.

– Amo-te! – Diz-lhe Amélia ao beijar-lhe o cocuruto da cabeça.

– Não mais do que eu a ti! – Declara com orgulho.

João ergue-se unido à esposa. Esta enlaça as pernas à volta da robusta cintura. Os braços pendem do pescoço largo e moreno. João, sustem-na pelas nádegas. Rodopiam pela casa de banho, inundada com o vapor da água que enche a banheira e liberta um cheiro a rosmaninho que lembra que o banho os espera.

Pousa o corpo feminino sobre o felpudo tapete branco. Veda a banheira. Verifica a temperatura da água. Entra nela, recostando-se à borda da banheira de braços e pernas afastadas. Amélia entende o convite. Entra para a água morna com cheiro a rosmaninho, recosta-se aos peitorais do marido encaixando na perfeição o corpo entre as pernas musculadas que prontamente a rodeiam.

Saciados, sorridentes e seguros no amor que os une, João e Amélia deixam-se ficar na água morna com cheiro a rosmaninho até que os corpos reclamem o conforto da cama.

O casal, envolto nos lençóis pretos de cetim, dormita entre abraços e carícias quando um suave toque na porta os faz regressar à realidade.

Amélia cobre a nudez até ao pescoço, João, de um salto veste o pijama e o robe que fazem conjunto com os lençóis que vestem a cama. Aproxima-se da cama e beija a testa da esposa que preguiçosamente expande o corpo a toda a largura.

-Estás mais bela do que nunca. Minha deusa celta. – Afaga-lhe os cabelos ruivos. – Vou ver o que se passa.

A demora do esposo fá-la levantar-se cobrir a nudez com uma camisa masculina, ir até à ala direita do palácio, ao quarto onde dormira a primeira vez que ali estivera, e escolher um dos muitos vestidos novos que ali deixara no guarda-vestidos. Senta-se no banco do toucador, escova com alguma dificuldade os longos cabelos ruivos ondulados e tenta ajeitar a franja que lhe cobre as pestanas longas. Faz um esforço para que a tarefa de cuidar da sua apresentação demore o mais tempo possível, com o intuito de estar entretida até que João se despeça do comandante e do detetive, com quem conversa no jardim do palácio.

Concluída a tarefa íntima, ocorre-lhe que João vá ter consigo ao quarto onde a deixou e não ali. Volta a mirar-se no espelho do guarda-vestidos, alisando com as mãos o vestido justo de cor acinzentada, que apesar de não ser a sua preferida, foi a que considerou mais adequada à circunstância do falecimento do padrasto.

Sentada a toda a largura da *chaise* que se encontra do quarto preto e prateado escuta sons de objectos de vidro a serem arremessados contra as paredes do escritório.

Sobressaltada pensa quem andará por lá uma vez que João não passara por ela. Lembra-se que a divisão deva ter uma porta que liga com o corredor. Assustada com o que se possa estar a passar no seu interior caminha pé ante pé tentando identificar por entre o som dos estilhaços a voz de João. Perto da porta encosta o ouvido, leva as mãos aos lábios quando identifica um choro abafado. Desassossegada, abre a porta e encontra o marido com a cabeça encostada à ampla vidraça que dá para o pequeno largo.

Sem robe, com o tronco a descoberto João segura por entre os dedos (que mais se assemelham a garras) um generoso copo de vinho que leva aos lábios consecutivamente. O robe jaz no chão rasgado em tiras de tecido.

– Vai-te embora! – Grita-lhe num tom de voz rude que lhe faz lembrar a primeira conversa que tiveram, há um mês atrás, na biblioteca do Monte das Tílias. – Vai-te embora! Não quero que me vejas neste estado. Posso aleijar-te. – Utiliza as mesmas palavras de que já se socorrera para a rejeitar.

Amélia recua apavorada com a ideia de que por algum motivo desconhecido João a vá rejeitar novamente. Olha para a aliança de ouro branco. Beija-a como que pedindo proteção divina. Olha para a fisionomia retorcida do marido. Conclui que deve ter tido notícias do irmão. Calmamente aproxima-se dele. Hesita se o há de abraçar pelas costas ou enfiar-se por entre o espaço que sobeja entre o braço que tem encostado à janela e o vidro. Decide que ele reagirá melhor à proximidade dos olhos e dos lábios.

– Não tenho medo que me aleijes, porque sei que não serás capaz de o fazer. – Vai dizendo com ternura enquanto caminha para ele. – Amo-te e tenho a certeza que também me amas. Por isso se sofres, também eu sofro. – Declara-se ao tocar-lhe com a ponta dos dedos nas omoplatas anunciando que está mesmo ali. – Não vou deixar-te aqui a sofrer sozinho. Só quero confortar-te. – Promete já tentando furar o espaço que separa o tronco masculino da janela. – Olha para mim, meu amor. – Pede-lhe ao limpar a humidade que desliza pela barba rala. – Sei que precisas de ser mimado. Olha para mim, João! – Suplica ao emoldurar o rosto desfigurado pelas rugas de dor. Em bicos dos pés beija-lhe cada pálpebra cerrada e depois os lábios generosos. Enlaça os braços à volta da cintura do esposo. Assim fica quieta à espera que ele reaja.

Vencido pelo carinho de Amélia, João estreita-a com tanta força que ela sente-se esmagar.

– Deixa-te estar assim quietinha. Não perguntes nada. – Pede por entre os fundo suspiros que vai libertando.

Amélia sente a humidade das lágrimas do marido a escorrerem-lhe pelo pescoço, ouve o choro envergonhado e aos poucos o abrandamento do ritmo cardíaco.

– Ricardo Jorge morreu. O meu irmão morreu. – Informa em poucas palavras sem nunca a soltar. – Preparava-se para embarcar no comboio que vai até à fronteira com Espanha quando se apercebeu que estava a ser seguido pelos guardas. Desorientado, começou a fugir pela linha do comboio, para escapar por entre a seara que rodeia a linha. – Respira fundo sempre apertando o corpo da esposa contra o seu. – Pelo que o detetive Fonseca contou, ainda gritaram a avisar-lhe que saísse da linha pois o andamento de uma automotora já se fazia ouvir. – Nova pausa para inspirar e expirar. – Ignorou os avisos e acabou sendo colhido pela automotora. – Solta os soluços que tem engasgados na garganta. – Morreu, Amélia. Ricardo Jorge morreu. Segundo o comandante foi uma coisa horrível de se ver. Diz-me Amélia, havia necessidade de tanta dor? Mais valia que lhe tivesse dado todo o dinheiro que queria. Para quê tanto dinheiro se só me tem trazido dor? Hã, diz-me? Como vou dar esta notícia aos meus pais? Cada vez que olharem para mim vão lembrar-se que poderiam também estar a olhar para o outro filho. – Confessa com algum remorso pela violenta morte que colocará um ponto final à conturbada relação dos meio-irmãos. Bate com a testa no vidro da janela.

– Oh ,meu amor para, para por favor! – Exige com suavidade para não o descontrolar ainda mais. – Olha para mim, por favor João, olha para mim, estás a assustar-me. – Adverte já fungando. – Não tens de sentir culpa pelas escolhas do teu irmão. A sua morte foi uma consequência das escolhas que ele fez para conseguir dinheiro facilmente. Não te culpabilizes. – Procura que os olhares se cruzem. – Sabes que ou era ele, ou tu. Não foste tu que criaste essa opção. Foi ele. Lembra-te que ele não deixa cá ninguém que precise dele. Desculpa, mas é o que eu penso. Se calha a seres tu a morrer quem cuidaria dos gémeos, de mim, da Isabelinha, dos teus empregados e suas famílias? Quem João? – Utiliza argumentos a que João não será insensível.

– Obrigado, Amélia! És uma esposa perfeita. Uma mãe extremosa. A companheira com que sempre sonhei. Que mais poderia desejar? Amo-te! – Reconhece já mais calmo. – Foste sem dúvida a melhor das minhas compras. – Conclui não se apercebendo do peso negativo das suas palavras.

– Percebo o que queres dizer. Mas só te perdoo as últimas palavras, nada românticas, porque sei que estás muito transtornado com tudo o que se passou. – Resmunga mais para o distrair e atrapalhar do que por se sentir verdadeiramente ofendida com a constatação do marido. – Já agora, quanto pagaste por mim? – Quer saber pois sempre tivera essa curiosidade.

– Nem queiras saber! Uma fortuna. – Agarra-a pela cintura e eleva-a no ar para que os lábios se toquem. – Vales cada centavo que paguei e muito mais. – Garante ao beijar-lhe novamente os lábios. Amélia bate os pés no ar de felicidade. – Por ti daria toda a minha riqueza. Mais ainda: daria a minha vida se a tua dependesse disso.

João segura com firmeza os glúteos da esposa ao mesmo tempo que lhe dobra a pernas. Ao colo leva-a para a cama já feita de lavado. Sorriem de cumplicidade pois sabem que o que se seguirá será mais um momento de puro e escaldante ato de amor.

As semanas que se seguiram às cerimónias fúnebres de Barbosa e Ricardo Jorge e ao julgamento de Joaquim foram tristes mas apaziguadoras com um passado que todos se esforçaram para enterrar quando D. Adelaide, destroçada de desgosto, atirara o primeiro torrão de terra sobre o caixão do enteado que amara como um filho.

Quando cada hóspede regressara a sua casa João e Amélia fizeram um esforço para que a vida no Monte das Tílias regressasse à sua normalidade, agora com mais um elemento, Isabelinha, que na sua inocência de menininha dera mais importância ao facto de ir viver com a irmã para o Monte, do que à viagem definitiva que o pai tinha ido fazer até perto de Jesus.

Como os meses de verão foram extremamente quentes e secos, Amélia manteve-se sempre pelo Monte gozando da frescura da casa no período que se seguia ao almoço, da água da barragem e da ribeira durante o final da tarde.

João desdobrava-se em viagem para Portalegre, Lisboa e Coimbra para retomar as rédeas aos negócios que durante os meses de abril, maio e junho foram sendo protelados.

A relação conjugal estava mais sólida e íntima. A princípio Amélia acompanhara sempre o marido nas suas vistorias pelos montes e herdades, que agora já se sentia também proprietária.

Certa vez, convencida de que fora o excesso de calor que tivera de suportar numa dessas vistorias, em que se sentira verdadeiramente indisposta e desconfortável a montar a cavalo, por aconselhamento da governanta, deixara de as fazer sob desculpa de ser uma tarefa muito árdua para uma senhora.

Nesta manhã de finais de Setembro (em que Amélia sabe, para sua grande tristeza, que irá acordar sozinha, uma vez que João lhe comunicara na véspera que iria estar fora de casa uns tantos dias a tratar de negócios) levanta-se da cama de dossel vai até ao terraço e vê espalhado pelo prado os sinais evidentes que o outono está a chegar.

Encostada ao parapeito sente-se ainda mais triste pois está convencida que ninguém saberá que se trata do dia do seu aniversário. Leva a mão ao ventre, que ultimamente sente agitado e dorido, sorri como se lá dentro estivesse guardado o seu maior segredo.

"Que pena. Tinha esperado este dia para contar o nosso segredo ao papá. Mas ele teve de sair em negócios. Temos de esperar que ele volte. Até lá, meu rebento-zinho faz favor de não me dares mais enjoos. Queria dar esta prenda ao papá no dia dos meus anos. Paciência. Vamos ter de esperar. Também não tenho a certeza que ele saiba quando faço anos." Resigna-se com um pouco convencido encolher de ombros. "O papá vai dar pulos de contente quando souber da novidade. Para não falar dos gémeos e de Isabelinha. Oh meu Deus a família vai aumentar. Serão quatro crianças a correrem pelos corredores desta casa".

Amélia fala com a criança que há já quatro dias Maria das Dores lhe garantira estar à espera e, que os seus enjoos e falta de regra lhe confirmam. Olha para trás e estranha o facto de, àquela hora da manhã, os três diabretes ainda não terem aparecido no quarto para a presentearem com o estridente bom dia que é habitual todas as manhãs.

Sente-se ainda mais abandonada naquela data que deveria ser especial. Faz um esforço para se convencer que a sensibilidade matinal deva estar associada ao seu estado de grávida. Opta por sentar-se na cadeira de jardim que se encontra junto da mesa onde, ultimamente, Maria das Dores lhe serve o pequeno-almoço. De olhos fechados massaja o ventre e tenta imaginar como será a criança que fora gerada numa das imensas vezes que se entregara ao marido.

A governanta bate à porta do quarto nesse momento, anunciando que vai entrar com a primeira refeição do dia.

Mais sorridente do que nunca Maria deseja-lhe os bons dias ao pousar o tabuleiro na mesa, perto de Amélia, que ao sentir o cheiro do café fervido se levanta rapidamente para ir soltar do parapeito o vómito seco que a atormenta há vários dias.

– Então minha senhora, como se sente? – Maria pergunta sem grande preocupação pois sabe que se trata de uma má disposição associada ao novo estado da patroa.

– Gravidamente enjoada. – Responde fazendo um esforço para sorrir. – Maria leve tudo o que tiver cheiro. Preciso de comer mas pelo visto este rebentinho não suporta os cheiros intensos…

– Vou deixar o pão. Mas vai ter de se alimentar em condições. Essa má disposição passa daqui a algumas semanas, vai ver. – Garante pois já acompanhara um significativo número de mulheres grávidas ao longo da sua idade avançada. – Senhora, venho também dizer que tomei a liberdade de mandar a ama dar uma volta com as crianças. O dia está fresco e pensei que gostariam de fazer um piquenique. Só voltarão lá para o final do dia.

Amélia é apanhada de surpresa pela notícia, que, sem se aperceber, faz soltar algumas lágrimas.

– Oh que pena! Vou passar este dia sem as crianças e sem João. – Conclui verdadeiramente desolada.

– Mas que tem este dia de especial? – Ao ver a tristeza em que a patroa fica, faz um esforço para, mesmo naquele instante, não a cobrir de beijos e desejar-lhe os parabéns.

– Nada Maria. Nada. Não ligue, sou eu que acordei muito sensível com a gravidez e por nem João, nem as crianças estarem aqui. – Tenta disfarçar a sua profunda deceção.

– Olhe, se quiser, daqui a nada vou até à Herdade da Torre tratar de uns assuntos que o Sr. me confiou, não quer vir? – Tenta disfarçar o entusiasmo da pergunta.

– Não haverá perigo no estado em que estou? – Quer saber pois a estrada de terra batida apavora-a um pouco.

– Penso que não, a viagem é curta e o terreno ficou mais macio com as primeiras chuvas de outono. – Garante Maria.

– Por mim sim. Não me apetece ficar aqui sozinha todo o dia. Pelos vistos hoje todos decidiram abandonar-me. – Lamenta-se. – Vou arranjar-me e já desço para ir ter consigo.

Maria das Dores sai do terraço com vontade de pular de alegria pelo plano do patrão estar a prosseguir como o combinado.

Amélia entra no quarto e para seu grande espanto vê, colocado no seu lado da cama, um invulgar ramo de flores silvestres (rosmaninho, espigas, coelhinhos e campainhas) atado com uma fita de cetim. Ao pé um envelope com o monograma "JM" gravado a dourado chama também a sua atenção. Olha em volta pois fica convencida que o marido não partira em viagem e que se encontra algures ali escondido.

Perde a respiração e o equilíbrio quando na *chaise* que está aos pés da cama vê que um lindíssimo vestido de noiva fora carinhosamente estendido. Vai até ao jarro que tem à cabeceira da cama e humedece com água os lábios e a garganta que se ressequiram com as surpresas. Sem conseguir olhar de frente para o vestido de noiva, senta-se na ponta do seu lado da cama, alcança o ramo de jarros que apaixonadamente abraça e tenta abrir o envelope que lhe treme nas mãos.

"Amor da minha vida
Faço votos que este seja o primeiro dos muitos aniversários que havemos de feste-
jar juntos neste mundo e no outro.
Felicidades pelas tuas vinte primaveras.
Achas que iria esquecer esta data?
Em cima da cama e da chaise estão as minhas primeiras prendas.
Hoje vamos festejar o teu aniversário e não só...
Quero-te radiosa como sempre.
Aguarda-te uma surpresa ainda maior na Herdade da Torre.
Do teu para sempre
João Morgado."

Chorando de felicidade Amélia corre para o vestido de noiva e cola-o ao corpo como que julgando ter adivinhando a surpresa que a espera na Herdade da Torre.

Zonza com as emoções que lhe crescem no ventre e por saber que também ela tem uma surpresa para o marido, toca a sineta para que Maria das Dores venha em seu auxílio.

Prontamente, a governanta faz-se anunciar à porta.

Ao olharem-se Amélia corre na sua direção e abraça-a como abraçaria a sua mãe se ali estivesse. Maria retribui a força do sentimento abraçando a patroa como abraçaria a filha que nunca teve, no dia que esta lhe comunicasse a sua gravidez.

– Estou tão feliz Maria! Tão feliz! Por momentos cheguei a pensar que passaria o meu aniversário sozinha. – Beija-lhe as faces. – Amo tanto o meu marido! Amo-vos a todos!

– Obrigada, senhora. Tenha a senhora a certeza que ele também a ama muito. Aliás, nunca vi um homem tão apaixonado pela esposa, como o Sr. João. – Assegura.

– Não mesmo? – Pergunta comparativamente à paixão que João sentira pela primeira esposa.

– Não mesmo. Tenha a certeza. Consigo o Sr. é feliz. – Beija-lhe as faces descoradas. – Mas já chega dessa conversa. Se me der licença vou ajudá-la a vestir-se.

Aos poucos Amélia vai observando a alteração da imagem que o amplo espelho fixo na parede do quarto reflete.

Sem conseguir dizer palavra vai apreciando cada pormenor do vestido de noiva estilo *Vintage* que Maria das Dores lhe faz deslizar pela elegante silhueta.

A principesca peça de vestuário, de cetim branco imaculado, assenta nos ombros por uma finíssima alça de cordão de seda. O decote em "V" no peito faz sobressair a pele morena (fruto das horas passadas na barragem e na ribeira) e sardenta. O corpete justo aos generosos seios continua pela cintura e ancas alargando, apenas, quando o tecido rendado toca do chão. Do lado esquerdo um pequeno *bouquet* flores bege com o centro feito de pequenas pérolas fora pregado ao comprimento da alça.

Amélia, olha espantada para a imagem que vê refletida no espelho que tem atrás de si. As costas, completamente desnudadas até à curvatura do fundo da coluna fazem-na pensar com quem João terá comprado tão sensual e ousado vestido de noiva. No pouco cetim que lhe cobre as costas uma fileira de pequenas pérolas fora bordada a acompanhar o corte em forma de "V". A parte de trás prolonga-se numa pequena cauda com várias pontas onde a renda fora aplicada.

– O Sr. comprou o vestido numa das suas viagens a Coimbra. Fê-lo na companhia da senhorita Carlota. Penso que terá sido ao gosto dela e do seu. – Explica ao deparar com o espanto da patroa.

– Pois, era mesmo nisso que estava a pensar. É lindo, Maria! – Expressa a sua jovial felicidade rodopiando pelo espaço do quarto de vestir.

Maria traz de cima da *chaise* uma longa e larga tira de tule branco que com aprumo faz passar pela testa de Amélia, dando um nó do lado direito o que faz com que as longas pontas que tombem pelo ombro. A zona do nó é selada com duas vistosas flores de tecido bege idênticas às que se encontram pregadas à alça do lado esquerdo.

Os cabelos caem em cachos por debaixo da tira de tule, pelos ombros e pela pele nua das costas.

Os olhos verde-esmeralda, que a gravidez avivara ainda mais, são destacados um grosso risco negro. Os lábios rosa, já mais grossos, são contornados e pintados com um batom num tom mais escuro.

Quase a terminar, Maria das Dores vai buscar uma caixa de sapatos. Pede que a patroa se sente na *chaise* para que seja ela a calçá-la.

– Dê cá o pezinho, minha Cinderela. – Pede Maria das Dores num tom maternal.

Para grande deslumbre de Amélia, a governanta tira da caixa de papelão os sapatos mais bonitos que alguma vez vira.

De salto fino, não demasiado alto, os sapatos com uma pequena abertura à frente são feitos de uma renda em tudo idêntica à que se encontra aplicada na ponta da pequena cauda do vestido. Para os suster ao tornozelo uma fita de cetim.

– Oh, Maria, tão bonitos! – Expressa ao mesmo tempo que a governanta, ajoelhada, traça as pontas da fita pelo tornozelo e com elas faz um laço.

*****

Com extrema suavidade e perícia o motorista faz rodar o Mercedes Nurburg pela estrada de terra batida que conduz até à Herdade da Torre.

Amélia vai sentada no banco traseiro do luxuoso veículo, que para o efeito fora coberto por uma colcha de seda branca e almofadões do mesmo tecido e cor. Do capô negro pendem as pontas de um gigantesco laço branco que fora colocado no tejadilho.

De mãos dadas, patroa e governanta, seguem dentro do carro como se fossem mãe e filha.

Assim que o carro começa a aproximar-se do conjunto de habitações que compõem o espaço residencial da herdade Amélia começa a dar-se conta que pelo movimento de viaturas, de charretes e de pessoas que vão caminhando para os lados do pomar a surpresa não deve ser bem aquela que estava à espera quando lera o bilhete que João lhe havia escrito. Aperta com mais força ainda a mão que tem entre a sua.

– Mas que movimento é este, Maria? O que foi que o meu marido andou a preparar? – Pergunta antes de tapar a boca com uma mão e

329

com a outra acariciar a dorzinha de sente no ventre. – Quem é esta gente toda?

Maria das Dores limita-se a sorrir de satisfação por ver que todo o trabalho que tivera nas últimas semanas está a ter o resultado esperado.

Amélia não conseguindo conter a curiosidade abre a janela do Mercedes para também se ir apropriando dos sons e dos cheiros que vão chegando à medida que se aproximam da casa grande.

Do ponto onde a viatura se encontra pode ver que uma carpete de tom verde-esmeralda liga o primeiro degrau da casa à cancela que serve de entrada ao pomar, onde espalhadas pelas sombras das árvores que dão frutos nesta época do ano mesas redondas foram assentes sobre uma cama de feno.

– De onde é que este homem tira sempre estas ideias tão românticas? – Solta o desabafo. – Quem é que se lembraria de fazer uma festa num pomar, Maria, quem?

– Quem sabe apreciar a beleza da natureza. Por isso é que eu acho que o Sr. Morgado encontrou a sua cara-metade. Pois não é comum encontrar-se uma mulher com classe, como a senhora, e que saiba apreciar a beleza da vida no campo. – Responde com sincera emoção.

À medida que o carro vai chegando perto do ponto onde a carpete começa, aos ouvidos de Amélia vão chegando as notas da *serenade Schubert* que um quarteto de cordas (dois violinos, uma viola e um violoncelo) acompanhado por um piano toca num coreto improvisado.

– Senhora, temos de sair! – Lembra a governanta ao aperceber-se que Amélia está embevecida música que soa pelos campos. – Todos esperam por vós.

No momento em que Amélia coloca o primeiro pé na carpete verde-esmeralda João e as três crianças aparecem na porta principal da casa com um sorriso de orelha a orelha.

– Óh, meus grandes diabretes, que surpresa é esta? – Exclama extasiada.

É só o que consegue dizer pois uma multidão de rostos conhecidos e outros não surgem atrás deles.

Uma avalanche de palmas abafa os gritos de espanto de Amélia e as gargalhadas de júbilo de João e das crianças.

Amélia mal tem tempo para apreciar as vestes com que o marido e as crianças se apresentam para a festa. Apenas se dá conta que João e o filho vestem um fato cinzento listado de azul-marinho, em tudo igual, menos no tamanho. Beatriz e Isabel parecem duas princesas com um vestido igual ao seu.

– Parabéns. Estás lindíssima! Cada vez que olho para ti, descubro que te amo ainda mais. – Declara-se João ao ouvido de Amélia, ao mesmo tempo que faz deslizar a ponta do indicador pela linha das costas desnudadas. – Parece-me é que o vestido mostra muito do teu corpo!

Os presentes vão saindo de casa, rodeiam o casal e batem palmas de felicitações. Lá no pomar o quarteto continua a tocar.

– Mas que surpresa é esta? Quem é esta gente toda? – Vai questionando à medida que o toque de João lhe arrepia cada poro da pele.

– São familiares e amigos que convidei para festejarem o teu aniversário e o nosso casamento. – Por momentos os olhos castanho-terra engrandecidos fitam o chão. – Não chegámos a ter uma festa.

– Esquece esse assunto. Não são lembranças para hoje. – Beija-lhe os lábios. – Esta é a melhor prenda que poderia ter sonhado. Está tudo fantástico. Obrigado meu amor. Estás sempre a surpreender-me. – Volta a beijar os lábios sorridentes de João.

O momento íntimo rodeado de convidados é interrompido pelos chamamentos das crianças que também elas querem os mimos de "mãe Amélia" como é tratada.

Com desenvoltura João pega nos três pequenotes ao mesmo tempo, Amélia abraça-os e em círculo fechado os cinco riem de cumplicidade, para nova gargalhada geral de todos.

– Que pena não caber nesse abraço. – Comenta Carlota bem por detrás de Amélia.

– Oh minha querida, chega-te, cabe sempre mais um no abraço desta família. – Contrapõe Amélia ao beijar de esguelha a face da cunhada. – Obrigada pela escolha do vestido. – Segreda-lhe ao mesmo tempo. – É deslumbrante.

– Mas eu quero a aniversariante só para nós! – Exige em tom de brincadeira D. Adelaide seguida pelo esposo. – Deixe-me olhar para si! – Pede ao afastar Amélia dos abraços que a envolviam. – A minha nora está lindíssima. O vestido é um pouco ousado... mas já sei que foi ideia da minha Carlota. Está lindíssima, João. – Acrescenta virando-se para o filho. – Felicidades para ambos!

Tanta emoção em simultâneo, as pessoas que se acercam para expressarem individualmente as suas felicitações, os cheiros perfumados que bailam pelo ar mais a fraqueza causada pelo fraco pequeno-almoço fazem com que Amélia sinta uma ligeira tontura e se socorra do ombro da marido para se apoiar.

João sentindo a pressão da mão da esposa olha atentamente para ela para perceber o que se passa.

– Estou um pouquinho indisposta. Não podemos sentar-nos um pouco? Estou cansada de tantos cumprimentos. – Exprime o seu estado de espírito.

– Espera só mais um pouco... ainda faltam uns convidados muito especiais. – Ao dizer isso João aponta com a cabeça para o lado da porta principal. Amélia segue-lhe o olhar. Aturdida com a surpresa, as pernas vacilam e pressiona ainda com mais força os músculos deltóides do marido.

– Não quero acreditar que estejam todos aqui. Não pode ser verdade que tenham vindo até cá! – Questiona indo ao encontro do pequeno grupo que constitui a família para quem trabalhara no Porto.

Amélia cumprimenta cada um tocando-lhe no rosto como que tendo necessidade de comprovar que estejam mesmo ali. Para último fica o reencontro com a amiga de longa data, Josefina, a filha mais velha do casal. Amélia sente que a amizade não desvanecera nem com a distância nem com o tempo. As amigas abraçam-se apertada e longamente. Beijam-se fraternalmente e logo ali trocam as novidades mais urgentes. Sorriem.

O reencontro todos emociona ao ponto de os restantes convidados de sua iniciativa, começarem a seguir a carpete verde-esmeralda que os conduzirá até ao pomar onde o almoço será servido.

João abeira-se da esposa, enlaça-a pela cintura e ao ouvido pergunta-lhe se gostou da surpresa.

– João, não tenho palavras para te agradecer o que fizeste hoje aqui. – Admite voltando-se de frente para ele. – Nunca pensei que teria um dia de aniversário tão feliz. – Brinda os amigos da sua outra vida com um sorriso de gratidão.

– Tens uma vida inteira para o fazer. Podes começar por agradecer logo mais à noitinha. – Segreda-lhe ao mordiscar-lhe a orelha.

– És incorrigível. – Barafusta fingindo-se ofendida. – Mas daqui por diante não poderá ser a toda a hora... – Acrescenta ansiosa que está para também ela oferecer o seu presente.

– Hããã! Porque dizes isso? – João faz a pergunta que fica sem resposta porque nesse momento a governanta aproxima-se do casal aconselhando que será melhor que todos se desloquem para o pomar para que o almoço possa ser servido.

Perto da cancela que dá acesso ao pomar, que nesse dia fora transformado numa sala de refeições, o casal aguarda que todos se sentem nos lugares indicados para que ao som das Quatros Estações – Outono de Vivaldi, possam entrar.

No momento em que as primeiras notas começam a soltar-se dos violinos João e Amélia dão os primeiros passos de mãos dadas. O som das palmas preenche o pomar e os campos que o rodeiam.

Ele não conseguindo contrariar a vontade que lhe agita os braços pega em Amélia ao colo e para deleite de todos rodopia com a esposa por entre as mesas até chegar a única posta por debaixo de uma laranjeira.

– Foi debaixo desta laranjeira, enquanto te via dormir, que tive consciência que o amor que sentia por ti era em tudo diferente do que tinha sentido antes. – Beija-a ardentemente como se ali estivessem sozinhos.

– Não és só tu que tens surpresas. – Murmura-lhe ao ouvido ainda ao colo. – Também tenho uma prenda para te oferecer. – Amélia aguarda que João mergulhe bem fundo nos seus olhos. – O nosso amor já deu o seu primeiro fruto. Estou grávida, João. Grávida. – Repete-lhe ao ouvido.

Tão profunda e intimamente quanto se pode imaginar os olhos castanho-terra penetram nos verde-esmeralda como se não houvesse mundo que lhes sustivesse os pés. Numa sincronia que só os amantes verdadeiramente apaixonados podem entender, as lágrimas de felicidade brotam em simultâneo.

João estreita com delicadeza o corpo que o cetim branco cobre. Pousa-o no baloiço coberto de flores, que se encontra pendurado do ramo mais forte da laranjeira, e num gesto de ternura máxima encosta o rosto ao ventre onde se gerara o fruto da sua verdadeira paixão.

Amélia, sentada no baloiço, sorri perante a imagem de ver João encostado ao seu ventre. Sem perceber para onde ele se dirige, vê-o partir a passo ligeiro e leva-la com ele até ao coreto onde o quarteto ainda toca o Outono de Vivaldi. Com um aceno efusivo pede-lhes que interrompam a música. Estreita Amélia pela cintura, o mais que pode.

– Meus familiares e amigos. Até há pouquíssimos minutos julguei que hoje só a minha Amélia é que receberia prendas. – Pausa para ir surripiar um copo generoso de vinho à mesa que tem por diante. – Como estava enganado! Peço-vos que brindem ao mais novo elemento da família Morgado. – Pede ao erguer o copo. – É que Amélia acaba de me dizer que está grávida. Brindemos então! É que daqui a uns meses serão quatros as crianças a chamarem por "mãe Amélia". – Bebe de um só gole o líquido vermelho erguendo de seguida, cuidadosamente, Amélia ao colo, para que receba os aplausos e as ovações de um pomar repleto de familiares e amigos.

COLIBRI – ARTES GRÁFICAS

APARTADO 42 001 – 1601-801 LISBOA
TELEFONE | (+351) 21 931 74 99
www.edi-colibri.pt | colibri@edi-colibri.pt